KB032914

야차의 꽃
바람, 머물다

야차의 꽃

초판 1쇄 찍은 날 | 2015년 8월 13일
초판 1쇄 펴낸 날 | 2015년 8월 20일

지은이 | 이경하
펴낸이 | 예경원

편집 | 유경화

펴낸곳 | 예원북스
등록번호 | 제396-2012-000132호
등록일자 | 2012. 7. 25
YRN | 제1-0112호

주소 | 경기도 고양시 일산동구 무궁화로 8-28 삼성메르헨하우스 1118호 (우) 410-837
전화 | 031-819-9431 팩스 | 031-817-9432
http://cafe.naver.com/yewonromance
E-mail | yewonbooks@naver.com

© 이경하, 2015

ISBN 979-11-5845-009-0 03810

이·경·하·장·편·소·설
YEWONBOOKS ROMANCE STORY

야차의 꽃
의

바람, 머물다

YE
WN
BOOKS
예원북스

◆
目
次
◆

序章 · 7

第一章 · 9 | 第二章 · 32 | 第三章 · 55

第四章 · 83 | 第五章 · 103 | 第六章 · 124

第七章 · 145 | 第八章 · 167 | 第九章 · 194

第十章 · 220 | 第十一章 · 250

第十二章 · 272 | 第十三章 · 290

第十四章 · 310 | 第十五章 · 329

第十六章 · 348 | 終章 · 366

짧은 후일담 · 382 | 작가 후기 · 391

序章

    태고(太古)에 양(陽)과 음(陰)이 존재하니 태양이 있으면 달이 있고, 빛이 있으면 그림자가 있으며, 사랑이 있으면 증오가 있는 것이 이치라.

    허나 오랫동안 세상의 양과 음이 전쟁을 치렀다. 세상을 차지하고, 자신의 입지를 굳히기 위한 일종의 세력 다툼이었다. 천룡 팔부중이 양과 음으로 갈라져 서로를 해하려 하니 그 싸움은 더욱 치열해지고, 세상은 더욱 흉흉해졌다.

    종국에는 양의 기운이 음의 것을 누르니 마지막 발악이라도 하듯 뿔뿔이 흩어졌던 기운이 한데 모여 야차의 형상을 했다. 양은 악의 기운이 만연한 야차를 갈가리 찢어 봉인을 하니 물과 흙과 불과 바람이 그 봉인구의 역할을 했다.

    야차의 기운이 만물에 스며드니 곧 음의 기운을 다스리는 기가 생기고, 그 기운이 요괴를 빚어내니 세상에 요괴들이 모습을 드러 냄이라. 그렇게 태어난 수많은 요괴들은 곧 주인과도 같은 야차의 권속하에 지배를 받게 되었다.

양은 네 조각이 된 야차에게 세상의 빛 한줄기를 선물로 내린 다. 그 빛은 그 무엇보다도 순수하고 투명한 존재라, 우담바라처 럼 천 년에 한 번씩 각자의 세상에 꽃을 피우리라. 그리하여 서로 가 천년의 꽃을 서로에게 선물하노니, 그 꽃으로 음과 양의 기운 이 섞이고, 건곤감리(乾坤坎離) 사대화합(四大和合)이 이루어져 세 상에 비로소 균형이 찾아올 것이라.

천년의 꽃, 천화(千花). 세상을 바꾸고, 음의 기운을 다스릴 이름 이로다. 야차의 조각들은 천화를 거부하겠지만 종국에는 천화를 받아들이고 그들에게 빠지리라. 그것이 운명.

천화는 오로지 야차를 위해 꽃을 피우리라.

第一章

　방울이 딸랑딸랑 흔들린다. 유리로 만들어진 풍경(風磬)이 바람에 흔들리며 내는 맑은 소리다. 그 소리에 령(鈴)은 속눈썹을 파르르 떨다 겨우 정신을 차렸다.

　'여긴 어디지?'

　볼록 튀어나온 자그마한 귀가 주변 소리를 듣느라 분주하게 움직였다. 이마로 내려오는 선명한 흰색의 삼선(三線)은 자그마한 머리통을 지나 풍성한 꼬리까지 이어져 있었다. 갈색의 보드라운 털을 가진 다람쥐 령은 머루같이 까만 눈을 빛냈다.

　'난 왜 다람쥐의 모습을 하고 있는 걸까?'

　어제 주인님 염(炎)과 주거니 받거니 술을 마셨던 게 기억이 났다. 태양처럼 붉고 긴 머리카락과 핏기 하나 없는 새하얀 피부를 자랑하는 염은 퇴폐적이면서도 아름다운 여우 요괴였다. 그는 늘 짙은 색기를 내뿜으며 농담 반 진담 반으로 령을 괴롭히곤 했는데 어제는 어쩐 일인지 대접이 평소와 달랐다.

염이 꺼낸 것은 오백 년 묵은 귀한 국화주였다. 늘 기방 아씨들이며 령에게 그 국화주에는 눈독 들이지 말라며 일침을 가하셨던 술로 특별한 날에 열 것이라 입버릇처럼 말씀하셨다.

새벽이슬을 머금고 피어난 순수한 아기 국화들만 모아 담근 귀한 술을 나누어 마신 것으로도 황송한데 염 님은 령을 하루 종일 곁에 두셨다. 기방 몸종으로 기녀들 수발을 들며 살아온 지도 어언 삼백 년. 염 님이 이렇게나 살갑게 구시는 것이 처음 있는 일이었음에도 바보 같은 령은 주인님이 그저 기분이 좋으신가 보다 했다.

염 님은 령을 곁에 두고 밤새 술을 드셨다. 평소라면 염 님의 곁에 앉아 있는 것조차 허락되지 않았을 테지만 어젯밤만큼은 달랐다. 이것을 주랴, 저것을 주랴 하시며 령의 기분을 맞춰주려 하셨다. 령의 재잘거림에 매번 시끄럽다며 핀잔을 주시던 분이 묵묵히 령의 수다를 들어주셨고, 귀하고 맛난 다과도 한 상 차려주셨다. 잠이 들 때엔 령의 머리맡에 앉아 서책도 읽어주셨다. 양과 음이 태곳적에 어떠했는지에 관한 이야기였다.

그래서 령은 이상하다, 이상하다 하면서도 정작 어디가 이상한지 알아차리지를 못했다.

그리고 지금, 령은 풍경 소리를 들으며 잠에서 깼다. 주변은 캄캄했고, 향긋한 참나무 냄새도 그득했다.

"이상하구나, 이상해."

혼자 종알거리고 있는데 머리 위에서 환한 빛이 쏟아져 내렸다.

그에 놀라 눈을 살포시 찌푸린 채 빛이 쏟아지는 곳을 바라보았다. 그리고 처음 보는 얼굴을 마주했다.

얼굴이 쭈글쭈글한 노인과 아름답다는 표현으로도 부족한 호남형의 젊은 남자였다.

"불의 여우에게서 온 천년의 꽃입니다."

"벌써 시간이 그렇게 흘렀던가?"

"다 타고 남은 참나무 잿더미에서 태어난 가장 순수한 존재라고 합니다."

령의 머루같이 까만 눈이 자신을 들여다보는 남자 둘을 이리저리 살폈다. 그제야 령은 자신이 지금 어디에 있는지 눈치를 챘다. 얼마 전 염의 부탁을 받아 만든 참나무 바둑돌 상자 안이었다.

'그때 눈치를 챘어야 하는 건데!'

령은 주인님을 향한 마음을 담뿍 담아 그 어느 때보다 정성스럽게 바둑돌 상자를 만들었다. 측면에 주인님이 좋아하시는 매화와 정원 가득 핀 산다화를 새겨 넣었고, 뚜껑에는 주인님을 뜻하는 염(炎)을 새겨 넣었다. 상자를 곁에 두고 감상하는 즐거움에 빠질 주인님을 떠올리며 내내 실실댔던 것이 기억이 났다.

그런데 령은 지금 자신이 만든 상자 안에 바둑돌 대신 들어 있었다. 바닥에 령이 좋아하는 참나무 이파리가 자작하게 깔려 있는 것으로 보아 상대는 작정하고 령을 상자에 넣은 듯했다.

아뿔싸! 내 무덤을 내가 팠구나!

"라미(다람쥐)인가?"

젊은 남자가 오만하게 질문하자 곁을 지키고 있던 노인이 하얀 수염을 매만지며 킬킬거렸다.

"참 맛있게, 흠흠. 털이 참 예쁜 아기씨입니다요."

참나무 색깔의 장포를 두르고 있는 노인은 툭 튀어나온 입을 하고 령을 요리조리 살폈다.

"불을 연상시키는 붉은 털이군요. 확실히 이곳에서는 보기 힘든 희귀한 색입니다. 이마부터 꼬리까지 이어지는 은색 털 또한 예쁘군요. 풍성한 꼬리털도 그렇고요. 털이 엉망이긴 하지만 관리를 잘한다면 비단처럼 보드랍겠어요."

"그 털로 깔개를 만들 것도 아니고, 됐다."

"하지만 놀랍군요. 천년의 꽃으로 온 것이 고작 라미라니. 풍의 매와 같은 포식자에게 손바닥만 한 라미가 가당키나 한답니까? 장로들이 반대할 겁니다."

노인의 희쭈그레한 손이 동그랗게 만 령의 몸을 톡톡 건드리자 령은 경계의 눈초리를 하고 노인을 노려봤다. 그러자 노인이 헛, 웃음을 터트리며 중얼거렸다.

"그래도 영 어리기만 한 것은 아닌 모양입니다. 눈을 보니 총기가 있고, 말귀를 알아듣는 것을 보니 개화를 앞두었거나 개화가 진행된 것 같습니다."

개화(開花)란 본디 꽃에게만 사용되지만 요괴들 사이에서도 심심치 않게 쓰는 말이었다. 한낱 미물에 지나지 않는 그것들이 요기를 얻고, 수련을 하여, 인간의 형체를 하게 되는 방법을 터득하는 것. 그것을 그들은 개화라 불렀다.

'흥. 개화는 진즉에 했다지. 날 뭐로 보는 거야?'

이런 곳에서 내가 인간으로 변할 수 있다는 걸 보여주지 않겠어!

령은 입을 꼭 다물고 풍성한 꼬리털을 품에 안은 채 바들바들 떨었다. 평소에도 그녀가 모시던 기녀들이 그녀의 꼬리털을 탐내 곤 했었다.

깔개를 만들까, 머리 장식을 만들까, 아니면 저 예쁜 꼬리로 인 조 속눈썹을 만들어 붙일까?

기녀들은 언제나 농담 반, 진담 반으로 그런 말을 지껄였다. 그 들은 령에게 까마귀처럼 못생긴 너에게서 딱 하나 볼만한 구석이 있다면 그건 예쁜 꼬리일 거라며 썩 달갑지 않은 칭찬을 건네기도 했다.

그런 쪽으로 생각이 미치다 보니 령은 자연스럽게 오해를 할 수 밖에 없었다.

'대체 여긴 어디야? 주인님은 어디에 계시는 거야?'

그러다 왈칵 서러움에 눈물이 고였다. 일도 열심히 하고, 말대 답도 안 하고, 기방 언니들 심부름도 매일같이 하고, 목공예도 열 심히 배웠는데 드디어 염 님이 나를 버리신 게야!

대체 나를 어디다 버리신 게야?

기방 운영하실 돈이 없으셔서 나를 파신 건가?

그러게, 술통 좀 작작 비우라고 말씀드렸건만.

꺼이꺼이, 눈물이 터져 나왔다. 여긴 기방과 냄새도 다르고, 요 기도 다르고, 사방이 다 남자뿐이다. 수염이 긴 요상한 노인은 내 내 입맛을 다시며 금방이라도 령을 꿀꺽할 것처럼 굴질 않나, 곁 에 있는 장신의 사내는 불만 가득한 눈으로 령을 노려보기만 할 뿐이다.

동물적인 감각으로 그 사내의 시선에 실린 것이 호감이 아니라는 것을 안 령은 더욱더 불안해졌다. 애초에 그녀는 삼백 살 난 다람쥐. 개화를 했다고는 해도 인간의 모습을 잃고 다람쥐로 돌아갈 때가 많았고, 그런 연약한 모습은 맹수들의 입맛을 자극하기 일쑤였다.

'그래도, 그래도 주인님만큼은 날 먹잇감으로 생각하지 않으셨는데. 아아, 주인님!'

목숨 붙이고 살 곳은 염의 곁뿐이라는 것을 누구보다 잘 알고 있는 령이었다. 그래서 목숨을 살려준 염의 곁에서 평생을 그분을 보좌하며 살겠다고 다짐했는데…….

"입맛 좀 그만 다시게. 아이가 겁에 질려 떨질 않느냐."

"네? 아아, 네에. 아기씨라는 걸 자꾸자꾸 잊어버립니다요. 천년의 꽃답게 그 기운이 참으로…….'

노인이 쩝쩝대며 말을 골랐다.

"참으로…… 음…….'

그 기운이 참으로 맛있을 것 같다는 말을 하고 싶은 모양인데 노인의 주군으로 보이는 자의 눈치가 보여 에둘러 말하고자 단어를 골랐다.

"흠."

젊은 남자가 손을 들었다. 찌푸린 미간을 풀 생각도 없이 령에게 손을 가져다 댄 순간 령은 그에게서 바람의 냄새를 느꼈다. 그에게 나는 냄새 중에는 령이 그토록 그리워하는 고향의 냄새도 옅게나마 섞여 있었다.

하지만 그것도 찰나. 령은 야무지게 남자의 손을 물었다.

"윽!"

손가락을 꽉 깨물자 남자가 인상을 쓰며 주춤 물러났다. 그의 손에는 령의 이빨 자국이 선명하게 찍혀 있었다. 물론 그의 곁에 있던 노인이 령에게 꿀밤을 몇 대 때렸기에 가능했던 일이지, 그게 아니었으면 령은 남자의 손가락이 똑 잘릴 때까지 물고 놓아주지 않으려는 속셈이었다.

"요거 요거, 아주 맹랑한 아기씹니다 그려."

"당돌하군."

"말귀를 알아들으시는 것 같은데 이상하네요."

"되었다."

령에게 물린 남자의 눈매가 서늘했다. 그는 령에게 물린 손이 아프지도 않은지 표정의 변화 하나 없었다. 그는 미련 없다는 듯 령이 든 바둑알 상자를 물렸다. 상자를 들고 있던 노인이 몇 걸음 뒤로 물러나자 남자는 심드렁하게 대꾸했다.

"이만 물러가라."

"하오면 아기씨는……."

"알아서 하거라. 창고에 가져다 두든, 꽃방에 가져다 두든."

"허나 이 아기씨는……."

"나중의 일이다. 어떻게 될지 모르는 일이기도 하고. 더 듣고 싶지 않으니 그만 물러가라."

남자의 냉정한 목소리에 노인은 더는 가타부타 말을 보태지 아니하고 자리를 물렸다. 노인이 상자를 소중히 품에 안고 물러가는 모습을 지켜본 남자는 이내 입고 있던 긴 장포를 허물처럼 벗어버리고 자리에서 일어났다.

그의 관심이 아주 잠시 령에게 물린 이빨 자국으로 향했지만 그것은 이내 먼지처럼 사라져 버렸다. 그는 그 어느 곳에도 마음이 묶일 생각이 없다는 듯 가벼운 발걸음으로 집무실을 빠져나갔다. 그리고는 푸른 하늘로 몸을 날렸다.

푸드덕푸드덕—

남자의 몸이 하늘에 녹아들었다. 넓은 날개와 긴 꽁지, 새하얀 눈썹이 아름다운 하늘의 제왕. 그는 성 주변을 몇 번이고 돌다가는 횃대처럼 불쑥 솟은 나무의 꼭대기에 한참을 앉아 있었다. 그리고는 하늘 저 끝으로 훨훨 날아올랐다.

하늘과 가장 가까이 맞닿은 곳, 천공의 성. 풍의 매가 다스리는 그곳이 령의 새로운 보금자리였다.

"아이쿠야!"

노인은 령이 든 바둑알 상자를 들고 어딘가로 총총걸음을 옮겼다. 그리고 어딘가에 다다랐을 때 상자를 바닥에 툭 내려놓았다. 그 충격에 놀란 령이 꿈틀거리며 비명을 내지르자 노인은 얄궂게 웃으며 상자 뚜껑을 들어 올렸다.

"우리 아기씨, 말을 하실 줄 아시는군요."

"누, 누가 누구의 아기씨요?"

"말하는 것을 보아하니 개화는 이미 끝난 듯하고."

"뉘, 뉘시오? 뉘신데 나를 여기로 끌고 오신 것이오?"

겁에 질린 새까만 눈동자가 파들파들 떨자 노인이 한숨을 푹 내쉬었다. 고작 삼백 살밖에 되지 않았다 하니 앞길이 구만리라, 이 어린 아기씨를 어디서부터 어떻게 가르치나. 걱정이 노인의 눈앞을 스쳤다.

"이야기 못 들으시었습니까?"

"무, 무슨 이야기 말이오?"

"분명 아기씨는 불의 여우에게 귀속된 몸. 주인이신 염 님께서 필시 언질을 하셨을 터인데."

"주, 주인님께서?"

기억을 더듬어봐도 염 님이 하신 말씀을 떠올리질 못하겠다. 하신 거라고는 잠들기 전 오래된 서책 하나를 읽어주셨을 뿐인데. 아! 거기서 천년의 꽃이 어쩌고, 양과 음이 어쩌고 들은 것도 같다. 만물이 섞여야 한다 하시며 너는 이제 불이 아니라 바람을 모시고 살게 될 것이라고 하셨지만 미련한 머리로는 그 말을 이해할 수가 없었다.

"주인니임!"

성질이 불같고, 다혈질에, 변덕이 죽 끓듯 하는 주인이라도 령은 그분이 너무나 그리웠다. 폭신하고 풍성하던 그분의 꼬리를 얼마나 동경했던가.

령이 종국에는 방울만 한 눈물을 뚝뚝 떨어트렸다. 바둑알 상자를 눈물로 가득 채우기라도 할 것처럼 울어대는 통에 노인이 안절부절못하고 주변을 서성거리다 령에게 말했다.

"아기씨, 이제 아기씨의 주인님은 풍의 매, 무결 님이시옵니다."

"푸, 풍의 매요?"

"들어본 적 없으십니까?"

"저, 전설 속의 그 바람의 부족 말입니까?"

"맞습니다."

"전설로만 들었지 실제로 있으리라고는 생각을 못하여서. 전투 부족이자 바람을 다스리는……."

"방금 뵌 분이 수장, 무결 님이시옵니다. 더불어 아기씨의 새 주인님이시기도 하고요."

그 말에 령의 눈에서 멈췄던 눈물이 왈칵 터져 나왔다. 불에서 바람을 모시라 하였던 것이 바로 이런 뜻이었구나! 서러움이 복받쳤다.

"어떻게 태어나 한 몸으로 두 주인을 모시라 하시오? 그런 법은 없습니다!"

"아기씨는 태어나실 때부터 무결 님을 모시기로 점지가 된 몸. 그렇게 따지면 한 몸으로 한 주인을 섬기는 것이니 문제가 될 것도 없지요."

"그, 그런 법이 어디 있소? 나는 모르오. 나는 모르는 일이오! 집으로 보내주시오. 주인님 곁으로 보내주시오!"

"그럴 수는 없습니다. 아기씨는 평생 무결 님을 보필하여 살아가실 분. 이제 그분께 어울리는 법을 배우셔야 할 것입니다. 그것이 아기씨의 운명이옵니다."

그 말에 다람쥐의 구슬픈 울음소리가 방 안을 가득 채웠다. 부족의 꽃이 기거하는 곳, 꽃방. 다른 말로 천화궁. 그곳에 유폐되듯 버려진 다람쥐는 자신을 버린 매정한 주인님을 원망했다.

그 모습을 잠자코 지켜보던 노인이 허리를 꾸벅 숙였다.

"저는 목목(木目)이라 하옵니다. 무결 님의 오른팔입니다."

"멍멍?"

"나무 목(木)에 눈 목(目)을 써서 목목이옵니다."

나무에 달린 눈이라. 나무로 가득한 이곳의 눈이니 도망갈 허튼 수작 부리지 말라 미리 경고하는 건가?

다람쥐 령이 도르륵도르륵 눈을 굴리자 목목은 다시 고개를 꾸벅 숙였다. 누렇게 빛나는 눈동자는 염의 나라에서는 단 한 번도 본 적이 없던 것이라 섬뜩하기만 했다.

"천화궁의 새 주인이시어."

목목의 부름에 잠시 멍하게 있던 령이 화들짝 놀라 그를 올려다보았다.

"주, 주인?"

"이곳 천화궁이 오늘부터 아기씨께서 머무실 곳입니다. 이곳은 하늘과 가장 가까운 천궁. 사방이 숲으로 뒤덮인 곳입니다. 아기씨가 기거하시기 좋은 곳 아닙니까?"

"조, 좋기야 하지만."

참나무며 상수리나무, 밤나무까지 가지각색의 나무들로 가득한 이곳은 향기도 청명하거니와 기운 자체가 맑고 깨끗했다. 만일 소풍을 나왔다 이런 곳을 발견했다면 시간이 허락할 때마다 와서 지내고 싶을 정도로.

하지만 평생을 살라니? 염 님 곁으로 가지 못한 채 영영 여기서?

령이 무슨 말을 꺼내기도 전에 목목이 빠르게 누군가를 불렀다.

"들라."

목목의 말에 장지문 너머에 대기하고 있던 시종 하나가 뽀르르 달려왔다. 인간으로 따지면 열 살 정도 되어 보이는 조그마한 체구의 여자아이였다. 밤색의 머리띠를 매고 하얀 앞치마를 두른 아이는 까만 눈을 굴리며 령을 이리저리 살폈다.

"황작, 율(栗)이라 하옵니다. 앞으로 령 님의 일거수일투족을 감시, 흠흠. 그게 아니오라 편하게 모실 아이입니다."

감시가 맞구만, 뭐.

피잇, 령이 뺨을 빵빵하게 부풀리며 마음에 안 든다는 표정을 하자 목목이 율을 내려다보며 중얼거렸다.

"마음에 안 드십니까? 다른 아이로 대령할까요?"

그 말에 율의 얼굴이 사색이 되었다. 천년의 꽃을 모시도록 발탁된 아이는 나름대로의 자부심이 있었다. 영광은 둘째 치고서라도 그 자리에 발탁된 덕에 부모를 조금 더 편하게 모실 수 있게 되었던 터라 율은 걱정이 이만저만이 아니었다.

령은 아이의 얼굴이 순식간에 백지장처럼 변하는 모습에 고개를 절레절레 저었다. 이왕 하루 종일 함께 지내야 한다면 차라리 율처럼 수더분한 성정의 아이가 나을 것이라 생각했기 때문이었다.

"그럼 율이 아기씨를 편히 모실 것입니다. 필요하신 게 있다면 모두 율에게 말씀하시고, 그게 아니라면 저를 불러주십시오. 그럼 저는 이만 물러가겠사옵니다. 편히 쉬시길."

목목이 예를 다하고 물러났다. 장지문 닫히는 소리가 들리고 난 뒤 사방이 고요해졌고, 남은 것은 바람이 나무를 훑고 지나가는 소리뿐이었다. 그 소리에 령은 불쑥 실감을 하고 말았다.

나 정말 여기에 버려졌구나.

마당을 가득 채운 산다화며, 기생이 연신 깔깔대는 소리, 향로에서 피어오르는 짙은 미약 향기며 곰방대에서 담뱃잎 타는 냄새,

난로에서 불이 타닥타닥 타는 소리, 그 위에 올려놓은 밤이 따닥따닥 익는 소리. 그 모든 것이 한순간의 꿈처럼 변하고 말았다.

익숙하던 삶과 작별할 시간도 없이 낯선 곳에 덜렁 남겨진 령은 꺼이꺼이 울음을 터트렸다.

"아휴, 여기서는 숨이 막혀 못 살겠습니다. 제가 언젠가는 여길 나가고 말 것입니다. 제가 가장 좋아하는 참나무 숲, 숨통 탁 트인 맑은 곳에 터를 잡고, 좋아하는 밤 조림이나 해먹으며 살 것입니다."

령이 매번 그렇게 투덜거릴 때마다 기생 언니들은 깔깔 웃으며 곰방대 연기를 푸우 뿜어냈었다.

"꿈 한번 소박하구나."
"기방에 몸담고 있던 것이라 네 몸에도 이곳의 습관이 배어 있을 게다. 그건 힘들걸."
"좋은 사내 만나 그렇게 하려무나. 밤 따다 주는 사내면 더 좋겠구나."

언니들의 그런 말을 가만히 듣고 있던 염 님은 킬킬 웃으며 한마디 거드셨더랬다.

"여기서 나가 올빼미 밥이나 되지 않으면 좋겠구나."

일장춘몽(一場春夢).

시종을 하던 시절보다도 훨씬 넓고 좋은 방이 생겼지만 령은 슬펐다. 숨이 막히는 텁텁한 공기도 다 사라지고 없건만 령은 지독하게 외로웠다. 눈물이 툭툭 떨어질 때마다 보름달이 뜰 무렵 대청에 홀로 앉아 백자에 든 술을 마시던 염 님이 떠오른다.

"왜 그리도 술을 즐기십니까? 몸 상하십니다."
"내 눈물을 흘리지 못해 술을 마시는 거란다."
"눈물이랑 술이랑 무슨 상관이랍니까?"
"연꽃 향기가 나는 하향주 맛이 일품이구나. 예로 이 술은 눈물을 멎게 한다지. 그러니 독주가 아니고 약주가 아니더냐. 약주는 몇 되를 마셔도 된다. 요 잔소리쟁이야."

잔을 가득 채우는 황금 빛깔의 술 위로 도동실 보름달이 떠오른다. 내가 술을 마시는 것이 아니라 저 달을 마시는구나, 하며 웃으시던 염 님. 방울아, 네 고운 목소리로 노래 한 자락 불러보련, 하시고는 눈을 감으시던 염 님.
술을 몇 되를 마셔도 좋으니 절 데려가 주세요, 주인님.
다시는 주제넘게 잔소리하지 않을 테니 다시 절 거둬주셔요.
상황을 파악하지 못한 령은 갑자기 닥친 자신의 운명에 순응하지 못하고 눈물로 밤을 지새우니. 천화궁을 몽당 잠기게 할 정도의 눈물 바람에 율은 인사도 못하고 주인님의 눈물에 발만 동동 굴렀다.
그때가 백 년 전의 일이었다.

❖

"아얏!"

비명 소리가 천화궁을 따끔하게 찔렀다. 비명을 지른 령은 손끝에 동그랗게 피어오르는 핏방울을 입으로 쪽 빨고는 눈치를 살폈다. 그녀의 앞에 꼿꼿하게 앉아 있는 청안(靑眼)의 눈매가 매서웠다.

그는 푸른 빛깔이 감도는 긴 머리를 질끈 묶은 채 몇 시간 동안 무릎을 꿇은 자세를 하고 령 앞을 지키고 있었다.

"에효효."

성질 같아서는 당장이라도 들고 있던 자수틀과 바늘을 내던져 버리고 싶었지만 두 눈을 부릅뜬 청안이 무서워 령은 차마 그러지 못했다.

"아가씨."

"네에."

"집중하십시오."

"집중하고 있습니다. 허나 뜻대로 되지 않는 걸 어쩝니까?"

여염집 아가씨 분위기가 물씬 나는 령의 얼굴이 불만으로 가득했다. 백 년이 흘러 이제는 개화를 한 채로 생활할 수 있게 되었다지만 아직도 인간의 몸은 다루기 힘들었고, 또 적응이 되질 않았다. 노란 저고리에 다홍빛 치마를 두르고 고운 머리 장식을 하고 있었지만 그 또한 령에게는 불편하기 짝이 없는 것들이었다.

'다들 돼지 목에 진주라고 떠든다고.'

령은 손에 들고 있던 자수틀을 내동댕이치며 발을 앞으로 쭉 뻗었다. 엉덩이에 닿는 푹신한 비단 방석에 머리를 받치고 누운 그녀는 경악하는 얼굴로 자신을 바라보는 청안을 보기가 싫어 눈을 질끈 감아버렸다.

"령 아가씨!"

아가씨는 개뿔. 시종 주제에 신분 상승을 해버렸으니 아가씨들과 같은 교양은 기대하지 마십시오.

령이 흥, 콧방귀를 뀌며 본체만체하자 청안의 목소리가 더욱 날카로워졌다. 치마 아래로 드러난 속바지며 버선발, 점잖지 못하게 벌린 다리하며⋯⋯.

청안의 얼굴이 사색이 되어버렸다. 청안, 그는 령의 교양 담당 교사였다. 천화궁에 틀어박혀 내내 울고 있는 령에게로 명을 받고 온 청안은 제일 먼저 바느질을 가르쳤다.

청안은 처음 령에게 오기 전 목목에게 자신 있게 대답했었다.

"바느질 수업부터 시작해서 자수 공예, 식사 예절, 의복 맞춤 등을 가르칠 예정입니다. 넉넉하게 오십 년이면 충분할 듯하옵니다."

그도 그럴 것이 풍의 매 권속 요괴 중 청안은 최고의 교양 선생이라는 자부심이 있었기 때문이다. 공작(孔雀)의 명예를 걸고 오십 년 안에 모든 것을 가르치겠다고 다짐했건만 이게 웬걸. 천화궁의 주인은 백 년이 되도록 그 쉬운 자수 하나를 제대로 놓는 법을 몰랐다.

"백 년입니다, 백 년. 웬만한 계집들도 자수 하나는 제대로 놓는 세월입니다."

"어떡해요? 자수에 소질이 없는걸."

"소질이 없으셔도 하셔야 합니다."

"그러니까 소질이 없는데 왜요?"

"그야 반려를 맞이하시면 그분의 비단 속옷이라도 만들어 드려야지요."

"그러니까 내 비단 속옷도 못 만드는데 어찌 남의 비단 속옷을 만드냐고요."

늘 이런 식이었다. 령은 청안과의 대화가 다시 같은 형식으로 반복되는 것 같아 눈을 질끈 감았다.

천화궁은 말만 하늘의 꽃이지 감옥이나 진배없었다. 율이 가져다주는 음식을 먹고, 청안이 하라는 대로 바느질을 하는 것으로 백 년이 흘렀다. 아침 기상부터 시작해 화장실에 가는 시각까지 정해진 대로 행하여야 했다. 그것이 이곳의 법규라나 뭐라나.

'인형이 아니면 이게 무어란 말이야?'

령은 입을 부루퉁하게 내밀고 청안을 바라봤다. 청안은 잠시 령을 지켜보고 있다가는 시간이 다 되었다며 자리에서 물러났다. 하지만 그것은 핑계일 뿐, 령은 청안이 자신이 고집을 부리기 시작하면 말릴 도리가 없다는 것을 알고 있다는 것을 알고 있었다.

'피하는 거지, 또.'

이번에도 령의 승리다. 령이 몰래 미소를 짓자 청안과 교대를 하고 들어온 율이 조심스레 령을 불렀다.

"령 아가씨."

율의 목소리에는 은근한 질책도 스며들어 있었기에 령은 입술을 비죽거렸다.

"그렇게 부르지 마. 아가씨가 아니래도."

"백 년이면 변하실 법도 한데 한결같으셔요."

"그래도 율이 네가 좋은 나무들을 구해다 준 덕에 마음 붙일 곳이 생겼어."

령이 우울하게 집만 지키고 있는 것이 안되었다 싶었는지 율은 눈치껏 령에게 나무를 구해다 주었다. 참나무, 상수리나무, 자작나무, 가끔은 산불 속에서 살아남은 벚나무도 가져다주었다.

령은 율이 가져다준 나무로 공예를 하였다. 여우 조각을 만들었고, 염 님을 만나면 다시 드릴 바둑알 상자도 만들었다. 바둑알 상자 측면을 장식할 꽃이 필요하다 하면 율이 또 몰래 꽃을 구해다 주었다.

"꽃 구하기가 얼마나 힘들었는지 아셔요? 여기에는 꽃 한 송이가 없다구요."

누가 참새 아니랄까 봐 시끄럽기도 하다.

"그러고 보니 여기에는 왜 꽃이 한 송이도 없니?"

령이 있던 곳에는 숨 막힐 정도로 화려하고 향이 짙은 꽃들이 많았다. 매화, 모란, 산다화, 양귀비, 작약······.

그런데 천궁에는 꽃이 없었다. 푸르른 나무들로 가득할 뿐이지.

"그게······. 꽃은 다 흙에서 나질 않아요?"

"그렇지."

"그런데 그 흙을 다스리는 분께서 저희에게 꽃을 주시지 않으신답니다. 저도 들은 이야기여요."

"흙을 다스리는 분께서?"

"흙의 거미라고 하시던데. 제가 듣기로는 무결 님과 둘도 없는 원수 사이시래요. 그래서 저도 물어물어 어렵게 꽃을 구한 겁니다."

"흐음."

령은 그 이야기에 별 흥미가 없다는 듯 바둑돌 상자만 애틋하게 매만졌다. 상자의 측면에 율이 가지고 온 산다화 한 송이를 새겨 넣고 나니 백 년 전 이 상자를 만들 때의 생각이 나는 바람에 다시 눈물을 글썽였다.

"율아, 나는 있지. 한낱 시종이었어. 그래도 나는 내 신세가 한탄스럽지 않았다. 멋진 주인님을 모실 수 있다는 것만으로도 영광스러웠어. 그런데 어쩌다 내가 여기서 이러고 있는지 모르겠다. 아가씨 놀이나 하고 싶은 것이 아니야, 나는!"

령이 한탄을 하며 율이 가져다준 등나무 꽃을 매만졌다. 령이 만질 때마다 꽃에서는 방울 소리가 찰랑찰랑 들렸다. 꽃을 가지고 연주를 하는 것은 령의 유일한 특기이자 자랑이었다.

'주인님께서는 꽃잎을 잔 삼아 약주 한잔을 하셨었지. 나는 곁에서 꽃송이의 맑은 기운으로 연주를 했었고. 약주하실 때 나를 연주시키려고 부르시곤 하셨는데.'

령이 감상에 빠질 때 즈음 율이 나직한 목소리로 종알거렸다.

"그야 아가씨는 천화인걸요."

율은 바닥에 엉망으로 내버려진 자수틀을 들고 바지런히 손을 놀려 령이 못다 한 자수를 마저 두었다.

"그러니까 대체 그 천화라는 게 무엇이야?"

"그야 저도 모르죠."

물어볼 때마다 돌아오는 대답은 모른다는 것뿐. 그 말에 령은 한숨을 폭폭 내쉬었다. 머리가 영민하여 어찌 돌아가는 상황인지 이해하면 좋겠지만 령의 머리는 영 단순하기만 했다.

"하지만 천화라는 것이 엄청나게 귀한 존재라는 것은 알아요."

"귀하긴 무어가? 나는 일개 시종이었다니까 그러네. 내가 있던 곳에서는 하찮았는데 여기 왔다고 귀해지지는 않을 것 아니니?"

"그건 저도 모르겠지만 천화는 귀한 존재랬어요. 천 년에 한 번 피어나는 꽃이자 주인님의 반려라고 하였죠."

"꽃? 반려? 주인님의? 반려라는 것이 대체 무어야? 먹는 것이니?"

"글쎄요. 반쪽이라는 말만 들었어요. 전 글을 못 읽어요. 서책도 못 읽으니 반려가 무엇인지 알지 못해요."

"그렇겠구나. 반쪽이라. 맛있는 거였으면 좋겠다."

"그러게요. 아가씨가 좋아하는 조린 밤 같은 거였으면 좋겠네요."

율의 말에 령이 고개를 주억거리며 동의를 하다 말고 고개를 번쩍 들어 올렸다.

"잠깐! 주인님의 반려라 하지 않았어?"

"그랬지요. 저는 그냥 들은 것만 말씀드리는 거예요."

"내가 주인님의 반려라고 하질 않았니? 그럼 나는 언젠가 주인님께 먹힐 거라는 거야?"

"네에?"

"반려라는 것이 맛있는 거라고 하질 않았어? 내가 그분의 반려라는 것은 언젠가 주인님께서 날 맛있게 먹어치우실 거라는 거잖아."

이제 알았다! 반려란 그런 것이다. 천화라는 귀한 존재라며 애지중지 천화궁에 넣어두고 포동포동 맛있게 살찌기를 바라는 것이다. 먹기 좋게 익기를 바라는 것이다!

아이고, 내 처지야!

맹수들의 눈을 피해 삼백 년을 살았다 했더니 백 년 내내 음식창고에 저장이 되어 있을 줄은 몰랐네.

'정말 염 님이 날 팔아치우신 거였어! 그렇게 술이 좋으셨던 걸까?'

에잇, 신경질이 난다.

령은 만들고 있던 바둑알 상자며 여우 조각, 자수틀이며 서책을 바닥에 와르르 쏟아버렸다. 그 모습에 놀란 율이 자수를 두다 말고 일어나 령에게로 달려왔다.

"아, 아가씨!"

"그 말 듣기 싫어!"

심통이 난 령이 씩씩거리며 발로 바닥에 쏟은 물건을 자근자근 밟았다.

"이제 곧 때가 옵니다. 주인님께서 천화 아가씨를 반려로 맞이할 날이. 그때까지 몸을 정숙하게 하시고, 많은 것을 익히셔야 합니다. 달이 빛을 잃는 월식의 밤, 아가씨는 주인님의 진정한 반려가 되실 겁니다. 아니, 되셔야 합니다."

언젠가 청안이 했던 말이 떠올랐다. 월식이 언제더라, 령이 눈을 깜빡이며 날을 세었다. 음의 나라에 찾아오는 월식은 인간 세상의 월식과는 사뭇 달랐다.

오백 년에 한 번 찾아오는 월식의 밤을 위해 길러지고, 교육되어진 령은 처참한 마음으로 자신의 상황을 되새겼다.

음기가 만연하고 팽배해져 사악한 무리들이 날뛰는 그때가 바로 내가 잡아먹히는 날이구나. 이제 조만간이다.

령은 눈물을 똑똑 흘리며 만들고 있던 바둑알 상자를 다시 한번 자근자근 밟았다.

"이게 다 무슨 소용이야? 잡아먹힐 몸인데. 이렇게 만들어 무얼하겠어?"

"아가씨! 참으셔요!"

령의 버선발에 부딪친 여우 조각이 도르르 굴러 빗접에 가 부딪쳤다. 검은 칠에 화려한 꽃문양으로 장식된 빗접은 령이 살던 곳의 풍경과 사뭇 비슷했다. 그 아래 처박힌 여우 조각의 눈이 반짝였다.

령에게는 그녀 자신도 모르는 능력이 있었으니 그것은 바로 자신이 마음을 다해 만든 물건에 '길'이 생기는 것이었다. 요괴들은 '길'을 통해 자신의 혼을 어디든 보낼 수가 있었다. '길'은 누군가의 간절한 염원이 깃들어 있어야 했고, 또 요괴의 기본적인 성질이 맞아떨어져야만 했다. 그랬기에 '길'을 내는 것은 꽤 까다로운 일이었다.

령이 방금 찬 여우 조각과 그녀가 사용하는 빗접에는 불의 여우가 오갈 수 있는 '길'이 트여 있었다. 령도 마음만 먹는다면 그 '길'을 통해 기방과 천궁을 오갈 수 있었지만 그녀는 아직 '길'에 대해 눈치채지 못한 듯했다.

'어휴, 저거 저거. 400년 쯤 살았으면 세상 돌아가는 꼴을 알 때도 되지 않았나?'

여우의 꼬리가 살랑 움직였다. 그때 빗접에 새겨진 산다화가 바람에 살랑살랑 흔들렸다.

'주인님, 방울이한테 무얼 기대하시는 거여요?'

'저 아이는 주인님이 지켜주신 것도 모르고 있다고요.'

킥킥킥, 숨죽여 웃는 소리가 빗접에서 흘러나왔다.

'쉿! 기척을 죽이거라. 몰래 숨어들어 왔다는 걸 알면 풍의 매가 가만히 있지 않을 게야.'

'가여운 우리 아기씨.'

'가엽긴 무얼. 그나저나 우린 혼요(婚擾)나 기대해야겠구나. 그때 방울이가 좋아하는 꽃을 왕창 들고 가자.'

키키킥, 키키킥.

웃음소리와 함께 여우의 기척이 멀리 사라졌다. 그것도 모르고 령은 바닥의 물건에 패악질을 해대다 눈을 반짝였다.

"이대로 먹잇감이 될 수는 없다."

"네?"

"율아, 네가 날 좀 도와다오."

순수한 결정으로 태어났다는 령, 순진한 눈을 빛내며 율을 앞으로 끌어다 앉혔다.

바로 내일이 보름이 되기 하루 전이었다.

第二章

바람이 불었다.

횃대에 앉아 컴컴한 하늘을 바라보는 무결(無缺)의 눈빛이 무심했다. 칠흑 같은 긴 머리가 어둠에 녹아들었지만 황금빛 눈동자는 어둠 속에서도 형형하게 빛이 났다. 바람결에 그가 걸치고 있는 잿빛 장포가 펄럭이는 소리가 제법 크게 들렸다.

바람에 나부끼는 긴 머리카락, 가무잡잡하게 그을린 피부, 숱이 많은 눈썹과 날카로운 눈매를 한 그는 바로 천궁의 수장이었다. 눈매는 날카로웠으나 눈빛이 깊었고, 우뚝 솟은 코와 단단히 닫힌 입매는 사내다우면서도 단정했다. 오랜 수련을 통해 다져진 몸의 근육이 탄탄했고, 그래서인지 요괴 자체로 다부진 느낌을 주었다. 천궁의 모든 이들이 그를 우러러보고 믿고 따르는 이유는 분명 그 자체에서 뿜어져 나오는 흔들림 없는 모습 때문일지도 모른다.

"이제 곧 보름이군."

손톱밖에 남지 않은 달에게는 어둠을 물릴 힘이 없었다. 어둠이 짙어지는 시기, 그리고 음기가 만연하는 시기.

무결은 손을 물끄러미 바라봤다. 횃대에 깊숙한 홈이 파일 정도로 강한 손톱이 있는 손, 그 손에서 강한 기운이 느껴졌다. 눈을 감기만 해도 온몸에서 자유를 원하고 꿈틀대는 포악한 기운이 팽배해져 있음을 알 수 있었다.

"월식에 초야(初夜)를 치러야 한다고 했던가?"

목목은 지난 백 년 내내 무결을 쫓아다니며 잔소리를 해댔다. 천화궁에 모신 아기씨에게 머리 장식을 보내라, 분첩을 보내라, 도토리를 보내라, 아주 난리도 아니었다.

"에헴. 주인님, 여자로 말할 것 같으면 말입니다. 선물을 보내고 편지를 보내 살살 어르면 금방 넘어온답니다."

여자를 모르는 목목이 할 소리는 아니었다. 하지만 무결도 목목이 하는 말이 무슨 의미인지 잘 알고 있었다. 어떤 수를 쓰든 천화의 몸과 마음을 열어 초야를 치르라는 말이었다.

"그분은 아주 귀하신 꽃입니다. 마음이 없으시더라도 마음이 가는 척, 그렇게 달래고 구슬려서 초야를 꼭 치러야 합니다."

"그놈의 초야!"

"아시지 않습니까? 이제 곧 월식. 월식도 그냥 월식이 아닙니다. 음기가 강해지고 봉인의 힘이 열어지는 날에 어떤 일이 일어날지 모릅니다. 주인님도 느끼고 계시지 않습니까? 몸이 변화하고 있다는 것을."

목목의 말이 맞았다. 무결은 생소한 감각을 느꼈다. 세포 하나 하나가 깨어나 예민해지고, 포악하게 꿈틀거리며 본성을 예고하고 있었다. 분명 그 본성은 이성과 자제로 응집한 무결이 쌓아온 모든 것을 산산이 부숴 버릴 정도의 위력을 가진 것이다.

포악한 본능.

야차가 갈가리 찢겨져 그 본성이 물과 불과 흙과 바람에 봉인이 될 적, 바람에는 야차의 전투력이 머물렀다. 전투를 하고자 하는 본성, 싸워 이기려는 그것이 바람에 봉인이 된 것이다. 물에는 허무가, 불에는 색기가, 흙에는 독기가 봉인이 되었다.

그리고 음기가 강해지는 월식의 날. 그날에는 봉인의 힘이 약해지고 봉인해 두었던 모든 힘이 살아 활어처럼 팔팔하게 펄떡거릴 것이 분명했다. 물, 불, 흙에 봉인된 모든 것들이 다 함께 뒤섞이는 것이다. 그때가 되면 분명 네 명의 야차가 빛이 없는 틈을 타 잔인하게 날뛰게 될 것이다.

그것을 저지할 수 있는 유일한 것, 그것이 바로 천화였다.

"천화는 양의 기운을 받아 태어난 가장 순수한 것입니다. 천화와 초야를 치르시면 주인님께서 분명 스스로 다스릴 수 없는 그 성질을 누르실 수 있을 것입니다."

"하아, 나는 내키지가 않는군."

"유일한 방법이옵니다. 주인님이 본능에 몸을 맡겨 산산이 부서지는 것을 막고, 우리 부족이 망가지는 것을 막고, 나아가 음과 양의 균형을 잡는 대업이옵니다."

무결은 사실 여인에 뜻이 없었다. 부족을 지킨다는 무게가 어깨
를 누르고 있었기 때문도 있었고, 오랜 세월 동안 쌓아온 자제심
이 그를 여인에게 한눈팔도록 만들지 않았기 때문이기도 했다.

그렇다고 욕구가 없는 것은 아니었다. 여인을 안고 싶다는 욕망
이 들 때면 지칠 때까지 수련을 하거나 폭포 밑으로 들어가 몇 시
간씩 찬물 아래 앉아 있었다. 그도 힘들다 하면 불의 여우가 운영
하는 기방에 한 번씩 다녀왔는데 그것도 썩 내키는 것이 아니라
언제부터인가 그만두게 되었다.

그는 불의 여우가 즐기는 색이 불편했다. 끈적끈적하고, 질펀한
육체의 놀음 따위 무결의 취향이 아니었다. 바람은 본디 무언가에
매이는 성질이 아니었다.

무결은 바람에 몸을 맡겼다. 모든 것이 캄캄하게 내려앉은 밤,
선선한 바람, 그리고 고요. 그 세 가지는 무결이 삼천 년 내내 사
랑해 마지않는 것들이었다.

그때였다.

"캬악!"

바스락거리며 수풀 사이로 무언가가 움직였다. 어둠 속에서 무
결의 황금빛 눈동자가 빛났다.

'침입인가? 또 흙의 거미가 보낸 자객?'

하지만 그것과는 조금 다른 느낌이다. 자신의 기척을 완벽하게
숨기지도 못하고 수풀 속에서 바르작거리는 몸뚱이는…… 소녀였
다. 보자기 하나를 머리에 둘러쓰고 봇짐을 끌어안은 채 여기저기

를 살피던 소녀의 몸이 일순 기우뚱하더니 이내 절벽에서 떨어지기 시작했다.

"끼야아아아아아!"

소녀의 행태가 이상했다. 고함을 내지르다가 이내 양손으로 입을 막았다. 그러다가 다시 겁이 나 안 되겠는지 고래고래 소리를 지르는 것이 무결의 호기심을 자극했다.

"대체 무얼 하는 건지."

양손을 퍼덕거리며 날갯짓을 하는 듯 보였지만 날 수는 없는 모양이었다.

"이백 년도 채 못 살았나, 왜 날질 못해?"

무결은 그 행태를 지켜보며 쯧쯧 혀를 차다가 횃대를 박차고 올랐다. 횃대를 박차자마자 인간의 형상에서 커다란 깃의 매로 변한 그는 빠르게 양발로 여자의 몸을 낚아채 다시 천궁을 향해 날아올랐다.

절벽에서 떨어져 그대로 즉사하는 것과 사냥당해 그대로 먹잇감이 되는 것 둘 중에 어느 것이 나은지, 령은 선택하지 못했다. 단단하고 날카로운 발톱이 자신의 몸을 낚아챈 순간, 다행이라며 안도의 한숨을 쉬었던 령은 자신을 낚은 것이 맹금류라는 것을 알고 기겁을 했다.

'엄마야. 주인님, 저 어떡해요?'

분명 염 님이라면 염주에 대고 기도라도 하셨을 테지만 령은 마땅히 부를 신의 이름조차 몰랐다. 할 수 있는 것이라고는 그저 주인님을 부르며 제발 이 맹금류가 배가 불러 자신을 못 본 척 놓아주기를 바랄 뿐이었다.

등허리를 옭아매던 발톱이 풀어진 것은 높은 횃대 위에서였다. 이파리 하나 없이 불룩하게 솟은 높은 나무였는데 그곳에서는 마을의 전경과 사방팔방을 한눈에 내려다볼 수 있었다.

령을 그 위에 내려놓은 이는 단숨에 모습이 변했다. 잿빛 장포에 검푸른 머리카락, 황금빛이 감도는 눈동자가 위엄이 있었다. 하지만 그이의 얼굴을 제대로 볼 여유도 없이 령은 바닥에 머리를 조아렸다.

"사, 살려주셔서 감사합니다."

보자기로 얼굴을 가리고는 있지만 겁에 질린 모습이 온몸으로 전해졌기에 무결은 평소답지 않게 심술을 부렸다.

"누가 너를 살려주었다 하더냐?"

"사, 살려주신 것이 아니옵니까?"

"지금 생각하고 있다. 너를 살려줄 것인지, 아니면······."

"아, 아니면?"

꼴깍.

령이 침을 삼켰다. 목이 바싹바싹 타들어가고, 손에 절로 땀이 배었다. 눈앞의 남자는 거물이라는 것을 직감했기 때문이었다. 정말이지 남자가 마음을 먹는다면 다람쥐 하나 정도는 슥삭, 안줏거리로 삼켜 버릴 수도 있다는 것을 알았기에 령은 손이 발이 되도록 빌기로 했다.

"사, 살려주세요. 살려주세요. 저는 한낱 사백 살밖에 되지 않은 미물이옵니다."

"사백 살이라. 그 정도면 꽤 되었는데 왜 날지를 못하느냐?"

"그것이……."

저는 새가 아니라 다람쥐기 때문이죠.

하지만 그렇게 말한다는 것은 자신의 신분을 모두 드러내는 것과 같다. 주인님의 반려, 즉 소중한 먹잇감이 창고에서 탈출했다는 것이 알려지면 꼼짝없이 죽은 몸이다.

어찌하지? 어찌해야 할까?

령이 눈치를 살피며 마른침만 꼴깍꼴깍 삼켰다.

"날지를 못하는 것이 아니라면 정녕 절벽에서 떨어져 죽을 생각을 하고 있던 것이냐?"

"아, 아니옵니다. 생각에 잠겨 그만 발을 헛디뎌서……."

"너처럼 우스운 아이는 처음 보는구나. 천궁이다. 하늘과 맞닿은 가장 높은 곳에 있는 곳이니 마을만 벗어나면 아래로 떨어질 것이라는 걸 잘 알 텐데 발을 헛디디다니. 너, 무엇이냐?"

"저, 저는……."

령은 눈을 데구루루 굴리다 금방 율을 떠올렸다. 백 년 가까이 곁에 두고 지켜봐 왔으니 율 흉내는 제법 낼 수 있었다.

"황작(黃雀)이옵니다."

"참새라."

참새라 하면 본디 바지런하기가 이루 말할 수가 없어 이 천궁에서는 갖은 심부름을 도맡아 하는 시종이 대부분이었다.

"제가 얼마 전에 날개를 다쳐서 그만."

령의 말에 무결은 대답을 하지 않았다.

너무 티가 나는 변명이었나?

령이 눈을 굴리며 그의 대답을 기다렸다. 다행히 무결은 꼬치꼬치 묻지 않고 화제를 돌렸다.

"이 야심한 시각엔 어쩐 일이냐?"

"잠시 가족 생각에 잠겨 산책을 하다 보니 이리되었습니다."

아주 입만 열면 거짓말이 술술 터져 나온다. 하지만 령은 두 눈을 부릅뜨며 생각했다. 지금 말하는 것이 모두가 거짓말은 아니요, 가장 중요한 것은 이 한목숨 부지하는 것이라고.

다행히 분위기가 좋았다. 남자에게서는 살기가 느껴지지 않았고, 되레 느긋한 분위기마저 느껴졌다. 령은 분위기를 읽을 줄 알았다. 지금의 것으로 말할 것 같으면 염 님이 달을 벗 삼아 술 한잔 기울일 때와 같은 분위기였다.

아, 죽지는 않겠구나. 그 생각에 안도의 한숨이 몰캉하게 튀어나왔다.

"내가 정말 널 죽이기라도 할 것 같았느냐?"

"아, 안줏거리로도 손색이 없다는 말을 자주 들었사옵니다."

"자화자찬을 하는구나."

"이것이 어째서 자화자찬이옵니까? 스스로를 안줏거리에 빗대는 것이 얼마나 구슬픈 일인 줄 아시옵니까?"

"그렇다면…… 고달프겠구나."

무결의 깊어진 목소리에 잔뜩 뾰로통했던 령의 심기도 누그러졌다.

무결과 령은 한동안 횃대에 앉아 달을 바라보았다. 손톱밖에 남지 않은 달이 밝지는 않았지만 새까만 하늘에 흩뿌려진 별들이 참 아름다운 밤이었다.

밤하늘을 둘이 바라보고 있자니 문득 술 한잔이 그리워진다. 달콤한 노래와 어울리는 술이 고픈 날이 이런 날이로구나, 무결은 처음으로 그 마음을 이해했다.

"풍류를 아느냐?"

그렇게 물은 것은 순전히 기분 탓이었다.

내가 어린 소녀에게 무슨 말을 하는 건가?

자책을 하며 말을 거두려는데.

"푸, 풍류 말씀이시옵니까?"

령이 조심스럽게 물었다. 그 질문에 무결은 평소 그답지 않게 변명을 했다.

"원래 좋아하진 않지만 오늘따라 노랫가락이 그립구나. 황작이라면 지저귀는 정도는 할 줄 알겠지?"

"주워들은 것이 있사온데……."

령이 눈을 데굴데굴 굴렸다. 사실 령은 염이 가까이에 두고 애지중지했을 정도로 기예에 출중했다. 노래며, 춤이며, 꽃망울로 하는 연주까지 모든 것이 기이하고 아름다워서 염은 늘 그녀를 곁에 두고 술을 즐겼다.

그래서 이름도 방울, 령이었다. 그녀가 만지는 모든 것들이 악기가 되어 아름답고 애잔한 방울 소리를 낸다 하여 령. 물론 목공예를 소일거리 삼아 기방 아씨들에게 팔기도 했지만 말이다.

무결이 풍류를 말한 이 순간, 령은 기가 막힌 책략을 떠올렸다. 그녀는 기회를 놓치지 않고 겁 없이 무결에게 말하였다.

"그럼 약조하여 주세요."

"무얼?"

"제가 노래 한 자락 불러 드릴 테니 절 드시지 않으시겠다고 약조해 주셔요."

령이 불안한지 재차 확답을 요구하자 남자는 재미있다는 듯 껄껄 웃었다. 바람 같은 웃음이었다. 호쾌하고 상쾌한 그 느낌이 영 싫지만은 않았다.

"네 노래가 목숨값과 맞먹을 정도로 대단하다?"

"……절 아, 안줏거리로 생각하시는 것 아닙니까? 오늘 밤만 안 주를 안 드신다 생각하시면…… 그리 어려운 일도 아니지 않습니까?"

무결은 잠시 생각하듯 령을 바라보고 있다가 이내 큰 결심을 했다는 듯 고개를 끄덕였다.

"좋다. 안줏거리로 삼진 않으마."

"약조하십니까?"

"사내가 어디 한 입으로 두말을 하겠느냐."

"그럼 약조하신 것으로 알고."

령은 사내의 앞에 고개를 꾸벅 숙이고는 앞에 잔뜩 짊어지고 있던 봇짐을 풀었다. 이게 무슨 해괴한 짓인가 싶어 사내의 눈이 살풋 찌푸려진 순간, 령은 봇짐 안에서 동그만 술병 하나를 꺼내었다.

"인동초로 담근 술이옵니다."

"어찌하여 그 안에서 술병이 나오는 것이냐?"

사실 령도 그 술이 어찌 봇짐에 들어 있는지 알지 못했다. 령이 바둑알 상자에 담겨 천궁으로 왔을 적 짐에 섞여 있던 술병이었다. 아마도 염이 작별 인사로 넣어둔 것이겠지.

"자꾸 질문하지 말아주셔요. 여우에 홀린 것처럼 한순간에 끝날 여흥이오니 즐겨주시치요."

그렇게 말한 령은 술과 함께 딸려온 백자 잔에 황금빛 술을 따라 올리고는 꽃 한 송이를 꺼내었다. 율이 구해다 준 자줏빛의 등꽃이었다. 등꽃 한 송이를 따다 무결의 술 위에 띄운 령은 뒤로 몇 걸음 물러났다.

"등꽃 향과 함께 즐겨주셔요."

령은 등꽃을 치마폭 위에 올려두고 손으로 꽃송이를 두드렸다. 사람 손을 타지 않은 꽃송이가 령의 손길에 맑은 소리를 내었다. 그것은 실로 묘음(妙音)이었다. 음률에 맞춰 어딘가에서 신량(新涼 : 신선한 냉기의 바람)이 불어왔다.

령이 아득한 목소리로 노래했다.

嘉夜高堂上 아름다운 밤 높은 곳에 올라앉아
同塵觀取傾 같은 곳을 바라보며 술 한 잔 기울이네
陽陰參與商 빛과 그림자처럼 어울릴 수 없는 사이지만
瞬間信珍美 짧기에 더욱 소중하고 아름다운 것을
信美不能忘 정녕 아름답구나, 어찌 이 밤을 잊으리

그녀의 목소리가 현(絃)처럼 바르르 떨렸다. 깊은 밤을 더듬어 올라가는 청량한 목소리에 무결의 마음 또한 푸르르 날갯짓을 하였다.

이런 울림은 처음이었다. 정말이지 여우에게 홀린 듯했다. 노래를 듣고 순순히 보내주겠다 약조를 했건만 그 약조를 지키고 싶지 않아졌다.

'마음이 이상야릇하군. 실로 저 아이가 참새가 맞는 것인가? 어디서 여우가 참새로 변해 나를 홀리게 만든 것이 아닌가.'

무결의 눈빛에 화염의 불꽃이 튀어 올랐다. 술에 취해, 밤에 취해, 그리고 소녀의 노래에 취해 모든 것이 상관없어지는 기분이다. 신선놀음이라는 말이 절로 이해가 되었다. 마음이 붕 뜨고, 구름 위에 앉은 것마냥 세상의 사사로운 고민이 아득해지는 기분이었다. 그랬기에 무결은 평소 같으면 당장 패대기를 쳤을, 령의 꽃송이도 그대로 놔두었다.

'내 지금 하늘에서 하강한 천녀를 마주하고 있는 것인가, 아니면 달에서 살던 항아를 보고 있는 것인가.'

솔직히 말해 소녀는 아무리 좋게 보려고 해도 박색이었다. 새까만 피부는 까마귀의 것과도 같고, 자그마한 이목구비는 귀엽긴 하였지만 사내의 흥미를 끌 정도는 아니었다. 그런데도 무결의 눈에는 자꾸 령이 밟혔다.

'참 희한한 일이로군.'

그것을 아는지 모르는지 령은 여운에 젖어 눈을 감았다. 살짝 벌린 입술 사이로 선홍빛 혀가 날름거렸다. 바람에 덮고 있던 보자기 매듭이 풀렸다. 보자기가 날아가자 숨기고 있던 길고 풍성한 머리칼이 하늘에 날렸다.

홍염(紅焰)이었다. 새까만 하늘을 불바다로 만드는 아름다운 색. 그래, 노을의 색이다.

무결은 령의 모습을 멍하니 바라보다 그녀에게로 가까이 다가갔다. 그제야 얼굴을 감추던 보자기가 날아갔음을 깨닫고 령이 황급히 고개를 숙였다.

"너……."

무결이 령의 턱을 붙잡아 위로 잡아 올렸다. 머루처럼 까만 눈동자가 물기를 머금고 그를 담는다. 새벽이슬처럼 고요하고 맑은 눈동자였다.

그녀의 눈동자에 자신이 담기는 것을 묘한 눈빛으로 바라보았다.

이 눈빛, 어디선가 본 적이 있어.

무결은 령과 마주친 눈을 피하지 않고 천천히 물었다.

"네 이름이 무엇이냐?"

무결의 질문에 령은 파르르 속눈썹을 떨며 대답했다.

"바, 방울이라 하옵니다."

어디선가 딸랑딸랑, 방울 소리가 들렸다. 령이 들고 있는 등꽃 송이가 서로 부딪쳐 나는 소리였다. 하지만 령은 그 소리가 자신의 심장에서 나는 것이라 생각했다. 그도 그럴 것이 눈앞의 사내와 눈을 마주친 순간, 심장이 덜컥 내려앉는 듯했기 때문이다.

'이리도 잘난 사내는 처음 본다.'

그뿐인가?

'심장이 왜 이리 떨리는 거야?'

분명 이건 심장이 내게 보내는 경고다. 령은 그리 생각했다. 눈앞의 사내가 자신을 탐내며 입맛을 다스리니 어서 여기서 도망치라고.

기방 아씨들도 그랬고, 목목도 그랬다. 령만 보면 맛있겠다, 탐스럽다, 입맛을 다셔댔다.

아니, 그것과 좀 다른가?

하지만 어디가 어떻게 다른지 생각해 볼 여유는 없었다.

"그, 그럼 저는 이만."

령이 무결을 향해 고개를 꾸벅 숙였다. 지체하다가는 그의 미색에 홀려 내일 아침이면 그의 뱃속에서 소화가 되고 있을지도 모를 일이었다.

포식자들은 어찌하여 이리도 아름다운 것인가? 염 님만 해도 그래.

"우리가 아름다운 이유? 간단해. 이 미색으로 먹잇감을 꼬셔 쉽게 날름 먹기 위한 유인책이지."

염의 농지거리를 떠올린 령이 황급히 자리를 털고 일어났다. 그녀의 손이 보따리의 매듭을 얼기설기 짓고, 그것을 옹골차게 움켜쥐자 무결이 다급하게 그녀의 손목을 잡았다.

"내일!"

"네?"

처음이었다. 무결의 마음에 바람이 분 것은.

연하고 나긋나긋한 미풍이었다. 그 미풍이 사라질까, 무결이 급하게 그녀에게 말하였다.

"내일도, 내일도 이리로 오거라."

"저, 저를 그냥 보내주신다 하지 않으셨습니까?"

"내일도 이리 와서 내게 그 소리를 들려주거라."

"야, 약조할 수 없습니다."

"그럼 나도 널 그냥 보내준다는 약조를 하지 못하겠구나."

무결이 심술궂게 령의 손목을 말아 쥔 손에 힘을 주었다. 아주 단단히, 청라(靑蘿 : 푸른 담쟁이 넝쿨)처럼 옭아매었다. 그러자 령의 얼굴이 단박에 울상이 되었다.

"너무하십니다. 한 입으로 한 말만 하는 사내가 아니시던가요."

울먹이는 령의 얼굴이 사랑스러웠다. 얼굴 가득 꽃물이 들고, 물기로 촉촉한 눈망울이 겁에 질려 흔들리는데 그것이 뭐가 그리 좋은지 무결은 내내 웃기만 했다.

'그리 아름다운 것도 아니고, 특별한 것도 아닌데 왜 내 마음이 너에게 머무는가?'

웃음이 없던 사내의 마음이 푸근해졌다. 그녀의 앞에서 시시각 각 색을 달리하는 마음의 색에 무결 자신도 혼란스러워졌다. 삼천 년 넘게 살아오는 동안 느껴보지 못했던 울림이었다.

"오늘은 이만 보내주마. 허나 내일 다시 오너라."

"야, 약조할 수 없사옵니다."

"잡아먹지 않을 것이다. 내 원래 풍류를 즐기는 편이 아닌데 오 늘과 같다면 즐기지 못할 것도 없겠다."

풍류(風流), 바람과 전혀 관계가 없는 일이 아니다.

"음풍농월(吟風弄月 : 맑은 바람과 밝은 달에 대하여 시를 짓고 즐겁 게 놂)이 따로 없구나. 네 소리를 더 듣고 싶다."

여인 대하는 법을 모르는 무결, 자신이 무슨 말을 지껄이고 있 는지도 모른다. 그의 말에 령이 겁을 담뿍 집어먹었다.

듣기 좋은 꽃노래로 홀려 그대로 꼴깍 잡아먹으려는 속셈인 걸 내 모를 줄 알고?

령은 영민한 척 머리를 굴려가며 경계를 했다.

구름에 눈썹달이 스러졌다. 세상에는 빛 한 점 남지 않았으나 무결의 눈에는 령이 달이요, 빛이었다. 그 빛이 그에게서 달아난다. 어둠에 몸을 숨기었다. 무결의 앞에서는 어둠도 소용이 없었지만 그는 그녀를 순순히 놓아주었다.

"오늘만 날이 아닌 것을."

황금빛 눈동자가 달아나는 령의 뒤를 끈질기게 좇았다. 령은 자신이 보따리에서 바둑돌 상자를 흘렸다는 것도 모르고 열심히 발을 놀렸다.

그녀가 몸을 숨길 곳은 이제 천화궁이 전부였다.

보름의 날 령이 천화궁을 나갈 수 있을 리가 없었다.

"오늘부터 월식을 맞을 준비를 하셔야 하옵니다."

령이 어젯밤 도망치려던 것을 알았는지 목목이 손수 령의 수발을 들기 위해 나섰다. 도망치려거든 어젯밤이 마지막 기회였다, 그리 말하는 눈빛이었다.

"준비라니요?"

"목욕도 하시고, 머리 손질도 하시고, 또 몸을 맑게 하시어야 하니 오늘부터 시종 아이들이 가져다주는 이슬만 드시옵고, 또……."

"이슬이 술은 아니지요?"

"술이라니요?"

우리 주인님이 그러셨다. 참된 이슬은 맑고 투명한 증류주와도 같다. 이슬 맛이 술맛이옵니까, 그리 물었더니 주인님은 클클 웃으며 술이 이슬 맛이다 하시었다.

"술이 아니옵니다. 몸을 정화시키는 아침 이슬이옵니다. 그것만 드시옵고, 또 목욕재계를 하신 뒤⋯⋯."

목목의 일장 연설을 들으며 령은 한숨을 폭폭 내쉬었다.

'주인님, 소녀 이 짧은 생을 이렇게 마감하나 봅니다. 하지만 죽기 전까지 호사를 누리고 가니 그리 박복하지만은 않은가 봅니다.'

령의 입에서 깊은 탄식이 흘러나오자 목목은 이해가 되지 않는다는 듯 고개를 갸웃했다. 그는 흰 수염을 몇 번이고 쓸어내리더니 고개를 절레절레 저었다.

저 또래의 계집아이의 속내는 영 모르겠단 말이지.

"주인님의 반려가 되시는 첫 번째 관문이옵니다. 뭐가 그리도 마음에 안 드시는 겁니까?"

목목의 질문에 령의 서슬 퍼런 시선이 뒤따랐다.

죽는다는데 기뻐할 자가 어디 있단 말이야? 톡 쏘아붙이려다 그럴 힘도 남지 않아 그만두었다.

"천궁의 여인이라면 모두 무결 님의 여인이 되고 싶어합니다. 그분은 천궁 내에서도 안기고 싶은 사내 1위를 달리는 분이십니다."

그렇게 인기가 많다면 다른 여인을 보내라지!

잠깐, 안겨? 먹히는 것이 아니라?

령이 이해가 가지 않는다는 눈으로 고민을 시작하자 목목이 더는 기다리기 힘들다는 듯 율을 불렀다.

"율아, 목욕물을 준비하여라."

"네."

율이 사분사분 고개를 숙이고 물러나자 목목이 입구를 지키고 앉았다. 숨도 제대로 쉴 수가 없어 통통 부은 얼굴을 하고 앉아 있는데 목목이 슬그머니 말을 걸어왔다.

"제일 먼저 주인님 마음에 드는 것이 중요합니다."

령은 목목의 말을 귓등으로 들었다.

"이곳 천궁에서는 천화의 자리를 노리는 이들이 많습니다. 허나 아기씨는 유일한 천화의 재목. 그 누구도 넘볼 수 있는 분이 아니십니다."

"그놈의 천화 타령."

"차차 아시게 될 테지만 천화의 능력이 중요하옵니다. 아기씨께서 수련하시는 백 년 동안 장로들이 움직였사옵니다. 주인님의 반려로 아기씨 대신 운(雲) 님을 점치고 계시지만 어림도 없는 일. 주인님의 반려는 아기씨뿐이신걸요."

"나 대신 누가 반려라는 것을 한다 하시오?"

"예?"

"그럼 그자에게 주세요. 나는 괜찮으니 하고 싶은 이에게 주면 쉬운 일이 되는 것 아니겠소? 그리고 제발 나를 주인님 곁으로 보내주세요."

"말도 안 되는 소리! 아기씨의 주인님은 이제 풍의 매뿐이십니다."

정말이지 질리지도 않는지 목목은 백 년 내내 같은 말만 되풀이했다. 령은 자신의 말이 씨도 안 먹힐 것이라 짐작하고는 목목을 물끄러미 바라봤다.

"목목, 혹시 앵무 아니세요?"

"흠흠, 아니옵니다."

"하는 짓이 꼭 앵무 같은데."

"뭐라고 하셨습니까?"

"아, 아니에요. 그럼 목목은 누구시오?"

"에헴, 저로 말할 것 같으면 앵무 따위와는 비교도 할 수 없을 정도로 대단한 것이옵니다. 물론 주인님의 기상과 기개에는 미치지 못하지만 저 또한 밤의 제왕이랄까요. 그러니 제가 주인님이 가장 신임하시는 오른팔이 아니겠습니까?"

자랑이 늘어졌다. 목목은 한참 동안 어깨에 힘을 주고 자랑을 하다가 령은 목욕물이 준비되었다 하는 율의 목소리에 몸을 일으켰다.

"가시지요."

목목의 재촉에 령도 그를 따라 일어났다. 어찌 됐든 오늘 하루 목목이 곁을 떠날 것 같지 않으니 시키는 대로 고분고분 하는 수밖에 없었다.

령은 보름날부터 월식이 찾아오는 밤까지 내내 몸단장을 했다. 제일 먼저 피어난 연꽃을 우려낸 물로 목욕을 했고, 율이 가져다주는 이슬로 끼니를 때웠다. 청포물로 머리를 감았고, 말린 뒤에는 동백기름을 발랐다.

'내 생에 이리 호사를 누리는 것은 또 처음이네.'

이 정도라면 죽음이 억울하지 않을 정도였다. 한 번은 야래향(夜來香 : 달맞이꽃)을 띄운 물로 목간을 하였는데 그 야래향은 달의 기운을 담뿍 받고 피어난 것이라 무척 귀하다고 율이 일러주었다.

'꽃이 피지 않는 곳에서 꽃물 목욕이라.'

사정이야 어찌 되었든 령은 기분이 좋았다. 몸 어느 곳 하나 빠지는 곳 없이 단장을 하고, 광을 냈다. 시종들은 번갈아가며 와서 령의 속눈썹이나 손톱 하나까지 다듬어주고 사라졌다.

'꼭 구름 위를 걷는 신선이 된 느낌이구나.'

령은 처음으로 천화궁에 와서 기분 좋다고 느끼며 눈을 감았다.

결국 시간은 착실히 흘러 초야가 다가왔다.

아침부터 분주하게 몸단장을 시작한 령은 율이 이르는 대로 꼼짝 없이 앉아 있어야만 했다. 앵가(鶯歌:잉꼬)들이 줄을 잇고 들어와서는 령의 머리를 이리 비틀고 저리 비트는 것으로도 모자라 얼굴에 분칠을 했다.

"아가씨가 입으실 의복이어요."

령은 몸단장을 할 때까지도 꾹 참고 있었다. 하지만 율이 내민 옷을 보고 경악을 금치 못했다.

"이, 이게…… 무, 무슨!"

해괴하기 짝이 없는 옷이었다. 의복이라고 할 수도 없을 정도로 얇았다. 검은 저고리에는 언젠가 청안의 가르침 아래 두었던 방울꽃 자수가 새겨져 있었고, 그 아래의 검은 치마는 속살이 모두 비치는 비침옷이었다.

"초야에 입는 옷이옵니다. 천궁의 전통 의상이기도 하지요."

"저, 전통? 이게?"

령은 이런 옷을 알고 있었다. 여우가 운영하는 기방의 기녀들이 사내를 홀릴 때 이런 옷을 입었다. 평소에는 화려하나 평범한 저고리와 치마였으나 밤의 장막이 내려앉을 때면 야화가 꽃봉오리를 벌리듯 그네들도 야스러운 옷을 입고 몸을 벌렸다.

그런데 이게 전통이라니?

령의 앞에는 다리속곳도 함께 준비가 되었다.

"속속곳과 단속곳은 어쩌고 다리속곳뿐이야?"

"그 두 가지는 입으실 필요가 없으십니다."

"왜……?"

령은 떨리는 눈으로 눈앞의 다리속곳을 바라보았다. 치마의 색과 같은 검은 속곳이었는데 평소 입던 것과 모양새가 달랐다. 소중한 부분을 은밀히 가리는 그것은 속곳으로의 쓰임새는 없어 보였다. 가릴 부분만 슬쩍 가린 그것의 옆에는 붉은 빛깔의 매듭이 달려 있었는데 언젠가 청안이 령에게 가르쳐 준 것을 율이 몰래 대신해 둔 것이었다.

율이 대답하기도 전에 령은 고함을 질렀다.

"나는 못 입어. 나는 이런 것 못 입어엇!"

하지만 그들이 어떤 이들이던가. 하고자 하는 것은 모두 하고 마는 이들이다.

율과 앵가 시종들은 한마음 한뜻으로 령의 몸을 올려 억지로 속곳을 입히고, 저고리와 치마를 입혔다.

"아름다우셔요, 아가씨! 정말 야화(夜花) 그 자체이옵니다."

야화가 무엇인 줄은 알고 말하는 것이냐?

야화란 말이다, 빛이 사라진 틈을 타 사내들에게 은밀히 꽃을 벌리는 기녀들을 일컫는 말이다. 이곳에서는 어떤 의미로 사용되는지 모르지만 우리 동네에서는 그랬단 말이다.

그런데 나보고 야화라고? 몸 시종이면 시종이었지 야화는 싫다. 먹잇감으로도 모자라 야화까지 되어야 한다니, 이놈의 박복한 신세!

령이 눈물을 그렁그렁 매단 채로 자신의 꼴을 살폈다. 앵가들은 바지런히 손을 놀리는 중이었다. 가슴팍에 노랗고 붉은 실로 만들어진 노리개가, 십일고매듭을 주렁주렁 잇고 하단에 방울술을 단 매듭 장식이 달렸다.

비단 같은 긴 머리카락은 빗질을 여러 번 해서 더욱 부드럽게 만든 뒤 흘러내리도록 했고, 대신 머리에 떨잠이 장식된 동곳을 찔러 넣었고, 치맛단 재질로 만들어진 쓰개도 썼다.

'이래서야 꼭 시집을 가는 것 같잖아.'

피곤하기 짝이 없었다. 그것만으로도 끝나지 않았다. 분칠을 하고, 산다화 꽃물을 입술에 배이게 만들었다. 목덜미나 손목 여린 살에다가는 갓 피어난 사랑초 꽃잎을 문질러 향이 스며들도록 했다.

"다 되었습니다."

앵가들의 말을 끝으로 령은 궁에서 가장 깊고 은밀한 곳에 위치한 애실(愛室)로 옮겨졌다.

그곳은 천궁의 다른 곳과 공기가 달랐다. 애욕이 넘치는 끈적끈적한 곳이었다. 각기 다른 꽃향기가 진동을 했는데 그것은 령이 기방에서 맡아본 적이 있는 미향이었다. 침상에는 붉은 휘장이 감겨 있었고, 곁으로 촛불이 아롱거리고 있었다.

'참으로 이상하다. 잡아먹는 데에 이런 사치가 필요하단 말인가? 꼭 기녀들이 사내를 맞을 때 사용하는 방 같다.'

령이 고개를 갸웃거리며 주변을 둘러보자 그녀를 애실로 안내한 목목이 그녀의 앞에 나무 상자를 하나 꺼내놓았다. 상자 안에는 새하얀 여우 가면 하나가 들어 있었다.

"가면을 쓰시지요."

"가면을?"

"초야이옵니다. 혼례 절차를 밟지 않았으니 정식(正式)이 있기 전까지는 얼굴을 가리는 것이 법도이옵니다."

초야? 혼례? 정식이라니? 이게 다 무슨 말이람? 아니, 그보다 그런 해괴망측한 법도가 어디 있담?

령은 여우 가면을 손에 들고 울상을 지었다. 그럴 거면 왜 분칠을 그렇게 했는지.

투덜거려 보아도 종국에는 목목의 뜻대로 이루어진다. 령은 가면을 얼굴에 썼다. 차라리 여우 가면이라 잘되었다, 스스로를 다독이며.

"그럼 저는 이만."

목목은 애실에 령만 덩그러니 놓아두고 물러났다. 령은 술상 앞에 앉아 얼굴도 모르는 반려를 기다렸다.

령이 '반려'의 뜻을 알게 된 것은 정확히 한 시진이 지나서였다.

第三章

　방울이를 찾아 꼬박 하루를 헤맸다. 황작들을 이 잡듯 뒤지었지만 그중에 방울이라는 시종은 찾을 수가 없었다.

　무결은 아무런 수확을 건지지 못한 허탈함에 멍하니 집무실을 지키고 앉아 있었다.

　"내가 헛것을 본 것인가? 아니면 정말 여우에 홀리기라도 한 것인가?"

　하는 수 없이 약조한 보름밤을 기다리는 수밖에 없었다. 하지만 약조할 수 없다던 방울이는 끝내 그 자리에 나타나질 않았다. 잡아먹히고 싶지 않다더니 그 말이 진심이었던 모양이었다. 이해는 하지만 이해하고 싶지 않은, 이중적인 마음이 불쑥 치밀어 올랐다.

　"내가 느꼈던 그 감정은 오로지 나만의 것이었더냐? 그대는 날 그저 포식자로만 본 것이야?"

무결은 허무했다. 허무의 허무를 이제야 느낀 듯했다. 마음에 담은 이를 찾을 수 없다는 것, 그것은 해갈이 보장되어 있지 않은 깊은 갈증과도 같은 것이었다.

목이 턱턱 말랐다. 가슴이 타들어가는 것만 같았다. 어찌 된 연유인지는 모르겠지만 무결은 그 작은 소녀를 가지고 싶었다.

信美不能忘 정녕 아름답구나, 어찌 이 밤을 잊으리

"결국 잊지 못할 추억으로 두자는 말이더냐?"

가슴에 아릿한 통증이 번졌다. 어디선가 지저귀고 있을 방울이의 머리 색과 같은 불길이 가슴속에서 치솟았다. 그렇게 답답한 마음을 안은 채로 시간이 흘렀다.

그리고 결국 그날이 다가왔다.

월식(月蝕), 마음에도 없는 여인과 초야를 보내야 하는 그날.

무결은 마음이 없는 관계가 얼마나 허무한 것인지를 잘 알고 있었다. 꽃을 밟는 이도, 짓이겨지는 이도 쾌락 없이 고통만 토해내는 잔혹한 밤이 될 것이었다. 그것을 떠올리자 마음이 무겁게 가라앉았다.

"무결 님."

무심코 내실을 지나는데 그의 발걸음 소리를 들은 건지 운(雲)이 밖으로 나와 인사를 했다.

운의 모습에 무결의 미간이 절로 좁아졌다. 정식 혼례를 치른 것도 아니면서 감히 내실을 차지하고 앉은 자를 보는 무결의 눈이 썩 곱지는 않았다.

운, 그녀는 장로들이 정한 정혼자였다. 장로 중 가장 능구렁이 같은 이의 여식이라 하였다. 틈만 나면 자신의 여식을 들이밀어 무결과 엮어 한자리 차지하려는 이들의 수에 무결은 토악질이 날 정도였다. 그들이 더욱 기고만장해진 것은 천화가 들어오고 나서부터였다.

"그런 천화는 아니 되옵니다."

"그런 천화라니?"

"라미가 아닙니까? 풍의 매에게 감히 라미라니요? 가당치도 않습니다!"

"그럼 그대들은 내가 어찌하길 바라는가?"

"천화의 용도는 화기(火氣)를 달래기 위해서가 아닙니까? 날을 정해 놓고 천화를 취하시되 정실로는 천궁의 이를 들이는 것이 맞다고 사료되옵니다. 동족끼리 혼인을 하여야지요."

그래서 내실로 들어온 이가 바로 운이었다. 총명하기로 으뜸이고, 아름답기로도 유명하다는 그녀는 세상에 없을 것 같은 고운 미소를 지닌 여인이었다.

무결은 그녀가 탐탁지 않았지만 별다른 말은 하지 않았다. 내실에 누가 들어오든 관심이 없었기 때문이었다.

그런 그의 태도가 운을 더욱 의기양양하게 만들었다. 장로들이 점찍은 무결의 정혼자요, 침묵은 동의와도 같은 의미라. 그러니 어찌하랴, 음과 양의 조화를 이루는 대업을 위해 그깟 하루 정도 다른 여인에게 내 사내를 내어주는 것 정도는 해야지 내실의 주인이 될 자의 그릇이지.

"곧 초야가 다가오니 심란하신 모양입니다."

운은 티끌 하나 없이 새하얀 의복을 갖춰 입은 채로 살핏 웃었다. 천궁에서 운의 미모를 따라갈 자가 없다며 모두가 입을 모아 말하듯 운은 진정 선녀가 하강한 듯한 절색을 자랑했다.

가느다란 선과 낭창한 몸매, 기품 있는 분위기와 유려한 외모는 실로 이 세상의 것이 아닌 것처럼 느껴졌다.

'확실히 그 작고 더럽던 방울이보다 아름다워. 허나…….'

하지만 그런 운을 바라보는 무결의 눈빛이 무심했다. 그랬기에 이제나저제나 내실 마당을 지나가실까, 몸단장을 하고 기회만 엿보고 있던 운의 얼굴이 살핏 구겨졌다.

어쨌든 내실의 주인은 나다.

천화가 그 아무리 대단한 존재라고 추앙을 받는다 하여도 장로들이 나를 풍의 매의 정혼자로 점찍었다.

"제가 감히 천화 대신 내실을 차지하고 있어 송구할 따름입니다."

"그러한가?"

운은 무결의 눈치를 살피다 조심스레 말을 꺼냈다.

"청 하나 드려도 되겠습니까?"

"무슨 청?"

"내실에 홀로 있기가 쓸쓸합니다. 초야가 끝난 뒤, 천화를 이리로 모셔도 되겠습니까?"

그 순간 천화, 고 작은 다람쥐가 생각이 났다. 자신의 의지와는 상관없이 짝지어진 반려.

무결은 맨 처음 천화를 만났을 때의 기억을 더듬었다. 가슴이
쿵 내려앉는다던가, 마음이 요동친다던가, 속절없이 그 아이에게
끌린다던가 하는 일은 없었다.

"운명이 점지해 준 짝이니 보자마자 아실 겁니다."

목목이 여우에게서 천화를 데려오기 전 했던 말이 떠올랐다.

보자마자?

코웃음이 나는 말이 아닐 수 없었다. 아무 감흥도 없고, 감동도
없는 형식적인 만남이었을 뿐이다.

"저기, 무결 님?"

운의 말에 잠시 다른 것을 생각하던 무결이 정신을 차렸다. 그
는 잠시 운을 바라봤다.

천화를 달라?

무결은 운이 청했던 것을 떠올리고는 대수롭지 않게 고개를 끄
덕였다.

"생각해 보지."

"감사하옵니다."

장로들의 결정이 끝날 때까지 내실에 유폐된 몸, 벗 하나 없어
쓸쓸하기는 매한가지일 테니 두 요괴가 마음 붙이고 지내는 것도
나쁘지 않겠다 싶었다.

아니, 사실은 그런 배려가 있었던 것이 아니다. 그저 무결은 관
심이 없었을 뿐이다. 애초에 사방으로 흩어진 봉요(封妖)들 자체가

독립적인 개체들이었다. 자기 자신만 알고 남이 어찌 되든 신경 쓰지 않는, 애착 자체가 존재하지 않는 것들.

그러니 무결은 천화나 운에게 관심이 없었다. 오히려 무결이 방울이에게 관심을 갖는 것이 이례적일 정도였다.

애초에 그는 자신이 이곳의 우두머리라는 것 자체에도 무심했다. 그도 그럴 것이 바람에 봉인된 요기에 홀린 미물들이 멋대로 곁으로 모여드는 것일 뿐이다. 더 강한 기운을 섬기고, 그 기를 받아 더 높은 자리에 오르길 바라는 것들이나 그의 아래에서 보호를 받고 싶은 것들, 강한 요기에 눌려 경외를 가지는 것들이 대부분이었다.

'지금은 자기들 좋을 대로 떠들어대고 있지만 말이지.'

무결을 혼인으로 휘두르려는 장로들을 떠올린 무결의 미간에 주름이 잡혔다.

일단 무결이 뜻대로 하겠다고 나선다면 그 누구도 그를 말릴 수가 없을 터였다. 기껏 해야 같은 봉요들이나 그를 말릴 수 있을 테지만 그들도 딱히 그런 시간 낭비를 할 자들이 아니었다. 그걸 알면서도 무결이 별다른 의사 표현을 하지 않는 것은 무언가를 자신의 뜻대로 정하는 것 자체가 귀찮았기 때문이었다.

'다 귀찮아.'

천화도, 운도, 초야도, 혼례도…….

다만 무결은 이틀 전 보았던 소녀가 궁금했다. 누구이기에 이토록 마음을 쥐고 놓아주질 않는 건지, 밤하늘을 가르던 낭랑한 목소리와 손끝에서 울리던 꽃망울 소리.

방울이.

그 자그마한 소녀가 자꾸 탐이 났다.

딸랑딸랑.

처마에 걸어놓은 풍경이 바람에 부딪쳐 흔들리자 무결의 마음에서도 같은 소리가 났다.

청안은 애실에 들기 전 령에게 당부를 했다.

"초야에선 평소처럼 마음대로 행동하시면 아니 됩니다."

"네, 압니다. 알아요."

"방석을 베고 눕는다든가. 다리를 버, 벌리고 앉는다든가. 흠흠, 주인님이 하시는 말에 투덜대셔도 안 되시고요."

"네, 알아요. 청안 님께서 내내 읽게 하지 않으셨어요? 초야 지침법이라는 그 이상한 서책 말이에요."

"그렇지요."

그렇다. 령은 초야 전날 청안이 내민 서책 한 권을 모두 읽어야만 했다. 그것은 이른바 천화를 위한 '초야 지침서'였는데 그것이 누구에 의해 쓰인 것인지는 아직도 밝혀지지 않았다고 했다. 다만 내용 자체가 좀 웃긴 것이라……

"말대답도 하지 말고, 편안한 마음가짐도 안 되고, 내가 할 수 있는 말이라고는 네, 아니오."

반려가 초야를 치를 때의 법도, 예의범절, 그리고 그 마음가짐에 대해 적어둔 책을 읽고 나니 령은 온몸의 기운이 쏙 빠진 듯했다.

예쁘게 단장한 뒤 식탁 위에 올리면 끝이 아닌가?

그럼 포식자가 나타나 나의 포장을 벗기고 맛있게 식사를 하는 것이 아니란 말이야?

남의 식사 자리가 뭐가 이리 복잡하단 말이야? 역시 이곳은 해괴한 곳이야.

드르륵—

장지문 열리는 소리에 령의 가느다란 어깨가 떨렸다.

이, 이제 꼼짝 없이 죽는구나!

죽음의 공포로 온몸이 꽁꽁 얼어붙었다. 령은 고개를 푹 숙인 채 '주인님'이 다가오는 인기척만 느꼈다. 걸음을 옮길 때마다 옷깃 스치는 소리가 사락사락 들렸는데 그것이 꼭 뱀이 움직이는 소리 같았다.

"고개를 들라."

나지막한 사내의 목소리에 령이 슬쩍 고개를 들었다. 칠척장신의 남자에게서는 바람의 향기가 났다.

언젠가 이런 향기를 맡은 적이 있는데.

령이 어렴풋한 기억을 잡아 올리기도 전, 그는 령이 앉아 있는 술상 앞에 자리를 잡고 앉았다.

푸른빛이 감도는 의복을 입고 그 위에 령이 걸친 것과 비슷한 종류의 장포를 걸치고 있었는데 그 모습은 붉은 기운이 가득한 애실과는 전혀 어울리지 않는 모양새였다.

"백 년…… 만인가?"

사내가 말했다. 그 목소리에 령이 용기를 내어 눈망울을 더욱 위로 올렸다. 사내의 얼굴에도 령의 것과 비슷한 가면이 씌어 있었는데 그의 것은 매의 형상을 하고 있었다.

'아아, 맹금류라니.'

다시금 몸이 떨려왔다. 사나운 발톱하며 재빠른 날갯짓만 생각하면 몸에서 경련이 일었다. 아주 어릴 적 올빼미에게 잡아먹힐 뻔했던 경험이 있었기 때문이었다.

그러다 령은 이내 사내가 백 년 전에 본 '주인님'이라는 것을 깨달았다.

'가만, 그 주인님이 어찌 생기셨더라?'

그때엔 잠에 취해, 겁에 질려 제대로 생김을 확인하질 못하였다. 푸른색과 매섭던 눈동자가 기억이 났지만 그게 전부였다.

"이름도 물어보지 않았구나, 천화. 네 이름이 무엇이냐?"

"령, 령이라 합니다."

령은 무심코 대답을 했다가 아차 싶어 입을 꼭 다물었다.

'예, 아니오로만 대답하라 하였는데.'

잘못한 건가 싶어 눈을 데굴데굴 굴리는데 분위기가 영 나쁘지만은 않았다. 령은 다시 눈치를 살피며 백자 술병을 들어 올렸다. 사내는 령에게 자연스럽게 술잔을 내밀었다. 잔에는 황금 빛깔의 맛 좋은 술이 가득 담겼다.

사내는 령에게 빈 잔 하나를 건네주더니 자신이 술병을 집어 들었다.

"자, 너도 받아라."

"예? 저도요?"

"오늘이 초야가 아니더냐?"

지침서에는 주인님과 술을 나누어 마셔도 된다는 말이 없었는데.

하지만 손 부끄럽게 할 수가 없었던 령은 소매 끝으로 잔을 잡아 사내에게 내밀었다.

"나는 무결이라 한다."

이름을 들으니 언젠가 시종들이 하는 말에 실려 있던 주인님의 이름이 생각이 난다. 썩 낯설지만은 않다 싶어 령이 고개를 주억거렸다.

'썩 나쁜 분은 아니신가 보다.'

하였다가도 이내.

'내 목숨을 앗아가실 분인데 나쁘지, 뭐가 나쁜 분이 아니야?'

령은 입술을 야무지게 깨문 채 잔을 가득 채운 황금빛 술을 바라봤다. 무결이 먼저 술잔을 비우자 령은 그를 따라 술잔을 비워냈다.

"호오."

무결의 입에서 희한한 감탄사가 새어 나왔다.

"독할 텐데, 괜찮은 것이냐?"

"괜찮습니다."

령이 고개를 끄덕끄덕하자 밖으로 드러난 사내의 입술이 매끄러운 곡선을 그렸다. 단단한 턱과 푸르스름한 수염이 자연스레 령의 눈동자에 머물렀다.

"그럼 한 잔 더 하거라."

"네."

령이 거침없이 잔을 내밀었다. 잔이 가득 채워지기 무섭게 령은 술잔을 입안으로 털어 넣었다. 호기로운 모습이 무결의 관심을 자극한 모양이다. 그는 처음과 달리 미소를 지은 채 령을 내려다봤다.

"술을 좋아하느냐?"

"아닙니다. 좋냐, 싫냐 따지자면 싫어하는 편에 속합니다."

"그런데 지금은 참 잘 마시는구나."

"어차피 죽을 것, 마지막으로 염 님이 즐기시던 술이나 실컷 마시고 죽으렵니다. 한 잔 더 주시지요."

무결은 술병을 들 생각도 하지 않고 팔짱을 낀 채 당돌하게 지껄이는 작은 다람쥐를 바라봤다.

"죽다니? 누가 죽는다는 말이냐?"

"……절 놀리시는 겁니까?"

"누가 널 놀려?"

"제가 영민하지 못하고, 배움이 짧다 하여 모를 것이라 생각하신다면 오산입니다."

"그래, 네가 아는 것이 무엇이냐?"

"제가 주인님의 반려로 낙점이 되어 있다는 것을 압니다. 그래서 초야에 주인님을 뵙고 있는 것이고요."

"그런데?"

"그 반려라는 것이 마, 마……."

"마?"

"맛있는 것이라면서요. 제가 좋아하는 조린 밤처럼 맛난 것을 뜻하는 것 아닙니까?"

반려의 뜻을 몰라 자기 스스로 맞난 것이면 좋겠다, 중얼거리고 서는 율이 그 뜻에 동의했다고 착각하여 지금까지도 그 착각을 이어오고 있는 령은 너무나도 순진하게 그것을 믿어 의심치 않고 있었다.

그러니 괜한 걱정에 파들파들 떨어대는 자그마한 다람쥐가 무결의 눈에 얼마나 우스울지.

"반려가 조린 밤과 같은 것이라."

"제가 주인님의 반려 아닙니까? 저, 절 드시려는 것을 잘 알고 있습니다."

령의 말에 무결의 눈빛에 생기가 돌았다. 인형처럼 곱게 모셔놓은 천화, 나이도 들지 않아 어린아이에 지나지 않을 다람쥐를 안을 생각을 하면 영 내키지 않았던 것이 사실이다. 그런데 이렇게 재미있는 아이일 줄은 꿈에도 상상하지 못했다.

무결의 말투에 웃음기가 배었다.

"그래, 오늘 밤 나는 너를 먹을 것이다."

"압니다. 아는데 저도 조금 억울합니다."

"무엇이 말이냐?"

"목숨을 내놓는 것으로도 모자라 주인님의 흥취를 돋우기 위해 이렇게 치장을 하고, 술을 마시고. 정말이지 꼬박 이틀은 고생한 것 같습니다."

"힘들었겠구나."

무결이 쿡쿡 웃음을 삼키며 편안하게 자리에 앉았다. 령이 하는 짓을 조금 더 두고 볼 심산이었다. 하지만 무결의 마음을 모르는 채 술에 얼큰하게 취한 령은 기어코 눈물을 뚝뚝 떨어트렸다. 앙

다문 입술과 턱을 타고 똑똑 떨어지는 눈물이 안타까울 지경이었다.

"절 꼭 드셔야겠습니까?"

"그러게나 말이다."

"하룻밤 안주를 안 먹었다 셈 쳐주시면 안 되겠습니까?"

"그건 힘들겠구나. 네가 원하든 원하지 않든 너는 천화다. 천화를 갖는 자는 더욱 큰 힘을 얻을 수 있다고 한다. 그러니 누군들 널 탐하지 않겠느냐?"

"절 드시면 부귀영화를 누리신답니까? 천수를 누리신답니까? 그건 분명 미신일 겁니다. 제게는 그런 힘이 없습니다."

"미신이라."

령의 눈에서 콩알만 한 눈물이 뚝뚝 떨어져 내렸다. 가면 사이로 보이는 그녀의 까만 눈동자가 녹아내리는 것처럼 보일 지경이다. 애처롭긴 하다만 그 모양이 썩 우스웠기에 무결은 기어코 헛웃음을 터트리고 말았다.

무결의 웃음소리에 령이 더욱 서럽게 울었다. 분명 그 웃음소리의 뜻을 오해한 모양이다. 꺼이꺼이, 목 놓아 우는데 또 희한한 것이 우는 령에게서 꽃 내음이 났다는 점이다. 처음에는 미미하던 그 향기가 그녀의 눈물에 반응해 더욱 짙어졌다.

미향이다.

달짝지근하니 허기를 돋우는 그녀의 향기에 무결의 눈빛이 짙어졌다.

"미안하구나. 널 지켜주고 싶지만 그러겠다 약조하지는 못하겠다."

"어, 어째서입니까?"

령이 바들바들 떨며 물었다. 처음에는 안되었다, 여겨지던 그 몸짓이 이제는 먹음직스럽게 느껴지는 탓에 무결은 마른침을 삼켰다.

"월식이 시작되려 한다."

"이, 월식이요?"

몸속의 음기가 발버둥을 친다. 그러면 그럴수록 무결의 두 눈의 황금빛이 더욱 밝아졌다. 육식동물의 그것처럼 포악한 본능을 담아 번들거렸고, 야생동물의 그것처럼 빛 아래 동공이 가늘어졌다.

피식자인 령은 자신의 위험을 직감했다. 덫에 걸렸다는 것을 깨달은 순간, 동물은 발버둥을 친다. 하지만 그러면 그럴수록 덫은 숨통을 더욱 죄어오는 법.

포식자는 그런 모습에 더욱 쾌감을 느끼고 만다. 무결도 그러했다.

"내가 널 먹겠다고 한 것은 문자 그대로의 의미가 아니다."

"그, 그러하면요?"

"널 안겠다는 말이다."

"절 안으시겠다고요? 그런 거라면……."

령이 순진한 눈망울을 도로록 굴렸다.

한 번 안아드리는 것이 먹히는 것보다 훨씬 낫지. 암, 낫고말고.

그 생각을 어렵지 않게 읽은 무결이 고개를 휘휘 저었다.

"사내가 계집을 안는다는 것이 무슨 의미인지 모를 나이는 아니지 않느냐? 불의 여우 밑에 있었다면서."

왜 여기서 염 님의 말이 나오는 거지?

그러다 문득 기녀들의 간드러지는 웃음소리가 떠올랐다. 초저녁이 되면 몸단장을 하고 사내들을 기다리던 기녀들과 밤이슬 밟아 기방 문을 넘나들던 사내들.

령은 얇은 장지문을 타고 새어 나오는 밀어를 기억한다.

"서방님, 그곳은 아니 되어요."

"어디 한번 보자꾸나. 이것이 바로 진정한 야화가 아니겠느냐? 사내를 위해 피는 꽃이 아름답구나."

"서방니임, 아학!"

"나비가 꽃으로 날아드는 것이 당연한 이치이거늘. 왜 나를 막아서는 것이냐? 나는 한 마리의 나비일 뿐이다. 개의치 말거라."

"하악, 아아앗! 서방니임, 서방니임!"

"꿀이 달콤하구나. 어허, 꽃은 움직이지 않는 법. 왜 그리 몸을 뒤채는 것이야? 어디서 바람이라도 부는 건지 모를 일이구나. 꽃이 꽃잎을 파르르 떨어대는 것이 장관이로다."

순간 령의 양볼이 화끈하게 달아올랐다.

"서, 설마…… 반려라는 것이……."

기녀들이 서방으로 모시는 사내들과 어떤 일을 벌이는지 아예 모르지는 않았다. 이렇고, 저렇고, 그런 야시시한 일들은 그네들의 색정적인 신음만으로도 충분히 예상할 수 있었으니까.

"그래. 반려라는 것은 살붙이나 다름없는 말이다. 살을 맞대고 살아가는 가시버시가 될 마음이 섰느냐?"

"가, 가시버시라니요. 저는 고작 사백 살밖에 되지 않은걸요."

실제로 사백 살 난 령은 인간의 모습으로 따지면 고작 열 살 정도의 계집애의 형상을 하고 있었다. 대부분의 요괴들이 이백 년 묵으면 꽃다운 나이의 아름다운 여인으로 변할 수 있다고 하던데 어찌 된 일인지 령은 계속 어린 소녀의 모습을 하고 있었다.

아무리 노력을 해도 변신을 하기란 쉽지가 않았다.

"저, 저기……."

금방이라도 꿀꺽 잡아먹힐 것 같다는 생각에 령의 눈이 바쁘게 움직였다.

"제가 능력이 부족하여 아직 열 살 정도의 어린애의 모습밖에 하질 못합니다."

"그런데?"

"조, 조금만 시간을 주신다면 열다섯 살 정도의 계집아이로 변신해 보도록 하겠습니다."

"시간이라. 고작 다섯 살 더 먹은 모습을 보겠다고 시간을 더 주어야 한단 말이냐? 백 년이 지나도 그 모습인데 얼마나 더 주어야 변신을 할 수 있을 것 같으냐?"

"하, 한 백 년만 더 주신다면……."

"너무 길다."

"그, 그렇다면 오십 년은 어떠신지……."

령은 울상을 지으며 무결의 눈치를 살폈다. '초야 지침서' 따위 령의 머릿속에서 사라진 지 오래였다.

무결은 그저 그런 령이 재미있다는 듯 바라보며 잔을 기울였다. 자신의 본능을 힘껏 억누르는 정도의 수고를 할 정도로 퍽 흥미로운 광경이었다.

"안됐지만 오십 년도 너무 길구나."

"고, 고작 오십 년인데요?"

"월식이 코앞이다."

"저, 저는 멍청해서 잘 모릅니다. 월식이 뭔지, 천화가 뭔지. 자수도 못 놓는다고 청안 선생에게 매일 혼나기만 하고, 조린 밤을 너무 많이 먹는다며 율에게도 타박만 받습니다. 반려라는 것도 조린 밤의 일종인 줄 알 정도로 멍청하다고요. 그런 멍청이를 안으시렵니까?"

"네게서 먹기 좋은 향기가 나는구나. 그러니 멍청이어도 상관없다."

"고, 고작 열 살 정도의 계집인데요? 흥을 돋우지 못할 생김새이옵니다."

"어차피 초야에는 가면을 벗을 일이 없을 것이다. 걱정 말거라."

무결은 짐짓 짓궂게 대답했다. 어찌하여 자신이 이런 식으로 꼬마 아이를 놀리는지 잘 모르겠다. 평소의 성정대로라면 미안하다, 조금만 참거라, 아이를 달래도 모자랄 정도인데 말이다.

콰과아아앙—

어디선가 천지가 개벽하는 소리가 들린다. 월식이 시작되어 봉인되어 있던 음기가 깨어나는 소리다. 하늘이 찢어지고, 땅이 용틀임을 하며 솟아오를 테다. 그에 맞춰 봉인이 되어 있던 성정들이 함께 튀어나올 게 분명하다.

더 이상 지체할 시간이 없다. 네 명의 봉요에게서 본능이 튀어나와 한데 뭉쳐 야차가 되기 전에 무결만이라도 그 성질을 천화로 다스려야 한다. 그럼 한 조각이 빠져 버린 야차는 하나가 되지 못하고 스러지고 말 것이니 비로소 세상은 잠잠해질 것이다.

세상이 혼란 속에 빠지거나, 여린 꽃 한 송이가 꺾이거나.

정해진 것은 둘 중 하나다.

"이제 참기가 힘들구나."

무결은 땀이 축축하게 밴 자신의 손을 물끄러미 내려다봤다. 자제력이 강하기로 소문이 난 봉요도 이번만큼은 어쩔 도리가 없는 듯했다.

무결은 술잔 안의 액체를 입안으로 털어 넣은 뒤 자리에서 일어났다. 그가 일어나자 바람이 불었다. 어디서 왔는지, 근원을 알 수 없는 공기의 파동이었다.

"무, 무결 님."

준비가 되지 않은 신부는 떨었다.

하지만 무결의 안에서 자제력은 바닥이 났고, 봉인이 되어 있던 본능은 이미 밖으로 튀쳐나왔다. 무결이되 무결이 아닌 모습을 한 그는 이미 오래전 흉포하게 날뛰던 야차의 한 조각으로 되돌아가 있었다.

황금빛 눈동자에 배려는 없었다.

무결은 손 하나 까딱하지 않고 령을 침상으로 옮겼다. 그는 손짓 하나로 바람을 수족처럼 부렸다.

"무, 무결 님. 제발……."

두둥실 허공으로 떠오른 령은 죽기 살기로 무결을 불렀다. 그의 인정(人情)에 기대어보겠다는 것이었지만 하나, 그는 인간이 아니었고. 둘, 그는 봉요이기에 정(情)이 없었다. 그러니 결국 령의 바람은 수포로 돌아가고 말았다.

령은 커다란 장포를 덮고 있었다. 붉은 비단에 금실로 수가 놓인 화려한 것이었다. 무결이 손을 까닥 움직이자 령의 어깨에서 커다란 장포가 벗겨져 나갔다.

"앗!"

덕분에 초야 전통 의상이 모두 드러났다. 투명하게 비치는 까만색 저고리 아래로 여체가 완전히 드러나 보였다.

령은 머리를 덮고 있는 쓰개만큼은 사수했다. 대신 침상 옆 휘장을 고정하고 있던 끈이 저절로 풀어졌다. 불투명한 붉은빛 휘장이 침상을 휘감았다. 결국 무결과 령은 온전히 그 좁은 공간에 격리가 되었다.

"헉!"

어떤 일이 벌어질지 몸이 아는 듯했다. 령이 두려움에 몸을 움츠리고 침상 구석으로 뒷걸음질 친 순간, 무결이 보다 빠르게 령을 잡아 눕혔다.

"꺄악!"

"겁먹지 말아라. 지금부터 나는 한 마리의 괴물이 될 테지만, 약조하마. 널 다치게 하지는 않을 거다."

"제, 제발……."

야수에게 바쳐진 가녀린 꽃.

거칠게 날뛰는 괴물을 잠재울 단 하나의 방법.

천화란 본디 그런 운명을 지녔다. 또 다른 평온한 천 년의 세월을 보내기 위해 음(陰)을 진정시킬 용도.

다른 이름의 희생이었다.

"제발 한 번만 다시 생각해 주시어요."

령이 겁에 질려 가쁜 숨을 몰아쉬자 얇은 저고리 위로 드러난 가슴이 들썩인다. 채 여물지 않았지만 그래도 봉긋하게 솟아오른 것이 앙증맞다. 먹기 좋게 여문 과일도 맛있지만 덜 익은 풋과일도 그만의 매력이 있는 법.

그 모습을 바라보는 무결의 눈빛이 탐욕으로 번들거렸다. 어찌하여 여물지 않은 여체에 흥분하는지 모르겠다. 그건 분명 월식으로 인한 본능 때문일 것이라 여겼다.

무결이 고개를 숙여 오르락내리락거리는 령의 가슴을 단번에 삼켰다. 그의 입안에서 그녀의 열매가 무참하게 굴려지고 짓이겨졌다. 타액에 젖은 옷감이 피부에 찰싹 달라붙어 그녀의 정점을 더욱 색정적으로 보이게 만들었다.

"맛있어. 세상에 더없는 진미로다."

"하아악!"

날카로운 눈매를 한 무결이 새빨간 혀를 내밀어 입술을 핥았다. 술에 취해, 감각에 취해 정신을 잃기 직전인 령의 몽롱한 시야에 그 모습이 보였다. 건드리지 않은 곳까지 쾌감이 전해질 정도로 색정적이었다.

"제발, 제발……!"

색(色)이라 하면 염 님을 빼고는 설명할 수 없는 단어가 아니던가. 허나 머릿속에 가득하던 염 님은 온데간데없이 사라지고, 그 빈자리를 무결 님이 차지하신다.

"아아……!"

꽃이 꺾인다.

"하아. 무결 님, 제발……. 하악!"

령의 목이 뒤로 꺾였다. 자신이 무슨 말을 하는지, 무얼 원하는지 알지 못한 채 그저 무결이 주는 감각에 정신을 놓았다.

무결은 령을 쉬이 놓아주지 않았다. 아직 덜 여문 그녀의 가슴을 탐하다가 그녀의 치마를 열어 그 안으로 머리를 밀어 넣었다.

"꺅! 무얼 하시는 겁니까? 무결 님, 잠시만 기다려…… 아앗!"

무결이 치마 안으로 들어오자 그에 놀란 령이 온몸을 떨어대며 그를 밀어내려 안간힘을 썼다. 허나 그러면 그럴수록 무결은 더욱 거칠어져만 갔다.

"널 해하려는 것이 아니다."

"해하는 것이 아니더라도 어찌 사내가 아녀자의 치맛속에 머리를……. 놓아주십시오. 그만두세요오!"

안 그래도 무결의 입맞춤에 얇디얇은 저고리가 젖어 피부에 찰싹 달라붙어 있었다. 젖가슴을 탐하는 것으로도 기절할 지경인데 이제는 치마에 머리를 밀어 넣는 해괴한 짓을 하는 까닭에 령은 눈물을 뚝뚝 흘렸다.

"저는 야화가 아니어요. 전 이런 것은 모릅니다."

"알게 될 게다. 내가 알려줄 터이니."

"무결 님, 제발……. 제발 그만두시어요."

령의 울음소리는 무결에게 그 어떤 감흥도 주지 못했다. 현재의 무결은 무결이면서 동시에 무결이 아니었다. 월식이 진행되는 동안 그의 안에 봉인되어 있던 야차의 성정이 깨어나 난폭해지기 시작하였고, 동시에 잔인한 파괴욕이 그를 지배했다. 그러니 애초에 정이라고는 없던 천화의 목소리가 그에게 들릴 리 만무했다.

무결은 령의 애걸을 뒤로하고 그녀의 다리를 거칠게 잡아 벌렸다.

"아흑!"

령이 양손으로 얼굴을 가린 채 신음을 삼켰다. 사백 년을 사는 동안 사내에게 짓밟히는 것은 처음이기도 했고, 이토록 수치스러웠던 적 역시 처음이었다. 령의 얼굴을 절반 가린 가면 밑으로 긴 눈물이 떨어졌다.

무결은 그런 령의 다리를 억지로 벌린 뒤 곧장 그녀의 허벅지 깊은 곳을 탐하기 시작하였다. 아직 덜 여문 여자아이의 피부를 핥고, 빨아 당기는 통에 그녀의 몸에는 사내의 흔적들이 빼곡하게 새겨졌다. 한바탕 꽃바람이 분 것처럼 붉은 꽃잎들이 어지럽게 령의 몸 위에 낙인처럼 찍혔다.

"아직 준비가 덜 되었어."

무결은 령의 다리 사이의 은밀한 샘에 얼굴을 묻으며 중얼거렸다. 그녀의 양 다리를 어깨 위에 걸쳐 놓은 뒤, 두 손으로 그녀의 허벅지를 단단히 잡아 벌린 그는 풋내가 진동하는 그녀의 샘을 핥아 올렸다.

"아흐읏!"

령이 발작을 하듯 몸을 부르르 떨며 허공으로 튀어 올랐다. 현악기의 줄처럼 휘어대는 그녀의 허리를 붙잡아 도망치지 못하게 만든 그는 다시 그녀의 여린 속살을 핥았다. 아무도 본 적 없는 곳, 그 어떤 누구도 초대되지 않은 곳, 그래서 더욱 순수하고 맑은 곳. 그곳에 무결이 처음으로 발을 담갔다. 쫀득쫀득한 느낌이 강한 령의 여성은 그녀의 말과 다르게 그를 환영하고 있었다.

그가 주는 자극은 실로 엄청난 것이었다. 단 한 번도 사내의 손길을 받아본 적 없던 령으로서는 익숙하지 않은 흥분이라 그녀는 손이 닿는 것만으로도, 또 상상해 본 적 없는 야한 행동을 하는 것만으로도 쉽게 몸이 달아올랐다.

무결은 그것이 즐거웠다. 혀로 핥았을 뿐인데 몸을 부르르 떨고, 또 한 번 혀를 꽂아 넣은 것뿐인데 소녀의 몸은 뜨겁게 달아올랐다. 이 모든 것이 무결을 향한 것이었고, 그로 인한 것이었기에 그는 야릇한 쾌감을 느꼈다.

"이리 반응하는 걸 보니 귀엽구나, 귀여워."

"그만…… 놓아…… 주셔요."

"놓아달라?"

"이제 다 된 것 아닙니까?"

"설마. 이제 시작이거늘."

무결은 령의 샘에 숨을 불어넣으며 단단하게 솟은 그녀의 열매를 아프지 않게 잘근거렸다. 그럴 때마다 령은 높은 교성을 질러대며 허리를 비틀었다. 소녀에 지나지 않는 그녀가 여인으로 변할 때마다 무결은 왠지 모를 뿌듯함에 몰래 미소를 지었다.

그래, 내가 너를 여인으로 만들어줄 것이야.

너의 첫 사내는 바로 나다.

묘한 소유욕이 무결의 심장 속에서 스멀스멀 피어올랐다. 하지만 그것을 자각하지 못한 무결은 그녀의 젖은 꽃잎을 살살 매만졌다. 매만질 때마다 뜨거운 샘물이 왈칵왈칵 쏟아지는 그곳은 진정 마르지 않는 샘이었다. 무결이 손가락으로 꽃잎을 아래위로 어루만지다 천천히 꽃잎 사이를 벌렸다. 매끈한 애액 덕분인지 령의 꽃잎은 무결의 길고 굵은 손가락을 쉬이 삼켰다.

"이것 보거라. 지금 네 안으로 내 손가락이 들어가고 있구나."

"그, 그런 말씀 마시어요."

"싫다 하지 않았더냐? 어째서 네 몸은 나를 받아들이고 있는 것이야?"

"저는 모릅니다. 모르는 일이옵니다."

무결은 천천히, 그녀가 놀라지 않도록 손가락을 깊숙이 찔러 넣었다.

"끝까지 다 들어갔구나."

"아, 알고 싶지 않습니다."

령의 몸 안으로 스며들어 온 긴 손가락이 살금살금 움직이기 시작했다. 단 한 번도 받아들여 본 적 없던 이물질이 몸 안에 있다는 느낌에 령이 허리를 비틀었다. 아프면서도 처음 느껴보는 통증이었다. 통증이되 불쾌하지 않음이라 이것이 무얼 의미하는지 알 수가 없었다.

뱃속이 간질거리기 시작했다. 무언가가 시작되었다는 어렴풋한 느낌에 발가락이 제멋대로 꿈틀거렸다. 손가락이 제멋대로 무결의 어깨를 긁어대고 있을 정도로 령은 무언가를 원했다. 그의 손가락보다 더한 것. 그것이 주는 감각보다 더한 감각. 몽글몽글 끓어오르는 느낌이 싫으면서도 답답하였다. 이 답답함을 해소하고 싶었는데 그 방법을 아는 이는 오로지 무결인 것만 같았다.

"읏……!"

"무얼 원하느냐?"

령의 몸에 두 번째 손가락을 찔러 넣은 그가 여유롭게 질문하였다. 그는 두 손가락을 굽혀 샘물의 안쪽의 앞부분을 자극하고 있었다. 아까부터 움찔움찔 떨려대는 그곳이 아마도 령의 성감대인 것만 같았다.

무결의 추측이 맞았는지 령의 피부가 붉어지기 시작하였다. 몸에서 땀이 나 피부가 진득거리며 달라붙기 시작했고, 줄줄 흘러내린 그녀의 애액에 침상이 흠뻑 젖어버렸다. 그녀는 이제 어디까지가 현실인지 파악조차 할 수 없을 정도로 정신이 혼미해진 것만 같았다. 그저 파도처럼 밀려드는 쾌감에 몸을 푸르르 떨기만 했다.

"원하는 것을 말하라."

"모, 모릅니다."

"말하지 않으면 네게 주지 않을 것이야."

"저, 정말 모릅니다!"

모르는데 어찌 달라고 할 수 있을까?

령이 서럽다는 듯 소리를 꽥 질렀다.

"정말 모릅니다. 이런 일을 해본 적도 없고, 이런 일에 대해 아는 것도 없으니 제가 무얼 원하는지 어떻게 알겠습니까?"

"배우지 않았더라도 알고 있을 거야."

"모릅니다, 전."

"네가 무얼 원하는지 배워야 하는 게 아니다. 느껴보아라. 네가 진정 원하는 것이 무엇인지 알아내도록 하라."

"전……."

어찌 이리 잔인하실 수가 있을까?

령이 주룩주룩 눈물을 흘리며 그의 어깨를 붙잡았다. 잘 다듬어진 그녀의 손톱이 무결의 피부를 파고들었지만 그는 꼼짝을 하지 않고 버티고 있었다. 그런 모습이 꼭 불변하는 강산처럼 느껴져 령은 나직이 한숨을 내뱉었다.

아아, 도망치려 해도 이분에게서는 도망칠 수가 없겠구나.

그 생각에 머리가 어찔해지는 것만 같았다.

그에게서 벗어나고자 엉덩이를 씰룩거렸다. 가랑이 사이에 박혀 있는 두 개의 손가락이 불편해 그것에서 벗어나고자 뒤로 물러나려 했지만 무결이 쉬이 놓아주지를 않았다.

어찌하라는 말씀인가. 이것이 바로 진퇴양난이 아닌가.

령이 입술을 질끈 물었다. 그리고는 아까 전부터 몸속을 긁어대며 아우성을 치는 자신의 욕망을 똑바로 직시하였다.

"뭐든……."

"뭐든?"

"뭐든…… 좋아요. 어떻게든 해주세요."

"무엇을 어찌해 주랴?"

"그건…… 저도 모르겠습니다. 허나 뱃속에 벌레가 가득 들어 있는 것처럼 간질거려요. 온몸이 몸살을 앓을 때처럼 저릿저릿하고, 또 솥이 끓어오르는 것처럼 보글거립니다. 어떻게든 했으면 좋겠는데 방법을 모르겠어요. 무결 님은 아시지요? 절 이렇게 만드신 건 무결 님이시지 않습니까? 그러니 무결 님께서 저 좀 어떻게 해주세요."

눈물이 섞인 령의 앙탈에 무결이 그제야 만족스러운 미소를 지었다.

참으로 잔인하다. 사악하기 그지없다. 상대가 당황하는 모습을 보며 즐기는 그 모습에 절로 서러워졌다. 권력자의 앞에서 꿈틀거리는 것조차 마음대로 할 수 없는 한낱 노리개 신세라는 것을 느끼며 자신의 무력함을 실감했다.

"좋다. 나는 네가 무얼 바라고 있는지 잘 안다."

"……제가 바라는 게 무엇입니까?"

"네가 원하는 것, 그건 바로 내가 아니더냐?"

그렇게 지껄인 무결은 활짝 벌어진 령의 꽃잎 사이로 자신의 두꺼운 분신을 밀어 넣었다.

"아악!"

처음으로 사내를 받아들이는 령은 몸이 두 동강이 나는 것 같은 고통에 고함을 질렀다. 꽃잎 솔기가 우두둑 뜯어졌다. 단단하고 긴 사내의 그것이 여린 속살을 밀어내며 안으로 들어오자 령은 길고 깊은 샘이 태양에 잠긴 듯 타들어가는 것 같은 통증을 느꼈다.

"아흣. 아아앗!"

배려도, 사랑도 없었다. 그곳에는 꿈틀대는 본능만이 존재할 따름이었다.

"아직이다, 아직이야!"

고통에 목을 뒤로 젖힌 령의 몸을 붙잡아 뒤로 뒤집은 무결은 그녀를 뒤에서부터 다시 공략하기 시작했다.

살 부딪치는 소리가 요란스레 애실을 울렸다.

숨넘어가는 령의 교성은 분명 높디높은 애실 담을 넘어가지 않을 것이다.

그렇게 몇 번이고 까무러쳤을까. 그러는 내내 령은 불생불멸(不生不滅)의 이치를 깨달았다.

사내의 몸짓에 세상이 뒤집어졌다. 강한 자극에 몸을 떨어대며 령은 쓰러졌다. 무결도, 감각도, 쾌감도 기억이 나지 않을 정도로 짧으면서도 긴 밤이었다.

령의 감은 눈에서 가장 투명하고 순수한 눈물이 또르르 흘렀다.

꽃이 꺾인 그날 밤, 사내는 다시 천 년의 시간을 얻었다. 그와 동시에 소녀의 몸이었던 령 또한 성숙한 여인으로 변모했다.

꺾였던 꽃이 활짝 만개하는 순간이었다.

第四章

령이 깨어난 것은 초야로부터 닷새가 흐른 뒤였다.

"아가씨, 괜찮으세요? 정신이 드셔요?"

율의 목소리에 령은 눈꺼풀을 파르르 떨었다. 온몸이 산산조각
이 난 것처럼 욱신거렸다. 손가락 하나 까딱하기도 힘이 들어 눈
만 깜빡이고 있자니 율이 울다가 웃으며 축하를 해주었다.

"아가씨, 여인이 되신 것을 경하(慶賀)드리옵니다."

"으…… 뭐라고?"

"이제 어엿한 여인이셔요. 어찌나 아름다우신지. 천화가 아름
답다는 말을 듣긴 했어도 이 정도로 눈이 부실 줄은 몰랐어요."

율이 무슨 말을 하는지 모르겠다. 령은 몽롱한 눈을 깜빡이고는
천천히 몸을 일으켰다. 움직일 때마다 온몸의 근육들이 아우성을
쳤다. 뼈에서 떨어져 나와 바닥에 쓸리는 것만 같은 고통에 령은

눈을 찌푸렸다.

"아직도 많이 아프세요?"

"너무너무 아파. 예전에 올빼미 발톱에 찍힌 적이 있었는데 그보다도 아프다."

"의원께서 다녀가셨어요. 성장통은 매우 자연스러운 것이라 하셨어요. 수일이 지나면 통증이 가라앉을 거라고 하시면서 탕약을 지어주셨어요."

성장통?

령은 율이 하는 말을 가만히 따라하다가 이내 빗접을 가져오라 일렀다. 령은 빗접을 열어 거울을 가만히 들여다봤다. 거울 안에는 무척이나 낯설면서도 아름다운 여인이 령을 빤히 바라보고 있었다.

"이게 무슨……."

령이 손을 들어 자신의 얼굴을 더듬더듬 만졌다.

새빨갛던 머리는 다홍빛으로 연해져 있었는데 한 꺼풀 탈피를 한 것마냥 곱기가 이를 데가 없었고, 다소 거뭇거뭇하던 피부 역시 허물을 벗은 것마냥 보드랍고 매끄럽기가 이루 말할 수가 없었다. 심지어 첫눈보다 새하얗고, 투명하기까지 하니 건드리면 톡깨질 것처럼 느껴졌다.

"정말 아름다우세요!"

율이 계속 극찬을 했다.

"와아."

령은 겸손의 말을 한마디 해야 한다는 것도 잊고 자신의 외모에 넋을 놓고 감탄을 했다.

조막만 한 얼굴에 커다란 밤색 눈이 초롱초롱 빛났다. 속눈썹은 그늘을 만들 정도로 길면서도 색이 옅어 신비로움을 더해주었고, 오뚝한 콧날과 앵두 같은 입술은 그림 속에나 있을 법한 선녀가 하강한 것처럼 보이게 했다.

어릴 적에는 까마귀라며 놀림을 받던 외모였는데 한 번 성장을 하니 예전과는 전혀 다른 외모가 되었다. 외모도 외모지만 거기에 천상의 아름다움과 성숙미가 더해지니 그 누구도 그녀의 미색을 거부하지 못할 것이었다.

까마귀가 백조가 되었다는 표현이 딱 맞을 성싶었다.

"아앗!"

거울을 유심히 살피고 있던 령이 작은 신음을 흘렸다. 그 소리에 율이 조르르 달려와 젖은 수건을 내밀었다.

"옷을 벗어보셔요. 제가 찜질해 드릴게요."

"찌, 찜질을 해주겠다고?"

령이 두 눈을 동그랗게 떴다.

사실 아픈 곳은 근육뿐만이 아니었다. 얇은 잠옷이 스칠 때마다 예민하게 반응하는 살갗이 따끔따끔했다. 하지만 그보다 더 참기 힘든 것은 아랫부분 그 은밀한 곳이 형용할 수 없이 아프다는 사실이었다.

'여길 어찌 찜질을 한다는 거야?'

령이 양손으로 다리 사이를 가린 채 불편하게 몸을 꿈틀거렸다. 율이 이상하다는 듯 눈을 깜빡거리며 령을 바라보자 그녀는 양볼을 붉히며 아랫입술을 지그시 깨물었다.

"여, 여기도 찜질을 해야 낫는 거니?"

"네에?"

령이 자신의 다리 사이를 가리키며 묻자 율의 두 눈이 동그래졌다.

"무언가 왈칵왈칵 쏟아지려는 것도 같고, 움직일 때마다 몸이 두 동강이 날 것처럼 아프다. 화끈거리기도 하고, 미끌거리기도 하고, 배가 보골보골 끓는 것이 요상한 기분이 들기도 하고. 어쨌든 아프면서 아프지 않은 것 같은데 이걸 어찌해야 하니?"

"음, 잠시만요."

율이 고민하는 얼굴을 하고 고개를 갸웃거리다가 이내 선반에서 두루마리 하나를 꺼내 펼쳤다.

"제가 글을 읽지 못해서 그림을 그려두었답니다. 의원님께서 령 아가씨가 깨어나시면 이런 통증을 호소하실지 모른다고 방법을 일러주셨거든요."

율이 자그만 눈을 굴리며 그림을 살폈다.

"다리 사이가 아프면서 아프지 않다. 화끈거린다. 증상에 또 무엇이 있었지요?"

"그, 그것이……. 자꾸 무언가가 찔러대는 느낌도 있고."

"무언가가 찔러대는 느낌도 있고."

"그런 느낌이 날 때마다 여기서 미끌미끌 물이 새어 나온다. 이것이 요실금일까, 아니면 고름이 터져 나오는 것일까?"

"요실금 아니면 고름……."

"꽉 조이는 느낌도 나고, 무언가 내 안에 담겨 있는 느낌도 나는 것이 참 이상하구나. 무언가 무척 소중한 것을 잃어버린 것도 같아 눈물이 자꾸 나는데…… 요도염을 처음 앓았을 때의 느낌 같기도 하고."

"요도염을 처음 앓았을 때의……. 그런데 요도염이 무엇이에요, 아가씨?"

"그게…… 오줌보에 염증이 생기는 거라고 하더구나."

"아휴, 우리 아가씨 똑똑도 하시지. 제가 백날 의원님께서 일러주신 말을 찾는 것보다 아가씨께서 진단하시는 편이 더 빠르고 정확하겠어요."

"그, 그래?"

"의원님 말씀으로는 초야로 인해 몸이 상하시고, 아가씨의 기가 허해지셨기 때문이라고 하셨어요."

율은 두루마리를 보는 것을 포기했는지 돌돌돌 말아 선반 위에 대충 올려놓고는 달이고 있던 탕약기를 화로에서 빼냈다. 그리고는 제법 능숙하게 사발에 탕약을 짜기 시작했다.

그 모습을 바라보고 있던 령이 입을 쩍 벌렸다.

"초야? 아, 초야!"

"그게 벌써 닷새 전의 일이어요. 기억 안 나세요?"

"기억……?"

율의 말을 들은 령의 눈빛이 깊어졌다. 나쁜 짓을 하는 것처럼 부끄럽고도 은밀했던 그날 밤이 떠올랐다.

"쉬, 쉬이. 아프지 않아. 무서운 것이 아니다."

"아프옵니다. 무섭습니다."

"내가 하는 대로 가만히. 옳지, 그렇게."

"하아. 무결 님, 제발……. 하악!"

무슨 일이 벌어졌는지 기억이 제대로 나질 않는다. 야릇한 감각에 몇 번이고 까무러쳤고, 뒤이어 느껴지던 벼락같던 순간에 정신을 놓았다. 기녀들이나 쓰는 미향이 온 방에 퍼져 있었기에 제정신은 아니었지만 그래도 한 가지는 기억한다. 무결이라는 반려께서 몸에 붙은 방망이를 대차게 휘두르셨다는 것을.

"그게 벌써 닷새 전의 일이란 말이니?"

"네. 눈을 안 뜨셔서 얼마나 걱정했는지 몰라요. 애실에서 여까지 정신을 잃은 채로 실려오셨거든요. 의원님께서는 성장통 때문이라고 하셨지만 가시면서 집무실에 들러 무결 님께 꾸중하셨다고 해요. 아무리 그래도 그렇지 아가씨를 이리 만들어놓았냐고. 그런데요, 아가씨. 대체 무결 님이 아가씨를 어찌하셨기에 의원님이 혼을 내신 건가요? 전 아가씨가 잡혀 먹히지 않으셔서 얼마나 놀랐는지 몰라요."

율의 순진무구한 질문에 령은 한숨을 폭 내쉬었다. 그리고는 붉어진 눈시울을 하고 허공을 멍하니 바라보았다.

"율아, 반려란 말이다, 조린 밤 같은 것이 아니야."

"아니던가요? 참 다행이어요, 아씨. 율도 령 아가씨께서 주인님께 잡혀 먹는 줄 알고 얼마나 무서웠는지 몰라요."

"너도 잘 알아두렴. 반려란 말이다. 스승이란다."

"스승이요? 청안 선생처럼요?"

"청안 선생은 회초리는 휘두르지 않잖니? 하지만 반려 선생은 회초리를 휘두른단다."

"호오."

율은 주먹만 한 자기를 열어 그 안에서 사탕을 꺼내놓으며 고개를 주억거렸다.

이것 참 새로운 정보다. 령 님 곁에 없었다면 평생 모를 일이 아니었던가?

율은 두 눈을 반짝이며 령의 말에 집중했다. 나중에 나가거든 다른 시종 계집애들에게 자랑을 할 셈이었다.

나는 이런 고급 정보를 알고 있는 특급 참새라며 콧대를 세우면 얼마나 멋질까?

"반려 선생은 몸에서 회초리를 소환시키는 능력을 가지고 계셔."

"대단하시네요, 우리 주인님."

"회초리를 줄였다 키웠다 할 수 있으신데 그것으로 맞으면 무척이나 아프단다."

"그, 그럼 아가씨……."

"그래. 초야라는 것은 벌을 받는 날인 모양이야. 그날 내내 벌을 받았지 뭐니?"

생각만 해도 아프고, 부끄러워 눈물이 왈칵 쏟아진다. 다정하게 괜찮다고 보듬어주시면서 회초리를 휘두르시는 그 이중성! 역시 맹금류답게 잔혹하다. 안으신다 하시고는 아픈 벌을 주시는 그 잔인함!

대체 기방 아씨들은 그 아픈 것을 하면서 어찌 그렇게 까르르까르르 웃어젖힌단 말이야? 참으로 직업의식이 투철하신 분들이야.

"그러니 반려 선생을 만나지 않고, 초야를 치르지 않으려면 말이다?"

"어, 어떻게 해야 하나요?"

"주인님의 말씀을 잘 들어야 해."

"그렇군요."

"부디 율이 너는 반려 선생을 만나는 일이…… 없기를……."

"흑, 아가씨이!"

다람쥐와 참새가 찍찍, 짹짹 서로를 얼싸안고 구슬프게 울었다. 눈물 마를 날 없는 천화궁의 주인, 령은 그때까지도 자신의 등에 꽃봉오리 모양의 문신이 생겼다는 것을 알지 못했다.

실내가 고요했다.

회의실 안의 장로들은 지금 자신이 무슨 말을 들었는지 이해가 되지 않는다는 듯이 무결을 바라봤다.

무결, 유일무이(唯一無二)한 그들의 군주.

바람을 자유자재로 다스리는 야차의 조각.

하지만 워낙 독립적이고 무언가에 집착하는 편이 아니라 정사(政事)에 관한 한 오래된 장로들이 개입하고 있었다. 무결 역시 장로들의 뜻을 거스른 적이 없으니 천궁은 장로들의 세상이었다.

그런데 지금, 무결이 수장이 된 지 삼천여 년 만에 그가 자신의 뜻을 처음으로 내비쳤다.

"그, 그러니까 주인님께서 지금……."

"다시 말해야 하나? 내 천화를 정실로 맞이하겠다, 그리 말했다."

"처, 천화를요? 하지만 천화란 본디……."

장로들이 하나같이 난감한 기색을 표하며 머리를 긁적였다. 그 모습에 무결은 담담한 얼굴을 하고 되물었다.

"반려라 하지 않았던가?"

"맞습니다."

"반려의 의미까지 내 다시 일러주어야 하는가?"

덤덤하게 말하고 있었지만 무결은 당장이라도 이 불편한 자리를 박차고 나가고 싶은 심정이었다. 몇 번이고 같은 말을 되묻는 장로들로 인해 지루함이 극에 달아 있었으며, 자신이 왜 천화로 인해 이런 짓을 감내하게 됐는지 답답하기만 했다.

사실 월식에 뛰어나온 야차의 본성으로 말할 것 같으면 무결이 어떻게 할 수 있는 부분이 아니었다. 무결은 자신의 또 다른 모습으로 받아들이기 이전에 그것을 개별적으로 취급했다. 즉 '본성'이 저지른 것에 대해서는 무결이 책임을 질 생각이 없다는 말이었다.

하지만 천화와의 초야는 말이 달랐다. 어쨌든 죄 없는 한 소녀를 겁탈한 것이나 다름없는 일이었고, 워낙 책임감이 강한 무결은 그 일에 죄책감과 비슷한 감정을 느꼈다. 무결로서는 처음 있는 일이나 다름없었다.

'하! 죄책감이라니. 천화란 본디 야차의 성질을 다스리기 위해 태어난 존재이거늘.'

신경 쓰지 않으려 했다. 무시하면 그만인 일이니 머릿속에서 지우려고 했다. 하지만 그러면 그럴수록 자꾸 바들바들 떨던 애처로운 천화의 몸뚱이가 생각이 났다. 가면 너머로 흐르던 눈물이 마음에 가시처럼 걸렸다. 얼굴도 제대로 보지 못한 천화인데도 심장에 화인이 찍힌 것처럼 후끈거렸다.

'이것은 사사로운 감정이 아니다. 그저 어린 소녀를 짓이긴 것에 대한 죄책감일 뿐이야.'

그래서 무결은 최대한 그녀에 대한 성의를 보여주고자 했다. 장로들의 반대를 불사하면서까지 무리한 결정을 한 것은 그저 마음에 잔상처럼 남아 있는 천화를 떳떳하게 마주 보기 위함이라고, 그리 여겼다.

"천화란 다른 야차에게서 온 선물이자 주군의 반려이옵니다. 허나 그 뜻이 일반적인 의미의 반려와는 조금 다르니 다시 한 번 생각해 보심이 어떨는지요."

"조금 다르다?"

"초야를 치렀다고 해서 정실로 맞이하신다는 건 조금…… 단순한 생각이라고 사료되옵니다."

"단순하다?"

"천화란 본디 그렇게 될 운명이옵니다. 반려이되 반려가 아니고, 짝이오나 진정한 짝이 아니옵니다. 그리고 저번에 말씀드렸다시피 정실은 천궁 내의 여인을 맞으시는 것이 좋겠다고……. 무결님께서도 찬성하신 일이 아니십니까?"

장로들의 생각을 모를 무결이 아니었다. 삼천여 년의 세월은 무척 지루하고도 긴 나날들이었다. 알을 깨고 나와 백 년, 개화를 하고 또 백 년. 다른 요괴들을 만나도 봤지만 제대로 기를 받지 못한 것들은 금세 세상에서 사라졌다.

마음을 준다 싶으면 짧은 생을 마감했고, 일을 도모한다 싶으면 또다시 스러지는 육체에 그는 절망했다. 그 오랜 세월을 보내면서 그는 한 가지 깨달았다. 살아 있는 무언가에 집착하지 않는 것, 그것이 오랜 세월을 버텨내는 데에 도움이 된다는 것을.

"계속해 보게."

"천화란 본디 야차의 포악한 성정을 다스리기 위해 존재하는 것. 가장 위험한 월식도 지났으니 이번 천 년은 무사하리라 생각됩니다."

"그러니 천화를 계속 천화궁에 유폐시키고 나더러 정실을 따로 맞으라?"

"천화는 그런 용도이니까요."

"용도라."

무결은 장로들이 하는 말이 왜 이리도 자신의 심기를 긁어놓는 건지 알 수가 없었다. 그들이 하는 말은 언제나 바다에 던지는 자갈돌과도 같은 것이어서 그 어떤 변화도 일으키지 못했다. 하지만 지금은 달랐다.

"용도, 용도라. 재미있는 말이군."

화가 끓어올랐다.

애초에 정해진 용도가 그러하다면 다른 요괴들보다 배로 긴 수명과 강한 힘을 가진 나는 어떠한가?

내 용도는 무엇이란 말인가!

애초부터 정해진 운명이 그러하다면 그 운명을 거스를 수는 없는 것인가?

무결을 설득하기 위한 장로들의 말은 무결이 지금 생각을 더 단호하게 굳히는 데에 일조하였다.

"나는 천화를 정실로 맞이하겠다."

괜한 오기가 생겼다.

어쩌면 처음으로 생긴 집착일지도 모른다.

"하지만 주인님!"

"말을 번복할 생각은 없다."

"그렇다면 정혼자로 낙점된 운 님은 어찌합니까? 이미 정해진 일인데……."

그렇다. 그에게는 장로들이 점찍어놓은 운이 있었다.

"정혼자로 맞이하시겠다고 예전에 문서로 만들어놓으셨습니다."

묵묵이 다가와 귓가에 작게 속삭였다. 일단 문서화가 되었다는 것은 쉽게 번복할 수 없다는 이야기였다.

"운 님은 현재 내실의 주인이시옵니다."

내실(內室)로 말할 것 같으면 천궁의 여주인이 거처할 수 있도록 만들어진 공간이었다. 허나 삼천 년 동안 비어 있었고, 그전에도 누군가 거처한 일이 없으니 그것은 전통이라 할 수도 없는 것이었다.

"정혼자일 뿐, 혼인에 대한 그 어떤 것도 논의한 것이 없는 바. 운에게 직접 선택할 수 있는 기회를 줄 것이다."

"선택이라 하심은……."

무결의 눈빛이 단호했다. 그는 물러설 생각 따위 없다는 듯 장로들을 둘러보며 선언하였다.

"내실의 빈껍데기 주인으로 평생을 살 것인지, 아니면 파혼을 할 것인지 선택권을 주겠다."

"주, 주인님!"

무결은 더 이상 할 말이 없다는 듯 탁자를 한 손으로 짚고 자리에서 일어났다.

빈껍데기로 살아가는 것은 나 혼자만으로 족하다.

무결은 자신이 한 말에 미련이 없다는 듯 장포를 펄럭이며 회의실을 빠져나갔다. 회의실에서 나오자마자 서늘한 바람이 그의 온몸을 감쌌다. 그제야 숨통이 탁 트이는 기분이었다.

'이제 끝이구나.'

무결은 하룻밤의 꿈처럼 왔다 사라진 방울이를 떠올리며 눈을 감았다.

'또 다른 삼천 년이 지난다 해도 그 소녀처럼 나의 마음을 사로잡는 이는 나타나지 않을 것이다.'

하지만 인연 또한 바람 같은 것.

잡는다고 잡히는 것이 아니었으니 무결은 그 미련 또한 바람에 날려 보내기로 했다.

천화를 정실로 들이기로 했다. 그리고 무결은 어찌 되었든 정실을 두고 다른 여인을 만들 생각은 없었다. 육욕은 그저 한순간 끓어올랐다 차갑게 식어버리는 것이고, 그것에 연연해 모든 것을 내어주는 어리석은 사내는 되고 싶지 않았다.

'얼마나 더 흘러야 나도 수명이 다할 것인가.'

권태로운 하루하루에 짓눌릴 것 같은 느낌에 무결은 땅을 박차고 하늘로 날아올랐다. 커다란 장포가 넓은 날개가 되었고, 양다리는 곧 날카로운 발톱이 박힌 다리가 되었다. 넓은 천궁을 바라보는 황금빛 눈동자에는 그 어떤 감정도 떠오르지 않았다. 나태와

권태가 한데 뒤섞여 그를 더욱 차갑게 만들었을 뿐이었다.

"당장 내실로 들라 하라!"

내실을 지키고 있는 운의 심기가 잔뜩 틀어져 있었다. 장로 어른께 방금 전 회의에서 있었던 일을 듣고 난 뒤로 운은 부글부글 끓는 속을 어떻게 다스려야 할지 몰라 애꿎은 시종들만 잡고 있었다.

"하, 하오나 아가씨. 그분은 천화이옵니다. 함부로 할 수 있는 분이 아니옵니다."

"뭐가 어쩌고 저째? 너도 지금 내 말이 우스운 게지."

"아닙니다, 아닙니다."

"주인님께서 내게 약조하셨다. 초야가 끝난 뒤, 천화를 내게 주시기로."

말이 조금 다르다. 생각해 보신다고 하셨지 주신다고 약조하지는 않으셨다. 하지만 그게 그 뜻이지 다를 게 무어람? 운은 새초롬한 얼굴을 하고 시종 계집아이를 다그쳤다.

결국에는 시종이 울며 겨자 먹기로 천화궁까지 가는 사태가 벌어지고 말았다.

"뭐가 어쩌고 저째?"

운은 시종 아이를 천화궁에 보낸 뒤, 조용해진 내실에서 입술을 짓씹었다.

"여기에 빈껍데기로 머물 것인지, 아니면 내 스스로 나갈 것인지를 정하게 하겠다? 천화는 정실에 앉히고?"

그럴 수는 없다.

"하! 그렇게 내버려 둘 수는 없지. 암, 없고말고."

운은 절대 한 번 들어온 내실에서 나가지 않겠다 다짐을 하며 더욱 날카롭게 눈을 떴다.

령이 운의 앞에 나타난 것은 그로부터 반 시진 정도가 지난 뒤였다.

"저를 찾으셨다고요."

이건 말도 안 되는 무례라며 방방 뛰는 율에게 령은 한마디를 했다.

'주인님의 분부라지 않니?'

그 말인즉슨.

'반려 선생에게 혼을 나지 않으려면 시키는 대로 해야 한단다.'

라는 말과 같았기에 율은 입을 조개처럼 다물 수밖에 없었다.

결국 령의 뒤를 따라 내실로 온 율은 령 뒤에서 날 선 눈초리로 운과 시종을 노려보는 것밖에 할 수 없었다.

"어서 오세요."

운은 맑게 웃으며 자리에서 일어났다.

꼭 정실이 첩을 맞이하는 것과 같은 태도에 율의 입술이 오리처럼 튀어나왔다. 그런데도 령은 기분 상해하지 않고 고개를 꾸벅 숙이며 예를 갖추었다. 천화궁에 와서 선생이나 시종들을 빼고 처음 만나는 여인이었기에 반가움도 컸다.

"천화궁의 령, 인사드립니다."

"내실의 운입니다."

운은 기품이 있었다. 백옥 같은 환한 피부에 커다란 눈망울이 청초하면서도 고고한 그녀의 아름다움을 더욱 돋보이게 했다. 어깨에 드리운 새카만 머리카락은 피부의 색을 더욱 투명하게 만들었고, 그랬기에 령은 언젠가 화첩에서 본 인간 여인의 아름다움을 다시 한 번 상기할 수 있었다.

"이 여인은 누구인가요, 염 님?"

"인간이라고 하는 것이란다. 왜, 궁금하니?"

"우리네와 비슷하면서도 다른 것이 참으로 신기합니다."

"그림에서도 그런 것이 느껴진단 말이냐?"

"네. 거죽은 비슷하나 기운 자체가 다른 이들인걸요."

"이건 인간들 가운데에서도 빼어난 절색을 기리기 위한 그림이라고 하더구나. 황제의 애첩이라고 하던가?"

"온몸에서 아름다움이 느껴지면서도 기품이 있는 것이 천하지가 않습니다."

그때 보았던 여인과 꼭 닮아 있었다, 운은.

'그런데 내실의 주인이라는 건 또 뭐지?'

령은 고개를 갸웃거리며 고귀한 자태의 운을 살펴보았다. 함부로 범접할 수 없는 기운이 있기도 했지만 은근히 령을 하대하는 것이 꼭 그녀를 몸종 취급하는 것 같았다.

그런데도 령은 그것이 오히려 편했다. 애초에 몸종이었던 것이 고귀한 아가씨 노릇을 하는 것이 불편했던 지난 백 년이었다.

그런 령의 마음을 모르는 운은 눈을 살포시 내리깔고 입을 열었다.

"주인님께 천화를 제게 보내달라 부탁드렸습니다."

"저를요?"

"보세요. 저는 내실에 혼자 백 년을 있었답니다. 시종이라고는 이 아이 하나뿐이지요."

"외로우셨겠네요."

"천화도 마찬가지 아니신가요? 그래서 제가 천화를 모시고 있겠다 주인님께 청하였답니다. 주인님께서는 흔쾌히 그러라 허락해 주시었고요."

운의 의도는 딱 한 가지였다. 천화와의 관계에서 우위를 선점하는 것. 다른 말로 령의 콧대를 꺾어버리는 것.

열 살배기 작은 소녀라는 말을 듣고 쉽게 생각했건만 눈으로 직접 천화를 보니 그 미모가 상당한지라 운은 당황하고 말았다. 심지어 겉모습도 열 살이 아니라 물이 잔뜩 오른 열여덟 즈음으로 보였다. 하지만 그 속내를 내비칠 수 없었기에 그저 지그시 입술 속살만 깨물고 있었다.

그런데 령은 운의 말에 반색을 하며 되물었다.

"그럼 천화궁에서 나와도 된다는 말이시지요?"

"네? 그렇지요."

"내실에 운 님과 같이 머물러도 된다는 뜻이지요?"

"네, 그렇습니다."

"와아, 기뻐라."

령이 생긋 웃었다. 어린아이 같은 천진한 미소였음에도 그 미색이 짙어 주변을 홀렸다. 사내고, 여인이고, 아이고, 노파고, 인간이고, 요물이고를 가릴 수가 없었다. 시간마저 그녀의 미모에 홀려 멈추어 버린 듯하였지만 정작 본인은 그 사실을 알지 못하는 것 같기에 운은 괜한 심술이 났다.

'천궁에서 눈이 멀 정도로 아름답다하는 이는 오직 나뿐이거늘! 대체 누가 저이를 보고 어린아이 같다 이른 거야?'

운의 날카로운 시선이 시종에게로 향하자 그녀는 고개를 숙이고 령에게 아뢰었다.

"말씀드리기 황송하오나 내실의 주인은 운 님이십니다. 천화께서 운 님을 모시며 지내셔야 합니다."

시종의 말이 끝나기 무섭게 참고 있던 율이 바락 소리를 질렀다.

"무엇이? 천화가 얼마나 귀중한 분이신지 모르고 그런 말을 하는 거야?"

"율아."

"우리 아가씨는 누구를 모시고 지내실 분이 아니시다! 벌써 주인님과 초야를 치르셨고, 또 얼마 후에는 혼인을 하시기로 되어 있다고. 내실의 주인을 모시는 시종이 참 무례하구나. 천화가 어떤 분인 줄 알고 그런 말을……! 천화궁으로 돌아갑시다, 아가씨. 제가 더 극진히 모실게요!"

율이 울분을 참지 못해 씩씩대며 눈물을 글썽거렸다. 그 모습이 안타까워 령은 율의 등을 토닥거렸다.

"우리 아이의 말에 마음이 상하셨다면 사과를 드리겠습니다."

운이 살포시 고개를 끄덕였다. 하지만 그녀는 곧 죽어도 자신의 밑으로 들어오라는 말을 물리지 않았다. 그런 운을 가만히 바라보고 있던 령이 밝게 웃으며 대답했다.

"아닙니다. 안 그래도 몸이 쑤시던 찰나에 잘되었어요."

"네?"

"천화궁에 인형처럼 모셔져 있기만 하는 것도 제 취향이 아니었는데 내실의 주인 덕택에 이리 밖으로 나올 수가 있었습니다. 이제야 숨통이 트이는 기분이어요. 필요하신 게 있으면 제게 말씀해 주셔요. 제가 자수는 잘 못 놓지만 음식이나 청소는 곧잘 한답니다."

령은 보란 듯이 소매를 걷어 올리며 주먹을 쥐었다 폈다. 그 모습에 율은 금방이라도 울음을 쏟아낼 것 같은 얼굴이 되었다.

주인님께 말씀드릴 테야. 아니지, 목목 님께 사정을 알릴 거야. 그보다 아가씨의 주인님이시었던 분께 달려가는 것이 빠르려나. 아이고, 불쌍한 우리 아가씨!

율이 종알거리며 좌불안석 발을 동동거렸지만 령은 결정을 했다는 듯 운을 바라봤다. 그 모습에 운은 한쪽 눈썹을 살짝 찌푸리며 웃어 보였다.

이게 무슨 속셈이야?

운이 령을 가늠해 보기라도 할 것처럼 그녀를 살펴보며 말했다.

"그렇게 말씀해 주시니 소첩 마음이 조금이나마 편해집니다."

운은 다소곳한 태도를 한 채 오만하게 턱을 들어 올렸다.

"그렇다면 부탁을 드려도 될는지요."

"네. 말씀만 하셔요."

"오늘 밤에 귀빈께서 방문을 하신답니다. 주인님과 같은 신물(神

物)이시자 저에게는 은인이시랍니다. 제 청으로 이곳을 방문하시기로 하셨으니 그분을 위해 음식 준비를 부탁드리겠습니다."

"물론이지요."

오랜만에 솜씨 발휘를 할 순간이 왔구나!

그동안 천화궁에 박혀 있느라 몸이 쑤셔 죽는 줄만 알았던 령의 얼굴이 활짝 피었다. 몸 군데군데 녹이 슬고 곰팡이가 피는 것만 같았기에 령은 금방이라도 붓(부엌)으로 뛰어갈 것처럼 굴었다.

그 모습이 영 꼴 보기가 싫었는지 잘 부탁한다며 고운 목소리로 말을 한 운이 뒤돌아 가다 말고 고개를 돌렸다.

"아, 그분은 대식가이자 미식가시랍니다. 오십 명의 요괴들이 배를 채울 수 있을 만한 양으로 부탁드립니다. 아, 주안상으로 내놓을 참이니 그 점 참고해 주시고요."

"오, 오십 요괴 분이요?"

"주인님의 반려이시니 완벽하게 해내시리라 믿습니다. 주인님의 체면을 구기는 일은 없어야지요."

그래야 정실이 될 자격이 있는 법!

운은 아직도 믿기지 않는 그 사실을 되새기며 자신의 모든 것을 빼앗아간 천화를 노려봤다. 운의 서슬 퍼런 눈빛에 놀란 령의 엉덩이 위로 풍성한 꼬리가 볼록 뛰어나와 파르르 떨리는 것이 보였지만 운은 아는 척도 하지 않고 몸을 돌렸다.

할 수만 있다면 그 풍성한 꼬리털을 몽당 뽑아 머리 장식이나 매듭이 긴 노리개로 만들어 버리고 싶었다.

第五章

맑은 호수가 푸른 하늘을 비추니 호수가 하늘을 담은 것만 같다 하여 청천(淸泉 : 맑은 샘)이요, 또 청천(靑天 : 푸른 하늘)이라. 그 샘의 주인은 사귀(蛇鬼 : 뱀 요괴)인데 그 또한 아름답기가 이를 데가 없는 푸른 뱀이었다.

그랬기에 물의 뱀은 그런 이름을 가지고 있었다. 그가 이르기를 그냥 청이라고 불러달라 하여 모두가 그를 청랑(郎) 혹은 청 님이라 불렀다. 야차에게서 찢겨져 나와 가장 먼저 물에 씨앗을 품었기에 사귀(四鬼)들 가운데 가장 오래되었다. 완벽한 허무가 그에게 봉인되어 있으나 그 성정 또한 포악하기가 이를 데 없어 모두가 그의 심기를 거스르지 않고자 노력했다.

"그래서 어쩌라고요."

령이 물의 뱀에 대한 이야기를 들으며 심드렁하게 대꾸했다. 그러자 붓 문지방에 앉아 도란도란 이야기를 꺼내던 목목이 눈을 둥그렇게 떴다.

"아니, 놀랍지 않으십니까?"

"그다지 놀라울 건 없다고 봅니다."

"무려 사천여 년입니다. 날을 세신 것만 사천 년이니 실제로 얼마나 오래 사셨는지 모를 분입니다. 저 같은 미물은 그분의 심정을 헤아리지도 못하지요. 실제로 무슨 생각을 하시고 계시는지 알기 힘든 분이십니다. 포악하신 것 같으나 그건 본능일 뿐이고 평소의 모습은 잔잔한 호수와도 같으시거든요."

"예에, 요기가 충만하실 것 같습니다. 오래 사셨으니 참 대단하신 것 같아요."

"말투가 참으로 딱딱하십니다."

령의 반응이 영 시원치 않았는지 목목이 불만스럽게 입을 비죽거렸다. 늙은이의 외향을 한 채로 입을 비죽거리는 모습이 영 어울리지 않아 령은 고개를 살래살래 저었다.

"당연히 관심이 없지요. 보세요, 제가 무얼 하고 있는지."

령은 지금 구슬땀을 흘리며 분주하게 붓을 누비고 다니고 있었다. 안 그래도 내실 주인의 명으로 오십 요괴 분의 음식을 만드느라 분주한데 목목은 어디서 왔는지 자리를 잡고 앉아 수다 삼매경이니 령이 제대로 응수할 수 있을 리 만무했다.

"화로 앞에 서 보시겠어요? 아주 땀이 뻘뻘 납니다."

령은 땀으로 얼룩진 얼굴을 하고 씨근덕거렸다. 같이 붓을 오가던 율이 종종 다가와 그녀의 땀을 훔쳐 주고는 했지만 더위는 쉽게 물러가지 않았다.

하지만 그것이 더욱 령을 색스럽게 만들었다. 대충 틀어 올려 가닥가닥이 내려온 머리 모양 하며, 하얀 목덜미에 달라붙은 붉은 머리카락, 걷어붙인 소매와 치맛단, 땀으로 인해 피부에 찰싹 달라붙은 옷감까지.

그 모습을 지켜보던 목목이 다시 입을 열었다.

"그나저나 정말 놀라울 정도로 변모하셨군요, 아가씨."

"네?"

"색기가 줄줄 흐르십니다. 불의 여우님의 안목은 역시 탁월하시네요. 그분의 구역에서 태어나신 천화야말로 진정한 색의 여인이지요."

"네에?"

"솔직히 저도 아가씨께서 아는 척을 하시기 전까지는 모르고 있었다는 말입니다."

"그렇게 많이 변했어요?"

"초야를 치른 무결 님도 아가씨를 보시면 깜짝 놀라실 겁니다. 반밖에 오지 않는 소녀 같던 아가씨가 이렇게 성장하신 걸 믿지 않으실 거예요."

종알종알 떠드는 목목의 두 눈이 동그랬다. 황금빛의 동그란 두 눈을 보고 있자니 연상되는 동물이 하나 있었다.

'설마……'

령이 한쪽 눈을 가늘게 뜨고 목목을 바라보다 고개를 저었다.

에이, 신경 쓰지 말자. 괜히 의식하는 바람에 소름이 돋아버렸네.

"실례하겠습니다."

낭랑한 목소리가 분주한 붓을 갈랐다.

그 소리에 모두의 움직임이 일제히 멈췄다. 붓에 나타난 이는 운이었다.

"음식이 다 되었나 싶어 와봤습니다."

"아직 오십 요괴 분은 준비 못했지만 이십 요괴 분 정도는 마련이 되었습니다."

령이 산더미처럼 쌓인 음식을 흘깃 바라봤다. 육포에 은행볶음, 잣솔, 생률, 호두튀김 같은 마른안주와 더덕을 찹쌀가루에 묻혀 튀겨낸 섭산산병, 빙떡과 신과병(햇밤, 햇대추, 풋콩 등을 넉넉하게 넣어 시루에 찐 음식), 복령조화고, 화려한 꽃장식이 일품이 화전, 방험병까지 솜씨란 솜씨는 모두 부려 만든 음식들이었다.

"누가 다람쥐 아니랄까 봐."

나름 뿌듯한 얼굴을 하고 운을 바라보는데 그녀가 지나가는 말로 작게 속삭였다. 잘못 들었나 싶어 령이 눈을 크게 뜨자 운은 언제 그랬냐는 듯 은은한 미소를 지으며 한마디 말을 건넸다.

"대부분 다 견과류를 이용한 초식형 음식이네요."

"주안상에 어울리는 음식이랍니다."

에헴, 령은 자신만만하게 턱을 추켜올리고 말했다. 그도 그럴 것이 염 님을 보좌하며 지내왔던 삼백 년 동안 갈고닦은 비장의 요리법이었기 때문이었다. 식사보다는 안주상 차리는 데에 도가 튼 령이 생긋 웃었다.

"나올 것이 더 있나요?"

"오십 요괴 분이라 하셔서 지금 강정과 경단, 꽃산병, 오색다식, 나물 안주랑 술을 드신 뒤에 속을 다스릴 깨죽을 만들고 있습니다만."

령의 말에 운이 고개를 끄덕이고는 시종 아이에게 술상을 보라 일렀다. 그리고는 수고하라는 말과 함께 도도한 걸음으로 손님을 모실 내실의 별채로 향했다.

"기가 막혀서! 우리 아가씨를 종 부리듯 저렇게!"

"율아."

"분명 가져간 음식들도 다 자기가 손수 만들었다고 앙큼하게 거짓말하실 분이세요."

율이 씩씩거리며 별채를 노려보자 령은 한숨을 폭 내쉬고는 바쁘게 손을 놀렸다. 차라리 이렇게 바쁜 지금이 아무 생각도 하지 않아도 되고 더 좋았다.

그 모습을 목목이 물끄러미 지켜보고 있었다.

"안 바쁘세요?"

"오늘은 안 바쁩니다."

령의 타박에도 목목은 알 수 없는 미소만 지으며 문지방을 지키고 앉아 있었다.

날개가 없는 자가 천궁으로 올 수 있는 방법은 두 가지였다. 천궁에 있는 이에게 초대를 받거나 보름달이 뜨는 밤에 지상과 천궁을 잇는 빛 길을 밟는 방법이 있었다.

청(靑), 그는 전자(前者)에 속했다. 그가 천궁에 도착한 것은 달이 뜨고 난 다음이었다. 달이 손톱 모양으로 제법 통통하게 하늘에 떠오르자 청은 내실 정원의 우물에서 나왔다.

"어서 오세요, 청랑."

우물 앞을 지키고 있던 운이 고개를 숙여 예를 갖추어 보였다.

청의 권속하에 있는 샘과 내실의 우물물이 통하게 된 것은 천궁의 주인인 무결이 청의 방문을 허락했다는 뜻이었다.

푸른빛이 은은하게 감도는 의복을 갖추어 입은 그는 긴 머리를 흐트러지지 않게 올려 묶고 있었다. 날카롭게 찢어진 두 눈은 냉정하게 빛났고, 얇은 입술에는 그 흔한 미소 하나 걸려 있지 않았다. 우물에서 나온 사내치고는 흐트러짐 하나 없었고, 또한 젖어 있지도 않았다.

사내는 날렵한 선을 가지고 있었다. 선이 굵직한 무결과는 정반대의 인물이나 다름없었다. 핏기 하나 없는 파리한 피부색은 오랜 단련을 통해 구릿빛으로 변한 무결의 색과는 달랐다. 그럼에도 사내에게는 거스를 수 없는 위압감과 무게감이 있었다. 내면의 힘을 지닌 자라는 것이 그가 지닌 특유의 분위기에 묻어나왔다.

청은 자신을 반가이 맞는 운을 무덤덤한 눈길로 바라보며 대꾸했다.

"오랜만이군, 운."

"그동안 잘 지내셨습니까?"

"음."

대답인지도 모를 애매한 소리를 입안으로 굴린 청은 오랜만에 보는 운을 단번에 지나쳤다. 경외와 존경, 애정이 담뿍 담긴 운의 눈가가 안타까움에 파르르 떨렸다.

"무결은 어디 있는가?"

"곧 오실 겁니다. 주안상 봐놓고 기다리고 있었습니다."

운의 눈빛이 애달팠다. 그런데도 청은 눈길 한번 제대로 주지 않고 몸을 돌렸다.

　그가 내실을 찾는 것은 이번이 처음은 아니었다. 운이 내실의 주인이 되기 전부터 청은 종종 무결과 내실에 딸린 별채에서 술을 주고받았다. 청은 본디 풍류를 즐기는 사내가 아니었기에 고즈넉한 분위기를 즐기며 단둘이 술잔을 기울일 상대로는 무결이 제격이었기 때문이었다.

　적적함을 달래기에 염은 주당(酒黨)이었고, 범은 워낙 어울리기 힘든 이였다. 청과 비슷하면서도 잘 맞는 이는 무결뿐이었다.

　"오셨습니까?"

　청을 발견한 무결의 걸음이 빨라졌다. 그는 내실로 들어서는 중이었다.

　"아아, 무결!"

　"이쯤 오실 것 같아 왔더니 생각보다 일찍 오셨습니다."

　"그런가? 오늘따라 길이 매끈하게 트여 그런가 보지."

　"안으로 드시지요."

　무결이 별채로 안내를 하자 청이 고개를 끄덕였다. 두 미남자가 바람을 일으키며 별채로 향하는 모습을, 운이 뒤에서 가만히 지켜봤다. 단둘이 술을 즐긴다는 것을 알고 있었기에 운은 방해할 생각 없이 그 자리에 서 있었다.

　별채에는 두 사내만 덩그러니 남았다.

　휘황찬란한 주안상을 앞에 둔 청의 눈썹이 미세하게 꿈틀거렸다. 그는 예리하게 주안상의 음식들을 살펴보고 먼저 냄새로 그것들을 파악했다.

"평소보다 공을 들인 것 같은데 이제 안해가 생긴다고 티를 내는 것인가?"

"안해라니요."

"내실의 주인이 곧 천궁의 주인이다, 그런 말이 있지 않던가."

"아닙니다. 그건 그저 전해져 오는 말일 뿐입니다."

"그래?"

청은 별다른 말을 하지 않고 미심쩍다는 듯 무결을 한 번 바라봤을 뿐이었다. 무결은 덤덤하게 백자를 들어 그의 잔에 술을 따라주었다.

"술은 넉넉하게 준비해 놓았는가?"

"창고를 아예 비우실 생각이십니까?"

"평소보다도 안줏거리가 배로 많은데 당연하지."

"설마 이 음식들을 다 드실 생각은 아니시겠지요?"

"왜 아니겠는가? 살생을 하지 않은지 오래된 지라 이 정도 먹지 않으면 허기가 져."

"여전히 대식가이십니다."

사실 그는 주당은 아니었다. 다만 대식가라는 명성답게 많이 먹어 주당처럼 보일 뿐이었다.

무결의 탄성에 청은 대수롭지 않게 술잔을 비워내고 화전을 한 입 베어 물었다.

"솜씨도 빼어나고, 맛 또한 일품인지고. 내 천궁에서 몇 번이나 자네와 잔을 기울였네만 처음 맛보는 안주 맛인 것 같네. 운의 솜씨는 아닌 듯하고, 누구의 솜씨인가?"

"글쎄요."

"여전히 주변에 관심이 없구만."

쯧쯧. 운은 내실의 주인이 되었다고 마냥 기뻐했을 터인데.

청이 작게 혀를 차자 무결이 입을 열었다.

"청랑께선 제가 운과 혼인을 하길 바라고 계시리라 생각합니다. 허나 저는……."

"잠깐. 뭔가 오해하는 모양인데 나는 자네의 혼인에 관심이 없어."

"하지만 청랑께서 오래전에 운을 구해주셨고, 그리 인연을 맺어 운을 아끼고 계신 것이 아닙니까?"

"운을 구해준 것은 딱히 다른 이유가 있어서가 아니었다. 막 식사를 끝낸 참이었고, 동면에 들어갈 생각이라 회가 동하지 않았을 뿐이야. 운은 정말이지 운이 좋았던 거고. 게다가 같은 봉요라면 내 마음을 어느 정도 알지 않나? 무언가를 아낀다는 마음 자체가 나에게는 없어. 자네도 그렇지 않은가?"

"그건……."

"몇천 년을 산 우리 같은 존재에게 인연 운운하다니, 자네도 아직 철이 덜 들었구만."

"……그리 말씀하시니 조금 편하게 말씀 올리겠습니다."

무결이 한결 편해진 얼굴로 청을 바라봤다. 청은 비단 베개에 팔을 올리고 비스듬히 누워 술잔을 기울였다.

"말해보게."

"제가 사실 얼마 전, 한 소녀를 만났습니다. 인간의 얼굴로 열댓 살 되어 보이는 것이 한 백 년 정도 살았을까 하는 어린 계집이었습니다."

"흐음."

"그 아이가 마음에 들어왔습니다. 그런데 그 아이를 만나지 못하고 천화와 초야를 치르고 말았습니다. 천화도 열댓 살 쯤 되어 보이는 외향을 하고 있었습니다만 그래서인지 이상하게……."

무결이 말을 아끼자 청이 한쪽 눈썹을 불쑥 들어 올렸다.

"이상하게 천화에게도 마음이 갑니다. 저 때문에 어쩔 수 없이 천궁으로 와 저를 받아들여야 하는 처지가 미안하기도 하고, 안됐기도 해서 천화를 정실로 맞이하려고 합니다만."

"정실이라……."

"제가 한 일에 책임을 져야지요. 사내가 꽃을 꺾었으니 어찌 다른 여인을 곁에 두겠습니까."

"이제 보니 생각보다 더 고지식하군, 무결. 심지어 자네가 무언가를 마음에 둔다는 말을 한다는 것에 놀랐네, 나는."

청은 자세를 바르게 하고 앉아 들고 있던 술잔을 내려놓았다. 대신 손짓 한번으로 선반에 놓여 있던 문방사우(文房四友)를 꺼내 앞에 펼쳐 두었다.

"그렇게 마음을 굳혔음에도 얼굴이 썩 밝지 않은 것을 보면 마음은 그 소녀에게, 몸은 천화에게 가니 그 이중적인 갈등을 해소하지 못한 모양이군."

청은 미동도 없이 앉아 나른한 눈빛으로 바닥을 내려 보았다. 그의 손짓 한 번에 한지가 깔리고 먹이 갈렸으며 붓이 놓였다.

"풍의 매라 그런지 바람이 잔뜩 뜬 사내로구만. 색(色)을 밝히는 것은 좋으나 너무 어린 소녀에 환장하는 사내는 되지 말게. 그것을 일컬어 인간들은 로리타라고 하더군."

"로리타…… 요?"

청은 유려한 필체로 로리타를 적어 무결에게 내밀었다.

로리타(虜裡妠).

"포로 로(虜), 속 리(裡), 소녀 타(妠)! 소녀에게 포로로 잡혀 버린 사내가 속만 끓이고 있다, 라는 정도로 해석이 가능하지 않겠나?"

청은 붓을 휘갈겨 한지에 단어를 적었다.

"자네에게 이 말을 바치겠네."

식유조식(殖妳操食).

그 말에 무결이 미간을 모았다.

"이것이 무슨……."

"키울 식(殖), 여자아이 유(妳), 잡을 조(操), 먹을 식(食). 어린 소녀를 키워서 잡아먹는다! 자네가 하려는 것과 딱 맞는 말 아닌가?"

"……절 놀리시는군요."

"절색의 여인에게도 회가 동하지 않던 자네가 관심을 보인 것이 작은 소녀라는 것에 놀라서 하는 말이네. 오래 살다 보니 별일이 다 있군."

청의 말에 무결은 난색을 표했다. 딱히 무결은 소녀가 취향인 것이 아니었다. 그저…….

그것을 무어라 설명해야 하나?

그는 고개를 절레절레 저었다. 그때, 두 사람의 사이를 방해하는 목소리가 장지문 너머로 들려왔다.

"실례합니다. 소녀, 잠시 들어가도 되겠습니까?"

운의 나직한 목소리에 청이 안으로 들 것을 허했다.

"아아, 들라."

허락이 떨어지자 운이 문을 열고 안으로 들어왔다. 그녀의 뒤로 시종 둘이 음식이 가득 차려진 상을 들고 그녀를 따라왔다. 운이 손짓을 하자 시종들이 상을 두 봉요 앞에 내려놓았고, 운은 무릎을 꿇고 앉아 미소를 지어 보였다.

"안주가 부족하실 것 같아 더 대령했사옵니다."

"그런가? 오늘따라 안주가 보기도 좋고, 맛도 좋군."

"입에 맞으시다니 다행입니다."

"누구의 솜씨인가?"

"그야 물론……."

"자네 솜씨라고는 하지 말게. 자네 몸에서는 음식 냄새가 전혀 나질 않거든."

청이 우스갯소리처럼 말을 했다. 하지만 운은 청의 그 말이 그저 농담이 아니라는 것을 알고 있었다. 가늘게 찢어진 두 눈은 웃음기를 전혀 담지 않고 있었기 때문이다.

몸에 소름이 오소소 돋아났다. 거짓을 고한다는 것은 자신보다 배로 산 두 사내를 농락하는 것임을 알았기에 운은 머리를 조아리며 사실대로 고하였다.

"내실에 천화를 모셔왔습니다. 천화께서 직접 만들어 올리신 음식들이옵니다."

"천화가 내실에?"

"제가 혼자 내실을 지키고 있기 적적하다 하여 주인님께 직접 청을 올렸나이다."

"초야를 치르기 전에 청을 드렸나 보군."

"그걸 어떻게 아시는 겁니까?"

"운이 좋다고 말할 수밖에."

청이 엷은 미소를 머금고 무결을 바라봤다. 분명 그는 아무 생각 없이 그러겠노라 했을 것이다. 장로들이 정한 정혼자의 심기를 거스르게 해 좋을 게 하나도 없다고 판단했을 뿐더러 정혼자든 천화든 별 상관이 없었기 때문이기도 했으리라.

'그런데 이제 상황이 달라졌다 이거지. 오랜만에 재미있구나.'

마음에 둔 소녀를 닮은 천화에게 그 마음이 옮겨가는 것은 시간 문제일 터. 애초에 지금 무결이 천화를 배려하고 있다는 것 자체가 의미 있었다.

그건 둘째 치고.

"천화를 잠시 모시게."

청은 천화가 아주 조금 궁금해졌다. 평소의 그답지 않은 호기심에 무결은 불안한 얼굴로 그를 바라보았다. 그건 운 역시 마찬가지였다. 심중을 알기 힘든 그가 무슨 생각인지 무척이나 궁금해졌다. 하지만 그것을 따져 물을 수는 없는 노릇이었기에 운은 하는 수 없이 시종 아이에게 천화를 모시라 일렀다.

령은 별채 앞에 서서 막막한 얼굴을 했다.

얼굴을 땀에 푹 절어 엉망이었고, 옷은 음식을 만드느라 얼룩이

져 있었다. 앞치마를 두른 평범한 의복 차림의 령은 별채로 들라는 어르신의 말에 잔뜩 긴장을 한 얼굴로 마른침만 삼켰다.

"……가야겠지?"

"걱정 마세요. 일하느라 몸치장을 못하신 것뿐인데요. 다 이해해 주실 거예요."

"하지만 거기에 그분도 계시다잖아. 그런 일이 있고 처음 뵙는 거라…… 엄청 떨린단 말이야."

"어차피 혼례하시면 평생 보고 사실 텐데요."

"호, 혼례?"

"어서 들어가 보세요. 어르신들 기다리게 하는 건 도리가 아니지요. 게다가 아가씨는 꾸미지 않아도 무척 아름다우시니까 걱정을 마셔요. 자, 어서 들어가세요. 가서 운 님의 코를 납작하게 만들어주시라고요!"

어째 율이 더 신이 나 보인다. 목목은 곁에서 고개만 주억거리고 있을 뿐이었기에 눈치를 보던 령은 양손을 앞치마에 문질러 닦고 별실로 들어갔다.

드르륵—

시종 아이가 장지문 앞을 지키고 있다가 령을 위해 문을 열어주었다. 령은 사뿐히 안으로 들어갔다. 주안상이 차려진 주변에 두 사내와 운이 앉아 있는 것을 본 령은 다급히 고개를 숙였다.

"처, 처음 뵙겠습니다. 령, 인사드립니다."

"고개를 드세요. 귀하디귀한 천화가 아니십니까?"

"소, 송구합니다."

대답을 하면서도 령은 자신이 하는 대답이 맞는 말인지 모르겠어서 자꾸만 눈치를 봤다. 그도 그럴 것이 상대는 자신의 몇 배를 넘게 살아온 맹수들이다.

하나는 뱀이요, 다른 하나는 매라고 했지?

생각만 해도 등골이 오싹하고 솜털이 바르르 서는 것이 아찔하기만 하다. 여기서 자칫 잘못 입을 놀렸다가 소리 소문 없이 이 세상을 하직할 것 같다는 생각 때문이었다.

'역시 붓이 더 편했어.'

령이 어찌할 바를 모르고 양손을 꼭 붙들고 있자 청이 자연스럽게 대화를 이끌어 나갔다.

"천화 덕분에 오랜만에 색다른 맛을 즐겼습니다."

"이, 입에 맞으셨다니 다행이에요."

그저 말 한마디 했을 뿐인데도 그에게서 뿜어져 나오는 요기가 어마어마했기에 령은 자리에 온전히 서 있기가 힘들었다. 다리가 부들부들 떨리고, 금방이라도 도망치고 싶다는 마음이 간절해졌다.

그 마음을 아는지 모르는지, 매서운 요기의 뱀 요괴는 인자한 가면을 쓰고 령을 대했다.

"홀로 이 많은 음식을 장만하시기 힘드셨을 터인데."

"원래 있던 곳에서 늘 주인님을 위해 주안상 준비를 했었습니다. 급하게 준비하는 것이 힘들었지 만드는 것은 즐거웠답니다."

그렇게 대답한 령이 슬그머니 고개를 들어 두 사내를 바라봤다. 베개에 팔을 대고 비스듬하게 누운 사내가 빙긋이 웃고 있었고, 그 곁에 있는 다른 사내는 놀란 듯이 령을 바라보고 있었다.

'이상하네. 왜 나를 저런 눈으로 보지?'

그런 생각도 잠시.

'저 얼굴, 어디선가 본 적이 있는 것 같은데?'

거기까지 생각이 든 순간 떠오르는 장면이 있었으니.

"내일도, 내일도 이리로 오거라."

"내일도 이리 와서 내게 그 소리를 들려주거라."

짧은 만남이 아름다웠던 날을 노래했던 어느 날 밤. 절벽에서 떨어지던 자신을 구해준 아름다운 사내가 기억이 났다.

'그때 그분?'

그러고 보니 그의 이름조차 모른다.

무결을 바라보는 령의 두 눈이 동그래졌다. 그렇게 허공에 둘의 시선이 맞물리자 청의 눈빛에 호기심이 서렸고, 그를 지켜보던 운의 입술이 못마땅하게 일그러졌다.

"그대가 천화…… 라고?"

무결은 무언가에 홀린 것처럼 령을 응시했다. 그의 시선은 령의 외모를 샅샅이 살피고 있었다.

노을 빛깔과 같은 머리카락, 조망만 한 얼굴, 백자같이 투명하고 매끈한 피부, 촉촉한 검은 눈망울과 혈색이 좋은 입술, 낭창낭창한 몸의 곡선과 풍만한 가슴…….

천화일 수가 없었다. 분명 그가 안았던 천화는 열댓 살밖에 되지 않는 어린아이였으니까.

아니, 그보다 중요한 것은 그녀가 어린아이의 모습인지 어른의 모습인지가 아니다. 그녀가 꼭 그날 밤에 만났던 소녀처럼 보였기 때문이었다.

'내가 드디어 미친 건가?'

그 소녀를 다시 만나고 싶다는 생각에 미친 건지도 모른다. 그렇지 않고서야 천화를 소녀로 착각할 리가 없다. 소녀는 자신을 황작이라 하였지만 천화는 아무리 봐도 라미였으니까.

그런데 이리도 심장이 두근거리는 것을 어떻게 설명해야 하나?

"천화의 미색에 그대의 주군도 넋을 잃은 모양입니다."

"네?"

청의 말에 놀라 령이 눈을 동그랗게 뜨며 볼을 붉혔다. 그제야 무결은 령에게 날카롭게 꽂아놓았던 눈빛을 거두었다. 청은 두 사람의 묘한 기운을 읽고 가볍게 웃으며 천화를 놓아주기로 했다.

"오늘은 그저 천화를 한번 뵙고 싶어 모신 것입니다. 그만 나가 보셔도 됩니다."

"네? 그럼…… 저는 이만."

령이 고개를 꾸벅 숙이고 쏜살같이 달아나자 무결의 미간에 주름이 잡혔다. 마음만 같아서는 그녀를 붙잡아 앞에 끌어다 앉히고 이것저것 확인을 해보고 싶은 심정이었다.

그런 무결의 마음을 눈치챈 청이 부러 무결을 놀리기라도 하듯 중얼거렸다.

"달아나는 다람쥐의 꽁무니라도 쫓고 싶은 모양일세."

"네?"

"자네도 오늘은 그만 자리를 물려주지. 내 운과도 담소를 나누고 싶으니 말일세."

"그럼 그러십시오. 시종 아이들이 청랑의 잠자리를 봐드릴 겁니다."

"신세 좀 지겠네."

그렇게 말하는 청에게 고개를 꾸벅 숙인 무결이 별채를 나섰다. 이미 그의 관심은 방금 전까지 머물러 있던 령에게 향해 있었다. 그녀가 움직인 동선을 따라 은은한 꽃향기가 나는 것만 같다.

초야에 맡았던 그녀의 살 냄새에서도 이런 향기가 났던 것 같다.

그 생각에 무결의 하초가 당장 반응을 해왔다. 천여 년 동안 잠자리를 하지 않아도 멀쩡했던 몸이었다. 본능은 언제나 꿈틀거리고 있었지만 그만큼 그의 마음을 흔드는 여인도 없었다. 그런데 어찌 된 일인지 천화는 달랐다.

달콤하여 탐하게 되고, 질릴 것 같지만 그 매력 또한 여러 번 모습을 달리하니 사내라면 단연코 그에게 홀리는 것이 아닌가.

무섭다. 정말 무서운 여인이다.

"벌써 나오십니까, 주인님."

목목이 기다리고 있었다는 듯 무결을 맞이했다. 그런데도 무결의 관심은 다른 곳에 꽂혀 있었다.

무결이 아무 말 없이 주변을 두리번거렸다. 주군의 마음을 눈치챈 목목이 잽싸게 말을 덧붙였다.

"령 아가씨는 다시 붓으로 가셨습니다만."

"……딱히 천화를 찾는 건 아니다."

"그러십니까?"

혼란스럽다. 방울이가 자라면 꼭 지금 천화의 느낌일 것만 같아 가슴이 더 심란했다.

그런 주군의 표정에 목목이 눈치껏 그의 의중을 떠보았다.

"붓으로 가시겠습니까?"

"……되었다."

"그럼 안채로 가시겠습니까?"

"그래. 좀 쉬고 싶구나."

"천화께 아뢰어 안채로 들라 할까요?"

목목의 말에 무결이 대답 없이 걸음만 옮겼다. 그러자 목목이 작게 웃고는 장난스럽게 주군을 놀렸다.

"천화께 드디어 관심이 생기셨나이까?"

"……초야 때 본 것과 외모가 다르던데."

"성장을 하신 겁니다. 천화라는 존재가 본디 그렇습니다. 반려가 될 사내에게 안겨야 비로소 꽃을 피우는 법. 지금까지는 꽃봉오리에 지나지 않던 아가씨가 무척 화사해지셨지요? 눈이 멀 것 같은 미모가 아니옵니까? 저 또한 무척 놀랐습니다."

"초야에 쓰러졌던 게 그럼……."

"성장통 때문이지요. 아, 물론 오로지 성장통 때문만은 아니지만요."

목목이 의미심장한 눈빛으로 무결을 바라보았다. 험악하게 령을 가지고 또 가진 자신을 탓하는 듯한 눈빛에 무결이 고개를 돌렸다. 목목은 그 일에 대한 별다른 언급 없이 화제를 돌렸다.

"그나저나 주인님은 혼례를 치르시기 전에 아가씨의 얼굴을 직접 보면 아니 되십니다."

"하여간 그놈의 관례."

"관례를 어기고서라도 방울 아기씨를 보고 싶으신 게지요?"

"그런 말이 아니지 않느냐!"

속내를 들킨 것만 같아 무결이 괜히 성을 부리다가 멈칫했다.

"잠깐, 방울이라니?"

"천화 아가씨 말입니다."

"령이라고 하질 않았는가?"

"방울 령(鈴)을 쓴답니다. 불의 여우께서는 자주 애칭으로 방울이라 부르셨다고……. 무결 님?"

목목의 말에 무결의 얼굴에 표정이 생겼다. 내내 풀지 못한 수수께끼를 단번에 풀어버린 것 같은 시원한 얼굴이면서 동시에 안달이 나고 격정이 이는 눈치였다.

물론 천여 년 동안 무결의 곁을 보좌해 온 목목이 모를 수가 없었다. 누구보다 빠른 눈치 하나로 지금까지 버텨온 것이 아니던가.

"언제 방울 아가씨를 만나신 적이 있으십니까?"

"이렇게 가까이에 있을 줄은 내 몰랐지."

"며칠 전부터 시종 아이 중에 방울이라는 이름의 아이를 찾으셨다는 게 설마……."

"등잔 밑이 어둡다는 말은 이럴 때 쓰는 거군."

허심탄회한 무결의 대답에 목목이 고개를 절레절레 저으며 대놓고 주군 험담을 시작했다.

"주인님은 참 눈치도 없고, 감각도 없고, 판단력도 없으십니다. 물론 무예에 능통하시긴 하지만 정말 그 외의 다른 것들은…… 그러니까 제 말은 여인에 관한 것을 말씀드리는 겁…… 합!"

험담을 하던 목목이 심상치 않은 무결의 눈빛에 입을 꼭 다물었

다. 하지만 오늘은 모든 수수께끼가 풀린 날. 그토록 원하던 소녀
가 꽃이 되어 그에게 안길 준비가 되었다는데 목목의 험담쯤은 가
벼이 넘겨줄 수 있었다.

"혼례 준비를 서둘러야겠구나."

무결이 지나가는 듯한 말투로 중얼거렸다. 하지만 목목은 알았
다. 그것은 주군이 자신에게 내리는 명령이라는 것을.

내일부터 무척 바쁘게 움직여야겠구나, 생각하는데 다시 무결
이 달을 바라보며 중얼거렸다.

"참 아름다운 밤이로구나."

그 말 한마디에 목목의 얼굴이 부드럽게 풀어졌다.

이렇게 감상적으로 변할 정도이신데 그깟 수고스러움 따위 대
수가 아니다. 목목은 최대한 빨리 주군의 품에 천화를 안겨 드려
야겠다며 마음속으로 부산을 떨었다.

자박자박, 두 사내가 걸음을 옮길 때마다 모래 밟히는 소리가
평화롭게 밤길을 울렸다.

고즈넉하고 평화로운 밤은 그렇게 지나가고 있었다.

第六章

　귀인의 음식 준비를 했던 날 이후, 령은 내내 고민에 빠져 있었
으니 그것은 어떤 이가 청이고, 어떤 이가 밤손님인지 알아내는
것이었다.

　'분명 별채 안에는 두 분의 사내가 계셨다. 어떤 분이 무결 님이
실까?'

　거만하게 누워 계시던 분이 무결 님이시라면 '천화를 뵙고 싶
었다' 라는 말을 하실 리가 없다. 그래도 만에 하나 그분이 무결 님
이시라면…… 하늘도 참 무심하시다 하겠다. 만일 그게 아니라 달
이 뜨던 날 풍류를 즐겼던 밤손님께서 무결 님이시라면 운명이라
하겠다.

　령의 운명을 결정짓는 서찰이 그다음 날 도착했으니.

아이령부유(我怡鈴夫有).

그 뜻을 헤아려 보자니 '나, 무결은 기쁘게 천화, 령의 지아비가
될 것이다' 라는 말로, 령을 정실(正室)로 맞이한다는 내용이었다.

"저, 정실?"

령과 함께 서찰을 골똘히 바라보고 있던 율이 령의 입에서 터져
나오는 말에 내용을 눈치채고 박수를 쳤다. 누구보다 기뻐하는 모
습이었다.

"드디어, 드디어 소식이 내려왔군요! 아가씨, 축하드려요!"

"아니, 왜? 그렇게 혼내놓으시고 정실이라니?"

"우리 아가씨가 드디어! 운 님을 이기신 겁니다. 내실의 주인은
이제 아가씨라고요!"

"운 님? 그게 무슨 말이야?"

령은 단정한 글씨를 가만히 내려다보고 있다가 율을 바라봤다.

여기서 갑자기 운 님이 왜 나오는 거야?

령이 이해하지 못하겠다는 눈빛으로 율을 바라보자 그녀는 순
진한 얼굴로 어깨를 으쓱였다.

"왜, 내실의 주인이라며 엄청 빼기셨잖아요. 본래 내실은 천궁
의 안주인이 되실 분께서 머무시는 곳이거든요. 장로님들이 정한
무결 님의 정혼자랍시고 내실을 차지해서는 천화 아가씨를 오라
마라. 얼마나 열통이 터지던지!"

"내실이…… 천궁의 안주인이 머무는 곳이라고?"

"네."

율은 무언가 잘못됐다는 생각도 하지 못한 채 고 천진한 얼굴로

갸웃거렸다.

"정혼자가 따로 있는 분이셨다고?"

"네?"

"내가 아무리 영민하지 못하고 무지(無知)하다고는 해도 정혼자의 뜻을 모르는 것이 아니야. 혼례를 치르고 평생을 함께한다는…… 반쪽이라는 의미잖아."

령의 말에 율이 무언가 잘못됐다는 것을 느꼈다. 율이 동그란 눈을 데굴데굴 굴리는데 령이 한숨을 톡 터트렸다.

"정혼자가 있으시면서 날 정실로 맞이하신다고? 그렇다면 그분은?"

"그야 당연히……."

율이 잘 모르겠다는 듯 말끝을 흐리며 눈을 굴리자 령이 울상을 지었다.

"그야 당연히 첩이 되시는 건가?"

"네?"

"아이고, 내 신세야. 팔려가듯 천궁으로 와 정략 혼례를 치르게 된 팔자도 억울한데 이제는 지아비마저 다른 분과 나누어야 하는 거야?"

"그, 그것이……."

"풍의 매라고 하시더니 정말 바람 같은 분이시구나. 이 꽃 저꽃, 하릴없이 바람 부는 대로 오가시니 내 마음 한쪽이 텅 빈 것처럼 쓸쓸하구나."

령의 머릿속에는 언젠가 마주했던 달밤의 그 사내가 떠올랐다. 만일 그분이 무결 님이시라면, 령의 지아비가 될 분이시라면 참

실망스러울 것만 같았다. 방금 전까지만 해도 운명처럼 느껴졌건만 이제는 아니었다.

진중하면서도 단단해 보이는 그 모습에 자신도 모르게 넋을 빼앗기고 말았으니 령은 속으로 그분이 무결 님이시기를, 하고 바랐었다. 그런데 사실 지아비가 될 무결 님이 바람과도 같은 성정을 지니셨다니 이 어찌 슬프지 아니한가.

"아, 아가씨, 진정하세요. 일단 제가 어찌 돌아가는 상황인지 알아보겠습니다. 그러니 아가씨는 다가올 혼례에 맞춰 준비를 시작하셔야지요."

"준비? 또?"

령은 초야를 치르기 위해 자신이 준비했던 것을 떠올리며 기함했다.

"보름에 혼례를 치른다지?"

"보름이 되어야 천궁에 손님들이 오실 수가 있답니다."

"저번에 그 청 님은 어떻게 오셨어?"

"초대를 받고 오셨습니다. 초대받으신 분은 보름이 아니어도 이곳을 들르실 수 있습니다만 절차가 까다롭고, 자신의 권속과도 같은…… 그러니까 청랑의 경우에는 물이 있어야 합니다. 물을 통해 그분은 어디로든 이동을 하실 수가 있어요. 하지만 물도 그냥 물이 아니라 가장 깨끗하고 손이 덜 탄 물이어야 하기 때문에 사실 그 움직임도 많이 제한되어 있다고 해요."

"복잡하다."

"어쨌든 그래서 보름이 되는 날 손님을 모시기 위해 혼례를 치르게 된 것 같아요. 달빛이 환하게 비치면 하늘과 땅을 연결해 주거든요. 빛을 통해 자유로이 이동을 할 수가 있는 거죠."

"보름이라……."

율의 말을 들은 령의 눈빛이 묘하게 반짝였다. 율은 그런 주인의 마음도 모르고 재잘재잘 이야기를 이었다.

"정식 혼례일은 보름으로부터 이틀 후입니다."

"정식?"

"전후 이틀도 혼례일에 속한답니다. 혼례 이틀 전은 방문하시는 손님들을 위해 축제를 벌이고, 혼례 이틀 후는 혼례를 축하하기 위해 축제를 합니다. 아가씨께서는 혼례 전야에 봉요님들을 만나뵈셔야 합니다."

"보, 봉요?"

"사귀, 혹은 사요라고 불리는 분들이죠. 풍의 매, 물의 뱀, 불의 여우, 그리고 흙의 거미. 사방으로 결계를 쳐 음의 기운의 균형을 맞추시는 대요괴들이시죠. 혼례 때가 아니고서는 감히 범접할 수 없는……."

"불의 여우? 우리 주인님 말이니?"

령의 귀에 제대로 꽂힌 그 말!

염 님이 혼례날 오신다!

율이 툴툴거리며 말을 이었지만 령의 귀에는 그 무엇도 제대로 들어오지 않았다.

"아가씨의 주인님은 이제 무결 님이시라니까요."

"우리 염 님을 뵐 수 있다는 거지? 이리로 오신다는 게지?"

령은 잔뜩 신이 난 얼굴로 부산을 떨었다. 가장 중요한 것이 혼례건만 어째 이 어린 아가씨는 염 님을 볼 수 있다는 것에 혼이 쏙 빠져 버린 것만 같았다.

율이 아무리 혼례에 관해 말을 해도 령은 정신을 차리지 못하였다.

"그분들에게 인사를 드리고, 축복의 인사를 받으시고, 신물도 선물 받으시게 되어요. 모두가 다 신성한 혼례를 위한 의식이죠."

"그때 만든 바둑돌 상자가 어디 있지? 염 님께 드리려고 다시 만들었는데."

"혼례날까지 예법을 익히셔야 해요, 아가씨. 혼례가 끝난 뒤에는 신방에 들어가셔서 초야를 치르시면 되는데 그때에는 가면을 벗으셔도 된답니다."

"참, 바둑돌 상자를 하나뿐이 못 만들었어. 게다가 그때 내가 발로 차는 바람에 끝 부분이 상했는데 지금 새로 하나를 더 만들까?"

"아가씨!"

다른 생각에 빠져 있는 령을 보다 못한 율이 바락 소리를 질렀다. 황작이 지저귀는 그 소리에 령이 눈을 동그랗게 뜨고 율을 바라봤다. 율은 기다렸다는 듯 보자기에 싸인 서책 꾸러미를 그녀의 앞에 내밀었다.

"바둑돌 상자 만들 시간이 없으세요. 혼례 전까지 이 서책을 모두 완독하신 뒤, 몸치장을 하셔야 하니까요."

"뭐어?"

"아가씨 몸치장을 하는 데만도 닷새가 걸린답니다. 그러니 어서 서둘러 책부터 읽으셔요."

율은 령을 책상 앞에 앉혀놓고 바쁘다, 바쁘다, 연신 외치며 부

129

산을 떨어댔다. 의복도 새로 장만해야 하고, 머리 장식이며 꽃신, 분첩이며 귀한 꽃물까지 다 주문하고 살펴야 하니 바쁘지 않을 수가 없었다.

다만 느닷없이 혼례를 치르게 된 령은 똥 씹은 얼굴을 하고 꿔다 놓은 보릿자루마냥 책상 앞을 지키고 앉아 있어야만 했다.

시집을 가는데 독서가 웬 말이뇨.

시간은 착실히 흘러 보름이 되었다.

달이 완벽한 원형으로 변하는 것을 오매불망 기다려 왔던 령은 피곤한 얼굴로 욕탕 안에 앉아 있었다. 혼례가 정해진 이후, 율은 부지런히 새벽이슬을 모아 욕탕 안에 가득 채웠다. 그리고는 어둠의 경로로 몰래 들여온 꽃을 잔뜩 풀어놓았다.

물을 끓이기 전 꽃봉오리가 터지지 않은 수련을 띄워 달빛을 온전히 받도록 했고, 수련이 꽃을 피울 즈음 물을 끓였다. 천화 아가씨가 수련의 꽃말대로 깨끗한 마음을 잃지 않기를 바라는 마음에서였다.

물이 끓자 율은 새하얀 은방울꽃 다섯 송이, 붉은 장미 꽃잎, 도라지 꽃잎을 뿌려 은은한 향이 물에 배이도록 했다.

율은 령을 욕탕 안에 밀어 넣고는 옆에서 불을 때며 조잘조잘 잘도 떠들어댔다.

"은방울꽃은요, 틀림없이 행복하게 만들어준다는 의미를 가지고 있어요. 열렬한 사랑을 하시라고 붉은 장미를. 영원한 사랑을 하시라고 도라지꽃을 넣었답니다."

열렬하고 영원한 사랑이라.

령이 허무한 얼굴로 자신과 상관없는 단어들을 곱씹었다.

그 뒤 율은 귀한 갖가지 보석들을 가져와 욕조 바닥에 주르륵 깔았다. 대부분이 투명하고 반짝이는 수정이었는데 그것들은 물을 더욱 맑게 만들어 달빛이 잘 스며들도록, 음의 기운이 충만하도록, 그래서 목간을 하는 령의 몸을 더욱 순결해지도록 한다 하였다.

목간을 한 뒤, 령은 초야 때처럼 몸치장을 했다. 대신 그때와 다르게 새하얀 순백의 의복을 갖춰 입었다. 아주 고운 비단 옷이 령의 몸에 딱 맞게 휘감겼다. 가슴에는 진주 빛깔의 수정을 다듬어 만든 장신구가 달렸고, 달빛을 모아 실로 엮어 만든 노리개도 달렸다.

긴 머리는 반만 틀어 올려 단단히 고정시켰고, 그 아래로 하늘하늘한 비침 쓰개를 꽂아 머리에서 치맛단으로 자연스럽게 내려오도록 하였다. 그 모습이 달에서 하강한 항아와도 같아 치장을 돕던 시종들의 입에서 연신 감탄의 찬사가 터져 나왔다.

이번에는 얼굴이 전부를 가리는 각시탈을 썼다. 탈을 쓰고 있다가 혼례가 끝나고 초야가 오면 반려가 서로 탈을 벗겨주도록 한다고 했다.

답답한 탈로 얼굴을 가린 령은 모두가 모여 있는 귀빈실로 안내가 되었다.

"이제 이곳에서는 언동(言動)을 조심하셔야 합니다요. 대단하신 분들이 한데 모여 계신 곳이니까요."

율에게서 령을 인수인계 받은 목목이 연신 헛기침을 해대며 주의를 주었다.

"제가 하라는 대로, 또 얼마 전에 읽으신 서책에 나와 있는 대로만 행동하신다면 어떤 문제도 없을 것입니다."

목목이 귀빈실 앞에 도착해 그 앞을 지키고 있던 여동(女童)에게 눈짓을 주었다. 그러자 댕기머리를 하고 있던 아이가 고개를 꾸뻑 숙이고는 아뢰었다.

"신부께서 도착하셨습니다."

그렇게 아뢰자 안에서 반가운 목소리가 들려왔다.

"어서 들라 하라!"

웃음소리마저 담겨 있는 그 목소리는 실로 염 님의 것이었다. 꿈에 그리던 목소리에 령이 몸을 부르르 떨었다. 염 님을 뵐 생각에 벌써부터 심장이 두근거리기 시작했다.

그 모습을 흘깃 본 목목이 다시 한 번 주의를 주었다.

"아기씨, 감정을 내보여서는 아니 되십니다. 지금부터 아기씨는 오직 무결 님에게만 감동하고, 은애하며, 기뻐하셔야 합니다. 염 님은 그저 봉요 중 한 분으로, 혼례를 축하하러 온 귀빈으로만 대접하시지요."

"윽!"

망할 염감탱이!

목목에게 보이지는 않겠지만 령은 힘주어 그를 노려봤다. 어찌나 꼬장꼬장하게 옆에서 훈계를 하시는지, 하마터면 계급장 떼고 제대로 붙어보자고 할 뻔했다.

령은 대충 고개를 주억거리고는 귀빈실 내부로 들어갔다. 목목의 안내를 받으며 안으로 들어가자 원형의 독특한 귀빈실이 드러났다. 전통 한옥식의 다른 건물들과 다르게 이곳만큼은 대리석으로 지어져 있었다. 그곳에는 차례로 공간이 나뉘어져 있었는데 초록빛, 푸른빛, 붉은빛, 검은빛의 휘장이 달려 있었다.

들어가자마자 목목의 분위기가 확 바뀌었다. 평소 잔소리쟁이였지만 그래도 친근함이 넘치던 그였는데 지금은 무척 엄숙하고도 차분하게 봉요들에게 아뢰었다.

"천화가 오셨습니다."

그 말에 초록 빛깔의 불투명한 휘장이 스르륵 걷혔다. 그러자 화려한 비단 금침에 앉아 있던 무결이 나타났다. 그는 예의 매의 가면을 쓰고 있었는데 앉아 있는 자태가 무척이나 편하면서도 기품 있어 보였다.

금침 양옆으로는 아름다운 여종 둘이 부채를 들고 시중을 들고 있었고, 금침 정중앙에는 조촐하지만 품위 있는 다과상이 준비되어 있었다.

무결이 자리에서 일어나 중앙으로 뚜벅뚜벅 걸어나왔다. 그는 절도 있는 동작으로 령에게 손을 내밀었다. 령은 잠시 눈치를 보다가 그의 손을 잡으라고 눈짓하는 목목을 보고 슬그머니 무결의 손 위에 자신의 손을 포갰다. 그러자 그가 가벼우면서도 단단하게 그녀의 손을 붙잡았다.

"신랑 신부께서 인사를 드리겠습니다. 가장 먼저 수궁(水宮)의 청랑이시여."

목목의 말에 푸른 빛깔의 휘장이 도르륵 말려 올라갔다. 운의 내실에서 한번 뵀던 분이었다. 청은 아주 바르고 단정한 자세로 금침 위에 앉아 있었는데 그는 의중을 알기 힘든 가느다란 두 눈으로 령을 반겼다.

"인사하시겠습니다."

"신랑 신부에게 영원한 축복을."

령과 무결이 목례로 인사를 하자 청은 술잔을 들어 보이며 축하의 인사를 건넸다. 청이 손을 가볍게 튕기자 령과 무결 주변을 물이 감싸기 시작했다.

둥근 구형으로 주변에 막을 친 뒤, 차차 물이 차오르기 시작했다. 하지만 그것은 꼭 물이지만 물이 아닌 것만 같았다. 투명하고 차가웠지만 몸은 젖지 않았고, 대신 몸과 마음이 깨끗해지는 것만 같은 느낌이 들었다.

무결이 맞잡은 손에 힘을 주었다. 긴 손가락이 손가락 사이로 스며들어 와 친밀하게 깍지를 끼자 령이 흠칫 놀라 몸을 떨었다. 하지만 이내 이상하리만치 안심이 되는 탓에 령은 무결에게 의지를 했다.

청이 손가락을 다시 한 번 튕겼다. 그러자 구형의 결계가 방울처럼 펑 터졌다. 산산조각으로 부서진 결계는 새하얀 결정이 되어 하늘 위에서 두 요괴를 향해 하늘하늘 떨어져 내렸다. 그것이 꼭 벚꽃처럼 보여 령은 입을 헤벌리고 높은 천장을 바라봤다.

"내가 두 분을 위해 준비한 선물은 바로 이걸세."

청이 소리 나게 손을 마주쳤다. 천장에서 결정이 되어 하늘하늘 떨어지던 눈송이가 두 요괴의 몸으로 떨어졌다. 녹아 없어질 것 같은 결정 하나가 령의 목덜미에, 그리고 무결의 손등 위로 떨어진 순간 결정 모양의 문신이 생겼다. 푸른 빛깔로 반짝거린 그것은 이내 천천히 몸에서 녹아 사라져 버렸다.

"이건……."

"때가 되면 알게 될 걸세. 언젠가는 두 분에게 도움이 되겠지."

청은 여전히 그 속을 알 수 없는 얼굴로 싱글싱글 웃었다. 그리고 그 말을 끝으로 푸른빛의 휘장 속에 그가 숨었다.

"신랑 신부께서 인사를 드리겠습니다. 화궁(火宮)의 염랑이시여."

목목의 말에 이번에는 붉은빛의 휘장이 열렸다. 그 속에서 드러난 것은 역시 불의 여우, 염이었다. 허리띠를 느슨하게 하여 앞섶을 드러낸 채 붉은 장포를 어깨에 걸치고 있는 그는 무척이나 뇌쇄적이었다. 그는 이름 그대로의 불꽃색의 긴 머리카락을 드리우고 령을 바라보며 히죽 웃었다.

새하얀 피부에 붉은 눈동자의 조합이 무척이나 기묘했다. 지상의 것 같지 않은 화려한 아름다움을 지닌 그는 다른 이들과 비슷하면서도 다른 외모의 미남자였다. 화려한 것을 좋아하는 성향 탓에 그의 귀며 목, 손목과 손가락에는 휘황찬란한 장신구들이 치렁치렁 달려 있었다.

용 문양이 섬세하게 새겨진 곰방대를 입에 물고 누워 있던 그가 몸을 일으켰다. 등 뒤로 두 개로 갈라진 풍성한 꼬리가 기분 좋다는 듯 살랑살랑 움직이고 있었다.

'아아, 염 님! 우리 주인님!'

가면에 가려진 령의 두 눈에 눈물이 그렁그렁했다. 그 모습을 눈치챈 염이 킬킬 웃으며 무결에게 한마디 하였다.

"어린 신부는 아직 그대보다 내가 더 그리운가 보오."

무결을 놀리는 듯한 염의 목소리에 실내에 바람이 불었다. 사방이 막힌 이곳에 어찌 바람이 부는가 싶어 령이 주변을 두리번거리자 염의 웃음소리가 더욱 높아졌다.

"농이 지나쳤나? 이제 무결 자네도 제법 주인 행세를 하시는구만."

염이 느릿한 말투로 무결의 심기를 살짝 긁었다.

사실 이 정도면 심술도 아니다. 그가 300년 내내 소중하게 피워온 꽃 한 송이를 법도라는 이름 아래 날름 가져가서 취하려는 무결을 보니 염은 부아가 뒤틀렸다.

그래, 딸을 시집보내는 아비의 마음이라 해두자.

"그나저나 내 걱정을 많이 했는데 다행이군."

"무엇이 말이오?"

"천화라고는 해도 아직 아이에 지나지 않는 신부요. 내 때가 탈까, 손이 탈까 귀히 여기며 애지중지 키워왔거든."

이게 대체 무슨 말씀이실까? 하루 종일 청소를 했건만 먼지 한 톨이 굴러다닌다며 다시 청소를 시키시던 염 님이 하실 말씀은 아니지 않는가? 술을 담가라, 음식을 만들어라, 노래를 불러라, 담뱃재를 치워라, 새 담뱃잎을 대령하라, 몸이 열 개라도 힘들 정도로 일을 시키시던 분이, 뭐? 애지중지?

령이 믿기지 않는다는 듯 두 눈을 동그랗게 뜨는데 곁에 있던 무결이 알 만하다며 고개를 주억거렸다.

"남녀 간의 교합에 대해서는 아는 바가 전혀 없더군."

"기방의 것이지만 그 누구보다 순수한 아이로 키웠으니까."

"흐음."

"허나 불의 여우 권속 아래 있던 몸. 몸에 스민 불의 기운은 본능과도 같은 것이라, 분명 꽃이 핀다면 자네가 감당할 수 없을 정도로 화려하고 탐스럽게 필 것이네."

"그거 기대되는군."

"어쨌든 그런 천화를 본체만체하며 소박이라도 맞히면 어쩌나, 내심 걱정을 많이 했는데…… 저 모습을 보아하니 또 그렇지도 않겠군."

"그런 일은 없을 것이네. 정실로 맞이하기로 결정 내린 이 순간부터 내 처(妻)는 오직 천화 하나뿐이요, 다른 첩도 들이지 않을 것이야."

무결의 단호한 대답에 염이 흥미롭다는 얼굴로 둘을 바라보며 웃었다.

"그래야지. 어리고 작던 방울이를 저렇게 어엿한 여인으로 만들어놨으면 그에 따른 책임을 져야지, 아니 그런가?"

그렇게 말한 염이 손을 들었다. 기다란 소매 사이로 나온 가느다란 손이 지휘를 하듯 허공을 휘저었고, 그의 손끝에서 생성된 불길이 두 요괴를 에워쌌다.

불길은 시뻘건 혀를 날름거리며 두 요괴를 삼켰다. 염이 들고 있던 술을 뿌리자 불길이 더욱 거세어졌다. 원형으로 두 요괴를 감싼 뒤 점차 몸집을 키우며 부풀어 오르던 불길은 마치 커다란 연꽃 봉우리처럼 두 요괴를 감쌌다.

뜨겁지도 않았고, 그렇다고 몸이 상하는 일도 없었다. 마치 꽃에 감싸인 듯했다. 두 요괴를 축복하듯, 그리고 성스러운 기운을 전하듯 넘실거리던 불꽃은 꽃송이가 피어나듯 천천히 만개했다. 불꽃은 꽃잎과도 같이 하나씩 열렸고, 순식간에 사그라진 그것은 두 요괴 사이에 꽃처럼 다시 작게 피어올랐다.

"청랑은 영원을 선사했으니 나는 열정을 선사하겠네. 사그라지지 않는 무한한 열정으로 서로를 은애하여 번성하시길."

염이 긴 손톱으로 허공을 한번 긋자 닫혀 있던 불꽃송이가 피어났다. 그 속에는 검지손가락만 한 크기의 병이 들어 있었다. 수정으로 섬세하게 조각한 그것 속에는 염의 것과도 같은 시뻘건 액체가 찰랑거렸다.

"사랑의 묘약이라고나 할까? 권태로울 적에 사용하시길."

염이 킬킬 웃으며 붉은 휘장 속으로 몸을 감췄다. 령은 내내 염에게 안부의 인사를 전하고 싶은 것을 꾹 참다가 그가 선물한 병을 집어 들었다. 그 순간 병이 둥그렇게 휘며 중간이 뚫린 원형으로 바뀌었고, 이내 목에 걸 수 있는 목걸이 줄이 생겨났다.

무결이 손수 그녀의 목에 걸어주었다. 그 행동에 령이 수줍어하며 볼을 붉혔지만 뒤이어 아직 시들지 않은 꽃송이를 단숨에 파괴하는 모습에 령은 몸을 떨었다.

'어쩜 이렇게나 잔인하실까.'

맞잡은 두 손은 따뜻했지만 무심한 마음이 느껴져 령은 괜히 서운해졌다.

'염 님을 조금 더 보고 싶은데. 인사라도 할 수 있게 해주시지.'

령이 입술을 아무리 비죽거려 봐도 닫힌 붉은 휘장은 다시 열릴 생각을 하지 않았다.

"신랑 신부께서 인사를 드리겠습니다. 토궁(土宮)의 범(汜)랑이시여."

범(汜), 그는 비밀에 싸인 이였다. 단 한 번도 본 적이 없는 이라 령의 호기심이 빛을 발했다.

까만 휘장이 말려 올라가는 순간, 령은 두 눈을 동그랗게 떴다. 당연히 사내일 것이라고 생각했던 것과 다르게 범은 여인이었다. 그것도 무척이나 아름다운.

 "이렇게 천화를 뵙는구려. 범(氾)이라 하오. 내 이름이 이러해서 늘 사내라 오해를 받지."

 범은 새까만 부채를 살랑살랑 흔들며 앉아 있었는데 그 모습이 무척이나 매혹적이었다. 색기(色氣)의 제왕인 염과는 다른 느낌이었다. 일단 범은 새카만 밤하늘과도 같은 머리카락을 길게 드리우고 있었고, 더불어 까무잡잡한 피부를 하고 있었다. 몸에 딱 달라붙는 호랑 무늬의 의복을 입고 있었는데 앞섶이 길게 파인 터라 탄력 있는 몸매가 여실히 드러났다.

 터질 것 같은 풍만한 가슴과 커다란 엉덩이에 령의 시선이 꽂혔다. 하지만 뒤이어 깊은 눈매와 두툼하면서도 색기 있는 입술에 홀리고 말았다.

 '와아, 내 생에 이렇게 아름다운 분은 또 처음이네.'

 음기로 똘똘 뭉친 것만 같은 아름다움이었다. 사내라면 침을 흘리며 부나방처럼 달려들 것만 같았다. 그녀와 하룻밤을 보낼 수 있다면 영혼이라도 팔 것만 같은, 그런 느낌이었다.

 "호랑(虎狼)이라 범 호(虎)를 써야겠지만 나는 뜰 범(氾) 자를 쓰지. 허나 그것이 또 범과 같으니 영 이치에 맞지 않는 것도 아니겠는가?"

 범은 알 듯 말 듯 묘한 말을 하며 미소를 지었다. 그녀가 미소를 지을 때마다 사방이 색기로 진득거리는 느낌이라 령은 거미줄에 걸린 것처럼 꼼짝달싹하지 못했다.

"영원한 축복과 마르지 않는 열정을 앞서 두 분께서 선물하였으니 나는 무엇으로 두 분을 축복해야 할까, 고민을 꽤 많이 했다오."

그렇게 말한 범이 손을 흔들었다. 그 순간 두 요괴가 서 있는 바닥에 흙이 자작하게 깔렸고, 그 속에서 산화엽이 하나둘 피어나기 시작했다.

"산화엽은 토궁의 마당 전면에 깔린 대표적인 꽃인데 우리 천화께서는 본 적이 있으신가 모르겠군. 내 염랑에게 꽃을 좋아한다 들었는데."

범의 말은 꼭 머릿속을 울리는 노랫가락과도 같았다. 입술이 크게 벌어지지 않는데도 머리를 웅웅 울려 그것이 참 이상하기만 했다.

곁에서 그녀의 손을 잡고 있던 무결이 힘을 주었다. 그와 손만 붙잡고 있을 뿐인데 불안해하는 그의 심경이 고스란히 전해져 왔다.

'참 이상하신 분이야.'

"이 산화엽은 비를 맞으면 그 꽃잎이 투명해지지. 순수 그 자체인 천화와 딱 어울리는 꽃이 아닌가?"

그렇게 말한 범이 생글생글 웃으며 손을 까딱거렸다. 꽃은 계속 수가 늘어나고 있었고, 귀빈실에는 숨통이 막힐 것 같은 짙은 꽃향기와 눅진한 흙냄새로 가득 차고 있었다.

'아아.'

범이 손을 움직이자 꽃이 하늘로 날아오르더니 이내 산산조각으로 부서지며 공기 중에 흩어졌다. 이내 그녀는 손을 흔들어 령의 앞에 작은 화분을 놓아주었다. 산화엽 꽃봉오리가 올망졸망 맺힌 아기 꽃이었다.

"아직 피지 않은 꽃이오. 내 화원에서 피어나는 꽃들은 대개 주인의 모습을 많이 닮는다오. 어떤 꽃이 피어날지, 또 그 꽃으로 무엇을 할지는 모두 천화의 몫이라오."

그렇게 말하는 범의 목소리는 음침하면서도 질척질척했다. 하지만 령은 눈앞의 화분에 정신이 팔려 그 기색을 눈치채지 못하였다.

"시련 속에서 피어나는 꽃처럼 아름다운 것은 없지. 그대들에게 천상의 아름다움을, 그리고 영원한 안식을."

그 말을 끝으로 검은 휘장도 닫혔다.

무결은 무엇이 그렇게 마음에 안 들었는지 모든 절차가 끝나자마자 령의 손을 붙잡은 채로 귀빈실을 빠져나왔다. 불편한 옷자락을 붙든 채 그의 빠른 걸음을 따라나온 령이 무슨 일이냐고 묻기도 전, 그는 령의 손에 들린 화분을 바닥에 패대기쳤다.

파사사삭—!

그 어떤 설명도 없었고, 이유도 없었다. 다만 당한 령은 놀란 가슴을 붙든 채 눈을 동그랗게 떴을 뿐이었다.

화분은 산산조각이 났고, 꽃은 엉망으로 바닥에 스러졌다.

"왜……!"

"목목, 갖다 버리게."

"자, 잠시만요. 제가 받은 선물입니다!"

령의 부름에 잠시 멈추어 섰던 무결은 그녀를 흘깃 바라보는 듯하더니 이내 목목에게로 시선을 두었다.

"무얼 하는가! 명령대로 하지 않고."

무엇 때문인지 잔뜩 성이 난 그의 목소리에 령이 바들바들 몸을 떨었다. 그의 고함은 천둥의 소리처럼 대지를 뒤흔들었고, 벼락처럼 피부를 따갑게 했다.

정말이지 무서웠다. 안 그래도 잔뜩 긴장한 령은 그의 고함을 견디지 못하고 바닥에 주저앉고 말았다. 앞에서 기다리고 있던 율이 쪼르르 달려와 그녀를 부축했지만 무결은 그저 무심한 눈길 한 번 주고는 다시 귀빈실로 돌아갔을 뿐이었다.

"으……."

령이 몸을 가늘게 떨었다. 절대 어린아이처럼 울면 안 된다는 청안의 가르침을 되새기며 그녀는 울음을 터트렸다 삼키고, 그랬다가 눈물을 떨궈냈다.

"에휴."

그 상황을 지켜보던 목목이 고개를 절레절레 흔들었다.

주인님도 참, 이렇게 여자 마음을 모르신다니까. 이렇게나 서투르셔서 종천지모(終天之慕: 세상이 끝날 때까지 사모하다)는 어찌하시고, 어찌 옥오지애(屋烏之愛: 지붕 위에 까마귀까지 사랑한다는 뜻)의 경지에 오르시려나. 운우지정을 나누시기도 전에 고침한등(孤枕寒燈: 외롭고 쓸쓸한 잠자리)하시는 건 아니신가. 연리비익(連理比翼: 부부의 사이가 화목함)하셔야 할 터인데.

목목은 오지랖 가득한 눈초리로 찬바람 쌩쌩 부는 예비부부의 모습을 살펴봤다. 혼례를 올리기 전부터 신부가 곡을 할 모양새니 어찌 절로 한숨이 아니 나오겠는가.

"율아, 어서 주변을 정리하거라. 나는 주인님 따라 들어가 봐야겠다."

목목의 명에 율이 고개를 꾸벅 숙였다. 율은 일단 령을 부축해 일으켜 의복에 묻은 먼지를 털어내었다.

"아가씨, 괜찮으셔요?"

"으……. 전혀…… 괜찮지…… 않아."

령은 쓰고 있던 가면을 바닥에 내팽개쳤다. 새빨갛게 충혈된 그녀의 눈에서 눈물이 또르르 흘러내리고 있었다.

"염 님을 오랜만에 뵈었는데…… 뵐 시간도 주지 않으시고…… 이제는 내가 받은 선물마저 이렇게 깨트리시니…… 대체 그분 의중을 모르겠다……. 게다가 다른 정혼자도 있다지 않아? 첩을 두지 않으실 거라고 하셨지만 이젠 그조차 믿음이 가질 않는구나."

"려, 령 아가씨."

"다른 건 바라지도 않으니 그저 다정한 분이시기를 바랐어. 그게 그리 큰 잘못이었니?"

"그, 그것이……."

"내 마음은 말이다, 저 화분처럼…… 저렇게 산산조각이 났단다."

령이 훌쩍거리며 엉망으로 깨어진 화분을 노려봤다. 어여쁜 꽃송이가 그의 손에 의해 산산이 부서진 것이 꼭 초야 때의 짐승을 보는 것만 같은 기분이었다.

"이런 기분으로…… 어찌 혼례를 올릴 수 있겠니?"

"아가씨."

"혼례는 일생일대의 중요한 대소사가 아니니? 신중, 또 신중해야 한다고."

"하지만 이건 아가씨의 운명……."

"운명에 따라 살아야 한다고 누가 그러던?"

령이 다부지게 입술을 깨물었다. 그렇게 흉악하고 무심한 이와 평생을 같이 살아야 하는 것이 운명이라면 차라리 그 운명을 뒤바꾸고 말 것이다.

그런 령의 뒤로 누군가가 물었다.

"운명을 바꿀 수 있게 제가 도와드리리까?"

그 물음에 령이 고개를 돌렸다.

第七章

　세상의 이치를 알려면 족히 칠백 살은 되어야 한다고 염은 누누이 령에게 말해주었다. 요기가 깃든 마물(魔物)의 명(命)은 무척이나 하찮은 것이라 대부분의 것들은 채 백 년도 버티지 못하고 모래처럼 사라져 버린다. 허나 백 년을 버틴 것들은 누군가의 권속이 되어 그분의 일을 도우며 요기를 흡수한다.

　령은 백 살이 넘었을 때 자신이 염의 수하에 있다는 것을 깨달았다. 자신을 안줏거리로 여기는 기방 아씨들을 모시며 백 년을 보냈고, 오십 년이 더 흐른 후에야 그녀는 개화를 했다. 종종 인간으로 변하는 탓에 구박을 받긴 했어도 염과 기방 아씨들을 모시는 데에 어려움이 있는 것은 아니었다.

　인간들의 시간으로 삼백 년은 강산이 변해도 한참은 변하는 시간이라고 한다. 하지만 요괴들, 그것도 대요괴의 입장에서 삼백 년은 그저 싹이 트고, 꽃이 피었다 다시 지는, 그런 계절에 지나지 않는 시간이었다.

고로 사백 년밖에 살지 못한, 그것도 백 년은 천궁에 익숙해진 다는 명목으로 갇혀 지낸 령은 서툰 꼬마 아이에 지나지 않았다. 사내를 알아 여인으로 모습이 변했다지만 그것은 그저 외향일 뿐이었다. 부모의 정을 모르니 깊은 마음을 헤아릴 수 없었고, 음기로 그득한 곳에서 양기를 품고 살아가니 그 또한 이치에 맞지 않았다. 사내를 알되 연모의 정을 모르니 지금의 령은 몸과 마음이 일치하지 않고, 이성과 감성이 융합되지 않은 불안정한 상태였다.

그런 상태였음에도 불구하고 령은 운의 질문에 담긴 묘한 유혹을 알아채고야 말았다.

"운명을 바꿀 수 있게 제가 도와드리리까?"

"운 님……."

령은 빠르게 눈물을 닦아내고 몸가짐을 바르게 했다. 령의 두 배가량 오래 산 운은 령과 다르게 영민했고, 또 웃음 밑에 속내를 숨기는 법을 알고 있었다.

내실에 머물었던 짧은 기간 동안 령은 그것을 알아냈다. 그녀의 말을 곧이곧대로 믿었다가 나중에 뒤통수를 맞는다는 것을 몸으로 깨달은 령은 경계의 눈초리를 했다.

어찌 됐든 먹잇감들은 힘이 약한 대신 눈치가 빨랐다. 그래야 자기 목숨 하나를 부지할 수 있으니까 말이다.

"내 운명을 운 님께서 어떻게 바꿀 수 있게 도와주시려고 그러십니까?"

"여기서 도망치시는 겁니다. 제가 도와드릴 수 있답니다."

운의 목소리는 비단결마냥 고왔다. 하지만 그 속에는 분노가 서려 있었다.

령은 감정의 이유를 알고 있었다. 운이 무결의 정혼자였다는 것을 알았기 때문이었다.

"도망은 한 번 쳤습니다. 그걸로 족해요."

령은 두 손을 꼭 붙잡고 운을 바라봤다.

"투정을 부릴 이가 아무도 없어 서러움에 괜히 율에게 어리광을 부린 것뿐입니다. 잊어버리셔요."

싫고, 밉고, 서럽고, 답답하고…….

그 감정들을 풀어낼 곳이 없어 괜히 울분을 토한 것뿐이다. 그러고 나니 조금은 홀가분한 마음이 들고 머리까지 맑아지는 것 같아 령은 운을 곧게 바라봤다.

나를 이곳으로 보내신 이유가 있으실 거야. 염 님의 입장을 곤란하게 만들어서는 아니 된다.

그리 다짐하는 령의 모습에 운의 표정이 순식간에 싸늘해졌다. 그녀는 자신은 절대 들어갈 수 없는 귀빈실을 바라봤다. 하지만 무슨 생각인지 운은 봄날처럼 따뜻한 미소를 지으며 령을 바라봤다.

"그럼 답답하신가 본데 잠시 걸으실까요?"

"네?"

"달빛이 참 좋답니다. 천궁의 경사스런 날에 딱 알맞은 달빛이 아닙니까?"

내키는 일은 아니었지만 딱히 거절할 말도 떠오르지 않아 령이 망설이고 있는데 운이 성급하게 그녀를 잡아끌었다.

"무결 님이 자주 오르시는 횃대가 저쪽에 있답니다. 한번 구경이라도 하시지요."

그건 이미 봤는데.

령은 잠시 망설이다가 강한 힘으로 자신을 잡아끄는 운의 힘에 끌려갔다. 뒤에서 율이 발을 동동 구르는 것이 보였지만 괜찮다며 웃어 보였다.

운이 령을 데리고 간 곳은 한적한 오솔길이었다. 잠시 말 없이 걷던 운은 사방이 조용해지자 령에게 말을 걸었다.

"귀빈실 어른들은 만나뵈셨나요?"

"네."

"어떤 분들이시던가요?"

"다들 위압감 넘치시고, 대단하신 분들이시지요."

"정식 혼례 때만 그분들을 뵐 수 있다고 하더라고요."

"아, 네."

령은 고개를 주억거리며 그저 멍하게 주변 경관을 바라봤다.

"언제든지 말조심, 행동 조심을 하셔야 합니다. 천화 님은 정실로 거론되는 귀하신 몸, 무결 님의 반려가 되시려면 그 점을 꼭 명심하셔야 합니다. 천화의 말씀 한마디를 노리는 이가 주변에 많습니다."

령은 백 년이라는 세월 동안 천화궁에 갇혀 생활에 관련되지 않은 법규와 도덕, 천궁에 대한 것들을 배웠다. 배울 때에 가장 중요시되던 것이 언행을 조심하라는 말이었다.

처음에는 왜 저렇게 유난이냐고 생각했었는데 이제야 목목과 청안의 말이 이해가 되었다. 운은 그들이 언급하던 '령을 끌어내리려는 자'에 속했다.

운이 다시 령에게 질문했다.

"무결 님은 뵌 적이 있으신가요?"

령은 무심한 척 주변을 돌아보며 운의 말에 집중을 했다. 자칫 잘못했다가 그녀의 유도신문에 걸려 넘어가 버릴까 싶어서였다. 한 번, 두 번 생각하고 답하는 것이 령이 할 수 있는 최대의 노력이었다.

"제대로 뵌 적은 없습니다."

"어머, 그래요? 저는 어릴 적부터 무결 님을 뵈어왔어요. 제가 이백 살이 갓 되었을 때던가요? 천궁을 몰래 벗어난 적이 있었는데 잘못해서 청 님의 우물에 빠졌던 적이 있었지요."

"아, 네에. 운 님은…… 그러니까 날 수 있지 않으셔요?"

"아, 내가 말을 안 했던가요? 나는 학이랍니다. 깃털이 구름처럼 하얗다고 하여 운이라는 이름을 받았지요. 무결 님께서 지어주신 거랍니다. 무결 님께서는 제게 깃털이 흰 것이 꼭 구름 같구나, 그리 말씀하셨지요."

운은 자신의 얼룩 하나 없는 하얀 털이 마음에 드는 눈치였다. 그도 그럴 것이 운이 걸치고 있는 하얀 장포는 그녀와 썩 잘 어울렸다.

"물론 지금이야 자유자재로 날 수 있지만 그때는 어릴 때라 비행이 서툴렀어요. 게다가 천궁의 결계를 빠져나가면 안 된다는 사실도 몰랐지요."

"아, 그렇군요."

"제가 청 님의 우물에 빠져 죽을 뻔했을 때의 일이랍니다. 일단 천궁에는 결계가 쳐져 있어 누구도 함부로 해할 수 없지만 결계를 빠져나간다는 것은 죽음을 불사한다는 말과도 같은 거거든요. 천궁을 빠져나간 어린 전 청 님의 한 입 거리도 안 될 정도였는데 다행히 청 님께서 자비를 베풀어주셨지요. 물속에서 숨을 쉬지 못하는 제게 공기가 담뿍 든 방울을 하사하셨고요."

"네에."

"그 속에서 기력을 찾은 전 천궁으로 되돌아올 수 있었고, 무결 님께서는 그런 절 그냥 받아주셨답니다. 천궁에서 도망친 이는 벌을 받게 되어 있는데 말이지요."

운은 달빛에 취한 것처럼 자신의 이야기를 늘어놓았다. 그랬기에 령은 운이 무슨 생각으로 이런 말을 하는지 알 길이 없었다.

령의 감정에 동화가 된 것일까, 아니면 다른 의도가 숨어 있는 것일까?

령은 커다란 눈을 굴려대며 생각에 잠겼다.

"참! 그거 아세요?"

별안간 튀어나온 운의 목소리에 령이 상념에서 깨어났다.

"뭘 말씀이십니까?"

"네 분의 어른들의 이름에 대해서요. 모두의 성향이 배인 이름을 가지고 계시잖아요. 청 님은 청천(淸泉), 푸른 하늘과도 같은 샘의 지배자이시지요. 염 님의 본명은 염우(炎雨), 불을 부리는 기방의 주인이시고요. 범 님의 본명은……. 뭐, 그 일은 차차 아시게 되겠지요. 무결 님은 다른 분들과 다르게 '색'과 관련이 없는 이름이랍니다. 결점이 하나 없는 투명한 바람을 일컫는 말이지요. 그

정도로 무결 님의 성정은 올바르고 곧으십니다. 전 그런 그분의
성정을 존경하고 있고요."

운의 말에 령은 눈을 깜빡거렸다. 운의 말이 영 이해가 되지 않
은 까닭이었다.

"올바르고…… 곧으시다고요?"

"네, 모르셨나요? 네 분 중 가장 절제력도 강하시지요."

지금 운이 하는 말은 거짓일까, 아니면 진실일까?

령은 그 말이 쉽게 이해가 되지 않아 눈망울을 데굴데굴 굴렸
다. 지금껏 령이 보아온 무결은 올바르고 곧다는 느낌보다는 갈피
를 잡을 수 없는, 정말이지 바람 그 자체 같았다. 좀 더 자세히 말
하자면 난기류와도 같은 느낌이랄까.

령이 이해가 되지 않는다는 투로 말을 꺼냈다.

"절제가 강하신 분이 왜……."

"왜 그 화분을 깨신 걸까요?"

령의 질문을 이미 알고 있다는 듯 운이 대답했다. 그녀는 방금
전 귀빈실 앞에서 벌어진 일을 모두 지켜본 모양이었다. 운의 말
에 령이 고개를 들어 그녀를 바라봤다.

"궁금하신가요?"

"운 님께서는…… 그분이 왜 그런 행동을 하셨는지 알고 계시
나요?"

"짐작은 대충 하고 있답니다. 아무래도 전 천화 님보다야 이곳
사정을 잘 알고 있으니까요."

운은 고개를 주억거리며 뒤를 살폈다. 내내 불안하다는 듯 두
요괴의 뒤를 따르는 율이 신경에 거슬렸다. 운은 손짓을 해 율을

불렀다.

"너는 어서 가서 그 화분부터 챙기렴. 범 님께서 하사하신 혼례 선물이 아니니?"

"그, 그걸 어떻게……!"

"척하면 척이지. 가서 새 화분을 달라 하여 그것을 옮겨 심으렴. 그래야 천화의 기분이 좋아지실 것 같으니."

"아, 네. 네, 그러겠습니다."

율이 고개를 끄덕이며 서둘러 자리를 피했다. 걸음이 떨어지지 않아 몇 번이고 뒤를 돌아보는 듯했지만 운의 명령도 있고, 목목의 명령도 있었으니 일단 그 꽃부터 옮겨 심는 것이 맞는 것 같았다.

율이 사라지는 것을 확인한 운이 다시 령을 바라보았다.

"조금 더 걸으실까요? 저녁 바람이 좋네요."

운이 웃으며 걸음을 옮겼다. 그녀는 횃대가 보이는 절벽 끝으로 걸어갔다. 달빛이 온전히 절벽 끝으로 떨어져 내리고 있었는데 그 모습이 꼭 천궁과 지상을 연결하는 계단처럼 보였다.

"아! 아름답네요."

"보름에 한 번 볼 수 있는 광경이지요."

그렇게 말한 운은 다시 하늘을 바라보며 입을 열었다.

"제가 어디까지 말을 했던가요?"

"그분이 화분을 깨신 이유를 알고 계신다고 하셔서요."

"아, 그랬지요. 그 말을 하고 있었어."

운은 알기 힘든 미소를 지으며 령의 손을 잡아끌었다.

"이유는 제가 말씀드리기는 힘들지만 이것 하나는 확실합니다.

무결 님이 천화를 지키고 싶어하셨다는 거요. 워낙 그런 분이세요, 그분이."

"절…… 지켜주셔요?"

"귀빈실에서 무슨 일이 있었는지 저는 모르겠지만 그 꽃을 보니 문득 그런 생각이 들더군요. 범 님과 무결 님의 사이가 안 좋다는 것은 알고 계시지요?"

"아……. 언뜻 듣긴 했습니다."

"지켜주려고 하신 게 아니라면 아마 사내의 사소한 질투가 아닐까요?"

운의 미소가 냉랭하게 온도를 바꾸었다. 급속도로 냉각된 미소에 령의 등줄기에 소름이 돋아났다. 운은 자신이 한 말에 스스로 상처를 받은 얼굴이었다. 그와 동시에 지독한 질투가 솟아올라 숨길 수 없이 얼굴에 나타나고 말았다.

"질투라……."

그분이 질투를 하실 분이던가?

령은 두 눈을 질끈 감았다. 혼례가 코앞이건만 자신의 반려가 된다는 사내에 대해 이토록 아는 것이 없었다.

그러다 문득 령은 이유 없는 호의란 있을 수 없다는 것을 깨달았다. 더군다나 같은 사내를 바라보는 여인이다. 그런 여인의 눈에 어찌 령이 곱게 보일 수 있을까?

령이 의심 가득한 눈빛으로 운을 바라보았다.

"이걸 제게 알려주시는 연유가 무엇인지요?"

령은 잠시 생각에 잠겨 있다가 운에게 질문했다. 이걸 알려주는 것은 운에게는 전혀 이득이 될 것 같지 않았기 때문이었다. 그 물음에 운은 입꼬리를 말아 올렸다.

"그거야 물론 천화께서도 진실을 아셔야 한다고 생각했으니까요. 궁금해하시기도 하셨고. 더 궁금하신 것은 없습니까?"

"글쎄요."

"뭐든 말씀해 주세요. 다 알려 드릴게요."

운이 상냥하게 대답했다. 그 대답에 령의 마음이 살짝 흔들렸다. 아무리 경계를 한다고 해도 두 배 이상 오래 산 여인의 능숙함은 당해내기가 힘들었다.

"생각이 나면 그때 말씀드릴게요."

"어머, 그땐 늦을 텐데."

"네?"

"제가 이렇게 천화께 솔직히 말씀드리는 건 지금이 마지막이기 때문이랍니다."

"네? 그게 무슨 말씀이신지……."

령은 순간 오싹함을 느꼈다. 그녀는 운과의 대화에서 묘하게 꿈틀거리는 원망과 살기를 느꼈다. 운의 살기를 느끼고 슬그머니 튀어나온 꼬리가 두려움에 바싹 섰다가 도로로 말려들었다.

령이 본능적으로 뒷걸음질을 치기 시작했다.

"천궁에 온 자는 죽기 전까지 계속 천궁에 머물러야 한답니다. 허나 천화께서는 자신의 의지와는 상관없이 이곳에 갇히신 몸. 이 운이 천화를 자유롭게 해드리겠어요."

"전…… 일단 주어진 운명에 수긍을 하고 좀 살아볼까 합니다만."

"지상으로 가셔요. 제가 길을 알려 드리지요."

"아니요, 운 님. 제가 아까 그렇게 하소연을 한 건 답답함에……. 진심이긴 했습니다만 그렇다고 뭘 어떻게 해보려는 건 아니었어요."

"지상으로 가서요. 천화를 위해서, 또 저를 위해서."

"우, 운 님."

"이건 제안이 아니라 명령입니다."

령을 향해 생긋 웃은 운은 그녀를 붙잡아 그대로 벼랑 끝으로 밀어버렸다.

"아아아악! 우, 운 님! 저는 날지를 못한단 말입니다. 아아아아악!"

벼랑에서 떨어져 내리는 자그마한 몸뚱이가 살아보고자 양팔을 파닥였다. 하지만 그건 아무런 소용이 없었다.

꺄아아아악―!

여인의 찢어지는 비명 소리를 들으며 운은 벼랑 끝에 서서 바들바들 떨리는 양손을 붙잡았다.

"오, 오늘은 보름입니다. 천궁과 지상이 연결되는 시간. 죽지 않으실 겝니다. 다만 계단 입구를 찾지 못하시고 지상에 계속 머무시게 되겠지요."

운의 눈빛이 매섭게 번뜩였다.

"부디 안녕하시길. 그리고 다시 뵈는 일 없기를."

그녀는 떨리는 두 손을 뒤로 숨긴 채 무결이 종종 앉아 있던 횃대를 바라보았다.

무결은 귀빈실로 향하는 내내 곁으로 따라온 목목에게 폭풍 같은 잔소리를 들었다.

"제발 여인의 마음을 헤아리시옵소서. 조금만 더 섬세하게 배려해 주시면 아니 되옵니까?"

"시끄럽다."

"하여튼 주인님께서는 그 절제력이 문제이옵니다. 모든 걸 다 절제하시지 않습니까? 방금 주인님께서 하신 행동은 생선 머리와 꼬리를 똑 떼고 몸뚱이만 던져 주는 꼴이었습니다."

"생선 머리와 꼬리를 잘라주면 먹기가 좋으니 좋지 않은가?"

"아휴. 그런 말이 아니지 않습니까? 너무 오래 계집질을 쉬신 것 아닙니까? 이참에 기방이라도 다녀오시는 게 좋을 듯싶습니다."

"지금 날 비꼬는 건가, 목목?"

무결이 자리에서 우뚝 멈춰 서서 목목을 노려보았다.

그 한마디에 목목이 입을 다물자 무결은 내심 통쾌해하며 미소를 지었다. 하지만 그 미소도 얼마 가지 못했다.

무결이 눈살을 찌푸리자 미세한 변화를 알아챈 목목이 급히 물었다.

"왜 그러십니까? 무슨 문제라도…….'"

"결계 쪽에 문제가 생긴 것 같군."

무결이 손을 까딱까딱 움직이며 모호한 대답을 하자 목목이 다시금 입을 뻐끔거렸다. 하지만 목목이 무슨 말을 물어보기도 전, 귀빈실 앞에서 발을 동동 구르고 있던 율이 새파랗게 질린 얼굴로 두 요괴를 방해했다.

"저, 저기…… 무결 님."

귀빈실 밖으로 나오고 있던 무결은 금방이라도 울 것 같은 율을 흘깃 바라봤다.

"바, 방금 전에 운 님께서 천화를 모시고⋯⋯."

"알고 있다."

무결의 목소리가 낮게 가라앉아 있었다. 그 말에 목목이 두 눈을 동그랗게 뜨고 그를 바라봤다.

대체 내가 못 보는 무엇을 보고 계신 건가?

무결은 눈을 가늘게 뜬 채로 다른 곳에 신경을 집중했다. 그의 말에 율이 눈을 동그랗게 뜨고 되물었다.

"네에?"

"방금 전 결계 밖으로 무언가가 나갔다. 그게 아무래도 천화 같구나."

"네?"

"우, 우리 아가씨께서 멋대로 나가신 게 아닙니다. 분명 무슨 일이 있으셨을 겁니다. 방금 전에도 아가씨께서 운 님께 자신의 운명에 도망치지 않으시겠다고 의사를 밝히셨어요."

율은 바들바들 떨면서도 자기 아가씨의 무죄를 알리기 위해 연신 땀을 흘렸다. 그 모습을 무심히 바라보고 있던 무결이 고개를 끄덕였다.

"그 또한 알고 있다. 어리석은 줄은 알고 있었지만 끝내 일을 저지르는구나."

"네?"

"일단 너희는 너희 자리로 돌아가 있거라. 혼례에 참석하신 손님들을 극진히 모시어라. 이 모든 불미스러운 일은 혼례가 끝난 뒤에 추궁하겠다."

금방이라도 하늘로 날아오를 것만 같은 무결의 모습에 목목이 다급히 주군을 불렀다.

"주, 주인님께서 직접 가시려고요? 병사들을 보내시지 않고요."

목목의 질문에 무결은 그를 내려다보며 빙긋 웃었다.

"네가 방금 그러지 않았느냐? 내 여자를 너무 모른다고."

"그, 그야……."

"여인의 마음을 세심하게 헤아리라 하지 않았더냐?"

그렇게 말한 무결은 순식간에 땅을 박차고 하늘로 날아올랐다. 인간의 모습에서 바람의 지배자로 변신하는 모습은 가히 장관이었다. 하늘에 녹아내리는 모습에 모두가 입을 벌리고 바라보았다.

무결은 커다란 날개를 퍼덕이며 빠른 속도로 천궁을 벗어났다.

뒤에 오도카니 남은 목목만 무결이 사라진 하늘을 바라보며 조용히 중얼거렸다.

"여인의 마음을 헤아리시라 말씀드렸지 이렇게 무단 행동을 하시라는 것은 아니었는데 말입죠."

똑— 또옥—

어디선가 물방울이 바위에 부딪쳐 깨지는 소리가 들려왔다. 비릿한 물 냄새와 습윤하나 맑은 공기가 온몸으로 느껴졌다. 온몸이 물에 젖은 듯 축 늘어져 꼼짝달싹하기가 힘들었기에 령은 끄응,

신음을 흘렸다.

"아직 힘이 들 텐데, 그래도 일어나겠느냐?"

귓가에서 사내의 목소리가 들렸다. 나지막한 음성이 귓가를 울리자 그 요기에 온몸이 부르르 떨렸다.

"저런, 의식을 찾은 모양이군."

그의 목소리가 또렷하게 들렸다. 웃는 것처럼 느껴지는 그의 다정한 음성에 령은 경계심을 풀었다. 귀가 트이자 머리가 맑아졌고, 정신도 또렷해지기 시작했다. 덕분에 자그마한 크기의 다람쥐가 된 채로 사내의 품에 안겨 있던 령의 몸이 변하기 시작했다.

"아아, 하아아아!"

온몸이 찢어지는 듯하였다. 익숙하지만 생경한 고통은 성장통을 앓았을 때와 별반 다르지 않았다. 신경과 근육이 늘어나고, 꼬리가 줄어들고, 털이 빠졌다. 대신 커다란 인간의 몸이 되었다. 털로 뒤덮여 있던 몸 대신 매끈한 피부가 생겨났고, 긴 팔다리와 인간의 얼굴이 갖춰졌다.

"하으응."

그렇게 인간의 몸을 되찾은 령은 나지막한 신음을 흘리며 다시 누군가의 품에 기대었다. 따뜻한 체온과 귓가로 전해져 오는 심장 고동 소리가 그녀의 불안함을 잠재워 주었다.

"잘하였다. 힘들 텐데 의식을 되찾았구나."

어디선가 들어본 적 있는 사내의 목소리에 흐릿해지려던 정신이 되돌아왔다. 그리고 령은 자신이 어디에, 어떤 모습으로 있는지를 자각했다.

그녀는 실오라기 하나 걸치지 않은 모습을 하고 사내의 품에 안겨 있었다. 남자 역시 맨몸이라는 것을 깨달은 순간, 령이 몸을 푸르르 떨며 그에게서 떨어져 나가고자 했다. 하지만 사내가 그것을 허락하지 않았다.

"힘이 많이 떨어졌을 거야. 계속 안겨 있는 것이 좋을 거다."

"누, 뉘신지요? 제가 왜 여기, 이런 모습으로……."

령이 힘겹게 눈꺼풀을 들어 올린 뒤 고개를 들어 몽롱한 눈으로 사내의 얼굴을 확인했다. 어디서 본 듯도 하고, 보지 못한 듯도 하다. 몇 번이고 눈꺼풀을 깜빡여 봤지만 사내의 얼굴은 영 또렷하지가 못하였다.

"눈을 감고 있는 편이 좋을 게다."

"뉘십니까? 뉘신데 저를 이리로 데리고 오셨습니까?"

령을 안고 있는 사내가 작게 웃었다. 그가 웃을 때마다 떨림이 전해져 왔다. 그는 다정하면서도 묘하게 그녀의 몸과 머리를 쓰다듬어 주고 있었는데 그 손길이 어색하게 느껴지지가 않아 령은 입술을 가만히 깨물었다.

"놓아주시지요."

"물 먹은 솜처럼 몸 하나 꼼짝할 수가 없을 텐데?"

"그래도 놓아주십시오. 이래 봬도…… 혼례를 앞둔 신부입니다."

"호오."

사내의 음색에 흥이 실렸다. 령은 앞을 보지 못하여도 그가 흥미로운 눈빛으로 자신을 샅샅이 훑어보고 있다는 것을 느낄 수 있었다. 하지만 문제는 영 힘을 주어도 힘이 실리지 않는 몸뚱이였다. 사내의 손길을 통해 그의 기운이 스며들고 있었지만 그도 상태가 그리 좋지는 않은 모양이었다.

"기억이 나질 않느냐?"

사내의 음성에 령이 기억을 찬찬히 더듬었다.

운의 손에 떠밀려 빛의 계단으로 몸이 말려들어 간 순간, 그녀는 지상을 향해 엄청난 속도로 낙하를 했다. 눈 깜짝할 사이에 그녀는 지상에 놓여 버렸고, 다시 달빛 계단을 찾으려고 해도 그 입구는 찾을 수가 없었다.

이 일을 어쩌나, 발을 동동 구르고 있는데 사달이 나고 말았다. 령의 냄새를 맡은 개 떼가 모여들기 시작한 것이었다. 언젠가 올빼미에게 잡아먹힐 뻔했던 것이 기억이 나 그녀는 몸을 웅크리고 바들바들 떨었다.

'큰일이다, 큰일이야.'

하지만 상대는 짐승의 모습에서 벗어나지 못한 미물이요, 령은 무려 사백 년을 버텨낸 다람쥐였다.

'어떻게든 할 테다! 운이 바라는 대로 여기서 개죽음을 당하지는 않을 테야!'

령의 두 눈이 의지로 반짝거렸다. 그녀는 주변에 무기가 될 만한 나무 막대를 들고 정신을 집중했다.

"아무리 미물이라도 몇백 년을 버틴 요물이라면 뭐든 능력이 생길 겝니다. 그저 스스로 모르고 지나치거나, 발현이 되지 않을 뿐이지요."

청안 선생의 가르침을 떠올렸다.

그래, 내가 백 년 동안 천화궁에 머물면서 배운 것이 예절, 법규, 자수뿐만이 아니다!

마음과 의지와 진심이 응집되어 단 한순간 분출될 수 있는 힘.

령은 내재된 잠재력을 믿어보기로 했다. 스스로를 믿고, 자신을 지킬 수 있도록 맞서 싸우는 것! 그녀는 자신이 지금까지 그것을 무서워했다는 것을 깨달았다.

하지만 이제는 달랐다. 무섭다고 도망치다가 이런 꼴을 당하지 않았는가?

령이 이를 악물고 나무 막대를 움켜쥔 손에 힘을 주었다.

"그래, 죽기 아니면 까무러치기다. 어디 덤벼보아라! 너희가 죽는지, 내가 죽는지 어디 두고 보자꾸나. 내 그리 쉽게 죽지는 않을 테다! 다람쥐 홀로 사백 년 세월 버티기가 어디 쉬웠는지 아느냐?"

크어어어엉—

짐승들이 울부짖었다. 령을 먹고 그녀의 음기를 취해 요괴가 되려는 개 떼들이었다.

령이 악에 받친 고함을 지른 그 순간, 땅에 그림자가 졌다. 하늘을 뒤덮은 어둠에 령이 놀라 고개를 들었다. 아까 전부터 톡톡 떨어지고 있는 물방울이 심상치 않다 싶었다.

'소낙비가 오려나? 이거 큰일인데.'

그때였다.

피이이이익—

짐승의 울음소리와 함께 무언가가 바닥으로 쿵 떨어졌다. 지진이 나는 듯한 큰 움직임에 개 떼들은 령에게 달려들려다 말고 뒤로 주춤했다.

령이 슬쩍 뒤를 돌아봤다. 소리가 난 곳에는 날개가 큰 짐승이 떨어져 있었다.

'매, 맹금류인데…… 뭐지?'

개 떼들에게서 시선을 뗄 수 없었던 령은 짐승을 제대로 확인할 수가 없었다. 주변은 어두웠고, 또 비가 내리기 시작해 시야가 흐려져 있었다.

으르르르르—

개 떼의 위협적인 소리와 함께 뒤에서 누군가의 신음 소리가 들렸다.

"으……."

"괘, 괜찮으시오?"

령은 개 떼를 노려보며 뒤에 쓰러진 이에게 말을 걸었다. 맹금류는 짐승이 아니라 요괴였는지 요괴의 말을 할 줄 아는 듯하였다.

일단 살리고 보자!

"무슨 일인지는 모르겠지만 내 뒤에 일단 숨으시오."

"……여인의 뒤에 숨으라?"

사내의 목소리가 들렸다. 비웃는 듯도 하고, 재미있다는 듯도 한 묘한 목소리였다. 하지만 그 목소리에 실린 것이 무엇인지 확인할 새가 없었다. 개 떼 무리 중 행동대장들이 움직이기 시작했기 때문이었다.

사내가 빠르게 다가와 령을 뒤로 슬쩍 밀었다.

"그대가 내 뒤로 숨어야지. 거미에게 물려 힘을 쓰기 힘들어졌다고 해도 그대를 지킬 힘은 남아 있으니까."

"하지만…… 몸 상태가 영 안 좋아 보이는데."

"거미에 물린 탓이다. 설마 내 등에 타고 있을 줄은 몰랐지. 아마 저 미물들도 독에 중독돼 조종당하고 있을지도 몰라. 그러니 그대도 조심해야 해. 저들의 송곳니에 찔리면 독이 그대에게 옮겨 갈지도 모르니까."

"도, 독이요?"

령이 자신의 앞을 버티고 선 사내를 흘깃 확인했다. 사내는 어딘지 모르게 몸이 불편해 보였고, 휘청거리기까지 했다. 이러다 더 큰 사달이 날 것 같아 긴장을 늦추지 않고 나무 막대를 쥐고 있는데 사내가 손을 가볍게 움직였다.

촤아아아아아—

순간 대지를 뒤흔드는 거대한 태풍이 휘몰아쳤다. 지상의 숲을 뒤흔들고, 나무의 뿌리를 뽑아버리는 힘이었다. 날카로운 송곳니와 예리한 발톱을 무기 삼아 덤비려던 개 떼는 강력한 힘을 견디지 못하고 날아갔다.

몇몇은 나무통에 부딪쳐 기절했고, 몇몇은 그 기세 놀라 도망쳐 버렸다. 그 모습까지 확인한 사내가 짧은 신음을 흘리며 비틀거린 순간이었다.

"윽!"

"조, 조심하세요! 위험합니다!"

나무 뒤에 숨어 기회를 보고 있던 몇몇이 힘이 빠진 사내에게로 뛰어드는 순간이었다. 령은 앞뒤 잴 것 없이 사내를 향해 뛰어들었다.

그게 몇 시진 전의 일인지 모르겠다. 그 일을 기억해 낸 령이 고개를 끄덕였다.

"아!"

"내가 말하지 않았던가? 조심하라고. 개에게 물린 탓에 그들 몸에 퍼져 있던 독이 그대에게로 옮겨갔다. 온몸이 마비가 되었어. 앞도 보이지 않을 거야."

"제가 막지 않았다면…… 공께서 마비가 되셨을 겁니다. 이미 독 때문에 몸 상태가 안 좋으셨잖습니까?"

"나를 위해서…… 그런 건가?"

"그런 걸 따질 새가 없었습니다. 그저 몸이 움직였을 뿐입니다."

령의 대답에 사내가 말을 아꼈다. 무슨 할 말이 있는 듯했는데도 그는 쉽게 입을 열지 않았다. 주변이 고요해졌다. 눈이 보이지 않았기에 더욱 불편한 침묵이었다.

"그대는 참 이상하군."

"……무엇이 말입니까?"

"그대는 참 이상하게…… 내 마음을 움직여."

사내의 목소리에는 묘한 떨림이 들어 있었다.

"못 본 사이에 또 한 뼘 더 자랐군."

사내가 웃으며 령의 머리를 쓰다듬었다. 그가 이르는 것은 령의 키나 몸이 아니었다. 그녀의 마음을 말하는 것이었다. 그랬기에 령은 눈을 살짝 찌푸렸다.

"혹시……."

"혹시?"

"아, 아닙니다."

령이 고개를 흔들었다.

혹시 그분이실까? 무결 님, 바람의 지배자이자 곧 령의 지아비가 되실 분.

령은 말을 아끼고 대신 다른 상황에 신경을 썼다. 눈이 보이지 않는 지금, 그녀는 지금 그와 살을 맞대고 있는 상황이 무척이나 불편했다. 물에 젖어 축축한 피부는 마치 개구리의 그것처럼 진득하게 그에게 달라붙었다. 그 감촉이 이질적이면서도 낯 뜨거운 탓에 령은 몸을 비틀었다.

"노, 놓아주십시오."

"왜지? 그대가 곧 혼인할 몸이기 때문인가?"

"그러합니다."

령의 대답에 사내는 가만히 있다가 낮은 목소리로 대답했다.

"네 몸속의 독기를 빼내려면 시간이 더 필요하다. '그녀'의 독은 적은 양으로도 상대의 목숨을 앗아갈 수가 있어."

"괜찮습니다. 생명에는 지장에 없을 터, 스스로 버텨내겠습니다."

령이 그에게 잡힌 채 몸을 바르작거렸다. 그녀를 안고 있는 그의 힘이 무시무시할 정도였기에 쉽게 벗어날 방도가 없었다.

"그렇다면 이건 어떤가?"

사내는 자신에게서 벗어나려고 발버둥치는 령을 다시 단단히 끌어안으며 조용히 속삭였다.

"내가 그대의 사내라면 계속 이렇게 있어도 되는 건가?"

그 질문에 령의 움직임이 멎었다.

밖에는 소낙비 내리는 소리만이 요란하게 들려오고 있었다.

第八章

그대의 사내.

사내의 한마디에 령은 많은 것을 알아내고 말았다. 수줍게 떨리는 목소리에 마음이 공명했고, 덕분에 그날 밤의 일들이 다시금 떠오르고 말았다.

'한밤의 추억으로 남길 바랐건만.'

역시 그분이 무결 님이셨다. 벼랑에서 떨어지던 그날의 소중한 기억, 그리고 초야에 작은 몸뚱이가 짓이겨졌던 밤. 희비를 오가던 어제와 오늘을 떠올리는 령의 눈가가 촉촉해졌다.

"내가 한 말이 널 울리는 것이야?"

눈가가 붉어지면서 금방이라도 눈물을 흘릴 것 같은 령의 모습에 놀란 무결이 그녀의 맨 등을 다정하게 쓸어주었다. 그는 그녀가 피하지 못하도록 턱을 단단히 잡고 그녀의 얼굴을 요모조모 뜯어보며 걱정스럽게 물었다.

"나 같은 이가 네 사내라고 하니 그것이 무섭더냐?"

"아닙…… 니다."

그것이 아니어요.

령은 무어라 말을 덧붙이지 못하고 그저 고개만 설레설레 흔들었다. 입을 여는 순간 자신 스스로도 모를 감정들이 한데 뒤섞여 왈칵 터져 나올 것만 같았기 때문이었다.

다만 여인을 알려고도 하지 않았고, 그럴 필요도 없다고 생각했기에 여인을 모르는 무결은 마땅한 대답을 내놓지 않는 령으로 인해 불안해지고 말았다.

명색이 하늘의 제왕이요, 천궁의 지배자가 아니던가. 그런데 지상에 떨어진 령 하나에 정신이 팔려 몸뚱이에 거미 한 마리가 붙은 것도 알아채지 못했다. 그리하여 제 여인을 제대로 지켜내지 못했으니 완벽한 그의 실수였다.

"그리 우습게 보는 것이 아니었는데."

"무얼…… 말입니까?"

"나는 언제나 자객들에게 위협을 받는다. 그것이 암살이든, 독살이든 말이지."

"그렇다면……."

"제대로 중독이 되었더라면 독살이었겠지. 지상에 그대를 찾으러 내려왔으니 완벽한 시나리오가 아닌가? 천궁에서 지상으로 내려와 행방불명. 아마 상대는 그런 걸 노리지 않았나 싶군."

"어떻게 그렇게 태연하게 말씀을 하세요?"

"언제나 그랬으니까. 하나 그대를 끌어들이게 될 줄은 몰랐어."

무결은 령에게 자신의 얼굴을 보여주고 싶지 않다는 듯 그녀를 품속으로 끌어안았다. 살과 살이 맞닿아 뜨거운 온기를 나누었다. 시원하게 내리는 빗줄기에 서늘해진 공기가 살갗에 닿아 소름이 돋았지만 서로에게 맞닿아 있어 괜찮았다.

"청안에게 교육을 맡겼을 때 쓸데없는 것들은 알려주지 말라고 일렀던 것이 잘못이야. 그대는 너무 많은 것을 몰라."

그의 가슴에 귀를 댄 령은 가만히 눈을 감았다. 그의 목소리가 조금 더 크게 울리는 것이 듣기 좋았다.

다행이다. 날 쫓아와 주신 분이 무결 님이시라서.

몇 시진 전까지만 해도 무결의 행동이 이해가 되지 않아 섭섭하기만 했는데 또 이런 곳에서 그를 만나니 반갑고도 안심이 되었다.

령은 차분해진 목소리로 대답을 하였다.

"그야 온실 속 화초처럼 백 년을 지냈으니까요."

"나는 여전히 그대가 온실 속 화초이길 바라고 있어. 이상한가?"

"사내만 기다리며 순종하는, 그런 정실을 원하셨다면 제가 아니어도 될 텐데요. 무결 님의 곁을 원하는 분이 많이 계시질 않습니까?"

령은 앞이 보이지 않는 채로 그를 향해 톡 쏘아붙였다. 오히려 앞이 보이지 않아 더 편했다. 일부러 그의 눈치를 살피지 않아도 됐으니 하고 싶었던 속엣말을 모두 할 수 있었다.

"그대를 두고 정혼자를 만든 나를 벌하려는 것인가?"

"제가 어찌 감히 무결 님을 벌할 수 있겠어요?"

"나도 처음엔 그렇게 생각했는데 지금 보니 또 가능할 것도 같아. 날 밀어내는 듯한 그 말투가 가시처럼 심장에 와 박혔거든."

무결이 작게 웃으며 안고 있는 령의 정수리에 뺨을 비볐다. 보드라운 그녀의 머리카락이 그의 눈앞에서 불타오르고 있었다. 그녀의 성정을 말해주는 듯한 열정적인 붉은 빛깔의 머리, 이것을 단서로 얼마나 그녀를 찾아 헤맸던가.

아아, 이제야 그대를 내 손에 쥐었다.

이제야 그대가 온전히 내 품에 있구나!

"그대를 온실 속 화초처럼 대하고 싶다는 말은 그런 뜻으로 한 말이 아니야. 그대만큼은 세상의 험한 꼴 보지 않고 순수하게 내 곁에 있어주었으면 한다는 뜻이었지."

그렇게 말하는 무결의 눈가에 소중함이 깃들었고, 사랑스러움이 스며들었다.

사실 천궁이라는 거대한 하나의 국가는 언제나 그의 양어깨 위에 있었다. 그만을 바라보며 그를 신성시 여기는 장로들이 그의 등을 타고 있었다. 위압감과 중압감을 매일매일 견뎌내야 하는 무결은 처음으로 마음을 내어준 여인에게 자신의 속내를 드러내고 있었다.

작다 하였다.

여리다 하였다.

또 하나, 지켜줄 것이 늘었다 생각하였다.

어찌 되었든 천화는 그에게 필수 불가결한 존재. 본능을 토해냈으니 책임을 진다는 명목하에 정실로 받아들이겠다고 하였다. 그런데 그 자그마한 여인이 그의 마음을 뒤흔들었다. 아주 강하게,

또 폭발적으로.

처음 보았을 때에는 그저 눈길을 사로잡은 아이였을 뿐이다. 노래를 듣고 나니 곁에 두고 예뻐하고 싶었다. 사라지고 났을 때엔 그저 정복하지 못한 것에 대한 사내의 집착 때문이라 여겼다. 그런데 예기치 못한 곳에서 그녀를 다시 만났다. 그것만으로도 가슴이 뛰던 날 밤, 그녀가 자신의 정실이 될 천화라는 것을 알았다.

그런데 그 여인이 제법 옹골차고 단단하다. 천화궁을 통해 들은 소식이라고는 오늘도 자수틀을 집어 던지셨다, 불의 여우가 보고 싶어 한참을 우셨다, 천궁의 예법을 배우시다 잠이 드셨다, 아직도 예절 교육을 더 시켜야 할 듯싶다는 등의 어린아이와도 같은 행태들이었다.

그런데 그 아이가 자랐다. 무엇이 아이를 자라게 했는지는 모른다. 그저 바람이, 나무가, 꽃이, 흘러가는 시간이 아이를 소녀로, 소녀에서 여인으로 만들었다.

날개는 젖고, 독에는 중독이 되었다. 그런데 그 여인이 자신이 누군지도 모르면서 보호하겠노라 등을 보인다.

이런데 어찌 그녀를 사랑하지 않을 수가 있을까?

어찌 그 가녀린 등을 안아주지 않을 수가 있는가?

가련하고도 사랑스럽다. 무결은 자신에게도 이런 마음이 존재할 줄은 꿈에도 몰랐다. 마른 대지를 뚫고 싹이 튀어나오듯, 쩍쩍 갈라진 돌 틈 사이로 샘이 솟아오르듯 불현듯, 그리고 자연스럽게 생겨난 마음이었다.

"으……."

령이 신음하였다. 그녀가 느낄 통증을 잘 알고 있었기에 무결은 힘겹게 팔을 올려 그녀를 쓰다듬어 주었다.

"아직도 괴롭겠지."

그의 손이 그녀의 등에서 새어 나오는 독기를 뽑아내 정화시키는 역할을 하고 있었다.

그런데 령이 물었다.

"괜찮으십니까?"

"나…… 말인가?"

"저야 들개에게 물린 것뿐이지만 무결 님께서는 독에 중독되신 것이 아닙니까? 더 괴로우실 것 같은데……."

괴롭다. 괴로우나 무결의 입가에서는 미소가 피어올랐다. 절망 속에 비치는 한줄기 빛, 그것이 살아갈 원동력이 되어준다.

어찌 너는 나보다 더 괴로우면서도 너 자신보다 나를 걱정하는 것이냐? 그 누구도 날 그렇게 걱정해 주었던 적이 없다.

자신이 아닌 다른 이들은 언제나 무결을 추앙하기 바빴다. 그는 야차의 조각이고, 불멸의 상징이며, 절대적인 힘을 가지고 있는 이였다. 그러니 그 어떤 이도 그를 걱정할 리가 없었다.

허나…… 령은 달랐다.

"괴롭다. 무척이나."

나의 어린 다람쥐.

"어, 어서 천궁으로 돌아가야 하지 않나요? 의원이라도 불러서……."

"치료법은 알고 있어. 한두 번 당한 일이 아니니까."

"대체 누가……!"

"지상은 그녀의 구역이야. 흙이 닿는 곳 어디든 말이지. 바람이 부는 모든 곳이 내 구역인 것처럼."

"그렇다면 혹시⋯⋯."

"그녀의 특기지. 거미를 이용해 땅에 있는 짐승들을 중독시키고, 조종하는 것. 그녀의 독은 특이해서 지금 그대처럼 짐승들을 통해 타인을 중독시킬 수가 있어. 전염성이 있지."

"치료를 제대로 안 한다면 어떻게 되나요?"

"치명적인 독성에 의해 뼈가 녹고, 살이 녹아 죽게 되겠지."

무결의 대답에 령은 넋을 잃고 멍하니 앉아 있었다. 그 작은 머리로 자신의 앞날을 걱정하는 것이 틀림없었다. 그 모습이 영 순진하고 귀여워 무결은 별다른 말없이 그녀를 지켜보았다.

령은 머리를 굴리는가 싶더니 한숨을 폭 내쉬었다.

"어차피 사백 년 산 몸. 오래 살았습니다."

"그리 쉽게 포기하는 건가?"

"목숨은 하늘의 뜻이 아니겠습니까? 목숨을 부지할 만하다면 부지할 수 있겠지요."

초월을 한 것처럼 구는 령의 대답에 무결이 못마땅하게 눈을 찌푸렸다.

"혼례를 올리기 무섭게 나보고 홀아비가 되란 말인가?"

"네?"

"안 그래도 그대가 지금에 와서 나는 삼천 년 동안 외로이 홀로 지냈어. 날 기다리게 한 것으로도 모자라 이제는 오자마자 가겠다?"

"어, 억지십니다."

무결이 심술궂게 대답하자 그의 품에 기대 있던 령이 고개를 들었다. 흐릿한 시야 사이로 보이는 것은 숨길 수 없는 그의 유려한 미소였다.

"걱정은 하지 마. 그대가 두려워하는 일이 생기지는 않을 테니까. 기억을 못하겠지만 독에 중독이 된 뒤에 곧장 그대를 데리고 은신처로 왔어. 바람으로 결계를 쳤으니 그 누구도 이곳을 침입해 들어오지는 못할 거다."

"그, 그런가요? 그렇다면 다행이에요. 허나 내일모레가 당장 혼례인데 어찌하지요? 천궁으로 돌아가야 할 텐데 저는 날지를 못하고 무결 님 또한……."

"날지를 못한다. 지금 당장은, 나도 독에 중독이 된데다가 비가 오질 않아? 날개가 흠뻑 젖어서 날 수가 없지."

"그럼 어찌하지요?"

령이 걱정스럽게 묻자 무결은 그녀를 품에 안은 채로 비가 내리는 동굴 입구를 바라봤다. 끊이지를 않고 사선으로 내리붓는 소낙비를 보는 그의 두 눈이 차분했다.

무리를 해서라도 령을 데리고 천궁으로 돌아갈까?

무리를 한다면 충분히 가능한 일이다. 독에 중독이 되었다고 해도 거미를 통해 살포한 독으로는 삼천 년 이상을 산 풍의 매를 완전히 함락시킬 수가 없으니까.

그렇다면 비? 비도 문제 될 것은 없다. 날개가 젖었다고는 해도 바람을 부리는 그의 능력으로라면 단숨에 날개가 마를 테니까.

하지만 무결은 딱히 무리를 하고 싶지 않았다. 무리를 해서 천궁으로 날아간다고 해도 그들을 기다리는 것은 케케묵은 장로들과 시시때때로 감시자가 되는 다른 이들과 천궁의 무겁고 꽉 막힌 법도가 전부니까.

"걱정할 것이 무엇이 있지?"

"네? 그거야…… 많지요. 혼례는 다음날이고, 손님들도 모셨고, 갑작스러운 혼례를 위해 목목이 주문한 혼례복이며……."

"그런 것들이 걱정이라면 신경 쓰지 말도록 해."

"네?"

"그것들이야 어차피 있어도 그만 없어도 그만인 허례허식이 아니더냐? 혼례라 함은 두 남녀가 평생을 같이할 약속을 하는 것. 그 본질적인 의미를 잊어버리지만 않으면 되는 일이 아니냐?"

무결의 짧막한 말 한마디에 걱정을 쏟아내던 령의 자그마한 입이 똑 멎었다.

두 남녀가 평생을 같이할 약속을 하는 것이 맞긴 하지만 지금 무결 님께서는 우리가 마치…… 사랑하는 연인이라도 되는 것처럼 말씀하시네요.

령이 혼란스러운 얼굴로 소리가 들리는 곳을 향해 얼굴을 들었다.

"너의 지아비가 될 사내가 바로 앞에 있는데 무얼 걱정이야? 전통 혼례만 올리지 못한다 뿐이지 우리 둘이 평생을 약속하는 것에는 변함이 없는데."

"그야…… 그렇지요."

"혹시 예쁜 혼례복에 가면을 뒤집어쓰고 날 만나고 싶었던 것이냐? 그렇다면 또 이해가 되긴 하는구나. 여인들이란 본래 특별한 날 아름답고 싶은 법이지. 이렇게 처음 보는 신랑 앞에서 홀딱 벗고 있고 싶진 않을 게야."

"무, 무결 님!"

무결의 말에 령이 얼굴을 왈칵 찌푸리고 양손으로 몸을 가렸다. 눈이 불편해서 편하다고 생각하고 있었는데 지금 보니 영 그렇지만도 않다. 눈이 보이지 않는 탓에 무결이 자신의 어느 곳을 보는지도 모르지 않는가? 눈 뜬 장님이 따로 없다.

그 모습에 무결이 몸이 흔들릴 정도로 웃었다.

"그리 가려서 무엇 하려고? 이미 나는 신부의 몸을 샅샅이 다 보고 말았는데."

"꼬, 꼭 그리 말씀하셔야 합니까?"

"싫은가?"

"부끄럽습니다. 불공평하고요."

"뭐가 불공평하지? 나도 그대와 똑같이 알몸으로 여기 있는데."

"저는 눈이 안 보이질 않습니까?"

령의 투정에 무결이 껄껄 웃었다. 그는 흐뭇한 얼굴로 초점 없는 령의 눈을 바라보며 말했다.

"그럼 어찌하랴? 나도 내 두 눈을 가릴까?"

"그래 주시겠습니까?"

"아니. 사내라면 차려진 밥상을 마다하지 않는 법이다."

"차, 차려진 밥상이라면……!"

령이 아랫입술을 잘근 깨물었다.

"눈이 보이지 않는다면 그대의 손으로 나를 보거라."

무결은 령의 자그마한 손을 붙잡아 자신의 맨살을 더듬도록 만들었다. 그에게 잡힌 령이 놀라 손을 움츠렸지만 이내 떨리는 손끝으로 그의 살갗을 매만졌다.

"보이지 않는다니 내 말해주지. 그것 아는가? 그대의 몸에 꽃봉오리 문신이 생겼다는 걸."

"아, 압니다."

"나의 몸에도 똑같이 생겼어."

무결이 령의 손을 붙잡아 그의 아랫배로 이끌었다.

"그래, 여기. 여기가 내 아랫배다. 여기에 그대의 것과 똑같은 문신이 있어."

그의 중신이 우뚝 솟아 있는 곳. 아랫배를 만지는 동안 장초가 그녀의 손길을 자꾸 방해했다. 솔직히 말해 령은 정신이 들기 시작한 무렵부터 그 반응을 알고 있었다.

"아……."

언젠가 치렀던 초야처럼 사내는 위풍당당했고, 또 그렇게 여인을 원한다 말하고 있었다. 본능이며 정염이었다. 사내의 몸으로 타고났기에 당연한 본능이면서, 여인을 알기에 지독해진 정열. 그가 자신을 바라보는 눈빛이 찌를 듯 변해 있었다는 것 역시 알고 있었다. 그랬기에 그가 불편했던 것이었다.

그런데 무결은 초연했다. 그녀가 원하지 않으면 손대지 않겠다는 듯 아무 일 없는 것처럼 행동했다. 그랬기에 령은 의아해하면서도 평정을 되찾을 수 있었던 것이다.

"내 아랫배에 그대와 똑같은 문신이 생겼어. 아마도 초야에 생긴 것이겠지."

"왜…… 이런 것이 생겼을까요?"

"글쎄. 나도 잘 모르겠지만 하루하루 문신의 모양이 변하고 있다는 건 알지. 천천히 꽃봉오리가 열리기 시작해. 만개하는 날 어떤 일이 벌어질지 나도 궁금하군."

"아……."

"또 무엇을 말해줄까? 긴 머리카락을 드리우고 내게서 등을 돌리고 있는 그대의 모습이 얼마나 어떻게 아름다운지를 말해줄까?"

"노, 놀리지 마시어요."

"내가 그대를 놀리는 것 같은가? 난 진실만을 말하고 있는데."

"무, 무결 님."

"내 말 한마디 한마디에 그대의 백옥 같은 피부가 붉은 꽃처럼 물드는 모습이 얼마나 장관인지를 말해줄까, 아니면 그대에게서 나는 꽃 내음이 얼마나 향긋한지를 말해줄까? 그대가 보지 못하는 만큼 내가 다 말해주겠다."

그것이 꼭 고백 같아 령은 얼굴을 수줍게 붉혔다.

무결의 목소리는 바람결 같았다. 느릿하면서도 운율이 있었고, 안온하면서도 열렬했다. 웃음기가 섞여 있는 듯하면서도 진지했기에 령은 몸을 감춘 채로 가늘게 떨었다.

갑작스럽게 다가온 사내의 진심은 령을 더욱 여인으로 만들어주고 있었다.

"그, 그보다 제가 언제까지 이리 눈이 안 보일지 말씀해 주실 수 있을까요? 눈이 안 보이니 무결 님을 뵐 수도 없고, 그러니 무결 님 상태가 얼마나 안 좋으신지 모르겠어요. 천궁에 돌아갈 날만 기약 없이 기다리고 있어야 하나 걱정도 되고요."

"독기가 빠져야 눈이 보일 텐데."

"어떻게 해야 독기가 빠질까요? 방법을 알려주셔요."

"내가 말하는 대로 하겠는가?"

"제대로 된 방법이라면요."

령이 순진하게 고개를 주억거렸다. 그 모습을 가만히 바라보고 있던 무결은 참기 힘들다는 듯 그녀의 손목을 붙잡아 안쪽에 가만히 입을 맞추었다. 작은 입맞춤 한번에 전기가 통한 것처럼 령의 온몸이 부르르 떨렸다.

"그대의 몸을 정화시키기 위해, 그리고 내 몸을 정화시키기 위해서는 음기와 양기가 조화롭게 섞여야 한다."

"……네?"

"지금 나는 그대를 안은 채로 양기를 받고 있고, 그대는 내가 만져 주는 것으로 음기를 받고 있지만 그렇게 정화시키기에는 시간이 많이 걸릴 거야."

인간 세계에서는 사내가 양이요, 여인이 음이라 하지만 요괴 세계에서는 그 의미가 사뭇 달랐다. 음의 기운이 넘치는 요괴들로서는 어느 누가 음기가 많고, 적은가에 따라 구분을 하는데 천화인 령은 양기를 담뿍 머금고 태어난 한줄기 빛이라 요괴로서는 예외적인 경우였다.

"그렇다면……."

"피부에 응축된 독기를 입으로 직접 빨아내는 것이 좀 더 빠르겠지."

그렇게 말하는 무결의 목소리가 낮고 음험했다. 물론 그가 무리해 천궁으로 돌아가 의원에게 보이는 방법도 있지만 그건 무결 스스로가 하고 싶지 않았다.

무결은 등을 돌린 채 고민에 빠져 있는 령을 바라보며 느릿하게 웃었다.

'나에게 이런 면모가 있을 줄은 나도 몰랐어.'

령을 마주할 때마다 새록새록 튀어나오는 자신의 새로운 모습을 발견하는 것이 꽤 재미있었기에 무결의 입가에 내내 미소가 서렸다.

"그보다 더 빠른 방법이 있어. 잘만 하면 혼례일에 맞춰 천궁으로 돌아갈 수 있을지도 모르지."

그 말에 령의 몸이 움찔 떨렸다. 무결은 붙잡고 있는 령의 손을 가볍게 쓸어 당기다 이내 그의 몸으로 이끌었다. 문신이 생긴 아랫배 위로 그의 장초가 우뚝 서 있었다. 그녀를 발견한 순간부터 직립하기 시작해 몇 시진이 지난 지금까지 단 한 번도 사그라들지 않고 크기만 더 키우고 있던 그것이 그녀의 손에 닿았다.

"가까이로 오거라. 내 그대의 몸 안의 괴로운 것들을 모두 빨아 내 줄 테니."

아름다웠다. 아름답기에 경외의 마음까지 들었다.

무결은 눈앞에 펼쳐진 여인의 몸에 몇 번이고 감탄을 하였고, 또 넋을 잃었다. 이렇게까지 한 여인에게 마음이 묶이는 일은 없었다. 단연코 절대 그런 일이 일어나리라 생각해 본 적도 없었다. 그런데 운명은 그런 그를 비웃기라도 하듯 그에게 천화를 선사하였다.

"그대에게 바친 천화는 마음에 들었소? 천화란 우리들 안에 봉인된 야차의 성정을 다스리기 위한 것이라던데, 어떻던가?"

불의 여우는 그를 놀리듯 빈정거렸었다. 그게 바로 몇 시진 전의 일이었다.

"천화와 봉요는 운명처럼 몸과 마음이 묶인다고 하였지. 자네가 아무리 거부하려고 해도 거부할 수가 없을 걸세."

물의 뱀은 득도를 한 것처럼 무결의 미래를 예측했다. 그 말을 들으며 무결은 콧방귀를 뀌었었다. 마음이 가는 것뿐이지 그렇게 거창한 단어들을 나열할 필요까지는 없다고 단정 지었다.

운명, 반려, 영혼의 짝······.

그게 무슨 어리석은 소리냐. 내가 단지 정해진 운명 따위를 위해 이 오랜 세월을 견디고 살았다는 것이냐.

하지만 지금, 그는 항복할 수밖에 없었다. 정해진 운명을 위해 오랜 세월을 견디고 살았다는 것을 인정할 수밖에 없었다. 거스를 수 없는 운명이 눈앞의 이 가련한 꽃이라면 기꺼이 받아들일 수 있었다.

"저, 정말 이게 치료법이 맞사옵니까?"

동굴 바닥에 오롯이 누워 양손으로 중요한 부분만 간신히 가리고 있던 령이 몸을 파르르 떨었다. 영 불안하기만 한지 그녀는 보이지 않는 눈으로 이리저리 살피려고 애를 쓰고 있었다.

그제야 그녀를 예술품처럼 감상하던 무결이 시선을 옮겼다.

"그렇다 하질 않았더냐?"

"그, 그치만······ 부끄럽습니다. 언제까지 이렇게 누워 있어야만 하는 겁니까?"

"내가 되었다, 할 때까지."

그렇게 중얼거린 무결은 다시 령을 바라보았다. 그녀의 긴 머리카락이 그녀의 살결에 진득하게 달라붙어 묘한 색기를 자아내고 있었다. 본인은 그 사실을 모를 테지만 말이다.

무결이 가슴을 감싸 쥐고 있는 령의 손목을 붙잡았다. 그가 무슨 일을 하려는지 눈치챈 령이 가쁘게 숨을 내쉬며 도리질을 쳤다.

"아, 아니 됩니다. 이것만큼은……."

부끄러워하는 모습이 영 귀엽기만 하다. 이미 초야를 치른 부부일진대 어찌 이렇게 부끄러워하는 건지. 하지만 그 모습은 무결의 마음을 자극해 회가 동하도록 하였다.

사내를 모르는 것처럼 굴겠다면 나도 그리해 주지.

초야 때에는 난폭한 야차의 성정을 가라앉히기 위해 억지로 그녀를 범했다면 지금은 무척 부드럽고 여유롭게 그녀를 탐할 생각이었다.

령은 당연히 그 사실을 모르고 있었다. 그저 컴컴한 어둠 속에서 무결의 목소리에 의지할 뿐이었다. 다만 앞이 보이지 않으니 온몸의 감각만큼은 전에 없이 예리해져 있었다. 그랬기에 령은 살갖에 와 닿는 따끔따끔한 기운만으로도 무결의 찌를 듯한 시선이 자신의 몸을 훑고 있다는 것을 알아챘다.

령은 불현듯 무서워졌다. 자그마한 동굴 안, 그리고 주변에는 바람의 결계.

눈도 보이지 않으니 도망칠 곳도 없었다. 애초에 도망치는 것은 불가능했다. 온몸이 독에 절어 있어 손 하나 까딱하는 것도 힘들었으니.

"걱정하지 마라. 널 아프게 하지 않아."

무결이 속삭였다. 그 덕분일까. 부끄러운 마음 사이를 비집고 나른하면서도 기분 좋은 느낌이 들었다. 다정하게 살결을 쓰다듬어 주는 그의 손길에 고양이처럼 온몸이 오그라드는 것을 느꼈다. 정말이지 그의 손길을 타고 몸의 독소가 밖으로 배출이 되는 듯한 기분이 들었다.

그러고 보니 예전 기방 아씨 중에 고양이 요괴가 있었다. 묘랑(猫狼)이라는 이름의 여인은 언제나 간드러지는 울음소리를 냈다. 언젠가 달빛이 내리쬐는 기분 좋은 밤, 대청마루에 올라 예의 여유롭고도 권태로운 동작으로 몸을 비벼댈 적에 그이는 그런 말을 한 적이 있었다.

"사내와 은밀한 대화를 한다는 것은 달빛을 쬐며 여유를 부릴 때의 세 배는 더 좋은 거란다."

묘랑의 목구멍에서 가르랑거리는 소리가 들려왔다. 커다랗지만 언제나 반쯤 감겨 있는 눈에서는 색기가 아른거리고 있었다. 묘랑은 혀를 날름 내밀어 도톰한 입술을 핥고는 말했다.

"그보다 더 좋은 게 뭔지 아니? 은밀한 대화를 나누는 사내가 정인(情人)일 경우란다. 사랑해 마지않는 사내에게 안기고, 사내를 안을 땐 이보다 다섯 배는 더 좋지."

지금 이 순간 묘랑의 말이 떠오르는 것은 무슨 연유일까?

그때 령은 한참 동안 마루 밑에 서서 사랑…… 을 중얼거렸다. 사랑이라는 게 무엇일까? 가끔 염 님이 집어주시는 눈알 사탕 같은 것일까? 달콤하고, 커다랗고, 맛나는 그런 것?

령은 지금에 와서야 묘랑에게 사랑이 무엇인지 물어보지 않았다는 것을 깨달았다.

"무슨 생각을 하는 게야?"

무결의 나직한 목소리가 귓전을 울렸다. 그는 결국 가슴께를 가리고 있던 령의 손을 잡는 데에 성공했다. 그에게 순순히 손을 내어준 령은 보이지 않는 무결을 향해 눈을 깜빡거렸다.

"마음에 둔 다른 사내가 있더냐?"

"그, 그런 거 아닙니다."

"아니면, 사모해 마지않는 옛 주인을 떠올린 것이야?"

염 님……!

령이 재빨리 고개를 저었다. 염 님을 평생의 주인으로 모시고 따르는 마음은 여전했지만 지금은…… 뭔가 달랐다. 무언가가 꽤 달랐다.

"저는 그저……."

사랑이 무엇인지 생각하고 있었어요. 사랑은…… 그 맛을 한 가지로 단정 지을 수 없는 것 같아요. 맞아요! 다섯 가지 맛이 섞여 있는 오미자 같아요!

령이 이런저런 생각을 하고 있는데, 할짝!

그의 혀가 손등을 핥았다. 그 감각에 령은 갓 잡아 올린 생선마냥 몸을 푸드득 떨었다. 손등 위로 느껴지는 숨결이 가빠진다 싶더니 그 위로 웃음소리가 쏟아졌다.

"놀랐더냐? 그대는 언제나 내가 예상하지 못한 행동을 하는구나."

그렇게 말하는 무결은 예전과 다르게 무척 가까운 느낌이었다. 친근하고, 다정하고, 친밀했기에 령의 작은 가슴이 파드득 날갯짓을 하며 떨렸다.

아니에요. 무결 님께서는 언제나 제가 예상하지 못한 행동을 하셔요.

령은 그렇게 말하고 싶었다. 다만 말할 기회를 놓쳤다.

"다른 사내가 있다 하여도 떠올리지 말거라. 옛 주인이 그립더라도 그리워하지 말거라."

그렇게 속삭인 무결은 령의 젖은 몸을 천천히 어루만지기 시작했다. 손등에서부터 시작된 전율이 빠르게 혈관을 타고 돌며 령의 몸에 생기를 불어넣었다.

무결의 손짓도 그녀의 손등으로부터 시작을 했다. 그는 그녀의 손가락 마디마디, 사이사이를 세심하게 지분거리다가 이내 어린아이처럼 그녀의 손가락 끝을 빨기 시작했다.

낯 뜨거운 소리가 동굴 내부를 울렸다. 입안의 낯선 온도와 그 이질감에 놀라 몸을 떨어대던 령은 발가락을 잔뜩 움츠렸다. 손가락을 휘감는 두툼한 혀가 온몸을 핥는 것만 같았다.

그의 혀는 부드럽고, 촉촉했고, 또 뜨거웠다. 꿈틀거리며 그녀의 살갗을 매만졌고, 손가락 모양을 더듬다가는 이내 아프지 않게 잘근잘근 깨물기까지 했다.

그녀의 세포 하나하나까지 자신의 것으로 만들겠다는 느낌이 들었다. 다른 누구도 넘볼 수 없게 자신의 냄새를 묻혀 영역 표시를 하겠다는 투였다. 그보다 무서운 것은 느릿하게, 그리고 천천히 감각을 일깨우는 그의 태도였다. 초야 때처럼 다급하고 거칠지 않았다. 그랬기에 령은 무결이 자신을 남기지 않고 뼈까지 먹어버릴 것 같다는 느낌을 받았다.

"아직도 겁이 나느냐?"

그의 목소리만큼은 달콤했다. 가슴을 녹진녹진하게 만드는 목소리에 령이 눈을 내리깔았다.

"……네."

"내가 무서운 것이야?"

"……그건 아닙니다."

령은 자신의 대답에 무결이 푸근하게 웃고 있는 것 같다는 느낌을 받았다.

그렇게 웃는 분이 아니신데.

하지만 또 평소에는 내보이지 않는 그 미소가 어떨까, 궁금했다. 내 앞에서 그 미소를 보여주신다면 아마 무척 기쁘지 않을까 싶기도 했다.

'아아, 무결 님을 보고 싶다.'

그의 입술은 어느새 팔목에서 어깨로 올라와 있었다. 그는 동그마한 입술을 깨물고 핥으며 장난을 치다가는 이내 그녀의 몸을 타고 올랐다.

"네가 깨어질까 두렵구나."

"깨지지 않습니다. 단단하고 씩씩하게 태어났는걸요."

순진무구한 그녀의 대답이 다시금 무결을 웃게 만들었다. 그가 령의 젖은 이마를 쓸고, 어깨와 가슴에 달라붙은 긴 머리카락을 떼어주었다. 그는 몇 번이고 그녀의 얼굴을 쓰다듬는가 싶더니 이내 그녀의 목덜미에 얼굴을 묻었다.

　"아……!"

　"무서울 것 하나 없다. 이건 치료일 뿐이야. 난 지금 네 몸에 퍼진 독기를 빨아내고 있는 거다."

　"네……."

　네, 그렇지요. 그래요.

　령이 입을 앙다물고 뻣뻣하게 굳어 있자 그 변화를 눈치챈 무결이 고개를 들었다.

　"무엇이 불편한가?"

　"그, 그것이……."

　"견디기가 힘든 거야?"

　"그게 아니라……."

　"그렇다면 무엇이 문제지?"

　무결의 질문에 몇 번이고 망설이던 령이 조그맣게 읊조렸다.

　"방금 전에 치료라고 하셨지요?"

　"그래, 맞다."

　"그런데 왜 저는 느끼는 걸까요?"

　"느껴?"

　"무결 님께서 독을 빨아내실 때마다 몸이 부들부들 떨리기도 하고, 어딘가가 간지럽기도 하고, 뜨겁기도 하고, 또 축축해지기도 하고……."

그렇게 말한 령이 울상을 지은 채로 눈을 질끈 감았다.

"아마 제가 불순한가 봅니다."

치료일 뿐인데 느끼다니!

"천하의 몹쓸 색녀입니다, 저는!"

령의 말에 무결은 한참 동안 그녀를 바라보고 있다가 몸을 부들부들 떨었다. 그의 경련이 령에게까지 고스란히 전해졌기에 령이 무슨 일인가 싶어 눈을 몇 번이고 깜빡였다. 하지만 보이는 것은 하나 없었다.

"괘, 괜찮으신 겁니까? 제가 그런 말을 해서 치료가 잘못된 것이어요? 무결 님께서 아프신 것은 아니지요?"

아무래도 이 어린 다람쥐는 자신이 한 말이 무결의 평정심을 깨트려 치료에 큰 부정을 타게 만들었다 생각하는 모양이었다. 그 모습이 귀엽고도 어이없었던 무결은 웃음을 터트리고 말았다.

아직까지도 어린 이 천화를 어떻게 키운담.

아니지, 아니야. 자라는 모습을 보는 것 또한 큰 기쁨일 테다. 무결의 입맛에 맞는 여인으로, 그의 정성을 담뿍 머금은 아름다운 꽃으로, 그리고 그를 닮아 현명하고 강한 요괴로…….

그것을 상상하는 무결의 입가에 미소가 피어났다.

"괜찮다. 치료가 맞긴 하다만 느끼는 것도 전혀 걱정할 만한 게 아니야. 자연스러운 현상이다."

"괘, 괜찮은 건가요?"

"참지 말고 느끼도록 해. 이곳엔 우리 둘뿐이다."

그렇게 말한 무결은 령의 여린 목덜미를 아프지 않게 잘근 깨물었다.

"하아앗!"

목구멍 안쪽에서 간질거리고 있던 여린 신음 소리가 드디어 터져 나왔다. 령은 자신이 뱉어낸 새된 목소리에 놀라 입을 꼭 다물어 버렸다.

'꼭 기방 아씨들 목소리 같잖아.'

하지만 그것도 잠시였다. 무결은 이제 작정했다는 듯 생각할 여유조차 주지 않는 듯했다.

그는 그녀의 목덜미를 길게 핥아 올리더니 이내 자근거리며 핥고, 빨기 시작했다. 따끔거리는 통증도 있었지만 그보다 야릇한 감각이 더 강했다. 그것은 마치 담쟁이덩굴과도 같았는데 이파리 하나하나에 빨판이 달려 있어 령의 몸을 옭아맨 채로 더욱 조여오는 느낌이었다.

"하아……."

나른한 한숨이 저절로 터져 나왔다. 그의 입술은 자연스럽게 목덜미에서 쇄골로, 쇄골에서 젖가슴으로 옮겨가고 있었다. 그가 그녀의 가슴을 입에 문 채로 중얼거렸다.

"아름답구나."

"마, 말씀하지 마시어요."

"어째서? 눈이 안 보인다 투정하지 않았더냐?"

"그, 그래도……."

그렇게 말씀하시면 가슴이 간지럽다고요.

새빨간 꽃물이 든 얼굴을 하고 령이 몸을 배배 꼬자 무결의 두 눈이 포악하게 번뜩였다. 맹수의 본능이 뛰쳐나온 듯한 눈빛이었다. 하지만 그는 절대 서두르지 않았다. 그의 강한 자제심이 빛을 발한 때였다.

"독이라는 것이 원래 가장 여린 곳에 더 많이 퍼져 있는 법이다."

그렇게 말한 무결은 손으로 그녀의 봉긋한 가슴을 감싸 쥐었다. 백옥같이 하얀 그녀의 피부 아래로 푸른 핏줄이 비쳐 보였다.

"중심부, 또한 끝으로 모이는 법이지."

"그, 그게……."

참말입니까? 아니면 저를 놀리시는 건가요?

"그렇다면……. 흐읏!"

령의 입에서 말이 되어 나오기도 전에 령은 신음부터 삼킬 수밖에 없었다. 그의 커다란 손이 풍만한 가슴을 움켜쥔 것으로도 놀라울 지경인데 봉긋하게 솟은 정점에 그의 입술이 다가왔기 때문이었다.

"하악!"

이러지 마시어요!

아니지, 이건 치료라고 하셨지?

아무래도 좋으니 술이라도 한잔 주시어요. 맨정신으로는 감당할 수가 없어!

령의 고개가 단박에 꺾였다. 무결이 입을 벌려 그녀의 정점을 삼킨 것만으로도 령은 절정에라도 오를 것처럼 몸을 부들부들 떨었다.

소녀의 몸에서 여인의 몸으로 한번의 탈피를 한 뒤, 령은 은연중에 느끼고 있었다. 사내를 모를 때보다 지금 훨씬 더 피부가 예민해지고, 감각이 날카로워졌음을.

"……예민하구나."

그렇게 말하는 무결의 목소리는 그사이에 쉰 것처럼 잔뜩 갈라져 있었다. 령은 귓구멍을 간질이는 무결의 공기가 섞인 쇳소리에 발가락을 잔뜩 움츠렸다. 그의 목소리가 무척이나 색스럽게만 들렸기 때문이었다.

그는 욕심 가득 양손으로 양 가슴을 움켜쥔 채로 한쪽씩 번갈아 가며 맛을 보기 시작했다. 처음 가슴의 정점을 입에 물었을 때와는 사뭇 다른 감각이 온몸을 타고 돌았다.

"달구나. 네 말대로 모두가 탐낼 만한 안줏거리야. 손색이 없어."

"무, 무결…… 아흑!"

그가 너무나 세차게 빨아댄다. 덕분에 령의 허리가 활처럼 휘었다.

"허나 명심하거라. 네 몸은 이제 내 것이다. 남들이 탐낼지언정 나만이 탐낼 수 있는 안주여야 한다 이 말이다. 알겠느냐?"

그렇게 말한 무결은 다시 령의 단단해진 젖꼭지를 어린아이처럼 빨아대기 시작했다. 젖은 살결이 그의 입안으로 빨려 들어가는 소리가 요란하게 들렸다. 색정적이었고, 또 노골적이었기에 령은 정신이 하얗게 날아가는 와중에도 몸서리를 쳤다.

그는 무자비했다. 다정하게 어르면서도 정신없이 벼랑 끝으로 몰아가는 잔혹성을 가지고 있었다. 전투의 부족이라는 천궁의 수장답게 어떻게 전두지휘를 해야 하는지 잘 알고 있었다. 성을 함락시키려면 어떻게 해야 할지 아는 그는 게걸스럽게 그녀의 두 과실을 탐했다.

산해진미라 하여 올려지던 음식보다도, 어렵게 구한 진상품으로 선과를 맛보았을 때도 이보다 황홀하지는 않았으리라.

"제발…… 그만……!"

령이 감당할 수 없이 몰아치는 파도에 놀라 숨을 헐떡거리자 무결이 그녀의 위로 다시 올라왔다. 령의 다리 사이에 자리를 잡은 그가 가깝게 움직이는 탓에 젖은 양 젖꼭지가 그의 몸에 주르륵 쓸렸다. 그러다 그가 가까이 간격을 좁히자 그녀의 양 가슴은 그의 가슴에 달라붙듯 눌려 버렸다.

"흐윽."

울음소리와도 같은 신음이 쏟아지자 무결이 그녀의 젖은 이마를 닦아주며 입술을 맞대었다.

"힘든 모양이구나."

맞닿은 입술 위로 그가 느릿하게 움직이는 것이 느껴졌다. 그의 목소리가 숨결에 섞여 자신의 입안으로 스며드는 듯한 느낌에 령은 숨을 삼켰다.

그가 그녀의 얼굴에 자잘하게 입을 맞추자 안정을 되찾은 령이 고개를 저었다. 느릿하게 뜬 눈앞에 흐릿하게 그의 얼굴 모양이 보였다.

"치료가…… 더 남았습니까?"

"아직 시작도 안 하였어."

"그럼 얼른 끝내주셔요."

"……왜지?"

무결이 미간을 찌푸린 채 령을 내려다보자 그녀가 살금 손을 올렸다. 그리고는 손끝으로 단단한 무결이 가슴과 어깨, 팔을 매만지며 조용히 속삭였다.

　"제 독만 빨아내시면 무결 님은 어찌하신 답니까? 제가 무결 님 독을 빨아드려야지요."

　령의 순진무구한 목소리에 무결의 눈빛이 순식간에 어두워졌다.

　"네가…… 나를 유혹하는구나."

第九章

"네가…… 나를 유혹하는구나."

령은 무결의 말에 놀라 눈을 동그랗게 떴다.

"유, 유혹이라니요?"

이건 유혹이 아니었다. 자신을 희생하여 독을 빼내는 치료를 하
는 무결이 걱정되어 하는 말이었다.

"저, 정말 걱정이 되어 그렇습니다. 성치 않은 몸으로 절 치료해
주시고 계신데 저 혼자 건강해져서 무엇 합니까? 저도 치료에 도
움이 될 수 있다면 그렇게 하고 싶습니다."

성치 않은 몸이라…….

무결은 령의 말에 그만 웃음을 터트리고 말았다. 한순간의 방심
으로 지상에 떨어진 순간부터 령은 무결의 건강을 걱정하고 있었
다. 못 미더운 병약한 사내가 되는 것만 같아 무결은 고개를 절레

절레 저으며 그녀의 손을 붙잡았다.

"어디 그리도 걱정이 된다면 네 손으로 직접 나를 느껴보아라."

"무, 무슨……."

"네 손으로 내 몸을 만져 보도록 해. 내가 그리 연약해 보이느냐?"

령이 더듬더듬, 그가 이끄는 대로 손을 움직였다. 매끈한 피부 아래로 옹골찬 근육들이 느껴졌다. 오랜 전투로 인한 흉터들도, 수련으로 단련이 된 탄탄한 힘도, 또한 삼천 년 넘게 천궁을 지켜 온 절대적인 권위도, 령의 자그마한 손바닥 아래 느껴졌다.

아아, 여인과 사내의 몸은 이토록 다르구나.

"어떠한가?"

무결이 작게 웃으며 속삭였다. 순간 령은 부끄러워졌다. 이렇게 강한 분을 걱정하고 보살피려 했다는 것이 오지랖이 아니었을까 싶어서였다.

"……강하십니다."

내가 괜한 주책을 떨었구나.

"그대를 먼저 치료할 기운은 남아 있으니 너무 심려치 말거라. 물론…… 그대의 마음은 잘 안다. 걱정을 받는 것도 썩 기분이 좋 더구나."

그렇게 말한 무결은 천천히 고개를 숙였다. 그녀의 입술에 그의 입술이 맞닿았다. 초야일 적에는 서로 술에 취해, 본능에 취해 어 떤 일이 벌어지는지조차 몰랐다. 게다가 가면을 뒤집어쓰고 있어 제대로 움직이는 것조차 가능하지 않았다.

하지만 지금은…….

"으음."

서로를 제대로 느끼고 있었다.

령은 입술에 와 닿은 부드러운 그의 입술을 느끼며 눈을 살포시 감았다. 그가 그녀의 아랫입술을 가볍게 깨물자 령의 입술이 벌어졌다. 그러자 무결은 그것을 기다렸다는 듯 그녀의 안으로 천천히 혀를 밀어 넣었다.

그의 혀가 치아를 건드렸고, 이내 볼 부분의 속살을 건드렸다. 그가 적극적으로 다가올 때마다 령은 겁을 집어먹은 것처럼 움츠러들었는데 종국에는 그에게 붙잡혀 어설프게 움직일 수밖에 없었다.

그는 처음부터 차근차근 가르쳐 주고 있었다. 그의 혀가 령의 혀를 어르자 용기를 얻은 그녀는 그가 했던 것처럼 움직임을 따라 했다.

─잘했다, 배움이 참 빠르구나.

령의 머릿속으로 그의 말이 흘러들어 왔다. 처음 느끼는 감각에 령이 두 눈을 동그랗게 뜨자 무결은 웃으며 또다시 말을 전해왔다.

─걱정은 말아라. 매번 이런 식으로 말하지는 않을 테니.

─제 말도 들리시나요?

─들리다마다.

─설마 제 생각까지 읽으시는 건 아니겠지요?

─읽지는 않으마. 다만 네가 한 가지에 너무 몰두한 탓에 저절로 흘러들어 오는 생각마저 읽지 않을 수는 없구나.

생경한 느낌이었다. 마치 그가 몸속에 자리를 잡고 그녀에게 말을 거는 느낌.

　─혀가 멈추었다.

　─자, 잠시만요. 제가 무슨 생각을 했는데요? 어떤 생각이 무결
님께 흘러들어 갔습니까?

　─어떡하지? 너무 좋아.

　무결의 대답에 령의 얼굴이 새빨갛게 달아올랐다. 처음 이 치료
행위를 시작할 때부터 꽤 자주 그런 생각을 했던 것도 같다. 몸을
비트면서, 감각에 맡기면서 계속해서 어떡하지? 너무 좋아! 그렇
게 중얼거렸던 것 같다.

　─그 생각이 날 기쁘게 한다.

　그렇게 말한 무결은 그녀의 혀를 옭아매고 몇 번이고 희롱을 하
였다. 입안에서 굴리다가 살짝살짝 건드려 보았다. 움찔움찔 반응
을 보이며 앙큼하게 먼저 다가와 그의 입안으로 침입을 시도하는
모습에 무결은 자신의 입안에 들어온 그녀를 나가지 못하도록 했
다.

　쪽쪽 혀뿌리가 아릴 정도로 빨아대다가 후퇴하는 그녀를 따라
다시 자신의 혀를 집어넣었다. 목구멍 깊이 찔러 넣었다가 후퇴하
고, 다시 그녀의 입천장을 건드리며 밀려들어 오는 그는 꼭 파도
같았다. 무결은 그런 식으로 령에게 앞으로 벌어질 일에 대해 알
려주었다.

　─어디가 어떻게 좋은지 나에게 알려주려무나.

　─아아, 아무 생각도 안 나요!

　그가 입술을 떼어냈다. 그는 타액으로 번들거리는 그녀의 입가
를 닦아주고는 감은 그녀의 두 눈두덩이에, 자그마한 콧날에, 입

술에 차례로 입을 맞췄다. 그리고는 귓불을 살짝 물고는 그대로 그녀의 귓바퀴를 훑었다.

"아흑!"

—여기로구나.

작은 속삭임에 등줄기에 소름이 돋아났다. 그가 전해주는 감각은 늘 같은 느낌의 것이 아니었다. 매번 새로웠고, 색이 각기 달랐으며, 피부에 전해지는 느낌도 천차만별이었다.

그의 목소리와 숨결이 감각과 뒤섞여 가쁘게 귓가를 두드렸다. 귓구멍을 향해 그의 혀가 움직일 때마다 안의 솜털들이 바르르 떨었고, 건드리지 않은 곳까지 천천히 젖어들었다. 그가 이를 세워 귓바퀴를 앙 무는 순간, 온몸으로 찌르르 전류가 퍼져 나갔다.

"아……!"

치료가 이렇게 달콤한 것이었던가?

내가 정녕 이리도 기분 좋은 치료를 무결 님께 해드릴 수 있을까?

온갖 복잡한 생각들이 머릿속을 스치고 지나갔지만 그것도 찰나였다.

무결이 다시 움직였다. 령은 이미 또 다른 기대에 부풀어 몽롱한 눈으로 그가 있을 곳을 내려다봤다. 그는 엄지와 검지로 젖가슴 위로 성이 난 열매를 굴려댔고, 다른 손으로는 풍만한 엉덩이를 움켜쥐었다.

"아흑!"

그가 그녀의 엉덩이를 붙잡은 채로 자신의 몸에 가깝게 끌어당겼다. 그 순간 령은 거대하고 딱딱하며 잔뜩 휘어 있는 무언가가 자신의 아랫배를 찔러대고 있다는 것을 깨달았다. 아직도, 그리고 여전히.

"아아, 무결 님……!"

"어여쁘기도 하구나, 나의 방울아. 네 음색은 언제 들어도 가히 천상의 목소리다."

"자, 잠깐만요! 아흑."

무결이 몸을 빙글 굴려 그녀의 옆에 누웠다. 한 손으로 머리를 괴고, 다른 한 손으로는 그녀의 몸을 연주하듯 살금살금 건드려왔다. 그럴 때마다 령의 몸은 무결의 손아귀 아래에서 튕겨져 오르기를 반복했다.

―아직 멀었어.

―무, 무결 님.

―더욱 기분 좋은 치료를 해주마.

―하, 하오나…….

―우리 함께 기분 좋게 되자꾸나.

머릿속으로 그의 낮고 위험한 경고가 흘렀다.

뭐가 멀었다는 것일까? 나는 이토록 죽을 것만 같은데.

어떻게 하면 더 기분이 좋아질 수 있다는 것일까? 지금 이 감각만으로도 딱 견디기 힘들 지경인데.

령은 숨을 할딱거리며 무결에게 애원했다.

"아랫배가 보글보글 끓기 시작하는 게 이상합니다. 치료가 잘못된 것 같아요. 자꾸 몸이 뜨겁고, 터질 것 같고, 금방이라도 숨이 넘어갈 것 같은 게…… 독이 더 퍼진 듯해요. 어쩌지요, 무결 님?"

두 눈에 그렁그렁 눈물을 매단 채 애원을 하는 령이 무척이나 사랑스러웠다. 천하를 쥐고 흔들 법한 절색이 이토록 순진한 모습으로 사내에게 매달리다니.

무결은 그런 령의 모습에 감탄을 하면서 동시에 자신의 양물이 계속해서 크기를 키워가고 있음을 깨달았다.

─고문을 하는구나, 아주.

─네에?

─약조 하나 하자꾸나.

─무, 무슨 약조를요?

─절대 그대의 이런 모습을 그 누구에게도 보여주고 싶지 않다. 나 이외의 다른 사내에게 이런 모습을 보여주지 않겠다고 약조하여라.

─그건 당연한걸요. 제가 어찌 다른 사내에게 이…… 이런 모습을…… 보여준단 말입니까?

─약조한 것이지? 이제 그대의 이런 모습을 볼 수 있는 건 나뿐이다. 그대를 만질 수 있는 것도 나뿐이다. 그대의 곁에는 오직 나뿐이어야 한다.

그의 손이 빠르게 그녀의 가슴을 타고 배꼽을 지나 수풀을 헤쳤다. 가장 은밀하고도 깊은 곳에 숨은 샘을 찾는 것이 분명하다고, 령은 본능적으로 깨달았다. 그리고 낯선 이의 침입을 경계하듯 그녀는 다리를 오므렸다.

─열거라.

─무, 무결 님.

─다리를 벌리거라.

─그것만큼은…….

─네 스스로 하려무나. 강제로 네 몸을 열고 싶진 않다. 그건 한 번이면 족해.

머릿속으로 전해져 오는 무결의 음성에 령이 어떻게 해야 할지 모르겠다는 듯 머뭇거렸다.

─기분이 좋을 것이다. 초야 때처럼 아프게 하지 않을 것이야. 운우지정이 무엇인지 알려주겠다. 물론 치료도 병행하면서.

그의 목소리에 령이 양손으로 얼굴을 가린 채로 오므렸던 다리를 천천히 벌렸다. 그녀의 매끈한 다리가 그를 허락하는 순간, 무결의 손가락이 수풀을 헤치고 들어갔다.

그 속에는 깊은 샘이 있었다. 열락의 향연을 이기지 못하고 잔뜩 단단해진 구슬과 그 아래로 뜨거운 물이 흘렀다. 긴 손가락이 다가와 그 끝으로 건드리자 령의 허벅지가 경련을 했다. 그는 그녀의 샘을 부드럽게 문질러 대다 이내 입구를 찾았다. 그리고는 천천히 손가락을 안으로 밀어 넣었다.

"으으……. 하으으응!"

자지러지는 신음 소리와 함께 그녀의 속살이 무서울 정도로 그의 손가락을 죄어왔다. 그의 길고 두꺼운 손가락이 그녀의 몸을 갈랐다가 이내 빠져나왔다.

"아흥."

령이 아쉽다는 듯 그를 보채며 허리를 흔들어대자 무결은 다시 그녀의 안으로 손가락 두 개를 밀어 넣었다. 이번에는 조금 더 빽빽하게 그녀의 안이 가득 찼다. 이질적인 것이 들어와 속을 헤집자 가시지 않은 고통이 밀려왔다. 하지만 참으로 이상한 점은 고통과 쾌감이 동반되었다는 것이었다.

"아아, 무결 님! 제발…… 아흑!"

입에서는 절로 교성이 터져 나왔고, 몸은 아프다 하면서도 더 달라 떼를 썼다. 그의 손가락이 제멋대로 속살의 주름을 훑고, 앞부분 깊은 곳을 긁어내자 깊은 곳에서부터 뜨거운 애액이 쏟아져 내렸다.

"느껴지는가? 그대를 채우고 있는 이가 누구인가?"

"무결 님, 무결 님이시옵니다."

"그래, 나다. 나만이 그대를 이렇게 만들 수 있다. 명심하여라."

"아앙!"

무결이 빠르게 그녀의 양다리 사이로 들어가 자리를 잡았다. 그는 그녀의 허벅지를 단단히 붙잡아 자신의 어깨 위에 올려놓고는 그대로 그녀의 깊은 곳에 입을 맞추었다.

"아니 됩니다! 무결 님, 아아앗!"

"내가 말하지 않았던가. 가장 깊은 곳, 여린 곳으로 독이 모인다고."

"하, 하오나……."

"빨아내 주마. 네 몸 안의 모든 독기를."

그렇게 말한 무결은 이미 그를 향해 벌려져 있는 그녀의 꽃살을 핥아 나갔다. 애액과 타액이 섞이고, 속살과 입술이 부딪치는 색정적인 소리가 동굴을 가득 메웠다. 령은 사뭇 다른 신음을 내지르며 온몸을 흔들어댔다.

"무결 님, 제발 무결 님……."

령의 목소리가 금방이라도 울 것만 같았다. 하지만 무결은 쉬이 물러나지 않았다.

그는 그녀의 구슬을 혀로 굴리다가 이내 그녀의 속살을 젖히고 안으로 혀를 밀어 넣었다. 축축하고 보드라운 그의 혀가 그녀의 속살을 건드리기 시작하자 령은 눈물을 흘리며 생소한 감각에 휘둘리지 않고자 발버둥을 쳤다.

한참 동안 령의 은밀한 샘을 맛본 무결은 혀로 입술을 핥으며 고개를 들었다.

─향이 짙고, 맛이 깊구나.

"하읏."

그녀의 속살은 몇 번의 쾌감으로 바들바들 떨리고 있었다. 연약한 그 모습에 안쓰럽다가도 온전히 그를 느끼는 모습에 기뻤다. 그것이 이상하였다. 힘들어하는 모습이 아련하나 반대로 짓이기고 싶은 욕구가 치밀어 올랐다.

은애하는 마음과 여인을 향한 욕정이 번갈아가며 그를 휘몰아치자 무결은 더는 기다릴 수 없다는 듯 다급하게 그녀의 다리 사이로 몸 가락을 꽂아 넣었다.

"아흐흣!"

그의 커다란 분신이 그녀의 몸을 꿰뚫는 순간, 령은 단 한 번도 상상하지 못했던 고통과 그에 뒤섞인 희열이 자신을 덮치는 것을 느꼈다.

"안…… 돼."

령이 양손으로 몸을 겹쳐 오는 무결의 어깨를 밀어냈다.

─이미 늦었다, 령아.

간결한 뜻을 전한 무결은 물러나는가 싶더니 그대로 그녀의 몸 깊은 속을 향해 들어갔다. 그녀의 몸에 딱 맞는 모양의 그것은 안을 가득 채우다 물러났고, 또 밀고 들어오기를 반복했다.

"무결 님, 무결 님…… 몸이 부서질 것 같아요!"

초야에는 고통만이 있었다. 몸이 이상하다며 무결에게 매달렸었고, 그러다 혼절하기를 몇 번. 두려움에 몸이 채 열리지도 아니하였고, 처음 사내를 받아들이는 일이었기에 쾌감보다는 통증이 먼저였다.

하지만 지금은 달랐다. 이리 무서운 것을 또다시 치료라는 목적으로 해야 한다는 사실에 절망했던 것도 사실이었다. 하지만 전희가 이어질수록 령은 자신의 몸이 무결을 향해 천천히 열리고 있음을 알게 되었다. 그리고 지금은 고통 속에서 피어나는 쾌감을 알아버렸다.

그가 엉덩이를 세차게 움직이며 본능에 몸을 맡겼다. 그럴 때마다 령의 여린 몸은 그의 움직임을 따라 크게 흔들렸다.

─미안하구나. 허나 나는 지금도…… 모자라다.

더 깊은 곳을 원한다. 더 은밀하고, 더 소중한 무언가를 원한다. 무결은 속내를 감추지 않고 깨끗하게 내보이며 령을 정복해 나갔다. 더 깊은 곳으로 자신의 몸을 꽂아 넣었고, 그녀도 함께 느낄 수 있게 몇 번이고 빠르게 그녀를 가득 채웠다.

그는 분신을 그녀에게 박아 넣을 때마다 이전의 자신이 어딘가로 분해되고 새롭게 조립되는 듯한 느낌을 받았다.

령아, 너는 나에게 새로운 소리이자 바람이구나.

네 자체가 바람을 변하게 하는 바람이니 나의 운명의 짝이 맞구나.

"무결 님…… 몸이, 몸이……!"

―어딘가로 날아오릅니다. 터져 버릴 것만 같아요. 무섭습니다.
두렵습니다. 그런데…… 이제는 아무것도 생각이 나질 않아요. 아
무래도 좋습니다!

령은 무결을 찾아 손을 뻗었다. 그리고는 그의 단단한 목을 둘
러 안았다. 무결이 몸을 일으켜 앉자 령은 다리를 벌린 채 그의 위
에 올라탄 자세가 되었다. 하지만 그것이 부끄럽다는 생각을 하지
도 못했다. 그저 본능이 시키는 대로 몸을 움직일 수밖에 없었다.

언덕을 구르는 수레 같았다. 목적지가 어디인지 빤히 알면서도
내달릴 수밖에 없는 가련한 그것.

령은 고삐 대신 무결의 목을 꼭 끌어안았다. 빈틈없이 달라붙은
두 요괴의 몸이 서로에게 비벼지고, 맞물렸다. 보기 좋던 령의 가
슴은 무결의 가슴 위에서 짓이겨졌고, 그런 상태로 령은 그의 분
신을 꿀떡꿀떡 삼켰다. 기방 아씨들의 천한 허리 놀림을 그대로
배운 것처럼 령은 탐스러운 엉덩이를 흔들어댔다. 그럴 때마다 무
결의 중심은 엉덩이 사이로 먹혀들어 갔다.

말이 더 거칠고 빠르게 초원을 내달렸다. 숨이 턱 막혀오고, 머
리가 어찔해졌다. 더 이상은 버틸 수 없다고 생각한 순간, 몸속을
가득 메우고 있던 무결의 분신이 폭발했다. 그녀의 몸속에 뜨거운
체액을 가득 쏟아내며 파정을 한 그의 몸은 아직도 그녀의 속에서
움찔움찔 떨리고 있었다.

"아아."

끝이 찾아왔다. 빨리 오기를 기다렸던 끝이건만 막상 닥쳐오니
아쉽기만 한 것은 무슨 마음인지.

령은 마른 입술을 혀로 핥으며 그의 어깨에 얼굴을 묻었다.

"몸은 어떠냐?"

무결은 그녀를 품에 안은 채로 머리를 쓰다듬어 주고, 맨 등을 어루만져 주었다. 그녀의 속에 아직도 몸을 묻은 채였다.

"그러고 보니 꼼짝도 못하겠던 몸이 조금은 가볍습니다."

"그러하지?"

"제대로 된 치료가 맞나 봅니다."

"나를 계속 의심했던 모양이구나."

"그게 아니라……."

"조금 자거라. 피곤할 테니."

무결의 말에 령이 길게 하품을 했다. 이미 졸음으로 눈꺼풀이 천근만근 무거웠다.

"그치만……."

령이 불편하다는 듯 엉덩이를 달싹거리자 무결은 그녀를 꼭 끌어안은 채로 조용히 속삭였다.

"나는 계속 네 안에 있고 싶구나. 그러니 신경 쓰지 말고 자거라."

어떻게…… 신경을…… 안 씁니까?

하지만 그 말은 입을 통해 나오지 못했다. 령은 그대로 곯아떨어지고 말았다.

잠이 계속, 계속 쏟아졌다. 온몸을 짓누르는 피곤함에 굴복한 령은 시간도 잊고 깊은 잠에 빠져들었다.

꿈을 꾸었다. 꿈속에 염 님이 계시었다. 오래전 령이 기방 몸종을 할 때와 같은 모습을 하고 서 계셨다.

"쯧쯧. 그렇게 굼떠서야 어디 쓰겠니? 방울이 너, 게으름 피우고 있는 것이 아니냐?"

그리운 염 님! 까칠한 주인님!

염의 타박이 그리웠던 령은 울먹울먹하며 단박에 염에게로 달려갔다. 여인이 아닌 소녀 방울이로 돌아간 령은 염의 옷자락을 붙들고 늘어졌다.

"염 님, 염 님! 꿈을 꾸었습니다."

"무슨 꿈이더냐?"

"제가 염 님을 떠나 다른 주인님을 맞는 꿈이었습니다."

"다른 주인이라."

"그것이 서글프고, 외롭고, 힘들어서 내내 울었습니다."

"서글프기만 하였더냐?"

"네?"

"외롭고, 힘든 일만 있었더냐?"

염 님은 언제나와 같이 대청마루 위에 앉아 달을 벗 삼아 술을 자시고 계시었다. 령은 그런 염의 곁에 오도카니 앉아 동그만 달을 바라보았다.

"달이……."

"달이?"

"좀 이상합니다."

"언제나와 같은 달인데?"

그렇다. 언제나와 같은 달이건만 천궁에서 보는 것과 염 님의 기방에서 보는 것이 참 다른 느낌이 들었다.

천궁에서 보는 달은 보다 크고, 보다 가깝고, 또 웅장했다.

달이 떠 있는 것이 아니라 달과 함께 떠 있는 느낌, 그것은 염 님의 곁에 있을 때와 다른 느낌이었다.

그제야 기억이 났다.

"무결 님!"

"이제야 돌아갈 곳이 생각난 것이냐?"

"염 님."

"우리 멍청한 방울이. 이제 네가 있을 곳은 여기가 아니란다. 그 건 너도 알지 않니?"

"네, 압니다."

"그럼 어서 돌아가거라. 자꾸 이리로 오려 하지 말고."

"염 님……."

"천화로서의 임무를 다해야 하지 않겠니? 그래야 나도 안심할 테고."

조금만, 조금만 더 이야기를 나누어요.

꿈속의 염 님이 자꾸자꾸 멀어진다. 다른 걸 바라는 것도 아니고 그저 염 님의 곁에서 오래전의 향수를 느끼고 싶었던 것뿐인데.

령이 팔을 허우적거렸다.

"으음, 으음!"

꿈에서 현실 세계로 돌아오는 길은 팍팍했다.

령이 손을 내젓자 따뜻하고 커다란 손이 그녀를 붙잡았다. 이윽 고 뜨거운 온기가 몸을 뒤덮는다 싶더니 누군가 그녀를 꼭 끌어안는 것이 느껴졌다.

"악몽을 꾸었느냐?"

염 님과는 다른 사내의 목소리가 귓가에 울렸다. 다정하시면서 은애로우신 목소리에 령의 눈꺼풀이 파르르 떨렸다.

"어째 눈물까지 흘리고."

"아, 무결 님."

"언제 한번 맥(악몽을 먹는 요괴)을 불러야겠구나."

무결은 령의 얼굴을 다정하게 바라보며 이마에 송골송골 맺힌 땀을 닦아주었다.

"맥…… 이요?"

"그래. 네 악몽을 먹어치우고 네게 행운이 든 구슬을 가져다줄 것이야. 좀 편해질 거다."

무결은 령이 걱정이 된다는 듯 애가 타는 눈빛으로 그녀를 바라봤다.

"많이 힘든 것이냐?"

"아니, 괜찮습니다."

무결은 령의 맨 등을 살살 쓸어주었다. 그의 손이 닿은 것뿐인데도 무거운 몸이 가벼워졌고, 바람에 휩싸인 듯 청량감이 들었다.

'정말이지 바람 그 자체인 분이시다.'

손길 한번으로 요기를 건네주시고, 손바닥으로 몸속의 독기를 뽑아내 주실 정도의 힘은 정말 믿기 힘들 지경이었다.

'이렇게 대단하신 분이 내……. 나의…….'

령이 무언가에 홀린 것처럼 무결을 바라보자 그녀의 시선을 눈치챈 그가 웃으며 물었다.

"왜 그리 얼굴이 빨개지지? 무엇을 생각한 것이야?"

"그것이……."

령이 차마 말을 못하고 입을 오물거리자 무결이 그녀의 입술을 가볍게 훔쳤다.

"그것이?"

그의 입맞춤은 조개처럼 꼭 닫힌 령의 입술을 여는 힘이 있었다. 령이 홀린 것처럼 입을 열어 솔직한 대답을 뱉어냈다.

"무결 님은 참 대단하신 분이시구나, 생각이 들었어요."

"뜬금없구나."

그렇게 말하면서도 무결은 기쁜 내색을 감추지 않았다.

"문득 말이에요. 이렇게 대단하신 분이 나의……."

"나의?"

"입으로 말을 꺼내기도 민망스럽고 송구스럽습니다."

어떻게 말을 할까? 이리 대단하신 분이 나의 낭군님이시라고. 몸과 함께 마음까지 훔쳐 가신 반려라고.

령의 얼굴에 발갛게 물이 들자 무결의 얼굴에 미소가 피어났다.

"어디, 말해보거라. 난 그 뒤에 이어질 말이 무엇인지 듣고 싶구나."

"네?"

"어서."

"지, 짓궂으셔요."

짓궂다 하여도 무결은 물러설 생각이 없어 보였다.

그는 끝내 령의 말을 듣겠다며 버티고 앉아 그녀를 뚫어져라 바라보았다. 결국 그의 눈빛을 이기지 못한 령이 항복을 하고 말았다.

"이리 대단하신 분이 나의?"

"바, 반려."

령이 아주 조그만 목소리로 쑥스럽기만 한 그 단어를 읊조렸다. 그리고는 뒤에 덧붙였다.

"나, 낭군님이시지요."

사내가 기뻐할 만한 말이었다.

─아기 다람쥐야, 나의 방울아.

무결이 흐뭇하게 웃으며, 또 불끈 치솟은 연정을 참지 못해 령의 목을 자신에게로 잡아당겼다.

"앗!"

령은 순순히 무결에게로 끌려갔다. 무결은 망설이지 않고 령의 입술을 덮쳤다. 내내 그녀를 희롱하고 맛보아 지치게 만들었다는 생각에 그녀가 깨어날 때까지 기다리겠다고 다짐했지만 그것도 다 헛일이었다.

악몽에 시달리는 그녀를 멋대로 깨우고 말았다. 그랬으니 솟구쳐 오르는 끝이 없는 욕정만큼은 참아내겠다 다짐했다. 그런데 또 이렇게 참아내질 못한다.

어째서 참는 것이 가장 쉬운 사내가 령만큼은 참아내지를 못한다는 말인가.

"너는 내 자제력을 아주 쉽게 날려 버리는구나."

무결의 말에 령이 혼이 나는 것으로 착각하고 슬그머니 고개를 숙였다.

"죄, 죄송합니다."

"널 탓하는 것이 아니다. 그만큼 네가 대단하다는 것이지."

"네? 제가요?"

령이 고개를 번쩍 들자 무결이 앞을 보지 못하는 그녀의 턱을 잡아 자신이 있는 쪽으로 고정시켰다. 그녀를 바라보는 그의 눈빛은 자상했고, 또 사랑스러움이 담뿍 담겨 있었지만 정작 령 본인은 그 사실을 알지 못했다.

무결이 속삭였다.

"그 어떤 누구도 할 수 없는 일을 네가 하는 거다. 너만이 할 수 있지."

무결의 말이 꼭 수수께끼같이 아리송하다. 령은 동그란 눈을 깜빡거리며 알 수 없는 표정을 지었다.

"저만이…… 할 수 있다고요?"

령의 질문에 무결은 그녀의 머릿속으로 말을 불어넣었다.

─아아, 몰라도 된다.

몰라도 돼. 평생 나만 알아도 되는 일.

무결은 령을 붙잡아 그녀의 다디단 입술을 삼켰다. 보드라운 입술이 기다렸다는 듯 그의 입안으로 빨려 들어왔다. 그는 말캉말캉한 그것을 쪽쪽 빨다가 이로 잘근거렸다. 령의 입에서 한숨과도 같은 신음이 터져 나올 때면 무결은 뜨거운 혀를 움직여 그녀의 입술을 달랬다.

"하아……."

깃털처럼 감긴 령의 눈꺼풀이 파르르 떨렸다. 령은 무결에게 꼭 매달린 채로 그가 주는 생생한 감각을 오롯이 받아들였다.

문제는 순수하고 솔직한 령의 반응이었다. 그녀의 반응에 '입맞춤만 하리라. 절대 그대를 힘들게 하지 않겠어!' 라며 굳게 다짐한 무결의 마음이 흔들렸다.

그녀의 살 냄새에 한 번, 그녀가 주는 감각에 두 번, 결국 무결은 무너지고 말았다.

그의 혀가 욕심을 냈다. 혀를 뾰족하게 세워 그녀의 여린 뺨 안의 속살과 입천장을 훑었다. 그리고는 그녀의 혀를 단숨에 감아올려 한데 얽었다.

자그만 혀는 잘도 따라왔다. 촉촉하고 매끄러운 그것이 서툴러도 익숙하게 그를 따라 움직였다. 그를 옭아매고, 그에게 뒤엉키고, 그러면서 둘의 타액이 뒤섞였다.

무결이 령이요, 령이 무결이었다.

서로의 입술에서 흘러내린 끈적끈적한 타액은 꽃 속에 숨겨진 달콤한 꿀물 같았고, 탄력을 받아 서로에게 녹아내린 채 꿈틀대는 두 개의 혀는 마치 하나가 된 듯하였다.

끈적끈적하게 달라붙어 있던 입술이 떨어졌다. 그 찰나의 감각을 음미하듯 눈을 감고 있던 무결이 조용히 물었다.

"……배가 고프지 아니한가?"

몽롱해진 눈으로 끈질기게 령의 입술을 물던 그의 질문이 참으로 뜬금없었다.

잠시 떨어지는 것조차 아쉽다는 듯 그는 대답을 하기 위해 멀어지는 령을 따라 고개를 숙였다. 그녀의 입술에 내리 입맞춤을 퍼부으면서 그녀의 아랫입술이 사탕이라도 되는 것마냥 핥아댔다.

"허기는, 별로 느껴지지, 않습니……!"

"그렇다면 되었다."

령의 대답이 끝나기 무섭게 무결이 그녀의 입안에 혀를 밀어 넣었다. 그는 그녀의 혀를 어르고 달래 자신의 입으로 초대를 한 뒤 굴리고 빨았다.

무결이 령의 아랫입술을 진득하게 물었다.

"뭔가 먹고 싶다면 말하거라. 내 언제든 구해다 줄 터이니."

"그, 그렇다면 지금……."

"지금은 아니지."

"언제든 구해다 주신다면서요."

"배가 안 고프다지 않았느냐?"

사실 그랬다. 요기로 충만했고, 음기와 양기가 뒤섞였는데 어찌 배가 고플까.

인간이 아닌 마물이었다. 짙은 음기를 섭취하는 것만으로도 며칠은 음식 없이 버틸 수 있었다.

그 사실을 알고 있는 무결은 느긋하게 웃으며 령을 얼렀다.

"다시, 치료를 하자."

"치, 치료요?"

치료를 목적으로 한 사랑놀음이라는 것을 얼추 눈치챈 령의 눈가가 붉어졌다.

"이제 네가 날 치료할 차례지 않니?"

아아, 그랬다. 령은 자신이 무결에게 그의 몸에서 독기를 뽑아내 주겠다고 했던 말을 기억해 냈다. 그리고 자신이 스스로 함정을 파고 말았다는 생각을 했다.

"그렇습니다. 제가 무결 님을 치료해 드려야 하는데……."

"그럼 어서 하려무나."

무결은 령을 향해 팔을 벌렸다. 단단한 근육으로 뒤덮인 그의 몸이 령의 앞에 고스란히 드러났다. 그의 윤기 나는 머리칼도, 단정한 얼굴도, 탄력 있고 균형 잡힌 몸매도 다 령의 것이었다.

하지만 그 모습을 보지 못하는 령이었다. 그녀는 머뭇거리며 그에게로 손을 살짝 뻗었다. 령의 손은 무결의 몸에 닿지 못하고 바로 앞에서 멈췄다.

"제가 손을 대어도 되겠습니까?"

"다 네 것이지 않니?"

"두, 두렵습니다."

"무엇이?"

"이 순간이 꼭 꿈처럼 느껴져서요."

방금 전 꾼 꿈처럼, 염 님께서 사라져 버린 그날처럼.

"언젠가 헤어지게 되는 것은 아닐까, 무섭습니다."

"네가 염과 헤어졌을 때처럼 말이냐?"

"네. 잠을 자고 있다 어느 날 눈을 뜨면 또 다른 곳으로 가게 되는 것은 아닐까, 걱정이 됩니다."

"네가 천궁으로 온 날처럼 말이냐?"

"그렇습니다."

"아직도 염이 널 버렸다고 생각하는 것이야? 염을 원망하느냐?"

"아닙니다. 그런 게 아니어요."

"그럼?"

"한 번 이별을 경험했기에 그것이 두려워지는 것입니다. 온 마음을 다해 모셨던 염 님과 이별을 했던 것은 제 의지가 아니었어요. 이런 일들은 제 의지와 상관없이 벌어지고, 또 제 의견은 아무힘도 없으니까요."

"힘이 없다?"

"다…… 힘이 있으신 분들이 결정하시는 거니까요. 염 님, 그리고 무결 님."

령의 말에 뼈가 있었다. 힘없는 것들은 힘 있는 주군들에 의해 이리저리 휘둘리는 삶을 살 수밖에 없다고 말하는 작은 여인이 안타까워 무결은 말을 아꼈다.

"그래서?"

"그래서 마음을 주는 것이 힘들고 아픕니다."

몸이 떠나는 것은 쉽지만 마음이 떠나는 것은 어려우므로. 가벼운 바람처럼 그리 흘러간다면 좋을 것을 미련이라는 것이 자꾸 발목을 잡곤 하니까.

무결은 령이 하고픈 말이 무엇인지 알아챘다.

"꿈이 아니다."

무결이 령의 손을 잡아 자신의 가슴을 만지도록 하였다. 심장이 쿵쿵 뛰어대고 있었다. 살아 있다는 증거가 바로 이 앞에 있었다.

"널 버리지도 않을 것이다."

무결은 단호하게 대답했다.

"내가 만일 널 버린다면 이 심장을 꺼내가도 좋아."

"무결 님."

"이 순간이 지나도 변하는 것은 없다. 꿈보다 더 꿈같은 현실이 기다리고 있을 테니까."

"그 말씀은……."

"겁먹지 말라는 것이야. 내게 네 마음을 다오. 준다면 내 어떤 일이 있어도 널 떠나보내지 않겠다."

단호하고도 힘 있는 말에 령의 눈에 희망이 들어찼다.

"약조, 하시는 겁니까?"

믿어도 될까, 이 사내를?

마음 푹 놓고 모든 것을 내어주어도 우리 둘 사이에 이별은 없을 거라는 것을. 이것이 그저 달콤한 하룻밤의 꿈으로 끝나지 않을 것이라는 것을?

"약조로 안심한다면 내 얼마든 해주겠다. 하지만 나는 네가 더 걱정이구나."

"네?"

"여자의 마음은 갈대라지 않더냐?"

무결의 말에 령의 눈이 동그래졌다. 그것이 곧 농이라는 것을 깨달은 그녀는 반달처럼 부드러운 눈매로 웃으며 그에게 안겨들었다.

"여인은 한번 마음을 준 사내를 잊지 못한답니다."

"내게 마음을 준다는 말이더냐?"

무결의 질문에 령은 답 없이 배시시 웃어 보였다. 그가 한 약조를 한번 믿어보겠다는 말이었다.

"저도 아마 무결 님을 평생 잊지 못할 것 같아요."

이제 령은 사내를 품은 여인이 되었다. 소녀에서 여인으로 진정한 탈바꿈을 한 것이었다.

"앙큼하구나. 사내의 마음을 쥐고 흔들 줄 알아."

"칭찬이신가요?"

"칭찬이다마다."

어린아이에서 여인이 되는 것은 무척이나 자연스러운 수순이었

다. 누가 가르친다고 되는 것도 아니고, 강요한다고 이뤄지는 것
도 아니었다.

사내를 알고, 마음 주는 법을 배우고, 사랑을 하고, 사랑을 받고.

자연의 법칙대로 그렇게 령은 아이의 천진난만함을 벗었다.

"서툴러도 이해해 주시어요."

령은 긴 머리카락을 귀 뒤로 넘긴 뒤 조심스럽게 무결에게 다가
갔다. 그녀는 작고 고운 손으로 그의 매끄러운 살결을 쓰다듬다가
이내 몸에 난 흉터에 하나씩 입을 맞추기 시작했다.

"윽!"

무결의 입에서 참지 못한 신음이 흘러나왔다.

아아, 기뻐라.

령이 조금 더 욕심을 내 그의 가슴을 입에 머금었다. 여인의 것
보다 작고 단단한 열매는 그녀의 입안에서 데구루루 굴렀다. 령이
조그만 혀를 내밀어 그의 가슴 중앙을 쓸고 핥자 무결의 중심이
천천히 일어나기 시작하였다.

"짓궂구나."

"다 무결 님께 배운 것들인걸요."

령이 앙큼하게 웃으며 대답했다. 그녀의 얼굴이 천천히 미끄러
져 내려가기 시작했다. 가슴에서 복근, 그리고 아랫배의 또렷한
문신까지 혀로 맛본 그녀는 우뚝 솟아 장대해진 그의 장물을 바라
보았다.

"정말 치료가 맞나 봅니다."

령이 수줍은 얼굴로 말을 했다.

"갑자기 그렇게 생각하는 이유가 무엇이냐?"

"이것 보십시오. 무결 님의 몸에서 독기가 빠져나가고, 음기가 가득해지니 쓰러졌던 것이 다시 일어나질 않습니까?"

그녀의 말에 그의 양물이 더욱 꼿꼿이 자태를 뽐내었다. 금방이라도 터질 것처럼 단단해진 그것이 그녀를 향해 끄덕끄덕 움직이자 령이 자연스럽게 그것을 입에 머금었다.

"허억!"

무결의 입에서 저절로 신음이 새어 나왔다. 령이 이렇게나 도발적인 행동을 하리라고 생각해 본 적 없던 무결은 그녀의 적극적인 태도에 놀라 두 눈을 동그랗게 떴다.

그의 두 눈이 초록빛으로 살짝 물들었다 사라졌다. 그녀를 물릴 생각도 못하고 멍하니 앉아 있는데 령은 손으로 무결의 몸을 파악하며 움직였다.

"치료이옵니다. 절대 다른 생각하시지 마시어요."

언제 이렇게 요물이 되었던가?

여인의 변화는 놀랍기만 하다. 무결은 나직이 미소를 지으며 령에게 말을 하였다.

─강해지거라. 현명해지거라. 천궁의 안주인으로, 나의 반려로 그렇게 살아가자꾸나.

그것도 잠시, 무결의 얼굴에서 미소가 사라졌다. 그의 분신이 령의 자그맣고 예쁜 입술 사이로 사라진 순간, 그는 열망에 가득 찬 채로 헐떡거렸다.

第十章

　어디선가 바람이 불었다. 모든 것을 변화시키는 새로운 바람이었다.

　그 바람의 이름은 바로 령(鈴). 방울이라는 이름을 가진 다람쥐 요괴.

　무결은 그 령이 사실은 영민할 령(伶)이 될 수도 있고, 하늘, 구름의 신인 신령할 령(靈)이 될 수도 있다고 생각했다.

　'령이라는 이름 참 신묘하고 좋구나. 이를 다 염두에 두고 지은 것인가, 염?'

　옷깃만 스쳐도 인연이라 하였으니 령(領)을 옷깃 같은 인연에 비유하고도 싶고, 또 목소리가 아롱아롱 좋으니 옥소리 령(玲)이라 부르고도 싶다.

　그만큼 령은 다양한 얼굴을 지닌 여인이었다. 그런 령은 세상을 처음 알아가기에 두려울 것이 없었고, 궁금한 것이 많았다.

단둘밖에 없는 동굴, 그리고 정인에게 마음의 확신이 생긴 지금, 령은 본능에 몸을 맡겼다.

령은 꽃잎 같은 입술로 무결의 상징을 머금었다. 여인과 사내의 교합의 방법을 아는 것도 아니었고, 사내를 기쁘게 할 방도를 배운 것도 아니었음에도 령은 방법을 알고 있었다.

그래, 예전에 기방 아씨들이 령에게 일러주었었다.

"기방에 몸담고 있던 것이라 네 몸에도 이곳의 습관이 배어 있을 게다. 그건 힘들걸."

령이 그런 생각을 잠시 했을 무렵, 무결도 비슷한 생각을 하고 있었다.

"허나 불의 여우 권속 아래 있던 몸. 몸에 스민 불의 기운은 본능과도 같은 것이라, 분명 꽃이 핀다면 자네가 감당할 수 없을 정도로 화려하고 탐스럽게 필 것이네."

바로 염이 그에게 했던 말을 되새긴 것이다. 염이 했던 충고를 우습게 여긴 무결은 이 어리고 작은 소녀가 어떻게 불의 꽃을 피우겠냐며 대수롭지 않게 넘겼었다.

그런데 지금 령은 자신 안에 숨겨진 본능을 알아서 이끌어내며 불의 권속다운 모습을 뽐내고 있었다.

"흐윽!"

큰일이다, 무결은 생각했다. 그녀를 얕보는 것이 아니었다. 무지한 만큼 배움의 속도도 빠르고, 거부감 역시 없었다. 게다가 기본적으로 깔린 본능은 염의 권속답게 농염하고도 노골적이기까지 했다.

무결의 얼굴에서 미소가 사라지고, 정염이 그 자리를 메우는 것을 확인한 령은 더욱 도발적으로 변했다. 서툴게 그를 머금고 애를 태우던 그녀는 이내 방법을 터득했는지 그를 맛있게 먹어치우기 시작했다.

"려, 령아!"

참다못한 무결의 입에서 탄성이 터져 나왔다.

무뚝뚝한 사내였고, 자신을 다스릴 줄 아는 남자였다. 삼천여 년을 산 요괴답게 내색할 줄 모르는 이였고, 바람을 다스리는 수장답게 단단했다.

그런 그가 령의 손짓에 자신을 잃었고, 령의 입술에 속내를 드러냈다.

령은 강한 사내가 자신의 손아귀 아래서 흔들리는 모습을 보는 것이 즐거웠다. 그리고 그가 쓰고 있던 가면에 균열이 생기자 령은 더욱 대담해졌다.

그녀의 혀가 그의 분신을 휘감았다. 언젠가 염 님께서 몰래주시었던 막대사탕을 먹듯 혀로 쓸어 올렸다가 입에 머금었다. 동그만 사탕을 굴리듯 혀로 감쌌다가 쪽쪽 빨아올리니.

"으읏!"

사내의 입에서 참을 수 없는 신음이 터져 나왔다.

무결의 거친 손이 그녀의 머리카락을 붙잡았다. 타오르는 석양

의 빛을 그대로 담아온 것 같은 그녀의 붉은 머리카락이 그의 손
가락 사이사이로 엉켜들었다. 령은 그의 손에 이끌려 고개를 들었
다. 발그스름해진 그녀의 볼과 몽롱하게 뜬 눈이 더없이 유혹적이
었다.

"무결 님!"

령의 도톰한 입술은 타액과 애액으로 반들거리고 있었는데 붉
은 혀가 입술을 쓱 핥는 모습이 무척이나 색정적이었다. 천상의
아름다움, 그 자체로 거듭난 령을 앞에 둔 무결은 마음이 뻐근해
지는 것을 느끼며 그녀를 향해 손을 뻗었다.

"넌 정말이지……."

무결이 커다란 손으로 령의 뺨을 감쌌다.

"……나를 쥐고 흔드는구나."

여인의 치마폭에서 놀아나는 사내가 되고 싶지 않았거늘…….

무결은 령을 안아 올린 뒤 그대로 자신의 무릎 위에 앉게 만들
었다. 양다리를 벌리고 앉은 그녀의 뜨거운 속살이 무결을 단숨에
감싸왔다. 촉촉하고 은밀한 내부가 오로지 무결만을 열렬히 받아
들였다. 그녀에게 감싸이는 이 기분을 무어라 설명을 할 수 있을
까.

―하늘 위 구름을 걷는 기분이다. 그러하니 인간들은 남녀 간의
교합을 일러 운우지정(雲雨之情)이라 하였나 보다.

―아아, 무결 님!

―그대의 치마폭이라면 내 언제든 그 안에서 놀아나는 사내가 될
수 있을 것만 같구나.

무결은 단 한 번도 느껴보지 못한 절정에 몸을 부들부들 떨었

다. 이미 그의 품에 안겨 있는 령도 고통에 가까운 쾌감을 이기지 못해 흐느끼고 있었다. 버들가지처럼 낭창낭창한 몸을 끌어안으며, 무결은 령의 몸에 자신을 더욱 깊숙이 묻었다.

"잉태를 하거라."

"아아……."

정신이 이미 반쯤 나간 령은 무결의 단단한 어깨에 손톱을 박아넣으며 머리채를 흔들어대고 있었다. 무결은 그녀의 풍만한 가슴을 입에 머금으며 그녀를 한계의 한계까지 몰아세웠다.

"나의 아이를 낳거라."

"무결…… 무결 님!"

"나의 하나뿐인 령아."

령의 모든 것을 가지고 싶었다. 몸과 마음뿐만이 아닌, 그것을 뛰어넘는 무언가가 필요했다.

─무결 님이 좋아요! 너무너무 좋아요!

령의 생각이 넘쳐흘러 무결에게까지 전해졌다. 좋아한다는 마음을 참을 수 없어 하는 그녀를 알고 있었지만 무결은 더 욕심이 났다.

─그걸로는 부족해.

─무결 님!

아내로 옆에 두는 것보다도 더, 그녀의 영혼까지도 소유하고 싶은 마음은 파괴적이었다.

"윽!"

무결이 일순 몸을 경직시켰다. 령의 몸 안을 가득 채우던 그의 몸가락이 꿈틀거리며 이전보다 더욱 크게 부풀어오는 것을 느꼈다.

령이 두려움에 두 눈을 커다랗게 떴다.

"무, 무결 님……. 몸이 부서집니다. 몸이 부서질지도 몰라요."

그녀의 자궁까지 닿은 그의 분신이 욕심을 부렸다. 령은 가쁘게 숨을 몰아쉬며 무결의 어깨에 달라붙었다.

제발 어떻게 좀 해달라고.

아직도 꺼지지 않은 불씨를 어떻게든 터트려 달라고.

"령아, 령아……!"

무결이 마지막 몸부림을 쳤다. 숨이 막힐 때까지 그녀의 깊고 깊은 곳으로 내달렸다. 사랑한다는 말로도 표현할 수 없는 깊고 거대한 감정을 안은 채 멋모르는 가냘픈 여인을 짓이겼다.

자신의 욕심이라는 것쯤은 알고 있었다. 그 욕심에 서투르게나마 반응을 하고 따라오는 령이 어여뻐서 무결은 모든 것을 놓고 폭주했다. 그것이 그녀를 힘들게 할 것임을 알면서도.

"멈출 수가 없다. 멈추지 못해……."

"괜찮습니다. 저는 무결 님이시라면 뭐든…… 아!"

이렇게 귀여운 말만 해대는 어린 신부이니 어찌 부드럽게 안을 수가 있을까? 이성의 고삐를 단단히 쥐고 있어도 자꾸만 놓친다. 그러니 평소의 무결답지 않게 거칠게 그녀를 탐할 수밖에 없다.

무결은 령을 끌어안은 채로 하늘을 날았다. 령의 안에서 성이 난 제 분신을 풀어놓았던 그는 그녀와 함께 절정에 올랐다. 눈앞에서 형형색색의 아름다운 폭죽이 터지다가 이내 눈앞이 새하얗게 변해 버렸다.

까마득한 암흑으로 떨어지면서도 무결은 령의 안을 뜨거운 것으로 가득 채웠다. 며칠 동안 이어진 정사로 령의 몸에서는 무결의 냄새가 났고, 그녀의 눈빛에서는 무결의 성정이 묻어나왔고, 그녀의 자궁 안은 그의 씨앗들로 차고 넘쳤다.

그건 끝이되 끝이 아니었다.

또 다른 시작이었다.

단 한 번도 느껴본 적 없던 만족감이 그득하게 차올랐다. 쾌감보다도 더 깊고 충만한 감정은 분명 령만이 그에게 선사할 수 있는 것이었다.

'이렇게까지 네게 빠질 줄은 몰랐어.'

처음에는 짐처럼 느껴졌고, 다음에는 호기심이 생겼다. 의무감 때문에 안긴 했어도 그때 느낀 쾌감은 잊기 힘들었고, 다음에 짐처럼 느껴졌던 천화가 호기심을 일깨웠던 소녀와 동일 인물임을 알고 심장이 뛰었다.

'널 마음에 담았던 건 분명 맑은 눈빛과 청아한 목소리 때문이다.'

달이 떴던 밤, 그녀와 둘이 횟대에 앉아 있던 것을 잊을 수가 없었다. 그날의 분위기, 느낌, 바람의 냄새, 마시던 술의 목 넘김, 소녀의 머리카락에서 전해지던 연한 향기, 마주치던 눈빛과 긴장감. 그 모든 것이 생생하게 무결의 안에서 살아 숨 쉬고 있었다.

마음이 누군가에게 가는 것은 정말 찰나의 일이었다. 그리고 은애의 감정이 생기는 것 역시 이유를 꼽을 수가 없었다. 자연스러운 일이었고, 두 요괴가 만나 피어나는 화학적인 반응이었다.

그리고 그다음 그녀를 만났을 때 그녀의 아름다움은 더욱 빛을 발하고 있었다. 그 모습을 본 순간 무결은 자신이 천화에게 모든 것을 주게 될 것이라는 운명에 굴복할 수밖에 없었다.

그때를 떠올린 무결의 분신이 다시 건장하게 일어섰다.

"아직이다. 아직이야."

단둘뿐인 공간, 직위 따위는 소용없는 곳, 다른 이들과 완벽하게 분리된 낙원.

그곳에서 무결은 무결이 아닌 하나의 사내일 뿐이었고, 령은 령이 아닌 그저 여인일 뿐이었다.

서로를 탐하는 그 동작으로 어느새 독기가 모두 빠져나가고, 둘은 기력을 되찾았다. 음과 양이 알맞게 조화를 하니 사내와 여인의 얼굴에 생기가 넘쳤음이라.

"하, 하늘이 개었습니다."

동굴 밖에서 환한 빛이 쏟아져 들어왔다. 귓가를 어지럽히던 소낙비도 그쳤고, 동굴을 가득 채우던 습기도 다 빠져나갔다. 그런데도 무결은 령을 놓아줄 생각이 없었다.

"무, 무결 님."

령은 바닥에 누운 채로 동굴 입구를 바라보며 자신의 몸을 누비고 다니는 무결을 나직이 불렀다.

"무결 님?"

"으음."

"치료가 끝이 난 것 같아요. 아니 그런가요?"

"……난 잘 모르겠구나."

"몸이 날것처럼 가벼워졌어요. 아아, 언제 그랬냐는 듯 앞이 보입니다."

령이 눈을 몇 번이고 깜빡거리며 무결을 바라보았다. 어둠만 가득했던 시야에 환한 빛이 쏟아지더니 곧 세상이 보였다. 가장 먼저 눈을 가득 채운 것은 단정한 무결의 얼굴이었다.

내 님, 고운 내 님!

그의 수려한 외모가 시야에 들어왔다. 까만 밤하늘처럼 새까만 머리카락과 달빛을 머금은 것 같은 피부, 은하수가 가득 들어찬 눈동자, 우뚝한 코와 고집스러운 입매.

령은 자신이 손끝으로 훑었던 그의 얼굴 하나하나를 두 눈에 담았다.

그와 치료를 하는 내내 얼마나 그의 얼굴이 보고 싶었던지.

'손으로 만져 머릿속에 그린 얼굴보다도 훨씬 잘나셨다.'

무채색 감정으로 일관했던 기억 속의 그와는 무척 달랐다. 그의 두 눈을 보았다. 두 눈동자에 령, 자신이 오롯이 떠올라 있었다. 눈이 마주친 것만으로는 그가 어떤 생각을 하는지 모두 알 수는 없었지만 영민하지 못한 령도 한 가지 사실은 알 수 있었다.

그가 예전과 다르게 변했다는 것. 그리고 령을 생각하는 태도가 달라졌다는 점.

'말로만 하신 것이 아니구나. 나를 안기 위해 거짓부렁을 하신 것은 아니었어.'

저절로 안심이 되었다. 그도 그럴 것이 언젠가 들개 출신의 기녀 하나가 했던 말이 자꾸 령의 가슴에 넘기지 못한 생선 가시처럼 박혀 있었기 때문이었다.

"사내들은 종종 거짓부렁을 한단다. 그러니 너는 몸의 눈이 아닌 마음의 눈으로 사내를 볼 줄 알아야 해."

"거짓부렁이요?"

"널 은애한다, 최고로 아름답구나, 너밖에 보이지 않는다. 대놓고 사탕발림하는 사내들의 경우는 대개…… 여인의 몸만 탐하고 싶어하는 경우가 많지. 몸을 내어주고, 마음도 내어주고 난 뒤에 남은 것은 사내의 배신뿐이란다."

그렇게 조언을 해준 들개 기녀는 머리카락도 싹둑 잘려 보기 흉하였고, 약지 하나도 없었으며, 한쪽 눈도 보이지 않았다. 나중에 다른 기녀들에게 들은 말인데 그녀는 '아낌없이 주는 나무'라고 하였다. 마음을 준 사내에게 자신의 모든 것을 다 주어 이제는 나무 밑동밖에 없는 여인.

령은 무결에게 안기며 잠시 그녀 생각을 하였다. 아마 무결 님이라면 령 본인도 '아낌없이 주는 나무'가 되고 말 것이라는, 모든 걸 주어도 아깝지 않겠다는 마음이 들었다. 그랬기에 예전에는 어리석다 생각했던 들개 기녀의 마음이 조금 이해가 되었다.

"내가 보이는구나."

무결의 말에 령이 정신을 차리고 그를 올려다보았다.

치료가 정말 맞긴 한 모양이었다. 온몸을 마비시킬 정도로 강한 독이 단 며칠 만에 싹 빠져나간 것을 보면 말이다. 허나 이제는 이것이 치료인지, 치료가 아닌지 그 목적을 알 수가 없어졌다.

무결의 두 눈을 마주 본 순간, 령은 가슴이 쿵 내려앉고 뱃속이 묵직해지는 것을 느꼈다. 여인을 탐하는 사내의 눈빛은 강렬했고, 어두웠으며, 약간은 무서웠다. 게다가 령은 자신의 몸 안에서 점점 크기를 키우는 그의 분신을 느끼고 있었다. 무결의 손이 얼마나 끈적끈적하게 움직이는지도 알고 있었다.

그는 령을 깨우고 있었다. 절정에 올라 가라앉으려는 그녀의 감각을 다시 끌어 올리려 했다. 몸의 온도가 다시 상승하기 시작하였다.

눈을 떴음에도 몸의 예민한 감각만큼은 그대로라는 사실에 령은 다시 앞이 보이지 않았으면 좋겠다고 생각할 정도였다. 앞으로 어떤 일이 닥칠 것인지 충분히 예상할 수 있었기 때문이었다.

아니 되는데, 정말…… 이 이상은 아니 되는데.

"무, 무결 님."

할 수 있는 것이라고는 그저 고운 님의 이름을 부르는 것뿐.

몸이 부서질 것만 같았다. 이 정도면 충분하지 않은가 싶기도 했다. 이제 그만 그를 밀어내고 싶었다. 하지만 그와 동시에 어린 아이처럼 무작정 매달리는 그의 행동이 기뻤다. 이 얼마나 이율배반적인 생각인가? 놓아주었으면 하면서도 놓지 않았으면 하는 마음이라니.

이대로 놔두었다가는 언제 끝날지 모르는 정사가 시작되고 말 것이다. 그랬기에 령이 다급하게 그의 어깨를 붙잡았다.

"배, 배가 고프옵니다."

"나도 고프구나."

"그럼 뭔가 먹을거리라도……."

"나는 네가 고프다. 내 허기부터 채운 뒤에 생각하도록 하자."

"네에?"

지금이 벌써 며칠째인지도 모릅니다. 음식도 먹지 않고 내내 서로만 부둥켜안고 있지 않았던가요? 그런데도 모자라시다고요?

령이 동그란 눈으로 무결을 바라보자 그는 그녀의 오뚝 솟은 가슴 끝을 살살 달래며 빨아댔다.

"워, 원래 남녀 간의 교합이라는 것이 이리 오래 하는 것이랍니까?"

남녀 간의 교합이라고는 무결과 치른 초야와 지금이 전부인 령으로서는 어떤 것이 정상적인 것이고, 어떻게 해야 되는 것인지, 그런 사소한 상식도 모르고 있었다.

무결은 령의 질문에 가만히 그녀를 내려다보고 있다가 장난기 가득한 얼굴로 씩 웃으며 능청스럽게 대답하였다.

"그렇단다."

"그렇지만……. 염 님의 기방에서 뵌 아씨들은 하룻밤 만에 끝이 나던걸요?"

"기녀들만 그러한 것이야. 기녀를 데리고 몇 날 며칠을 있으면 화대를 얼마나 많이 내야 되겠니?"

"아, 그렇군요."

"은애하는 마음을 가진 반려들끼리는 이렇게 몇 날 며칠 초야를 치른단다. 얼마나 오래 함께 있는가로 서로의 마음을 확인할 수가 있지."

무결은 뻔뻔하게 령을 속여 넘겼다. 사내의 욕심이라며 비난을 해도 어쩔 수가 없는 일이었다. 그도 그럴 것이 저렇게 깜찍하게 속아 넘어가는 반려라니……. 순진하면 순진할수록 귀여워 더욱 놀리고 싶은 것이 사내의 마음이었다.

"그럼 무결 님은 절 아주 많이 은애하신다고 고백하신 것과 다름이 없네요?"

"내 마음을 알려주려면 아직 멀었어."

"아, 아직도요?"

"처음에는 치료를 한 것이지 않니? 이제 몸이 나았으니 제대로 고백을 해야지. 너도 나의 진심이 어떤 것인지 확실히 알고 싶지 않니?"

"들은 걸로 할 테니 이제 그만 돌아가면 안 될까요?"

령이 파리해진 얼굴을 하고 눈을 데굴데굴 굴렸다. 젖꼭지며 여인의 은밀한 부분이 쓰렸고, 울퉁불퉁한 바닥에 쓸린 등이 아프기도 하였다. 하지만 그보다 큰일인 것은 천궁의 사정이었다.

"그렇게 천궁으로 돌아가고 싶은 게야?"

"그게 아니라…… 혼례날이라고 모든 분이 와 계신데 하염없이 이러고 있으면 안 되겠다 싶어서요."

"아아."

─빌어먹을 혼례!

무결이 살짝 눈을 찌푸렸다. 허례허식 따위는 던져 버리고 령과 단둘이 성스러운 혼례를 치른다면 얼마나 좋을까.

령의 말에 무결의 얼굴에서 사내의 표정이 반쯤 지워졌다. 그것을 확인한 령은 좀 더 용기를 내어 무결을 살살 어르고 달래었다. 아무리 자신을 이토록 원한다 할지라도 몸이 정상으로 돌아온 이상은 천궁으로 돌아가야만 했다. 그게 순서였다.

"무결 님은 천궁의 수장 아니세요. 모두의 기대를 등에 짊어지고 계시니 이제 그만 돌아가셔야 해요."

"……그렇지."

"사내로서 저에게 큰 기쁨을 주셨으니 이젠 다른 이들을 돌아보셔도 된답니다."

령이 수줍은 얼굴로 그에게 말을 하자 무결이 수장의 얼굴을 한 채로 그녀를 바라보았다.

—어느새 이렇게 컸는가.

령을 바라보는 무결의 얼굴에 흐뭇한 미소가 떠올랐다. 기꺼이 잘 커준 딸을 지켜보는 부모의 미소와도 같은 것이었다.

"네 말이 맞다, 령."

지금까지 지켜온 책임감, 그것을 회피하려 들면 안 되는 일이다. 어찌 되었든 무결은 천궁의 지배자, 그리고 다른 모든 이들이 그가 정실을 맞이하는 의식을 지켜보겠다고 와 있는 상황이었다.

"내 고백은 진정한 초야 때 하리다."

"네?"

고백이라는 말과 초야라는 말에 령의 얼굴이 사색이 되었다.

벌써 초야만 몇 번을 치른 거야?

게다가 고백이라고 말씀하심은…….

'몇 날 며칠 동안 방에 틀어박혀 사랑을 속삭이자!'

그 뜻이 아니던가.

이미 무결에게 길들여진 몸이 기대에 차 저릿저릿해졌다. 진정한 초야의 날에 그에게 안긴다면 령은 분명 무결에게 온전히 길들여지리라. 그의 손길 아래서 쾌감을 깨닫고, 느끼는 법을 터득하여 마지막에는 꽃이 만개하리라.

령은 붉어진 얼굴을 숨기며 이미 마른 옷가지를 입기 시작했다. 온몸에 빼곡하게 새겨진 울긋불긋한 그의 흔적들을 숨기는 령의 다리가 후들후들 떨리고 있었다.

"아……!"

버티지 못한 령이 휘청거렸다. 그러자 벌써 옷차림을 단정히 한 무결이 그녀를 부축하고 나섰다.

흐트러진 앞섶과 드러난 매끈한 다리를 한 령은 한 치의 흐트러짐도 없는 무결의 모습에 살짝 서운해지고 말았다. 아무 일도 없었던 것 같은 멀쩡한 얼굴에 괜히 호흡이 가빠지는 자신이 원망스럽기도 했다.

"내가 너무 오래 널 괴롭혔구나. 사내의 욕심만 네게 강요하였어. 사내를 알게 된 지 얼마 되지 않은 너에게."

"아닙니다."

"아니긴 뭐가."

무결이 령을 잡아 품에 끌어안았다. 그의 품은 다정했고, 또 따뜻했다. 숨이 막힐 정도로 꽉 끌어안아 줄 때면 이 세상에 그의 연인은 단 하나뿐이라고 말해주는 것만 같아 모든 것을 가진 기분이 되었다.

너무 민감하게 생각을 하는 것 같아.

령은 그의 품에 기대 사르르 눈을 감았다.

"날개도 말랐고, 몸도 멀쩡해졌구나. 이 상태라면 단번에 천궁까지 날아오를 수 있겠다."

그렇게 말한 무결이 손을 들어 동굴 입구를 가로막고 있는 결계를 걷었다. 난기류를 생성해 동굴 자체를 지키고 있던 결계는 그의 손짓 하나에 사방으로 흩어졌다.

무결은 령을 안아 들고 밖으로 나왔다.

"날씨가 좋구나."

드넓게 펼쳐진 푸른 하늘은 무결의 세상이었다.

"떨어지지 않게 꼭 잡거라."

령은 무결의 목덜미를 강하게 끌어안았다. 그 순간 무결이 땅을 박차고 하늘로 날아올랐다. 그의 단단한 두 팔이 날개가 되고, 펄럭이는 장포가 깃털이 되었다. 땅을 박찬 두 다리는 날카로운 발톱이 있는 맹금류의 다리가 되었고, 이윽고 그는 하늘에 녹아들 듯 날아올랐다.

커다란 날갯짓에 하늘마저 펄럭이는 것 같았다.

'대단하신 무결 님.'

그의 압도적인 모습과 절대적인 권위에 령은 그의 목을 꼭 붙든 채 몸을 가늘게 떨었다.

'내가 진정 이런 분의 곁에 있어도 되는 걸까?'

령은 자신의 능력으로는 절대 볼 수 없는 또 다른 풍경을 둘러보며 세상을 가진 것 같다는 착각에 빠졌다.

'무결 님께서는 언제나 이런 풍경을 보고 계시는구나.'

마음속 깊은 곳에서 경외심과 함께 질투가 솟아났다.

'차라리 날다람쥐였다면 얼마나 좋을까?'

조금이나마 날 수 있는 능력이 있었더라면 무결의 곁에 더욱 가까이 갈 수 있지 않았을까, 하는 아쉬움에 령은 입맛을 다셨다.

'공부하자. 배울 것이 너무 많아.'

무결에게 모자란 반려가 되지 않도록.

그에게 폐를 끼치지 않도록.

령은 다짐을 하며 다시 발밑의 세상을 둘러보았다. 새로운 시작이 눈앞에 펼쳐져 있었다.

꧁

"무결 님이십니다!"

"무결 님이 돌아오십니다! 천화와 함께십니다!"

높다란 횃대에 올라 이제나저제나 무결이 돌아오기만을 바라고 있던 탐색대가 소식을 알렸다. 그 소식에 목목이 버선발로 달려나와 천궁에 착지하는 무결을 맞이했다.

"무결 님! 천화 님!"

땅에 발을 내딛자마자 인간의 형상으로 되돌아온 무결이 득달같이 곁으로 달려오는 목목을 무심하게 바라보았다.

"아, 목목."

"아, 목목이라니요? 여기서 얼마나 다들 걱정했는지 아십니까? 연락이라도 주셨어야지요. 탐색대를 풀어 두 분을 찾고 있었는데 어디로 가신 건지 흔적조차 남지 않아서 얼마나 마음을 졸였다구요."

"아아."

"아아, 라고 하실 때가 아닙니다!"

잔소리쟁이 목목의 말을 듣는 것만으로도 두 요괴는 천궁에 무사히 도착했다는 것을 실감할 수 있었다. 무결은 령을 품에 안은 채로 고개를 절레절레 저었다.

"몸은 괜찮으신 겁니까? 어디 다치신 곳은 없고요? 천화 님, 아기씨께서는 왜 안겨 계신 겁니까? 아기씨 몸이 어디라도 안 좋으신 것은……."

"목목."

"예. 예, 주인님. 뭘 대령할까요? 아, 의원! 의원을 대기시켜 놓았습니다."

호들갑을 떠는 목목은 고작 며칠 사이에 반백 살은 더 먹은 듯 폭삭 야위어 있었다. 그 모습을 지켜본 무결은 령과 묘한 눈빛을 주고받고는 그녀를 안은 채로 움직였다.

"우리 때문에 혼례가 엉망이 되었겠군."

"혼례가 문제입니까, 지금?"

"손님들은?"

"두 분께서 무사하신지를 확인하시겠다며 남아들 계십니다."

"그럼 손님들께 사과의 인사로 양과자 교극력(巧克力 : 초콜릿)을 보내 드리도록 하지."

"그, 그것을 모든 분들께요?"

목목이 안절부절못하며 무결의 뒤를 따랐지만 무결은 별다른 대답을 하지 않았다.

"무결 님, 어디로 가시는 건지 여쭤봐도 되겠습니까?"

"내 방으로 갈 것이야."

"그럼 아기씨는 내려주시고……."

목목의 말에 무결이 자리에 우뚝 멈춰 섰다. 천궁으로 돌아왔을 때부터 무결의 눈빛은 평소보다 훨씬 날카로워져 있었다. 이번 일을 계기로 자신과 천화를 노리는 이가 있다는 것을 확인했기 때문이었다.

'이건 경고다.'

얼마나 노렸는지는 모른다. 하지만 지금, 무결이 천화와 혼례를 올리려는 지금이 때라고 생각한 누군가는 슬슬 움직일 생각을 하는 듯했다.

'이번에는 경고지만 다음은 경고로 끝나지 않을 것이야. 자객에 익숙해진 나는 괜찮지만 령은…….'

무결은 품속의 령을 물끄러미 바라보며 말했다.

"내 방으로 함께 갈 것이다."

"네, 네에?"

"무슨 문제라도 있나?"

"그, 그거야……."

문제라면 아주 많지요.

목목의 눈이 그리 말하고 있었다. 아니, 평소와 다르게 자제심을 잃은 주군을 낯선 눈빛으로 바라보고 있었다.

"아직 혼례도 안 치르셨고……."

"치를 예정이지 않느냐?"

"하지만 식 자체는……."

"혼례일은 이미 지났고."

"그도 그렇지만……."

"걱정 말거라. 우리 둘만의 혼례를 치렀으니."

"네?"

"식이 걱정된다면 그 또한 걱정하지 말라. 내일 당장 혼례를 치르도록 할 터이니."

대체 며칠 동안 무슨 일이 있었던 건가?

목목은 며칠 사이에 변해 버린 주군의 모습에 혼란스럽다는 듯 떨리는 눈으로 무결과 령을 번갈아 보았다. 무결만 이상한 것이 아니었다. 령 역시 묘하게 어른스러운 것이 여인의 교태가 담뿍 묻어났다. 또한 어릴 적 천방지축이었던 모습은 눈을 씻고 보아도 보이지가 않았다.

"그, 그렇다면 당장 혼례 준비를 하겠습니다."

묵묵이 고개를 숙인 채 자리를 지키고 있었다. 무결이 못마땅하다는 듯 묵묵을 바라보자 령이 그의 옷자락을 잡아당기며 고개를 저었다.

"내려주세요."

"들어줄 수 없다. 그대는 지금 몸이 안 좋질 않아?"

"방까지는 걸어갈 수 있어요."

"들어줄 수 없어."

"남들이 봅니다. 주군으로서 체면이 있으시잖아요."

령이 작게 속삭이자 무결은 영 못마땅하다는 듯 주변을 둘러봤다. 사방에 가신(家臣)들이 쫙 깔려 있었고, 그들은 고개를 숙인 채로 무결의 행동 하나하나에 촉각을 곤두세우고 있었다.

결국 령이 하라는 대로 할 수밖에 없는 것이다. 무결은 한숨을 푹 내쉬며 품 안에서 다소곳이 미소 짓고 있는 령을 원망스럽다는 듯 바라봤다.

이럴 때 그냥 마냥 좋다는 얼굴로 꼭 안겨 있으면 좀 좋아?

"갑자기 철이 너무 들었어."

"소녀에서 여인이 되었기 때문이지요."

"막무가내였던 령이 그리운 건 왜일까?"

"어쩔 수가 없어요. 절 여인으로 만드신 건 무결 님이신걸요."

불만스러운 말투와 달리 무결의 얼굴은 그 어느 때보다도 화사했다. 어디로 튈지 모르는 어린아이 같던 령도 귀엽고 신선했지만 현명하게 구는 여인 령은 또 다른 매력이 있었다.

'천의 얼굴을 가진 여인이야, 령은.'

령의 나긋나긋한 목소리에 무결이 하는 수 없이 그녀를 땅에 내려놓았다. 그러는 와중에도 혹여 그녀가 넘어지진 않을까, 쓰러지진 않을까 노심초사하는 것이 얼굴에 드러났다.

"방에는 혼자 가셔요."

"왜지?"

"이곳의 법도대로 혼례를 치른 뒤에 합치는 것이 맞아요. 저는 혼례까지 천화궁에 머물게요."

여인이 된 령은 이제 무결의 주인이나 마찬가지였다. 그녀가 하는 말을 거스를 수가 없어졌기에 무결은 불만스러운 얼굴로 그녀를 바라봤다.

"억울하지 뭐야. 이젠 그대가 무슨 말을 하건 내가 거역할 수가 없잖아?"

"너무 노여워 마세요. 오늘만 참으면 내일부터는 내내 함께인 걸요."

령이 싱긋 웃자 무결은 온순한 양이 된 것처럼 고개를 끄덕였다. 그 모습에 놀란 목목이 고개만 불쑥 들어 올린 채로 두 눈을 동그랗게 떴다. 그건 다른 가신들도 마찬가지였다.

'우리 주군께서! 단 한 번도 이런 모습을 보여주지 않으셨던 주군께서…… 천화에게 길들여지셨다!'

목목의 황금빛 눈동자가 형형하게 빛나는 모습을 흘깃 본 령은 싱긋 웃어주고는 무결에게 꾸벅 인사를 하였다.

―금방 널 데리고 오마.

동굴에서 하였던 것처럼 무결은 령에게 마음으로 의사를 전했다. 무사히 그 뜻을 받은 령이 생긋 웃었다.

―저도 무결 님 곁에서 지낼 날이 기다려집니다.

―난 기다리는 것조차 힘들구나.

령은 입구에서 불안한 눈으로 서성거리고 있던 율과 함께 도도한 자세로 궁을 빠져나갔다.

목목은 여전히 이 광경이 믿기지 않는다는 듯 입을 쩍 벌리고 무결을 바라보았다. 무결은 령이 떠난 자리를 하염없이 바라보고 있었다.

"대체…… 무슨 일이 있으셨던 겁니까?"

"무슨 말인가?"

"두 분의 관계가 예전과 다르게 퍽……."

"퍽 다정한가?"

무결이 씩 웃으며 대답하자 목목이 눈살을 찌푸렸다.

아, 염장질.

목목은 노총각의 본능으로 두 남녀가 서로의 마음을 확인했다는 것을 깨달았다.

그래도 그렇지, 이건 너무 급전개 아닌가?

허나 남녀 간의 일이 그런 것이지. 빠르다가도 느리고, 느리다가도 갑작스러운.

목목이 고개를 주억거리며 무결의 뒤를 따르다 우뚝 선 주군의 걸음에 맞춰 자리에 섰다.

"참, 목목."

"네, 말씀하시지요."

"내가 지금까지 잊고 있었는데 말이지······."

그렇게 말하는 무결의 눈빛은 방금 전 령을 대할 때와 사뭇 달랐다. 한 치의 자비도 없는 냉랭한 눈빛에 목목은 궁에 피바람이 불 것임을 직감했다.

"······령이 절벽에서 떨어진 때를 기억하느냐?"

"네. 발을 헛디디시는 바람에······."

"발을 헛디딘 게 아니다. 예전에 한 번 헛디뎌 벼랑에서 떨어진 적이 있는 천화다. 그런 그녀가 다시 그런 실수를 반복한다는 건 말이 안 돼."

"네?"

"누군가 천화를 밀었다."

"서, 설마 그럴 리가요."

무결은 날카로운 눈빛으로 목목을 찬찬히 살폈다. 자신 이외의 다른 이들은 그 일에 대해 까맣게 모르는 것만 같았다. 게다가 당사자인 령은······.

"제 실수입니다. 그 누구도 추궁하지 마세요."

착해빠진 말을 하였다. 물론 어여쁘기도 하고, 기특하기도 하였지만 무결까지 속일 수는 없었다.

그가 천궁의 수장인 이유는 신에게 대적할 만한 힘을 가지고 있기 때문만은 아니었다. 오래 살았기 때문만도 아니었다. 누구보다 사리분별이 빨랐고, 천궁에 있는 일이라면 주변의 일은 마음만 먹으면 모두 알 수 있었기 때문이었다.

령이 어디 있는지 찾기 위해 사용한 천리안.

그의 눈에 보인 것은 운이었다. 곱디고운 여인, 고상하고도 기품이 넘치는 여인이 악을 품고 령을 밀었다. 무결은 다른 것도 아닌 그 장면만큼은 똑똑히 봤고, 확실히 기억했다.

"대체 왜……."

"왜일 것 같은가?"

"운 님이 그러실 리가 없지 않습니까?"

"내실에서 운을 모시는 시종 아이가 보고했다질 않느냐? 천화를 안주인으로 맞이하겠다는 내 말을 듣고 돌변하여 내실을 난장판으로 만들었다지?"

"허나…… 장로의 딸입니다. 무엇이 그리 부족해서……. 기다리고만 있다면 정실은 아니더라도 측실 정도는……."

"내 부인은 오직 천화 한 명뿐이다."

"주인님!"

"운은 그걸 알았기에 그 난리를 친 것이겠지."

무결을 향한 마음과 내실의 안주인이 되고픈 욕심이 그녀를 사지로 몰았다. 충분히 이해가 되는 바이나 그것이 면죄부가 되는 것은 아니었다. 령이 아무리 운을 이해해 주겠다 하여도 무결은 운을 너그러이 용서해 줄 생각이 없었다.

천화를 위험에 빠트리고, 나아가 자신까지 위험하게 만들었으니 그 죄는 달게 받아야 할 것이다.

"내실을 비우라 이르거라."

"네?"

"다시 말 안 한다. 내실을 비우고, 천화의 물건들을 그곳에 가져다 두거라. 율이라고 했던가? 령의 시종 아이에게 명하거라. 내 혼례가 끝난 뒤에는 내실에서 천화와 함께 머물 것이니."

"하, 하오나…… 그곳의 주인은 지금 운 님이십니다. 그건 무결 님께서 애초에 승인하신 일이 아니십니까? 이제 와서 이러시면 장로들이 가만있지 않을 겁니다."

"그건 내 잘못이다. 인정하도록 하지."

"주인님."

"애초에 내 일을 너무 안이하게 장로들에게 맡겼어. 난 단 한 번도 천궁의 일 이외의 것들은 내 의지로 결정하려고 한 적이 없었지. 이런 일이 벌어질 줄도 모르고……."

"일단 진정하시고 시간을 갖고 생각해 보심이……."

"생각한다고 바뀔 일이 아니야. 내 스스로 반성하겠다 이르거라."

"네에? 반성이라니요. 당치도 않습니다. 무결 님은 곧 법이요, 천궁인데 어찌하여 그런 말씀을……."

"내 잘못을 인정하지. 더불어서 내가 했던 말도 번복하겠다. 아마 처음 있는 일이 되겠구나. 장로들이 받아들이지 않는다면 그들에게 법도에 대해 자세히 이르거라. 법도가 무어라 했지? 천궁의 안주인이 머무는 곳이 내실이라 하지 않았더냐? 나는 곧 천화를 천궁의 안해로 맞이할 것이다. 그런데도 운이 내실에 머물고 있다는 것은 모양새가 우스워지지 않겠느냐?"

무결은 담담하게 말하고 있었지만 목목은 그 안에서 미약한 살기를 느낄 수 있었다.

단 한 번도 소소한 일에 관심을 두지 않았던 주군이었다. 아녀

자들의 일 따위는 가신들에게 맡겨 버리고 이래도 그만, 저래도 그만이었던 분. 그분의 관심사는 오로지 천궁의 안위와 식솔들의 안전이었다.

그런 분께서……!

무결이 진심이라는 것을 깨달은 목목은 더 이상의 실랑이는 불필요하다 생각하고 순순히 고개를 조아렸다.

"그럼 운 아가씨는 어디로 모실까요?"

"본가(本家)로 돌아가 있으라 전하라. 내 명이 있을 때까지는 본가에서 한 발자국도 나서서는 안 될 것이야."

무결은 자비 없는 눈빛으로 말을 이었다.

"난 내 것을 해한 자는 용서치 않는다."

그 시각. 운은 하얗게 질린 얼굴로 내실에 오도카니 앉아 있었다. 천화를 따라 무결이 사라진 이후로 그녀는 음식도 제대로 넘기지 못하고, 그리 좋아하던 자수도 내팽개친 채로 그저 앉아만 있었다.

"운 님, 이렇게 내실에만 계시면 몸 상하십니다."

시종 아이가 걱정이 된다는 듯 운에게 미음을 가져다 바쳤지만 운은 미동도 하지 않았다. 애초에 시종 아이가 하는 이야기가 제대로 들리지 않았다.

'어쩌지? 어쩌면 좋지?'

운은 아랫입술이 터질 때까지 잘근거리다가 이내 곱게 다듬어진 손톱을 이 사이에 끼워 넣었다. 그리고는 손톱이 엉망진창으로 잘려 살갗을 드러낼 때까지 물어뜯었다.

그렇게 있기를 며칠. 오늘에야 무결과 천화의 소식을 전해 듣게 되었다. 무결과 천화가 천궁으로 귀환했다는 소식이었다.

"저, 정말이더냐?"

시종 아이가 준 정보에 꼼짝도 하지 않던 운이 자리에서 벌떡 일어났다. 갑작스러운 움직임에 현기증이 나 몸을 비틀거린 그녀는 벽을 짚은 채 시종 아이를 바라봤다. 겁에 질린 두 눈이 불안정하게 떨리고 있었다.

"네, 천화 님을 안고 오셨답니다. 몸이 쇠약해지신 것 같긴 했지만 그래도 두 분 다 건강하시답니다."

"그, 그래?"

안부를 듣는 운의 얼굴이 보다 하얗게 질렸다.

령을 절벽으로 밀어버린 뒤, 운은 몇 번이나 후회를 했는지 모른다. 하지만 마음이라는 게 참 간사했다. 죄책감을 느끼면서도 한편으로는 무결이 영영 령을 찾지 못하기를 바랐다. 령만 없어지면 모든 것이 수월하게 진행될 것은 뻔한 일이었기 때문이었다.

그런데 그 요망한 계집이 돌아왔다!

아니지, 천화께서 무사히 살아 돌아오셨다!

망할 것! 콱 죽어버리지.

아아, 살아 계시니 이 얼마나 다행인가.

마음속에서는 선과 악이 시시각각 싸워댔다. 운은 시끄러운 속을 보듬고자 눈을 감았다. 머리가 돌아버릴 것만 같았고, 그래서 자신을 놓아버릴 것만 같았다.

"아아."

"그런데 운 님."

조용히 다가온 시종 하나가 머뭇거렸다. 자꾸 눈치를 보며 입을 오물거리는 것이 수상해 운은 아이를 쏘아보며 신경질적으로 물었다.

"뭐가 더 있어? 빨리 말해."

"그게, 저……. 무결 님께서 내실을 비우라 명하셨다고 합니다."

"뭐, 뭣이?"

평정을 되찾고자 노력하던 운의 눈이 단박에 떠졌다. 그녀의 온몸이 사시나무 떨리듯 경련했다.

"내실을…… 나에게 주신다 하지 않았어?"

"이제 곧 혼례도 올리실 거고, 그 후에는 내실을 안주인과 함께 쓰시겠다고……."

"혼례를…… 올리신다 하셨다고?"

"일이 꼬여서 못하셨지만 내일 당장 올리시겠다고."

시종 아이의 말에 운의 속에서 시끄럽게 싸우던 선과 악 중 검은 것이 승기를 들었다. 질투라는 이름의 그것은 잔잔하던 마음에 파문을 일으키며 패악을 부렸다.

자리에 털썩 주저앉아 멍한 눈을 하고 있던 운이 정신이 반쯤 나가 버린 이처럼 시종 아이를 닦달했다.

"내 꽃. 내 꽃이 어디 있니?"

"꽃이라 함은……."

"산화엽 말이다!"

운이 신경질적으로 고함을 치자 시종 아이가 불안한 눈빛을 하고는 내실을 빠져나갔다. 그리고는 정원에 놔두었던 자그마한 화분을 들고 다시 안으로 들어왔다.

"이, 이것 말입니까?"

"그래."

운은 냉정한 손길로 아이가 들고 있던 화분을 빼앗았다. 새하얗던 꽃은 물기를 머금어 투명하게 변해 있었다. 톡 건드리면 와장창 깨어질 것 같은 모습이었다.

"나가 있거라."

운은 시종 아이를 쫓아내고 내실에 혼자 남았다.

그녀는 꽃을 물끄러미 바라보며 꽃잎을 톡 건드렸다.

"범 님, 듣고 계시지요?"

다급한 운의 목소리에 꽃잎이 파르르 떨렸다. 바람이 분 것도 아니었고, 꽃이 살아 있는 것도 아니건만 요망한 그것은 보란 듯이 몸을 떨어댔다.

"범 님, 운입니다. 이제 어쩌면 좋습니까? 이러다 내실에서 영영 쫓겨나고 말 것 같습니다."

—······.

"범 님! 범 님! 제게 묘안을 주셔요. 범 님께서 시키신 대로 했는데 꼴이 이게 뭐랍니까? 단번에 목숨을 끊어버리실 거라고 호언장담하지 않으셨어요?"

운이 꽃을 붙잡은 채로 하소연을 하자 꽃잎이 하나둘 떨어지기 시작했다. 산화엽은 꽃의 주인인 범과의 유일한 소통 수단이었다. 흙의 거미인 범은 자신의 귀속 아래에 놓인 모든 꽃과 소통하는 능력을 가졌기 때문이었다.

그런데 그 꽃이 진다는 의미는 범이 더 이상 운과 대화하고 싶지 않다는 의미였다. 그것을 깨달은 운의 얼굴이 핏기를 잃어갔다. 누구보다 아름답다는 절색의 얼굴은 이미 노파의 얼굴보다도 더 시꺼멓게 죽어 있었다.

"버, 범 님?"

다섯 개의 꽃잎 중 네 잎이 우수수 졌고, 마지막 꽃잎 한 장이 떨어지기 전.

─무슨 말씀을 하시는 건지. 나는 전혀 모르는 일이외다.

냉정한 한마디를 끝으로 꽃잎 한 장도 마저 떨어져 버렸다.

범은 운을 버렸다.

물을 주지 않아도 생생하던 꽃이 단숨에 시들어 버리자 꽃을 품고 있던 흙에서 벌레들이 꿈틀꿈틀 튀어나오기 시작했고, 순식간에 화분은 가루가 되어 사라지고 말았다.

"악, 아아악! 안 돼! 안 돼애! 이럴 수는 없어!"

운은 범이 자신을 버렸다는 사실과 함께 바닥을 기어 다니는 벌레들에 경악해 내실을 뛰쳐나오며 울음을 왈칵 터트렸다. 그리고도 한동안 운은 정원을 뛰어다니며 미친 요괴처럼 고함을 질러댔고, 바닥에 주저앉아 몸부림을 쳤다.

그런 운의 상태는 바람을 타고 장로들이며, 무결에게까지 전해졌다.

第十一章

날이 밝았다.

새들이 지저귀는 소리와 나뭇잎을 건드리는 맑고 훈훈한 바람
이 창을 타고 들어왔다. 기분 좋게 깊은 잠에 빠져 있던 령은 자신
을 깨우는 소리에 슬그머니 눈을 떴다.

"아가씨, 천화 아가씨."

율이었다. 간밤에 령을 붙들고 내내 울음을 터트렸던 율은 이렇
게 살아 돌아와 다행이라며 령을 향해 소복이 웃어주었다.

그렇게 운 것이 바로 어제건만 율은 지치지도 않았는지 제 시간
보다도 일찍 령을 깨웠다. 눈꺼풀이 무거워 제대로 올라가지도 않
는 탓에 령의 입에서는 저절로 어리광이 튀어나왔다.

"으음, 조금만 더……."

"아니 되어요, 아가씨. 할 일이 얼마나 많다구요."

"으응."

"소녀에서 여인이 되었다고 소문이 자자하던데 다 거짓이네요. 어릴 적 그대로세요, 아가씨."

"어휴, 이 잔소리쟁이."

율은 잠이 덜 깬 령의 앞에 율무차와 팥경단, 채소무침을 올렸다. 눈을 비비고 일어난 령이 율무차로 목을 축이자 율은 또르르 달려가 령의 긴 머리 타래를 곱게 빗어 내렸다.

"피곤해 죽겠어."

"그러시겠지요. 그런데 어째요? 무결 님께서 오늘 당장 혼례를 치르시겠다 명하셨는데. 쉴 시간도 주지 않으시고 혼례를 진행하시는 걸 보면 무결 님도 어지간히 급하신 모양이에요. 솔직히 여인 입장에서는 준비할 거리가 얼마나 많다고요."

율은 밤색 눈을 또록 또록 굴리며 연신 투덜거렸다. 제가 모시는 주인을 가장 아름답게 단장해 보내 드리고 싶은 마음이 굴뚝같았지만 시간이 여의치 않았다.

"대체 무슨 일이 있으셨던 거예요? 무결 님께서 안달이 나신 모양이에요."

"그렇게 보이니?"

"네. 얼마나 다행인지. 여인은 자신이 더 사랑하는 이보다 자신을 더 사랑해 주는 이를 만나야 행복하다잖아요? 우리 아가씨, 분명 행복하실 거예요."

요괴들의 혼례는 밤에 진행이 된다. 양기로 가득한 태양이 지고, 음기로 충만한 달이 뜨면 요괴들은 긴 잠에서 깨어나 활개를 친다. 하지만 령은 낮부터 일어나 있었다. 다 혼례 준비를 위해서였다.

"만월이 아니라 좀 그렇긴 하지만······."

"만월이면 어떻고, 아니면 또 어떠니?"

"만월에 혼례를 올리시는 것이 좋지요. 아무래도 음기가 가장 강한 때니까요. 두 분이 음기를 받으며 혼례를 올리시면 더없이 성스러울 것 아니어요?"

령은 율의 말을 들으며 쿡쿡 웃었다. 경단 한 알을 먹고 채소무침에 몇 번 젓가락질을 한 령이 자리에서 일어났다.

"이제 내가 뭘 해야겠니?"

"그동안의 독기를 모두 빼내기 위해 의원님을 불렀습니다. 진료받으신 뒤에 몸을 깨끗하게 하기 위해 목욕재계를 하시고, 몸단장을 하셔야지요."

"아! 또 시작이구나. 몸단장은 저번에 충분히 하지를 않았니?"

"그래도 어째요? 저번에 한 것은 다 소용이 없어졌는걸요. 부정 탔어요."

혼례를 올려야 한다고 그전부터 단장을 했던 것이 수포로 돌아간 까닭에 령은 다시 처음부터 시작해야만 했다. 그 일련의 과정들을 다시, 그것도 반나절 만에 해야 한다는 사실에 령은 약하게나마 현기증을 느꼈다.

"안 하면······."

"당연히 안 되지요!"

꼬장꼬장한 율의 고함에 령은 하는 수 없이 고개를 주억거리며 그녀의 뒤를 따랐다. 수련을 하는 마음으로 길고 복잡한 절차를 반나절 만에 마치고 말겠다는 의지를 다지면서.

해가 지고 달이 뜨는 밤.

천궁이 오늘따라 시끌벅적했다. 모든 것이 다 천궁의 주인인 무결의 혼례 때문이었다.

높이 솟은 기와마다 연분홍빛의 등이 달렸고, 곳곳에는 악귀를 쫓아내 주고 부귀를 가져다준다는 남천과 두 분의 사랑을 축복하는 의미에서 갯버들, 향나무, 진백들로 장식이 되어 있었다.

꽃도 만발했다. 다만 흙에서 나는 꽃이 아니라 나무에서 피어나는 꽃들로 가득했다. 청량함보다 달짝지근한 향기가 가득한 천궁은 축제의 날이었다.

"준비는?"

방에서 홀로 준비를 마친 무결이 목목을 향해 물었다.

무결은 금실로 용이 섬세하게 수놓인 남색 비단 장포를 걸치고, 긴 머리를 그 위에 풀어헤친 채였다. 그는 천궁의 전통 혼례 방식대로 검고 긴 관을 쓰고, 장포 아래로는 전통 혼례복을 입고 있었다.

"대충 다 되었습니다. 너무 급하게 바꾸느라 애를 좀 썼습지요."

"그동안 준비한 혼례식은 부정이 탔어."

"압니다. 그래서 모두 새로운 것들로 바꾸고, 다시 다 준비하지 않았습니까? 물론 전통적인 부분을 최대한 줄였지만 말입니다. 액땜하셨다 생각하시고 그전의 일은 다 잊으소서. 이제 기쁜 날이 도래하지 않았습니까?"

목목은 여전히 주군의 명령이 마음에 들지 않는다는 투로 입술을 비죽거렸다. 장로들을 설득해 혼례 방식을 조금 바꾸긴 했지만 전통을 고수하는 목목으로서는 여간 탐탁지 않은 것이 아니었다.

그래도 주군이 명하시니 어쩔 수 없는 노릇이지.

"천궁의 꼭대기 층 노대(露臺)에서 봉요들을 모두 모시고 혼례식을 진행하도록 했습니다. 물론 봉요들께서는 관람만 가능하시지 일체 그 어떤 것도 참여하시지 못하고요."

"혼례는 결계 안에서만 이루어진다. 그 결계는 그 어떤 봉요도 뚫을 수 없을 정도로 견고해야만 해."

"어제부터 내내 결계 만드는 데에 집중하지 않으셨습니까? 결코 그 어떤 분도 결계를 부수지는 못하실 테니 염려놓으소서. 가장 힘이 좋으시다는 청 님과 견주어도 손색이 없으실 정도로 결계를 잘 피시지 않습니까?"

안다. 그 어떤 실수도 없이 혼례가 진행되기를 바라는 마음에서 무결은 내내 결계를 견고히 하는데 온 힘을 쏟았다. 하지만 불안한 것도 사실이었다. 기쁘고 좋은 감정이 커지면 커질수록 불안도 함께 몸뚱이를 부풀리는 탓에 무결은 걱정이 이만저만이 아니었다.

"신부는?"

"천화궁에 계십니다. 몸단장을 하고 계신다 들었습니다."

"신부 주변 경계는 삼엄히 하고 있겠지?"

"당연한 말씀을. 또다시 어제와 같은 일이 벌어지지 않도록 신중, 또 신중을 기하고 있사옵니다."

목목은 몇 번이고 자신을 다그치는 무결을 바라보며 그가 만족할 정도로 대답을 반복했다.

멀리서 대고(大鼓) 울리는 소리가 들려왔다. 혼례가 시작될 것임을 알리는 소리와도 같았다.

"이제 곧 시작입니다."

"아아, 그래."

무결은 방에 난 동그란 창문을 통해 밖을 내다보았다. 해가 지고, 하늘이 서서히 어두워지자 천궁의 온 건물들에 불이 켜졌다. 아롱거리는 불빛이 몽환적으로 빛나자 거리는 백귀야행(百鬼夜行)의 날처럼 활기가 넘쳤다.

하지만 무결의 얼굴은 기쁨보다도 긴장으로 잔뜩 굳어 있었다. 인파가 몰리는 오늘 같은 날에는 어떤 위험한 일이 생겨도 이상하지 않았다.

"끝의 끝까지 만전을 기하라."

"네, 주인님."

밖을 내다보고 있던 무결은 하늘 쪽 결계를 확인해 보고는 탁상 위에 놓여 있던 매의 가면을 얼굴에 썼다.

이제 정말 혼례의 시작이었다.

"신랑 신부 납시오!"

목목이 커다란 소리로 외치자 천궁 아래에서 무결의 혼례를 지켜보는 이들이 와아, 함성을 질렀다. 무결이 먼저 노대에 모습을 드러냈고, 뒤이어 전통 의상을 갖춰 입은 령이 시종들의 부축을 받으며 등장했다.

령은 하늘에서 하강한 천녀 같은 모습이었다. 티끌 하나 없는 새하얀 의복과 연분홍 꽃잎을 연상시키는 머리 망사, 어깨에서부터 치맛자락 저 끝까지 펼쳐진 옷자락은 꼭 날개처럼 보였다. 머리에는 뜻이 들어간 나뭇가지를 얼기설기 엮어 만든 관을 쓰고 있었고, 얼굴에는 초야 때와 같은 가면을 쓰고 있었다. 대신 한 가지 다른 점이 있었다면 령의 두 손에 조팝나무 꽃으로 만든 꽃장식이 들려 있었다는 점이었다.

두 요괴는 노대 중앙에서 만났다. 서로를 향해 절을 하고, 꿇어앉은 뒤 앞에 놓인 탁상의 술잔을 들어 올렸다. 식은 무척이나 지루하고도 복잡하게 진행이 되었다. 전통적인 부분을 많이 제외했다고는 했지만 두 요괴가 부부의 연을 맺는 의식만큼은 제할 수 없다는 것이 장로들의 입장이었다.

찻잎을 띄운 차를 마시는 것으로 입가심을 하고, 서로를 향해 절을 한 둘이 자리에서 일어났다.

"이것으로 천궁의 무결 님과 천화 령 님은 온전히 부부가 되었음을 여러분 앞에서 공표하는 바입니다."

목목이 소리를 지르자 관중들의 입에서 함성이 터져 나왔다. 악사들은 기분 좋은 음악을 연주하였고, 춤꾼들은 덩실덩실 춤을 추기 시작했다. 한 가지 더 장관이었던 것은 하늘에서 일제히 두 요괴를 축복하는 것들이 쏟아져 나왔기 때문이었다.

청은 눈꽃송이를 흩뿌렸고, 범은 하늘에 커다란 꽃송이들을 던졌으며, 염은 불꽃으로 그 꽃송이를 맞춰 향기로운 불꽃놀이를 선사했다. 모든 것이 어우러진 아름다운 그날, 무결과 령은 모두의 축복 속에서 혼례를 치렀다.

─우리 방울이, 이제 다 컸구나. 축하하고, 또 축하할 일이다. 이제 여인으로서의 행복한 날을 만끽하여라.

염은 진심 어린 뜻을 령에게 조심스럽게 전달하였다. 령은 무결의 손을 꼭 잡은 채 염을 바라보며 눈시울을 붉혔다.

―주인님, 만수무강하세요. 이제 다시는 주인님을 모시지 못하는 몸이 되었지만 언제나 마음속으로는 주인님을 섬길 것이어요.

―그러면 되겠니? 너의 주인은 이제 무결인 것을.

―무결 님은 제 낭군으로, 염 님은 제 주인으로 그리 섬길 것이어요.

염은 령의 주인인 동시에 아버지와 다름이 없었다. 그랬기에 령은 염에게서 완전히 독립을 하는 오늘, 숨죽여 울었다. 슬퍼서도 아니었고, 기뻐서도 아니었다. 그저 다시 돌아올 수 없는 나날들에게 작별을 고하는 것이 힘들었기 때문이었다.

혼례는 무사히 끝이 났고, 하늘은 새까맣게 물들었다. 모두가 축제의 분위기에 흠뻑 빠져 마시고, 즐기고 할 적에 령은 무결과 단둘이 애실(愛室)에 앉아 있었다.

두 번째 오는 애실이건만 오늘따라 왜 이리 떨리는 건지.

령은 무결을 마주 보고 앉아 술잔을 주고받으면서도 떨리는 손을 주체할 수가 없었다.

"많이 피곤한가?"

"아, 아닙니다."

고작 하루 못 봤을 뿐인데도 령은 눈앞의 무결이 어색하기만 했다. 그리도 많이 서로를 탐하고 사랑했건만 마음의 거리는 쉽게 좁혀지지 않는 모양이었다.

아마도 그것은 달라진 관계 때문이리라.

급작스럽게 속사정을 알게 된 탓에 령은 서로를 탐하지 않을 땐 어떤 식으로 그를 마주 봐야 하는지 알 수가 없었다.

"이제야 제대로 그대를 안해로 맞이했어."

무결은 식이 무사히 끝났다는 것에 안도했는지 제법 편안해진 목소리로 말했다.

하지만 령은 무결과 좀 다른 마음이었다. 부부의 연을 맺었다는 것, 그 짧은 의식 하나로 령은 다시 처녀로 돌아간 것만 같았다. 사내를 모를 적의 령, 그리고 첫날밤을 앞에 둔 령.

아아, 왜 이리도 어리석게 구는 것인가.

령은 무결의 앞에서 무슨 말을 어떻게 해야 할지 몰라 술잔만 꼭 쥐고 있었다. 빈 술잔 안에 황금빛 액체가 가득 찼다. 그 위로 향긋한 꽃 한 송이가 내려앉았다.

"이제야 그대와 함께 있을 수 있겠군."

그리 말한 무결은 술을 단번에 목구멍 안으로 털어 넣었다. 그는 기분이 썩 좋은 듯했다. 하지만 령은 좀 달랐다.

령은 떨리는 손을 들어 술잔 속 액체를 깔끔하게 비워냈다. 그러고 나니 가슴속 떨림이 진정되기는커녕 더욱 심해졌다.

'대체 이게 무슨 기분이지?'

령은 손가락만 만지작거리며 고개를 푹 숙였다.

무결은 자리에서 일어나 침상의 휘장을 걷었다. 그리고 비단 금침 위에 앉아 령을 향해 말하였다.

"이리로 오라."

장포를 벗고 허리띠를 느슨하게 만든 그의 의복이 힘을 잃고 풀어졌다. 앞섶이 벌어진 채로 탄탄한 근육을 내보이는 모습에 령은 마주 잡은 두 손에 힘을 주어야만 했다.

　"어서 와서 이 갑갑한 가면을 벗겨주어. 나도 그대의 얼굴을 빨리 마주 보고 싶구나."

　무결이 령을 재촉했다. 령은 가면 너머로 그를 바라보며 침을 꼴깍 삼켰다.

　요사 떨지 말아!

　령은 스스로를 책망하며 천천히 자리에서 일어났다. 어제만 해도 이런 기분이 전혀 없었는데 오늘, 그것도 그와 애실에 들어서는 순간부터 몸에 화르륵 불이 붙은 것만 같았다.

　은밀하고 깊은 아래쪽 어딘가에서부터 무언가가 끓어오르기 시작한다. 그 누구도 건드린 적 없는 곳에서 맑은 물이 새어 나오고, 양다리는 저절로 움츠러들었다. 피부의 감각은 공기의 흐름마저 읽을 정도로 예민해졌고, 혀는 자꾸만 뱀처럼 꿈틀거리며 마른 입술을 축였다.

　'아아, 무결 님!'

　령은 알고 있었다. 자신의 불을 꺼트릴 분은 오로지 무결뿐이라는 것을.

　령이 자리에서 일어났다. 그녀가 움직일 때마다 옷가지가 점점 가벼워지기 시작했다. 령은 맨 먼저 얼굴을 가리고 있던 얇은 망사를 바닥으로 던졌다. 허리를 조이고 있던 허리띠를 풀어버렸고, 동시에 치마 위를 덮고 있던 긴 날개옷도 하늘하늘 떨어져 나갔다. 허리띠가 풀어짐과 동시에 잘 여며져 있던 의복이 온전히 풀어졌다. 마치 무결을 위한 선물처럼.

무결은 홀린 것처럼 령을 바라보고 있었다. 탁자에서 침상까지의 짧은 거리, 령은 천천히 걸음을 옮기며 그를 위해 더욱 가벼워지고 있었다.

툭, 투둑—

령의 허리와 가슴에 달려 있던 노리개며 장식품이 바닥으로 떨어졌다. 소매가 긴 의복도 벗어버렸다. 령이 움직인 자리 곳곳에는 그녀가 허물처럼 벗어버린 옷들이 흔적처럼 남아 있었다.

전통 의복을 벗자 그 안에 언젠가 초야에 입었던 것과 같은 디자인의 의복이 드러났다. 그때의 것이 검은색이었다면 지금의 것은 속살과 비슷한 복숭앗빛이 감도는 것이었다.

"아……!"

무결의 입에서 절로 탄성이 새어 나왔다. 속살이 비치는 의복은 아찔할 정도로 매혹적이었다. 보는 것만으로도 그의 분신이 꿈틀거리며 일어날 차비를 했다.

마지막으로 령은 머리를 틀어 올리고 있던 비녀를 풀어버렸다. 그러자 비단결처럼 곱고 긴 머리카락이 좌르르, 그녀의 위로 쏟아져 내렸다.

가히 장관이었다. 속을 투영하는 복숭앗빛의 옷과 눈이 부실 정도로 아름다운 머릿결에 무결은 숨이 멎고, 시간이 멈춰 버리는 것 같은 착각에 빠졌다.

어찌하여 그대는 시간이 갈수록 아름다워지는가. 진정 사내를 홀리기 위해 태어난 여인이로다.

"이리, 가까이 오라."

자신 이외의 다른 사내들의 눈이 다 같이 멀어버렸으면 하는 이 기적인 마음을 안고, 무결이 령을 향해 손을 뻗었다.

　령은 떨리는 손으로 무결의 얼굴을 가리고 있던 가면을 벗겨내고는 혀로 도톰한 입술을 핥았다. 그리고 그녀는 뜨거운 숨결을 뿜어내며 몸을 비틀었다.

　"무결 님, 몸이…… 이상합니다."

　하아, 하아.

　가쁜 그녀의 숨소리가 심상치 않았다.

　"무슨 일이냐?"

　무결이 재빨리 령의 얼굴을 가리고 있던 가면을 벗겨냈다. 가면 속에 감추어져 있던 그녀의 얼굴이 홧홧하게 달떠 있었다. 불그스름한 피부와 몽롱하면서도 촉촉한 눈빛, 그리고 깜빡거리는 긴 속눈썹이 묘하게 색정적이었다.

　령이 눈살을 찌푸렸다. 하얗던 피부가 발개진 채였기에 무결은 그녀의 이마를 짚어보았다.

　"내내 무리를 하여 열병이 난 것인가?"

　"아, 아닙니다. 그것과는 좀 달라요."

　"령……?"

　"이상해요, 무결 님. 몸이, 몸이 너무 뜨겁습니다."

　령은 속이 비치는 옷을 입은 채로 몸을 배배 꼬았다. 저고리 속에 감추어진 풍만한 가슴은 평소보다 훨씬 부풀어 있었는데 어찌나 부풀었는지 칭칭 동여맨 속곳 밖으로 튀어나올 정도였다.

　그뿐만이 아니었다. 투명한 치마 속 속곳만 걸친 그녀의 맨다리가 참기 힘들다는 듯 꿈틀대고 있었다. 그녀는 허벅지를 스스로 문질러 대며 엉덩이를 들썩거리고 있었는데 그 모습이 미향을 잔뜩 들이마신 모양새와 흡사했다.

'하지만 미향은 일체 쓰지 않았는데 무슨 일이지?'

무결의 날카로운 눈이 령과 그녀의 주변을 훑었다.

'설마 또 다른 누군가가 령을 노리는 것인가?'

하지만 그 의심은 이내 령의 등을 보고난 뒤에 사라지고 말았다. 그녀의 등에는 초야 이후에 생긴 꽃 문신이 있었는데 봉오리였던 그것이 며칠 사이에 활짝 만개한 것이었다.

"몸 자체에서 피어난 꽃 때문에 그대가 취한 게로군."

"네?"

무결은 령을 등 뒤에서 꼭 껴안은 채 그녀의 어깨에 얼굴을 묻었다. 그녀의 몸 자체에서 체향이 피어올랐는데 그것이 꼭 달콤한 꽃향기와 같아 무결을 자극했다.

"그대의 등에 꽃이 피었어."

신비하고도 아름다운 문신이었다. 아마 이렇게 생겨난 문신은 꽃을 피우고 지고, 또 피우는 것을 반복할 것이었다. 그리고 그것을 볼 수 있는 이는 세상에 오직 하나, 무결뿐이리라.

그 점이 마음에 들어 무결은 옷 위로 가만히 입을 맞추었다.

"아!"

오늘따라 민감한 령이 몸을 파르르 떨었다.

"역시 예민하군."

"왜, 무엇 때문입니까? 괴롭습니다."

"아마도 오늘이 우리의 합궁일이라 그런 게 아니겠어?"

"네?"

"나와 초야를 치른 이후 그대와 내 몸에 문신이 생겨났지. 아마도 우리 둘을 잇는 강한 운명의 끈인 모양이야. 이것들은 우리의 몸이 서로를 향해 완전히 열리는 날, 즉 합궁일에 꽃을 피우지."

령은 꽃 자체였다. 자신의 몸에서 피어오르는 꽃향기에 취한 령은 제정신이 아니었다.

령은 순식간에 피어난 열꽃이 온몸으로 퍼져 나가는 것을 느끼며 눈꺼풀을 파르르 떨었다.

무결이 그녀의 목덜미에 입술을 내리눌렀다.

"하아!"

령이 앞을 짚은 채로 허리를 쭉 뻗었다. 곧게 편 허리가 얇은 옷너머로 보이자 무결의 두 눈이 욕정으로 번들거렸다. 꽃이 수놓아진 그녀의 매끈한 등은 잘 구워진 도자기 같았다.

"무결 님, 제발……. 제발 가슴띠부터 풀어주셔요. 답답해 못 견디겠어요."

령이 앓는 소리를 내며 신음하자 무결은 치맛자락을 들쳐 그 안으로 손을 밀어 넣었다. 그녀의 엉덩이를 타고 올라가 가슴께에와 닿은 그의 손이 작고 단단한 매듭을 풀었다. 가슴을 꽁꽁 싸매고 있던 띠가 풀어진 순간, 령은 한숨을 내뱉으며 몸을 뒤채었다.

옅은 쾌감이 있었다. 꽉 조이고 있던 풍만한 가슴이 세상에 드러난 순간, 그녀의 움직임에 그것들이 출렁거렸다. 아찔한 광경에 무결은 멍하니 그녀를 바라만 봤다.

"무얼 하시는 거예요."

령이 교태 섞인 목소리로 그를 보채었다. 그녀의 탐스러운 엉덩이는 무결의 바지 사이에 달라붙은 채 들썩거리며 그를 자극하고 있었다.

"참기가 힘들어요, 무결 님."

지금의 령은 예전의 령이 아니었다. 합방일이 되면 몸 꽃을 피우는 그녀는 미향을 품은 꽃 그 자체나 다름없었다. 향을 내뿜으면서도 자신 스스로 그 향에 취해 달아오른 몸을 주체할 수 없는 그녀는 요부 그 자체였다.

령이 무결을 향해 몸을 돌렸다. 그녀가 그의 어깨를 톡 밀자 무결은 힘없이 침상 위로 쓰러졌다. 령은 기다렸다는 듯 쓰러진 그의 몸을 타고 위로 올라갔다. 그녀는 온몸이 투영되어 보이는 의복만 걸친 채로 그를 더듬었다.

"아아, 무결 님. 나의 낭군님!"

령의 입술을 타고 듣기 좋은 단어가 튀어나왔다. 육욕에 취한 그녀는 평소보다 적극적이었고, 또 솔직했다. 평소의 그녀도 좋았지만 이토록 색다른 령은 또 처음이라 무결은 미소를 지은 채 그녀가 모든 것을 지휘하도록 내버려 두기로 했다.

령은 두 다리를 벌리고 무결의 허리를 타고 앉았다. 그리고는 그의 강인한 팔을 잡아 자신의 가슴 사이에 끼우고는 그의 손가락을 천천히 핥아 내리기 시작했다. 두껍고 긴 그의 손가락이 맛있다는 듯, 소리 내어 빨아대는 령의 모습에 무결이 작게 웃었다. 웃음 속에는 잔잔한 신음도 섞여 있었다.

그것이 참 묘한 게 그저 어린아이처럼 손가락을 빨고 있을 뿐인데도 색기가 가득했다. 혀를 내밀어 손끝의 살갗을 감싸고, 뒤이어 자그만 입안으로 손가락을 몽당 집어넣었다가는 혀로 살살 굴리고 쪽쪽 빨아대는 령의 표정에는 유혹이 가득했다.

그녀는 그것만으로 참을 수 없다는 듯 손가락과 손가락 사이의 여린 살갗을 간질였다. 낼름 물었다가 손가락을 아래에서 위로 쓸어 올리는 그 모습이 꼭 몸가락을 자극시킬 때와 비슷했기에 가볍게 생각했던 무결은 시간이 지날수록 힘겨운 신음을 흘렸다.

손을 감싸는 뜨겁고 말캉한 혀의 감각 때문만도 아니었다. 간질거리는 그녀의 입김과 더불어 팔 양쪽을 감싸는 풍만한 가슴은 그의 인내심을 시험하고 있었다.

"몸에서 꽃이 피는 날은 그대의 자제력이 모두 날아가는 날이로구나."

"으음."

저고리 속으로 그녀의 가슴이 모두 비쳐 보였다. 커다랗고도 보기 좋은 둥근 젖가슴은 저고리에 감싸여 있기에 더욱 색스러워 보였다. 먹음직스러운 모양에 무결의 입에 저절로 침이 고였다. 령이 손가락을 탐하는 내내 내리깐 눈으로 흘깃흘깃 자신의 반응을 훔쳐보고 있다는 것을, 무결은 알고 있었다.

조금 더 참아보리라.

무결이 다짐을 하며 주먹을 꾹 쥐자 령이 붉은 혀로 입술을 핥아대며 엉덩이를 들썩거렸다. 그녀는 무결의 허리를 타고 아래위로 엉덩이를 움직여 댔다. 속곳에 싸인 그녀의 은밀한 샘에서 애액이 넘쳐흘러 속곳을 적시고, 무결의 의복도 적셨다.

무결은 옷가지 너머로도 젖어 뜨거운 그녀의 속살을 느낄 수 있을 정도였다.

"너무하시어요. 이렇게 참기만 하시고."

"널 만져 주길 바라느냐?"

"만지다 뿐이겠어요?"

"전날 밤과 다르게 퍽 요염하게 구는구나."

"무결 님 앞에서뿐이어요. 게다가 저도 제가 왜 이러는지 모르겠어요. 오늘따라 몸이 뜨겁고, 또 죽겠사와요."

령은 사내를 기쁘게 하는 법을 알고 있었다. 역시 염의 나라에서 태어난 여우의 권속이도다. 애초에 색을 머금고 태어났으니 이제야 봉인되어 있던 색이 나온다고 해도 놀랄 일이 아니었다.

령이 그의 손을 잡아 자신의 가슴을 움켜쥐게 했다.

"하아……!"

"괜찮겠느냐? 아침에 일어나 오늘 일을 기억해 낸다면 부끄럽지 않겠어?"

"모르겠어요. 그때의 일은 그때의 일이어요. 지금 저는 무결 님을 안고 싶어 안달이 난 걸요."

령의 대답에 무결이 알겠다며 고개를 주억거렸다. 무결의 커다란 손이 탐스러운 복숭아를 욕심껏 움켜쥔 순간, 령의 입에서 참지 못한 탄성이 흘러나왔다.

"이리, 네가 직접 가지고 오너라."

"네?"

"내 너의 탐스러운 복숭아를 맛볼 것이야. 얼마나 잘 익었는지, 얼마나 맛있는지 내 맛을 보마. 가져오거라."

무결의 그 말에 령이 그에게로 다가가 자신의 가슴을 내어주었다. 저고리에 감싸인 가슴을, 무결은 단번에 입안 가득 베어 물었다.

"하응."

"네가 바란 것이 이런 것이더냐?"

그녀의 샘에서 꿀물이 끊임없이 새어 나왔다. 무결은 자신의 몸에 겹치다시피 누운 령의 엉덩이를 움켜쥔 채로 그녀의 젖가슴을 탐했다.

"맛이 어떻습니까?"

색에 취한 령은 부끄러움도 잊은 채 무결에게 말하였다. 답이 정해져 있으니 무결은 답을 하기만 하면 되었다.

"아주 맛있다. 달고, 뜨겁고, 보드랍구나."

너무 맛있어서 정신을 잃을 지경이었다. 무결은 게걸스럽게 령의 가슴 위로 자신의 욕망을 풀어놓았다. 가슴을 쥐어 뾰족하게 만든 뒤 입안 가득 베어 물고 오물거리다가는 이내 단단하게 서기 시작한 그녀의 젖꼭지를 희롱하였다.

"하아아, 아응! 무결니임!"

령의 허리가 저절로 휘었다. 지독한 쾌감을 참지 못한 령이 몸을 비틀어대어도 무결은 그녀를 놓아주지 않았다. 대신 엉덩이 사이로 손가락을 집어넣어 그녀의 뜨거운 샘을 휘저었고, 혀로는 그녀의 젖꼭지를 이리저리 굴렸을 뿐이었다.

"무결 님, 무결 님⋯⋯."

"그만두랴?"

"좀 더⋯⋯ 더⋯⋯ 해주시어요. 부족해요, 부족해⋯⋯! 아아아앙!"

"부족하다?"

무결이 작게 웃었다. 몸에서 꽃이 피는 날은 령을 밖에 내보내기 위험하겠다, 철저히 단속해야지 안 되겠어.

령 몰래 다짐을 하며 무결은 그녀의 다른 쪽 가슴을 괴롭히기 시작했다.

"아이가 생긴다면 이 가슴은 모두 아이의 차지가 되겠지?"

"하아, 하아아앙."

"그전에 내가 먼저 다 먹어버리리라."

"무결…… 하악!"

"아니면 연습한다 생각하거라. 어미가 아이에게 모유를 먹인다, 그리 여기면 될 일이 아니더냐?"

무결은 집요하게 령의 가슴을 괴롭혔다. 더 해달라고 아우성을 치는 령의 두 눈에 눈물이 가득 찼다. 그 정도로 괴로우면서도 지독한 쾌감이 온몸을 휩쓰는 중이었다.

무결은 배가 고픈 어린아이 같았다. 젖을 달라고 보채는 아이처럼 령의 가슴을 쪽쪽 빨아댔다. 그럴 때마다 령은 참지 못하고 몸을 뒤채고, 비틀었다.

"무결 님……."

"날 자극한 건 너가 아니더냐?"

그렇게 말한 무결은 전보다 훨씬 짙어진 두 눈으로 발갛게 상기된 령을 올려다봤다. 그의 중지가 그녀의 속살을 젖히고 들어간 순간, 령이 몸을 푸드득 떨었다.

"어찌나 흥분을 하였으면. 아주 난리가 났구나."

"하아, 하아."

"느껴지느냐? 내 손가락이 잔뜩 젖었다. 그러고도 모자라 애액이 손 위로 흘러내리는구나."

"아아……."

"하나로는 만족이 아니 될 테지. 하나 더 주랴?"

무결은 능숙하게 검지 하나를 더 그녀의 안에 꽂아 넣었다. 그의 굵고 커다란 손가락이 단숨에 그녀의 안으로 사라졌다.

"아주 잘도 먹어치우는구나."

색정적이고 노골적인 말은 두 요괴를 더욱 쾌감에 젖게 했다. 남녀 간의 은밀한 대화였고, 사랑에 빠진 이들의 즐거운 놀이였다. 잉태를 위한 성스러운 몸짓이기도 했고, 더불어 마음을 확인하기 좋은 절차이기도 했다.

그의 손가락을 속에 담은 령이 허리를 돌렸다. 그녀의 허리가 오르락내리락하며 그의 손가락을 품었다 뱉어내길 반복했고, 이리저리 돌려가며 그녀의 내벽을 자극하도록 하였다. 손가락이 그녀의 주름을 긁어내릴 때마다 뜨거운 애액이 쏟아졌고, 령은 쾌감과 미처 풀어내지 못한 것에 대한 고통으로 몸부림쳤다.

령이 그의 몸으로 내려와 그의 입술을 삼키었다. 무결의 윗입술, 아랫입술을 번갈아 빨아대던 그녀는 그의 입안으로 거침없이 헤엄쳐 들어갔다. 뜨겁고 부드러운 그것은 망설일 새도 없이 곧장 무결의 혀를 감쌌다. 혀가 서로의 것에 뒤엉켜 하나가 된 순간, 령이 속곳을 단숨에 벗어버리고 무결의 분신 위로 살포시 내려앉았다.

손가락과는 차원이 다른 굵기의 그것은 령의 몸을 가르며 안으로 들어왔다.

"아직도 좀 뻑뻑하군."

하지만 진입해 들어가는 데에 어려움은 없었다. 그의 몸가락은 애액으로 매끄러운 그녀의 속살에 파묻힌 채 단숨에 그녀의 몸 안을 가득 채웠다. 단번에 뿌리 끝까지 삽입을 한 무결은 얼굴을 살짝 찌푸리며 그녀의 허리를 감싸 안았다. 령의 가느다란 허리가 활처럼 휘어지며 그에게 안겨왔다.

"무결 님, 절 앙큼하다 욕하지 마시어요."

령이 그를 가득 끌어안은 채 헐떡거렸다.

"전에 말씀하셨듯이 오늘은 서로에게 마음을 고백하는 날이잖아요? 사랑하는 이들은 초야로 마음을 전한다 하셨지요? 저도 무결 님께 제 마음을…… 모두 바치는 중이어요."

령이 생긋 웃으며 허리를 움직이기 시작했다. 그를 끌어안은 채 엉덩이를 움직이기 시작한 그녀는 능란하고도 노련하게 춤을 추었다.

"날 어떻게 하려는 것이냐? 아주 뼈째로 먹어 삼킬 것처럼 구는구나."

"그야……."

령이 후훗 웃으며 무결을 밀어 넘어트렸다. 그리고는 그의 위에서 신나게 말을 타기 시작했다. 무결은 잘 달리는 튼실한 경주마였다. 령은 그 위에서 신나게 박자를 맞춰가며 말을 몰았다.

"……이렇게요."

령이 허리를 들썩거릴 때마다 살 부딪치는 소리가 낮 뜨겁게 방 안을 울렸다. 노골적이며 음란한 소리를 즐기기라도 하는 것처럼 령은 옅은 미소를 띤 채 몸을 움직였다.

오로지 본능만이 령을 지배했다. 더불어 무결을 향한 진심으로 그녀는 솔직해졌다. 미향을 내뿜는 몸의 문신은 그저 그녀를 조금 도왔을 뿐이었다.

"밤은 길어요, 무결 님."

"아아······."

"무결 님께서 말씀하신 대로······ 제가 얼마나 당신을 사모하는지 알려 드릴 것이어요."

령의 간드러지는 목소리에 무결이 허리를 튕겼다. 자신만만하게 굴던 령이 얼굴을 일그러트리고 하늘로 날아올랐다.

"하악!"

"아직 네가 날 지배하기는 멀었어."

무결은 령의 허리를 단단히 붙잡은 채로 엉덩이를 튕겨댔다. 그럴 때마다 그의 분신이 령의 가장 깊은 곳까지 박혔다가 빠져나가기를 반복했다.

이루 말할 수 없는 쾌감이 뱀처럼 그녀의 온몸을 옭죄었다. 아아, 아니다. 무결이 바람의 지배자이니 매의 사나운 발톱처럼 그녀를 할퀴었다는 표현이 더 맞겠다.

"함께 높은 곳에 오르자꾸나."

그리 말한 무결은 더 빠르고 힘차게 허리를 놀려 령을 한계의 한계까지 몰아붙였다. 예전과 같지만 전혀 다른 감각이 온몸을 지배했고, 그것이 머리끝까지 치고 올라 더 이상은 감당해 낼 수가 없다고 생각한 순간.

"아아아앗!"

령은 무결과 함께 녹아내렸다.

第十二章

　꽃은 피었다 지고, 그에 따라 혼탁해졌던 정신도 되돌아오니 령은 부끄러움에 몸을 가눌 길이 없었다. 독에 취해 온몸이 마비가 되었을 때처럼 손가락 하나 까딱할 수 없을 정도로 기운이 없는데 반대로 정신은 멀쩡해지니 여간 수치스러운 것이 아니었다.

　'미쳤다. 정말 미쳤어!'

　령은 맨몸으로 침대에 파묻혀 입술만 잘근잘근 깨물었다.

　'그냥 확 죽어버리는 게 나을지도 몰라.'

　정신이 혼탁한 와중에 자신이 무슨 짓을 했는지, 선명하게 기억하는 령이었다. 교태를 부리고, 온갖 야스러운 말을 지껄여 대는 걸로도 모자라…….

　"허어억!"

　령이 베개 위에 얼굴을 푹 파묻었다.

"앙큼하다 욕하지 마시어요."

무엇을 욕하지 말라는 것이야? 앙큼하다. 앙큼해 미치겠다.

령이 고개를 이리저리 흔들어대며 이불 발차기를 하였다. 시간
이 지나면 지날수록 또렷해지는 기억 때문이었다.

달칵—

문 열리는 소리에 령이 죽은 듯이 눈을 꼭 감아버렸다. 향기만
으로도 그가 누구인지 알 수 있을 것 같은 기분이었다.

"아직도 자는 건가?"

나지막하지만 달콤한 그의 음성에 령은 두 눈을 질끈 감은 채
이불에 파묻혔다.

무결은 침상으로 다가와 엎드려 있는 령의 맨 등을 가볍게 쓸어
내리고는 그녀의 곁에 앉았다. 눈을 감고 있는 덕분에 령은 그의
숨결 하나, 손길 하나에 예민하게 촉각을 곤두세우고 있었다.

"꽃송이가 다 지고 말았군."

무결은 령의 등을 가만히 살펴보았다. 찌르는 듯한 그의 시선이
예민한 피부 위로 느껴졌기에 령은 몸을 가늘게 떨었다.

"혼례도 끝났고, 초야도 끝났는데 왜 우리 색시는 일어나질 않
는가?"

"……."

"일찍 일어났다면 염 님 가시는 길을 볼 수 있었을……."

"뭐라고요?"

령을 낚기 위해 가장 좋은 미끼는 역시 염이다. 그 마음을 잘 알

273

지만 한편으로는 서운한 마음에 무결은 눈살을 찌푸리고 령의 발그레한 얼굴을 들여다봤다.

"다른 사내의 이름에 그렇게 날째게 반응하는 것이오, 부인?"

무결의 못마땅한 기색에 령은 고개를 푹 숙이고 말았다. 아무리 염 님을 배웅하고 싶다지만 무결에게서 그 말이 나오기 무섭게 자리를 박차고 일어날 것은 또 뭐람. 하여간 이래서 거짓 행동을 하면 안 되는 것이다.

"내가 들어왔다는 걸 알면서도 모르는 척 누워 있었나 보오?"

"네, 네?"

"왜 그랬을까?"

"그, 그것이……."

"염 님은 보고 싶고, 나와는 영 얼굴을 마주하기 싫었던 것인가?"

"아, 아닙니다!"

"섭섭하오, 부인."

무결은 단정한 얼굴을 하고 능청스럽게 령을 놀렸다. 어찌나 짓궂게 구는지 령은 할 말을 잃고 무결을 멍하니 바라볼 수밖에 없었다.

"내 말이 틀린가?"

"트, 틀립니다."

"어떻게 틀리지?"

다 아시면서…….

령은 자꾸만 붉어지는 얼굴을 숨기며 한숨을 포옥 내쉬었다.

"지, 짓궂으세요. 처음엔 안 그러셨는데 점점 더……."

"아직 내 말에 대답을 하지 않았는데 말이오, 부인?"

"민망해서 그럽니다! 제가 어제 한 짓이 있어서 무결 님을 똑바로 바라보기가 힘들다고요."

령이 속내를 바락 뱉어내고 다시 침상에 얼굴을 파묻었다. 귀까지 새빨개진 령은 당장이라도 쥐구멍에 들어가고 싶은 심정이었는데 무결은 뭐가 그리도 재미있는지 연신 웃었다. 몸이 떨리도록 웃는지 침상이 다 흔들릴 지경이었다.

"나는 그대의 다른 모습을 본 것 같아 무척 기뻤는데."

"전 창피합니다."

"날 그토록 원했던 것이 창피한 것이야?"

언제나 짓궂은 질문만 하시는 무결 님.

집요하게 대답을 요구하시는 무결 님.

령이 입술을 꼭 깨물고 대답하기를 거부하자 무결이 웃음을 삼키며 침상 머리에 등을 기대고 앉았다.

"꽃이 필 적에는 그대를 애실에만 있도록 명령을 내려놔야겠어."

"네?"

"아주 위험해지잖아? 아기 다람쥐가 어른 다람쥐가 돼서 마구 유혹을 해댈 텐데 어떤 사내가 거부할 수 있겠어?"

"그, 그건……."

령이 입술을 살포시 깨물었다. 무결의 말이 맞으나 또 틀렸다. 령이 유혹을 하는 상대는 오로지 무결뿐.

그걸 알고 계시는 분이 저리 투정을 하시니 뭐라고 대답을 해드려야 해?

령이 그렇게 고민을 할 동안 무결도 복잡한 생각으로 가득 차 있었다. 사실 무결이라고 몸이 녹아내릴 것 같은 하룻밤을 지낸 다음, 령을 제대로 마주하는 것이 쉽지만은 않았다.

그가 아는 것이라고는 오로지 전투와 바람과 천궁의 부족들 뿐.

그랬던 그가 처음으로 여인을 알았다. 령에게 푹 빠져 낮이고 밤이고 정신을 차리지 못하던 그에게, 목목이 주제넘게 나섰다.

"주인님은 정말이지 여인에 대해 모르십니다!"

목목에게 꾸지람을 받은 날의 수치를 아직도 기억한다.

"이래 봬도 1,200년을 산 몸이옵니다. 나무에 붙은 눈이라는 이름답게, 부엉이의 본분을 다해 세상 모든 것을 보고, 들었습죠."

"보고, 들었다?"

"여인의 몸을 취하기는 쉬우나 마음까지 얻는 것은 무척이나 어려운 일입니다. 몸을 취하셨다고 안일하게 구시다가는 금세 차이시고 말 것입니다."

"차, 차여?"

"여인들은 로만서(擄滿書)를 즐겨 읽습니다. 그 연유가 무엇인지 아십니까?"

"로만서? 그것이 무엇이냐?"

"사로잡을 로, 가득 찰 만! 사내와 여인이 만나 사랑하는 일련의 과정을 쓴 글이옵니다. 사랑이라는 것이 원래 사로잡고, 사로잡히는 것이며 서로를 가득 채우는 것이라 하여 로만서라 하옵니다."

그리 말한 목목은 무결에게 여인들이 즐겨 읽는다는 로만서를 잔뜩 가져다주었다. 물론 혼례가 있고, 바로 초야를 치러야 했기에 로만서를 읽을 시간도 없었지만 무결은 지금 본능적으로 령의 기분을 헤아리기 위해 애를 썼다.

"염 님은 내가 잘 배웅하였다."

"잘 가시었나요?"

"잘 가시었어."

령이 힘없이 대답하는 것이 영 마음에 걸렸던 무결은 그녀의 긴 머리카락을 쓰다듬어 주며 조용히 속삭였다.

"언제 한번 염 님의 기방에 함께 가자꾸나."

"저, 정말이시어요?"

방금 전까지도 고개를 돌리고 있던 령이 반짝거리는 눈으로 무결을 보았다. 커다란 두 눈에 은하수가 가득 들어찬 것같이 생기가 넘쳤다.

그래, 그런 얼굴을 볼 수만 있다면 내 뭔들 못하겠느냐.

무결은 웃으며 고개를 끄덕였다.

"그래, 사내가 한번 뱉은 말은 꼭 지키는 법이지. 언제 데려가 주랴?"

"언제든 좋습니다. 무결 님께서 시간이 되실 때 언제든!"

"대신, 조건이 하나 있는데."

"조건…… 이요?"

령이 불안한 눈으로 무결을 슬그머니 바라보자 그는 평소에는 보기 힘든 매력적인 미소를 지으며 대답했다.

"서방님이라고 불러주련?"

"예에?"

"싫으냐?"

"시, 싫다니요. 어찌 그런 말씀을."

령의 얼굴이 맛 좋게 생긴 복숭아처럼 발그스름해졌다. 한입 앙 베어 물고 싶을 정도로 매끈하면서도 오동통한 그 얼굴에 무결은 마른침을 삼키며 혀로 입술을 핥았다.

령만 보면 전에 없던 식욕이 마구마구 샘솟는다.

이 일을 어찌하나.

"꼭 같이 염 님의 기방에 가요, 서방님."

꽃다운 신부의 말 한마디에 철옹성 같은 무결도 단숨에 녹아버 린다.

'아아, 다른 사내를 보러 몸소 가고 싶지는 않건만.'

무결은 아리따운 안해를 품에 안으며 한탄을 하였다.

'이리도 령이 원한다면 또 어쩔 수 없는 노릇 아닌가.'

그래도 그대가 기뻐하는 얼굴을 볼 수만 있다면야.

무결은 령의 매끄러운 살갗을 쓰다듬으며 나직한 한숨을 내뱉 었다. 정말이지 요부가 따로 없었다. 낮에는 천사의 얼굴을 하고, 밤에는 악마의 얼굴을 한 그녀는 한낱 다람쥐 주제에 천궁을 다스 리는 포식자를 들었다 놨다, 살살 구워삶는다. 애초에 요사스러운 여인이 아니라는 것이, 순진무구한 진심에서 우러나온 모습이라 는 것이 함정이라면 함정이었다.

❖

하늘이 어둑어둑해졌다.

"혼례에 와주셔서 감사합니다. 일이 있어 시간을 좀 더 잡아먹고야 말았습니다. 조만간 인사드릴 일이 있을 겁니다."

초야를 치른 다음날, 무결은 평소와 같이 냉랭한 얼굴로 나와 세 봉요를 배웅했다. 범을 바라보는 그의 눈빛이 사뭇 냉정했지만 범은 그다지 개의치 않는 눈치였다.

무결은 짧은 인사를 하고 다시 그의 반려가 기다리고 있는 애실로 사라졌고, 남은 곳에는 세 봉요만이 있었다.

하늘에 달이 뜨고, 별이 떴다. 언제나처럼 고요한 밤, 세 봉요는 천궁의 오솔길을 걸었다. 그곳은 천궁에서 지상으로 향하는 계단으로 닿는 길이었다.

"바람의 지배자는 참으로 예의가 바르기도 하지. 고작 삼사 일 더 있었을 뿐인데 그걸 미안해하다니 말이야. 지독하게 길고 지루한 우리들의 시간 속에서 삼사 일은 한낱 먼지에 지나지 않거늘."

염이 부채로 입가를 가리고 키득거렸다. 어둠을 빛내는 시뻘건 불꽃이 그가 웃을 때마다 곁에서 일렁거렸다. 늘어진 옷자락과 권태로운 표정, 나른하면서도 색기가 넘치는 분위기는 늘 끈적끈적한 느낌이었다.

그것이 별로 마음에 들지 않았던 청이 고개를 절레절레 저었다. 청아하면서도 깨끗함을 즐기는 그는 언제나 단정했고, 치밀했으며, 선을 지키는 사내였다. 그는 자신의 푸른 장포마저 염의 불길과 색에 물들 것 같다는 듯 그에게서 멀찌감치 떨어져 옷을 툭툭 털었다.

"너무 그렇게 야박하게 굴지 마시오. 언제 어떻게 천화로 얽힐지 모르는 운명이 아니오?"

염은 알고 있었다. 자신에게 진상될 천화는 청이 다스리는 수궁 출신이 될 것이라는 것을.

언제 어떻게 태어날지 모르지만 염의 기운을 다스릴 천화는 오로지 수궁의 천화여야만 했다.

"그렇게 된다면 우린 일종의 사돈지간이 되는 것이 아니오?"

"……글쎄."

청이 염의 말을 흘려버리고 가던 길을 걸었다. 그러자 새까만 어둠 속에 녹아내릴 것 같은 모습을 하고 뒤를 따르던 범이 히죽히죽 웃었다. 독에 절어 있는 것처럼 진득진득하고 매캐한 웃음이었다.

"아직도 그것을 믿으시오?"

"무얼?"

"천화 전설 말이오. 야차를 만물에 봉인을 시키니 그 성정을 다스릴 이는 오직 천화뿐이라. 각기 다른 성질의 천화가 봉요와 얽혀 그 성질을 죽이고, 그것들이 조화로워지니 세상에는 평화가 찾아온다나 어쨌다나."

"어쨌거나 지금 살아 있는 증거를 보고 있잖소?"

"아아, 무결과 그 어린 다람쥐?"

범이 비릿하게 웃고는 가라앉은 눈을 하고 답했다.

"실패작도 있잖소?"

범은 허무로 가득한 눈을 빛내며 염과 청을 번갈아 바라보았다.

"바로 여기. 나 말이오."

삶의 의지가 없는 그녀가 자아내는 독, 그것은 무척이나 치명적이었다.

염과 청이 무슨 말을 해야 할지 모른다는 얼굴로 범을 바라보자 그녀는 킬킬 웃으며 손사래를 쳤다.

"그런 표정들 하지 마시오. 썩 마음에 안 들거든."

그렇게 말한 범의 눈빛이 순식간에 날카로워졌다. 그녀는 언제나 유리를 먹인 거미줄 위에서 사는 것만 같았다. 자학하면서 동시에 광기를 즐겼다.

"범, 물론 우리도 자네 심정을 이해하지만 그쯤에서 그만두지. 혼례를 망친 주범이 자네라는 것을 알고 있어."

"어디서 화를 내야 할까요? 내 심정을 이해한다는 것? 아니면 혼례를 망친 주범이 나라고 생각하는 것?"

범은 새까만 부채를 펼쳐 붉은 입술을 감춘 채 커다란 눈으로 두 봉요를 노려보았다. 그때였다.

"버, 범 님!"

누군가 수풀을 헤치고 달려와 범의 옷자락을 잡고 늘어졌다. 풀어헤친 머리칼에 의복은 엉망으로 얼룩이 묻어 있었지만 그녀는 분명 운이었다.

"이게 누구신가?"

"범 님, 접니다! 운입니다!"

"운? 운이라, 처음 듣는 이름인데."

범은 갑작스럽게 난입한 운의 앞에서도 눈 하나 깜빡하지 않고 그녀를 내려다봤다. 평소와 다른 몰골에 겁을 잔뜩 집어먹고 눈물을 글썽거리고 있는 그녀가 애처롭지도 않은지 잔혹하고도 아름다운 눈빛이 고혹하게 빛났다.

"저, 저 이러다 영영 쫓겨나게 생겼습니다. 천화를 절벽에서 밀어버린 걸 무결 님이 아신 것 같아요. 잘못하다가는 저 말고 우리 집안까지 모두 화를 입을지 모릅니다. 도와주세요."

"내가? 그대를? 어째서?"

"그, 그거야 범 님께서 그날⋯⋯."

운의 하얀 뺨을 타고 눈물이 또르르 흘러내렸다. 운은 아직도 그녀를 향해 범이 손을 내밀었던 날 밤을 잊지 못했다.

그날은 운이 최고조로 예민해져 있던 날이었다. 급작스럽게 진행되는 무결의 결혼, 그리고 당연히 그 곁에 있으리라 생각했던 자신의 열외, 천화의 등장. 모든 것이 혼란스럽고 힘겨웠던 날이었다.

시종 아이에게 괜한 화풀이를 한 뒤, 혼례를 위해 와 계신 청에게 독대를 하고프다 기별을 넣었던 참이었다. 청이 웬일로 흔쾌히 방으로 건너오라 하였기에 운은 아무 의심도 하지 못하고 청이 묵는 방으로 건너갔다.

그리고 그때, 운은 범을 만났다.

청의 방문을 열고 안으로 들어간 순간, 운은 범이 쳐놓은 다른 세계에 발을 내디뎠다. 투명하고 반짝거리는 거미줄과 강한 독으로 이루어진 환각의 세계. 나중에 안 것이지만 범이 가끔 누군가를 홀리거나 조종할 때 이런 방법을 쓴다 하였다.

일단 그 공간에 발을 디디면 웬만한 요괴는 정신을 차리지 못한다. 독이 힘겹다기보다 황홀하게 느껴지는 환각을 보게 되니까.

운이 마주한 환각은 고즈넉한 정원이 돋보이는, 천궁에서도 가장 청명하다는 무결의 집무실이었다.

—어서 오너라.

눈앞에서는 안개처럼 부옇고 몽롱한 환각이 펼쳐졌고, 머릿속으로는 누구의 것인지 알 수 없는 목소리가 파고들었다.

—꿈은 처음이지?

"꿈?"

—그래, 꿈. 이건 내가 친 결계지만 네가 느끼기에는 꿈을 건넌다고 느껴질지 모르겠구나.

무결 같기도 하고, 청 같기도 한.

사내인 듯하면서, 여인 같기도 한.

묘한 목소리의 주인공이었다. 무결의 집무실 마루 위에 누군가 피다 만 곰방대가 하나 놓여 있었다. 그때 운은 이것이 현실이 아님을 알아차렸다. 무결은 곰방대를 피우지 않는 사내였으니까.

곰방대에서 피어오른 연기가 천천히 형상을 만들어냈다. 연기가 명암을 만들어냈고 그 안에서 희미한 여인의 형체가 나타났다. 검은 장미가 있다면 꼭 이럴 것 같았다. 더없이 아름다우면서도 그 속에 품은 독이 무척이나 위험한, 그런 여인이었다.

—나는 범이라고 한다.

"범이라면…… 봉요 중 하나이신!"

운이 잽싸게 머리를 조아리자 범이 쿡쿡 웃었다.

—요즘 마음고생을 한다고 들었네.

"누, 누가……. 혹시 청 님께서 그러십니까?"

—새로 나타난 천화 때문이라지? 이해가 돼. 굴러온 돌이 박힌 돌을 빼낸 참이니 박힌 돌 입장에서 어찌 참을 수 있겠는가.

"이해해 주시는 겁니까?"

—다른 봉요들은 단 한 번도 그대를 이해하려 하지 않았겠지. 하지만 난 달라. 여인이지 않은가? 여인의 마음은 여인이 가장 잘 아는 법이지.

그 말이 운의 가슴을 뒤흔들었다. 함정이라는 것은 알지 못했다. 여인의 적은 또한 여인이라는 말 역시 그 순간만큼은 기억할 수가 없었다.

"범 님, 저를 도와주세요!"

운의 입에서 절로 도움을 요청하는 말이 튀어나왔다. 판을 짠 것은 범이지만 그녀는 절대 자신의 입으로 도와준다는 말을 꺼내지 않을 작정이었고, 그 작전은 성공했다.

—어찌 도와주랴? 네 앞길을 가로막는 천화를 없애주랴?

"그, 그건…… 없애는 걸 원하는 게 아닙니다, 저는."

—쯧쯧, 독하지 못한 것. 어차피 천화를 없애지 못한다면 무결도 네 차지가 안 될 것이야.

"제가 어떻게 해야 할까요?"

—너도 알다시피 나는 봉요 중 하나다. 직접적으로 누군가를 해할 수 없는 몸이야. 그렇게 되도록 내 힘은 봉인이 되어 있지.

범의 목소리에서는 짙은 향기가 났다. 곰방대에서 피어오르는 담뱃잎 타는 냄새, 온갖 화려한 꽃향기, 그러면서도 간간히 느껴지는 들꽃의 냄새.

참 갈피를 잡을 수 없는 이였다.

—천궁에 있는 너라면 알겠지? 보름에 천궁과 지상을 잇는 길이 열린다. 그때를 놓치지 말거라. 내 말이 무슨 말인지 알겠느냐?

"하, 하오나 보름에 어찌 천화를……."

—보름, 천화는 봉요에게 인사를 올리러 나올 것이다. 그 이후의 일은 네가 머리를 잘 써야겠지.

"주, 죽진 않을까요?"

—길에서 미끄러진다 뿐이지 죽진 않는다. 지상으로 떨어지는 것 뿐이야. 천궁으로 돌아올 방도를 찾지 못하겠지.

범이 서늘하게 웃었다.

—지상으로 떨어져 어떤 일을 당할지 네가 알 게 무어냐? 하늘보다 더한 위험이 도사리는 곳이 지상이다. 어떤 일이 생긴다 한들 이상하지 않겠지.

그날 범은 운을 꼬여냈다. 운은 자신이 어떤 정신으로 천화를 밀었는지 기억하지 못했다. 모든 것은 다 범 때문이었다. 그의 말에 홀렸고, 그의 환각에 조종당했다. 운은 그리 생각했다.

"범 님께서 그날……."

—날 도와달라고 한 것은 네가 아니더냐?

범의 나직한 목소리에 운의 두 눈이 순식간에 동그래졌다. 머리를 통해 흘러들어 오는 목소리는 분명 범의 것이 분명했다.

—난 말했을 뿐이고, 그리 움직인 것은 너다.

"버, 범 님! 절 버리시는 겁니까?"

—자꾸 이상한 말을 하는구나. 나의 유혹을 이기지 못한 약한 네

마음을 탓하거라. 게다가 일이 있을 때마다 남에게 의지하려는 건 못된 버릇이야. 네 스스로 살 방도를 마련해야지. 아둔한 것. 천화를 벼랑에서 밀 때 그 후폭풍이 어떨지 생각하지 못했느냐?

범의 말에 운의 얼굴이 파리해졌다. 예전의 곱디곱던 자태는 사라지고 그곳에는 공포에 질린 여인만이 있었다.

"버, 범 님! 범 니임!"

운이 바들바들 손을 떨며 범의 치맛자락을 거칠게 움켜쥐었다. 썩은 동아줄이라도 잡고 말겠다는 굳은 의지에 범이 눈살을 찌푸리고 그녀를 내쳤다.

—그럼 어쩌랴? 지상이라도 함께 갈래? 날개 달린 네가 그곳을 견딜 수 있을까? 지상이고 천궁이고, 널 원하는 곳은 없다.

범의 단호한 한마디에 운이 비틀거리며 자리에 풀썩 주저앉았다. 눈동자에서 총기가 빠져나가고 생기가 날아가 버렸다. 마치 산송장 같은 모습에 청이 그녀의 곁으로 다가왔다.

"어리석은 것."

청의 말에 운은 초점 잃은 눈으로 눈물을 가득 쏟아내며 그를 올려다보았다.

"우린 봉요다. 그것도 아직 천화를 얻지 못한. 그런 우리에게 무얼 기대하느냐? 연민, 정, 의리……. 네가 원하는 그런 것들은 우리에게 없다."

청은 단호하고 냉정했다. 그토록 연모하던 무결도, 조력자라 생각했던 범도, 은인이라 여겼던 청도…… 그저 봉요일 뿐이었다. 감정 따위는 거추장스럽고, 인연 또한 그들의 긴 세월에 스쳐 지나가는 한낱 먼지와도 같은 것이라고 여기는.

잔혹하고 이기적인 생물.

범의 옷자락을 잡고 있던 운의 손이 스르륵 떨어져 나갔다.

"그래서 내 그날 일러주지 않았니?"

청이 나직이 속삭였다. 범은 수풀을 타고 지상으로 향했고, 그 상황을 방관하던 염은 불꽃에 휩싸인 채로 사라졌다.

남은 것은 청과 운, 둘뿐이었다.

"네 것이 되지 못할 바람이다. 바람이 네 곁에 머무는 것을 욕심 내지 말라고."

"청 님……."

청이 무결을 찾아 우물물을 타고 놀러 왔던 날, 운이 청을 독대 했던 날. 그날이 까마득했다.

"오래 연모했어요. 그 마음을 펼치지도 못한 채 남의 사내가 되 는 것을 어찌 두 눈 뜨고 보고 있습니까?"

"애초에 하나였던 마음도 아니었다. 변심한 것도 아니지 않느 냐?"

"압니다. 압니다만…… 그저 소녀의 작은 바람이었어요. 그분 곁에서 나고 죽는 것이. 욕심을 내는 것이 그리 잘못한 일입니 까?"

운이 눈을 질끈 감았다. 그녀의 눈에서는 피눈물이 흘러내렸다.

다른 이에게 속아 넘어갔다는 것도, 연모하던 사내를 빼앗긴 것 도, 사내에게 미쳐 다른 누군가를 해하려 했다는 것도, 이제 그로 인해 자신은 풍전등화가 되어버렸다는 것도 다 현실처럼 느껴지 지 않았다.

"순간의 선택이 생을 좌우한다는 것을 알면서도 어찌 그리 어리석은 짓을 반복하는 것인가. 그것도 그만큼 살았으면서."

청은 운을 물끄러미 바라보았다.

분명 무결은 운을 용서하지 않겠지.

예전이라면 몰라도 천화에게 흠뻑 빠진 지금, 연모하는 이를 죽음으로 몰아넣었다는 것을 참을 이는 세상 어디에도 없었다.

"천화의 자비에 기대보는 수밖에."

청은 어리석은 운을 내려다보며 연신 혀를 끌끌 찼다. 그리고는 그녀의 몸에 배어 있는 산화엽 향기를 맡으며 눈살을 찌푸렸다.

역시 이 모든 일에 범이 개입되어 있었다.

'대체 어디까지 할 셈인가?'

그 일이 있은 후로 몇백 년이 흘렀는지 모른다. 기억조차 가물가물한 그 일을, 범은 아직도 생생하게 기억하는 모양이었다.

'독하군.'

다른 것은 기억이 나지 않아도 단 하나만큼은 생생하게 기억이 났다. 그건 바로 피눈물을 흘리며 고함을 지르는 범의 모습이었다.

"내 죽기 전에 그대에게 복수를 하리라! 그대가 나에게 한 것과 같이 처절하고 끔찍한 피의 복수를 하리라!"

그날 범의 고함은 처절하게 하늘을 찢어발겼다. 잘 웃던 그녀에게서 미소가 사라졌고, 아름다웠던 꽃에 독이 맺혔다. 모든 것이 비틀어지기 시작했고, 균형에 균열이 생겼다. 그녀는 그날 악에 받쳐 저주를 퍼부었다. 피가 끓어오르고, 심장을 쥐어 터트릴 것처럼 패악을 부리던 그날.

'이 평화가 언제까지 지속이 될는지.'

소낙비가 내리던 그날, 청이 맡았던 진한 피비린내가 어디선가
풍겨오는 느낌에 그는 살며시 눈을 찌푸렸다.

第十三章

 축축한 흙냄새가 물씬 풍기는 곳에는 범이 기거하는 궁(宮)이 있었다. 볕이 잘 드는 곳이나 동시에 음지이기도 한 기괴한 곳은 범의 성정을 잘 드러내고 있었다.

 아름다우면서도 괴기스러운 궁이었다. 흙으로 쌓아올린 궁은 무척이나 자연친화적이면서 단단한 느낌을 주고 있었고, 기둥을 타고 푸른 담쟁이덩굴이 피어 있었다. 넓은 마당에는 온갖 꽃들이 만개해 있었는데 그중에서도 가장 많은 것이 산화엽이었다.

 산화엽, 비를 맞으면 투명해지는 꽃. 그것은 범의 상징과도 같은 꽃이었다. 물론 주변에는 산화엽 말고도 수많은 꽃들이 피어 있었다. 모란, 작약, 산다화, 백일홍, 수선화, 개별꽃, 과꽃 등 없는 꽃이 없을 정도였다. 계절을 잊고 피어난 꽃들은 볕이 잘 드는 정원을 가득 메우고 있었는데 그 아이들은 범의 요기를 흡수하고 피어나 더욱 짙은 요기를 방출하고 있었다. 범의 궁은 그 요기로 유지되고 있다고 해도 과언이 아니었다.

빛이 가득한 정원을 지나 궁 안으로 들어오면 그곳은 바깥과 사뭇 다른 풍경을 자랑한다. 개미굴을 연상케 하는 어둡고 습기가 많은 실내는 무척 아름답고 화려하게 꾸며져 있었다. 무결의 천궁이 전통적이었다면 범의 토궁(土宮)은 현대식이었다.

"역시 내 집이 좋다니까."

토궁에 들어오자마자 걸치고 있던 의복을 훌훌 벗어 던진 범은 속곳처럼 입은 얇은 치마 차림으로 궁을 돌아다녔다.

"감기 드십니다."

그림자처럼 그녀의 곁을 지키고 있던 한 사내가 급하게 다가와 그녀의 어깨에 장포를 걸쳐 주었지만 범은 한 번의 손길로 장포를 털어버렸다.

"괜한 참견 마."

"하오나……."

"내가 없었던 동안 궁은 괜찮았나?"

범의 하대에 사내는 고개를 꾸벅 숙이며 대답을 하였다.

"아무 일도 없이 무탈하였습니다."

사내는 선이 가느다랬다. 사내답게 굵직굵직한 부분은 있었지만 단정하고 고운 것이 더 컸다. 사내는 긴 검은 머리를 단정하게 묶고 옷차림에 흐트러짐이 없었다. 주름 없는 눈과 우뚝한 코, 고집스러운 입매와 날렵한 턱 선을 가진 그는 무척 미남이었으나 그를 보는 범의 눈빛은 썩 곱지만은 않았다.

"바로 전까지 천궁에 머물다 와서 그런지 네 꼴을 보기가 싫다."

"물러가 있을까요?"

"네가 물러가면 내 시중은 누가 들으란 말이야?"

잔뜩 예민해진 범이 소리를 지르고는 긴 의자에 몸을 눕혔다. 그녀는 짜증스러운 얼굴로 사내가 곰방대를 가져다주는 것을 물끄러미 바라보았다.

그가 곰방대에 담뱃잎을 넣고 불을 붙여 범의 입에 물려주는 일련의 과정들은 자연스러우면서도 유연해 가히 아름답다는 느낌을 전해주었다.

곰방대를 한 번 깊이 빨아들인 범이 담배 연기를 내뿜으며 물었다.

"천궁에 가서 내가 무얼 보고 온 줄 아느냐?"

"무결 님의 혼례 때문에 초청받으신 것이 아닙니까?"

"그래. 무결의 반려를 보고 왔다."

범은 다시금 곰방대를 입으로 빨고 자리에 일어나 앉았다. 사내가 범의 앞에 따뜻한 물이 담긴 대야를 가지고 왔기 때문이었다. 그녀는 자연스럽게 한 발은 대야 안으로, 다른 발은 굽히고 앉은 사내의 무릎 위에 올려놓았다. 사내는 아무 말 없이 범의 발을 차분히 씻겨주며 기분 좋게 문질러 주었다.

의자 등받이에 목을 받치고 눈을 감은 범의 입에서 만족스러운 탄성이 흘러나왔다. 범은 한참 물 참방거리는 소리를 듣고 있다가 입을 열었다.

"너와 같은 이름을 가진 아이더구나."

"네?"

"목소리가 좋다 하여 이름 붙여진 령(怜)이 아니더냐? 그 아이,

천화는 방울이라는 단어를 쓰더구나."

"그렇…… 습니까?"

"이게 무슨 우연인지. 우연이라 하나, 악연이라 하나."

범은 허탈하게 중얼거리며 감았던 눈을 슬그머니 떴다. 눈두덩 아래로 드러난 흐릿한 눈빛이 위험하게 번들거렸다.

"내가 아무리 잊으려고 해도 잊을 수가 없는 건 바로 너 때문이다."

"주군."

"네 얼굴도, 네 이름도, 네 목소리도 다! 날 괴롭힌단 말이다."

범은 젖은 발을 들어 올려 사내의 어깨를 툭 쳤다. 그녀의 힘에 사내가 뒤로 밀려났지만 그는 곧 자세를 바르게 해 그녀의 앞에 꿇어앉았다.

"기가 막힐 노릇이지."

범이 새까만 눈으로 령이라는 이름의 사내를 노려보았다.

"나의 천화가 천궁에서 태어난 이라는 것도 우스울 지경인데 말이야."

"주군."

"천궁에서 온 나의 천화는 생김새가 무결을 꼭 닮질 않았더냐? 게다가…… 이름은 무결의 천화와도 같다. 이것이 나를 조롱하기 위함이냐, 아니면 운명의 장난이라 받아들여야 하는가?"

"용서……하십시오."

"무얼?"

범이 험악하게 읊조렸다. 령, 사내는 입을 다문 채 그녀의 앞을 지키고 있었다.

"네가 무얼 잘못했는데 용서하라는 것이냐? 어디 말해보거라."

"제가 무결 님을 닮은 것은 그저 우연이며, 천화의 이름과 같은 것 역시 우연입니다. 그런데도 그것이 주군의 심기를 어지럽혔다면 당연히 사죄를 드려야 마땅……."

"마땅해? 너는 잘못한 것이 없는데 뭐가 그리 매번 미안한 것이야?"

범의 발작적인 고함에 사내는 익숙한지 입을 다문 채 그녀의 마음이 가라앉을 때까지 기다렸다. 하지만 그것은 언제나 범의 심기를 더욱 뒤틀리게 하였다.

"너의 쌍둥이 여동생 대신 팔려오다시피 한 것이니 너도 날 원망하겠지. 아니 그런가?"

"아닙니다."

"내 악행은 익히 들어 알 테고, 몸 약한 쌍둥이 여동생이 천화로 내 곁에 온다면 얼마 못 가 죽을지도 모른다는 생각에 네가 대신 온 것이 아니더냐?"

"……취하셨습니까?"

"취하긴. 매일 피우는 곰방대에 취할 성싶으냐?"

범은 독기 서린 눈을 번뜩거리며 사내를 노려보았다. 노랗고 노래도 곧잘 부르는 아름다운 천궁의 악사(樂士). 곱고 아름다워 모두의 경외를 받으며 지낸 이.

그가 바로 범의 천화였다.

하지만 그는 토궁으로 온 이후로 웃음을 잃었고, 마음을 사로잡혀 버렸다. 범은 온실과도 같은 자신의 공간에 들어와 시들어가는 령을 지켜보았다. 지켜보는 것만으로도 누구에게로 향하는지 모르는 울화가 왈칵 치밀어 오를 때면 범은 온갖 패악을 부렸다. 담배를 피웠고, 술을 마셨으며, 흉기를 휘둘렀다.

너를 상처 입히고, 나를 상처 입힌다.

그것이 범이 살아가는 방법이었다.

"어린 여자아이를 꾀어내는 것은 참 쉽더구나. 무결에게 목을 매는 여인이 있어 투기를 빌미 삼아 꾀어냈더니 어찌나 쉽게 넘어오던지. 그 여인이 절벽에서 날지 못하는 천화를 밀어버리는 광경을 네가 봤어야 하는 건데 말이다."

범이 반쯤 미친 여인처럼 키득키득 웃으며 다리를 꼬았다. 그녀의 움직임에 치맛자락이 올라가고 허벅지가 훤하게 드러났다. 그녀는 탄탄하고 풍만한 육체를 내보이며 은근히 사내를 유혹하는 중이었다.

하지만 사내는 바람을 머금은 자. 육욕에 쉽게 휘둘리는 자가 아니었다. 더불어 신성하고 순수하다 일컫는 천화이기도 했다.

'신성하고, 순수하다? 퇴폐적이고 타락한 이 몸에게 그런 천화라……. 참으로 역설적인 일이 아닌가.'

범이 피식거리며 사내에게서 나올 말을 기다렸다. 사내는 언제나처럼 토악질이 날 정도로 올곧고 바른 말만 했다. 단 한 번이라도 그는 범의 편을 들어준다던가 하는 적이 없었다. 시늉조차 하질 않았다.

차라리 입안의 사탕처럼 굴면 좋으련만.

"꼭 그리하셔야 합니까?"

"꼭 그리해야만 한다. 그것이 내가 살아 있는 이유이니까."

"허나……."

"내 사내를 죽인 이다! 내 반려를 없앤 원수다! 내가 그이가 행복하는 꼴을 못 보는 것이 당연하지 않느냐? 예전부터 다짐했었다. 그이를 죽게 하고 날 억지로 이 자리에 끌어올린 이상, 나는 그에게 똑같이 복수하겠다고."

범이 부르르 떨며 격양된 목소리로 고함을 지른 순간, 그녀의 앞에 무릎을 꿇고 앉아 있던 사내가 다급히 그녀의 가느다란 발목을 잡아 쥐었다.

"아앗! 뭐 하는 짓이야?"

"이게…… 무엇입니까?"

사내의 두 눈이 가늘게 떨렸다. 그가 보고 있는 것은 그녀의 허벅지 안쪽의 상처였다. 화상 자국처럼 흉하게 얼룩덜룩한 그것은 사내가 단 한 번도 본 적 없던 상처였다.

"이것이 무엇입니까?"

사내의 고함에 범은 눈살을 찌푸린 채로 자신의 다리 안을 확인했다. 치마로 가릴 생각도 안 하고 당당하게 그녀는 상처를 내보였다.

"보복이라고나 할까?"

"보복…… 이라니요?"

"절벽에서 떨어진 천화와 무결, 두 요괴에게 한 번에 복수하기 위해서 거미 몇 마리를 풀었거든."

"주군!"

"너도 알다시피 나는 살생에 관여해서는 아니 된다. 누구보다 막대한 힘을 가진 이상 힘을 제어하는 것에 따른 대가가 필요한 법이지. 복수를 하면 나에게도 그만한 대가가 따른다."

"그걸 알면서도……."

"알면서도 했다. 이 복수로 인해 내가 죽게 되더라도 나는 상관 없어."

"주군!"

"왜 그렇게 고함을 지르는 것이냐? 내가 죽는다면 넌 자유의 몸 이다. 나에게서 해방이 되니 기쁠 텐데 어째서 그런 얼굴을 하는 거지?"

범은 사내의 턱을 붙잡아 올리고는 일그러진 그의 얼굴을 바라 보았다.

"내가 너 이외의 다른 사내와 잠자리를 하여도 화 한번 내는 적 없던 네가 웬일이냐?"

감정을 내보이는 일 따위 없는 사내였다. 그랬기에 범은 그의 반응이 신선하기도 했고, 꽤 만족스럽기도 했다.

"널 화나게 하려면 날 상처 입히면 되는 것인가?"

"범 님, 제발……."

사내의 말에 범은 시답지 않은 소리 그만하라는 듯 자리에서 벌 떡 일어났다. 그녀는 치마로 자신의 허벅지를 숨기고는 긴 머리카 락을 돌돌 말아 비녀로 고정시켰다.

"목욕을 할 것이야. 네가 시중을 들 것이냐?"

"……그리하겠습니다."

그리하지 않는다면 범은 분명 다른 사내를 탕에 들일 것이다. 사내는 붉게 물든 눈으로 고통의 늪에서 허우적거리는 범을 바라 봤다. 그녀는 자신을 고문하는 중이었다.

사내는 욕실로 사라진 범의 자취를 찾으며 한숨을 내뱉었다.

"언제까지 이렇게 자학만 반복하실 겁니까? 복수로는 그 어떤 것도 해결이 되지 않는다는 것을 왜 모르십니까?"

그렇게 중얼거린 사내는 범에게 닿지 못하는 마음을 한 자락 내비쳤다.

"저로는……. 제 노래로는 위안이 되지 않는 것입니까?"

어떻게 해야 꽁꽁 얼어버린 주군의 마음을 녹일 수가 있는 것인지. 어떻게 해야 그녀의 안에 봄비처럼 스며들 수가 있을는지.

사내는 그 방법을 알지 못해 그저 그녀의 곁을 지키고 있을 수밖에 없었다.

탁—

서책 덮는 소리가 제법 커다랗게 집무실을 울렸다.

"하아."

깊은 한숨 소리가 뒤따랐다. 무결은 방금 목목이 주고 간 로만서 네 권을 내리읽은 참이었다. 로만서는 기존 서책들과는 성향이 달라도 너무 다른 탓에 무결을 혼란스럽게 만들었다.

"어떻습니까?"

목목이 뜨거운 국화차 한 잔을 내밀며 무결의 심기를 살폈다. 그는 목목이 내민 국화차를 천천히 마시고 나서야 고개를 들었다.

"그러니까 이게……."

"네."

"여인들은 왜……."

"어떠셨습니까?"

"확실히 다른 서책들과 달리 쉽게 읽히는구나."

"그리고요?"

"그리고……."

무결은 무어라 말하기 어렵다는 듯 잠시 생각에 잠겼다. 사내가 여인들의 필독서를 읽는다는 것이 어떤 느낌인지 잘 아는 목목은 충분히 무결이 받아들일 시간을 주기로 마음먹었다.

"일단 가장 쉬운, 기초 서책으로 추천해 드린 것이옵니다."

"이것이 기초다?"

"일단 〈달콤한 악마〉의 경우에는 부부가 도리를 다하지 않으면 어떤 일이 벌어지는지 알려 드리기 위해 추천을 해드렸고, 〈은루〉는 신분이 다른 두 남녀가 어떻게 사랑에 빠지는지를 알려 드리기 위해 추천을 해드렸사옵니다. 〈10번의 연애 예행 연습〉의 경우, 무결 님의 상황과 비슷하겠다 싶어서……."

"어디가? 무엇이?"

"일단 나이 차이가 그러하옵니다."

"그리고?"

키워서 잡아먹는 듯한 느낌도 그러하옵니다, 라는 말은 목목의 목구멍으로 쏙 들어가 버렸다. 심기가 영 불편해 보이는 주군에게서 볼썽사나운 말이 튀어나올까 싶어서였다.

"그럼 〈뒷이야기〉는 무엇이야?"

"부부간의 이야기와 더불어 육체적인 관계를 향상시키는 비법을 위하여……."

콰아앙—!

목목의 설명이 영 마음에 들지 않았는지 무결이 탁상을 주먹으로 내려쳤다. 요란한 소리에 목목이 흠칫 놀라 굽은 등을 작게 떨었다. 커다란 눈은 연신 무결의 얼굴을 살피느라 바쁘기만 했다.

"그래, 무슨 말인지 잘 알았다. 잘 알았는데 말이다."

"네. 말씀하시지요."

"내가 이걸 왜 읽고 있어야 하나 이해가 되질 않는구나. 인간들이 지은 책이 아니더냐? 백 년도 채 살지 못하는 인간들은 충분히 사소한 것 하나에 죽을 것처럼 안달할 수가 있다. 허나 나는 아니다. 삼천 년을 넘게 산 요괴다. 그런 것 하나하나에 휘둘려서야 되겠느냐?"

무결이 답답하다는 듯 말하자 목목이 알 수 없는 눈으로 그를 바라보았다.

"왜 그렇게 보는가?"

"일단 로만서에 대한 감상을 말해보시지요."

"내게 감상문이라도 받을 참이냐?"

"일단 제가 하는 말을 들어보시옵소서. 후회하지 않으실 겁니다."

"하!"

노총각인 주제에 이렇게나 뻔뻔할 수가 있다니, 무결은 목목의 태도에 혀를 내두르며 그를 바라보았다. 그러자 목목은 무결의 눈에 담긴 뜻을 읽었는지 짐짓 비위가 상한 얼굴로 투덜거렸다.

"노총각이라고 절 무시하는 게지요?"

"뭐?"

"다 압니다. 저라고 노총각으로 늙고 싶었겠습니까? 사실 무결 님의 곁을 내내 지키며 수발하는 일만 아니었어도 장가가고도 남 았습니다."

"네가 장가를 가지 못한 것이 내 탓이다?"

"꼭 그렇진 않지만 꼭 그렇지 않다고도 말할 수 없지요."

"허!"

"어쨌든, 제가 드리고픈 말은 이겁니다요. 노총각이지만 연애 에 대해서는 무결 님보다 제가 한 수 위라는 것입니다. 어쨌든 전 총각 시절에 연애도 종종 해봤고, 글로도 배웠기 때문입습죠. 그 뿐이겠습니까? 제가 누굽니까? 목목! 나무에 달린 눈이라는 이름 입니다. 부엉이 족의 명예를 걸고 저는 수많은 연인들의 행태를 직접 보았습니다."

"경험이 아니질 않는가?"

"직접경험만 경험입니까? 간접경험이라는 것도 있습니다요."

목목의 새침한 말투에 무결이 질렸다는 투로 고개를 절레절레 저었다.

"무결 님은 지금까지의 반응으로 보아 사내 실격입니다."

"사, 사내 실격?"

"연애 점수는 0점이라고요."

"어찌하여서?"

"지금까지 무결 님께서 로만서를 읽고 생각하신 것이 무엇이옵 니까?"

"여인들은 어찌하여 로만서를 읽는가, 주인공들의 성격이나 행 동이 천편일률적이다, 어찌하여 사내들은 사내답지 아니하고 설 탕 발린 말만 해대는 것인가?"

"그러니까요. 비난하시는 자체가 틀렸다는 것입니다."

목목은 보고 들은 것이 많다는 이유로 무결의 앞에서 콧대를 높였다. 그는 당장이라도 회초리를 휘두를 것처럼 엄한 눈초리를 하고 흰 수염을 쓸어내렸다.

'괘씸하군. 나보다도 어린 주제에.'

잠시 그렇게 생각한 무결이지만 목목이 자신보다 연애에 대해 많이 안다는 사실은 인정하는 바이기에 별다른 제지는 하지 않았다. 조용히 그가 어떻게 나올지 지켜볼 심산이었다.

"여인들은 몸보다 마음을 더 중요하게 여깁니다."

"마음이라."

"한번 곰곰이 생각해 보십시오. 무결 님께서는 천화 아기씨께 자신의 욕심만 밀어붙이지는 아니하셨는지."

목목의 말에 심장 한 켠이 따끔거렸다.

"혀가 멈추었다."

"아직 멀었어."

"다리를 벌리거라."

"나는 계속 네 안에 있고 싶구나. 그러니 신경 쓰지 말고 자거라."

그러고 보니 처음부터 끝까지 자신의 욕심만 강요했다. 심지어 둘이 교합을 할 때면 방금 전 무결이 비난했던 로만서의 사내 주인공들이 지껄였던 사탕발림도 서슴지 않고 했던 것 같다.

그것을 기억해 낸 무결의 양 뺨이 미미하게 붉어졌다.

"처음부터 지금까지 줄곧 운우지정만 나누신 것이 아닙니까?"

"그, 그것은······."

"아니라면 어디 반박해 보시지요. 천화 아기씨께서 좋아하시는 음식이 무엇인지 아시옵니까? 탄생일은 언제인지 아시옵니까? 지금 천화 아기씨가 가장 바라는 일은? 천화 아기씨가 주인님이 계시지 아니하실 때 하시는 일이 무엇인지는 아십니까?"

목목은 예리했고 또 정확했다. 무결은 령에 대해 제대로 아는 것이 없었다. 하지만······.

"상대에 대한 것을 모두 안다고 해서 그를 진정으로 아는 것도 아니고, 상대에 대한 것을 모른다고 해서 그를 아예 이해하지 못하는 것은 아니다."

"말장난을 하시는 겁니까?"

"설마. 천화의 표면적인 것들을 모른다고 내가 령을 진정으로 사랑하지 않는다 말할 셈인가, 목목?"

"아닙니다."

목목이 고개를 저으며 한발 물러났다.

"제가 말씀드리고픈 것은 그것이 아닙니다. 물론 말로 이해되지 않는 감정이 있겠지요. 그것은 몸을 통해 서로에게 전달이 된다고 생각합니다. 허나 주군께서는 가장 기본적인 것을 잊고 계십니다."

"그것이 무엇이지?"

"대화이옵니다. 배려와 더불어 표현이 부족하십니다."

"대화, 배려, 표현?"

"가히 연애의 삼요소라 부를 만하옵니다."

목목의 가르침은 무척이나 단순하고도 명료했다. 령을 밤마다 안는 것만으로는 부족하다고 생각했으나 무엇이 부족한지 알지 못했던 무결의 머리를 단숨에 뚫어버리는 해답을 제시했다.

"아아."

무결이 깨달음의 탄성을 내뱉었다.

로만서에서 누구는 꽃을 선물하고, 누구는 사랑의 노래를 불렀으며, 또 어느 누구는 생닭의 살갗처럼 소름을 돋게 만드는 찬사를 내뱉었다. 여인을 찬양했고, 그녀가 좋아할 일이라면 뭐든지 행하였다.

표현! 그래, 표현이다!

무결의 두 눈이 생기로 반짝거렸다.

"말 잘하였다. 내 당장 령이 기뻐할 만한 일을 해야겠구나."

"무, 무엇을 하시렵니까?"

목목의 질문에 무결은 잠시 생각하는 듯하더니 씩 웃었다. 목목에게 알려주지 않으려는 모양이었다.

'알려주시고 미리 검사받으시는 편이 좋으실 텐데.'

목목이 불안하게 무결을 지켜보았다. 그는 오랜만에 흥이 난다는 듯 생각만으로도 즐거운 표정을 짓다가 이내 물러가지 않은 목목의 시선을 깨닫고 헛기침을 하였다.

"그나저나 요괴들에 관한 로만서는 없는 것이냐?"

"있긴 있사온데 그쪽과 이쪽의 사정이 다르기 때문에 별 도움이 되진 않을 겁니다."

"흠, 그래?"

무결은 대수롭지 않게 넘기고는 족자를 펼쳐 유려한 필체로 글을 적어내려가기 시작했다.

령에게 무결의 서신이 도착한 것은 그로부터 반 시진이 지난 후였다.

"마마님! 마마님!"

율의 호들갑스러운 부름에 조심조심 자수를 두고 있던 령이 한쪽 눈을 왈칵 찌푸렸다. 율의 고함에 놀라 바늘로 제 손가락을 찔러 버리고만 까닭이었다.

빨간 핏방울이 자수틀 위에 투둑투둑 떨어졌다.

"아휴, 놀라라. 애 떨어지겠다. 대체 무슨 일이니?"

"마마!"

"그렇게 부르지 말랬지?"

"혼례도 올리신 마당에 이제 호칭을 바꾸어야지요."

"그래, 무슨 일인데 그리 소란스러운 게야?"

"마마! 주인님께서 이런 것을 마마님께 보내셨습니다."

율은 커다랗고 고운 상자를 령의 앞에 내려놓았다. 붉은 빛깔의 고운 비단 상자였는데 매듭까지 예쁘게 묶인 것이 선물인 듯하였다.

령이 어리둥절한 얼굴로 매듭을 살짝 잡아당겼다. 그리고는 상자를 열었다.

"어머!"

상자 안에는 손바닥만 한 꽃다발과 상자, 서신이 함께 들어 있었다.

"이 꽃은 나무에서 나는 꽃이어요. 고광나무의 꽃이에요."

"예쁘기도 하지."

령은 새하얗고 자그마한 꽃봉오리를 살살 어루만지다가 이내 손바닥에 쏙 들어오는 나무 상자를 열었다. 그곳에는 황금 빛깔의 알이 세 개 들어 있었다.

"이건 또 뭐니?"

"이건……."

율이 상자를 가만히 들여다보며 눈을 깜빡거렸다. 아무래도 이해가 되지 않는다는 듯한 얼굴을 한 율이 입을 열었다.

"불사단(不死團)이라고 무척 귀한 보약이온데 어째서 이것이 여기……."

율이 멍청하게 눈을 깜빡거렸다. 연인에게 보내는 선물치고는 무척이나 어울리지 않는 조합이었기에 율은 고개를 갸웃거렸다. 정작 선물을 받은 령은 뛸 듯이 기뻐했지만.

령이 돌돌 말린 서신을 폈다.

나항상구대 那恒想久對

마이수위리 嚰怡受醷羉

색시배이비 索泝徘移備

라부포애보 躶附怖捱保

대이투고고 對怡投叩姑

어찌하랴, 나는 항상 변하지 않고 그대를 생각하오.

꽃을 기쁘게 받아줄까 걱정이 되는군.

물이 있는 곳을 선택했으니 그리로 가 노닐 준비를 하시오.

무일푼이더라도 그대와 함께라면 두려울 것이 없이 편안할 것이야.

대답은 내가 기뻐할 만한 것으로 보내줄 거냐고 묻고 싶소. 연모하는 그대여.

"무슨 일이시랍니까?"

알아듣지 못할 서찰에 율이 고개를 기웃거리며 령의 눈치를 살폈다. 서찰을 읽어나가는 령의 얼굴이 시시각각 변하는데 그것이 썩 좋은 느낌이라 율의 얼굴도 덩달아 밝아졌다.

"무슨 일이시래요?"

"음, 선물이 맞긴 맞는 모양이구나."

"그죠? 그죠? 상자를 보는 순간 느낌이 딱 왔다니까요. 또 뭐라시는데요?"

"야외로 바람을 쐬러 가자시네."

"어머!"

"내 마음은 어떤지 대답을 달라셔."

"어서 붓을 드세요. 자요, 여기 문방사우 대령했사옵니다."

"어휴, 너도 참. 호들갑은."

"호들갑 안 떨게 생겼어요? 사내들이 여인에게 서찰을 보내고, 꽃을 보내고, 어디로 놀러 가자 꾀어대는 것은 마음이 있기 때문이라고요."

율은 령보다 더 기쁜 얼굴로 자리에서 팔짝팔짝 뛰어올랐다. 그런 율을 보며 령은 빙그레 웃고는 서찰에 글자 대신 무결이 보낸 꽃다발의 꽃 한 송이를 끼워 넣었다.

"이것을 가져다 드리렴."

"이 꽃만요?"

"무슨 의미인지 아실 거야."

당신만의 소담스러운 꽃이 되겠습니다. 나의 낭군님.

령이 무결에게 보낸 것은 그런 의미였다. 그리고 령의 서신이 무결에게 도착한 지 얼마 되지 않아 그는 다른 이들의 시선도 무시하고 버선발로 내실로 찾아왔다.

목목이 뒤를 따르며 체통을 지키시옵소서, 하고 울부짖었지만 무결의 귀에는 목목의 말 따위는 들리지 않았다.

"준비가 다 되었소?"

"어디로 가시렵니까?"

"네가 좋아할 만한 곳일 게다. 우리 단둘이 바람이라도 쐬러 가자꾸나."

"아, 좋습니다. 좋아요!"

령의 얼굴이 화사해졌다. 령과 무결은 거동이 편하도록 간편한 옷으로 갈아입고는 길을 떠났다. 목목 하나만 대동한 아주 단출하고도 비밀스러운 외출이었다.

그들이 사라진 후에야 안정이 된 율은 손바닥에 주먹을 톡 내려치며 안타까운 탄식을 내뱉었다.

"그러고 보니 마마님께 이 꽃이 예쁘게 잘 자라고 있다는 걸 말씀드린다는 걸 매번 잊어버리네."

율은 마당 한 켠에 놓아두었던 산화엽에 물을 주며 중얼거렸다. 내내 잊어버리고 있다가 무결이 령에게 꽃다발을 선물한 것을 보고 기억이 난 까닭이었다.

"더 기뻐하셨을 텐데. 으휴, 이 석두(石頭)!"

율은 물에 닿자마자 투명하게 변하는 신비한 꽃을 살살 어루만지며 애정을 담뿍 담고 속삭였다.

"무럭무럭 자라렴. 령 님이 돌아오셨을 때도 이렇게 예쁜 꽃을 피워야지. 우리 마마님께서 얼마나 기뻐하실까?"

第十四章

　무결은 목목을 부엉이로 변하게 만들더니 그 위로 훌쩍 올라탔
다. 그는 안정적인 자세를 한 채로 령을 향해 한 손을 뻗었다. 령
이 그의 손을 붙잡고 목목의 날개를 밟고 올라서자 목목은 기다렸
다는 듯 비행을 시작하였다.

　"기분은 어떠한가?"

　"괜찮습니다."

　"어지럽거나 울렁거리지는 않고?"

　"괜찮아요."

　무결은 령의 뒤에 앉아 그녀를 자신의 가슴에 편안하게 기대게
만들고는 목목의 목에 걸린 고삐를 단단히 움켜잡았다. 사실 령을
데리고 '밖'으로 나가기까지 무결은 생각이 많았다.

　'단둘이 가고 싶긴 한데 그러자니 령을 내 등에 태워야 하는

데……. 그러다 떨어지기라도 하면 놀랄 텐데.'

그것도 그것이지만 무결이 목목을 대동한 이유 중 하나는 그녀와 함께 곁에 앉아 같은 풍경을 보고 싶었기 때문이었다.

"그런데 어찌 이런 생각을 다 하셨어요?"

탁 트인 하늘 위에서 시원한 바람과 향을 즐기던 령이 기분 좋은 목소리로 물었다. 그러자 무결은 그녀의 정수리에 턱을 댄 채로 대답해 주었다.

"인간들은 혼례를 올린 직후 여행을 떠나더구나."

"여행이요?"

"신혼여행이라 한다지."

"그래서, 저희도 신혼여행이라는 것을 가는 것이옵니까?"

령이 즐거운 목소리로 되묻자 무결은 대답 없이 웃기만 하였다. 령은 기대고 앉은 그의 가슴이 푸드득 떨리는 것으로 그의 마음을 확인했다.

"좋으냐?"

"좋고말고요. 사실 태어나 여행은 처음이거든요."

하지만 그걸 아시려나?

무결 님, 제가 기분이 좋은 것은 여행 때문이 아니랍니다. 등 뒤로 느껴지는 무결 님의 쿵쿵쿵, 커다란 심장 소리에 자꾸 기분이 좋아지는 거랍니다.

―그런 것이냐?

머릿속으로 들려오는 무결의 목소리에 령이 화들짝 놀라 아차! 마음이 흘러넘치다 보면 무결이 그녀의 속내를 읽을 수 있다 하였다.

령이 난감함에 입술을 살짝 깨물었다.

―그냥 모르는 척하여주시지.

―그러려고 했는데 기분이 좋아서 말이다.

무결이 더없이 행복하다는 미소를 지으며 그녀를 자신의 품속으로 더욱 깊이 끌어안았다.

―왜 기분이 좋으신데요?

―어찌 아니 좋을 수가 있겠어? 그대와 내 마음이 공명하고 있잖아.

무결이 령을 데리고 간 곳은 북쪽의 깊은 숲이었다. 녹음이 우거진 그곳은 천궁의 공기와도, 기방의 공기와도 사뭇 달랐다. 더없이 맑고 성스러운 기운으로 가득한 곳이었다.

목목은 너른 하늘을 누비다가 홀로 높이 우뚝 솟은 기암절벽에 다다라서야 날개를 접고 내려앉았다.

"이곳은……."

"눈치챘는가?"

무결이 대답하며 목목 위에서 훌쩍 뛰어내렸다. 그가 목목의 날개를 타고 미끄러져 내려오는 령을 안아 올리자 목목은 금세 사람의 형상으로 변하였다.

"비행은 편안하셨습니까?"

"물론이야. 다 잊은 줄로만 알았더니 비행 솜씨는 여전하군."

"과찬이십니다."

목목이 고개를 숙이고 뒤로 몇 걸음 물러났다. 그의 등 뒤에는 요괴 한 마리 크기의 짐이 들려 있었지만 목목은 힘들다는 내색도 하지 않고 곧잘 두 사람의 뒤를 따랐다.

무결은 령의 어깨를 보듬어 안은 채로 기암절벽을 내려다보았다.

"이곳은 내가 태어난 곳이다."

세상에서 고립된 것 같은 외딴 곳.

신성한 기운이 만연하고, 적들의 침범을 막는 결계가 쳐진 곳.

들리는 것이라고는 산새들이 지저귀는 소리와 풀벌레 우는 소리, 바람이 나뭇가지 사이를 스쳐 지나가는 소리가 전부였다.

"꽤 오래전이구나. 삼천 년이면 강산이 변하기에 충분한 시간이거늘 이곳만큼은 그대로구나."

"그럼 주인님, 저는 가서 두 분이 머무실 곳을 손보겠습니다."

"그래 주게."

묵묵이 감상에 빠진 것 같은 주군을 뒤로하고 사라지자 그 빈자리를 령이 채웠다. 령은 어딘지 모르게 쓸쓸해 보이는 무결의 옆에 서서 그의 가슴에 머리를 살짝 기대었다.

"외로우세요?"

"설마. 네가 옆에 있는데."

"걱정 마세요. 앞으로는 외롭지 않게 제가 죽을 때까지 옆에 있어드릴게요."

령이 조곤조곤 말을 걸자 무결은 방금 전의 근심 걱정을 털어내고 싱긋 웃어주었다.

"자꾸 걱정이 되어 그렇다. 지금 이 행복이 찰나의 꿈인 것만 같아서."

"제가 그런 걱정할 때는 괜찮다 하셨으면서."

"그랬지, 그랬어."

령의 반박에 무결이 고개를 주억거리며 그녀를 품고 절벽을 등졌다. 그는 그녀를 데리고 우거진 수풀 속으로 들어가 가볍게 산책을 하였다.

"사실 사냥을 나갈까 하였는데."

"사, 사냥이요?"

"그대가 싫어할 것 같아 그만두었어."

무결의 대답에 령이 놀란 가슴을 쓸어내렸다.

"저는 살생이 싫습니다."

"물론 나도 그렇다. 누군들 손에 피 묻히는 일이 즐거울 수가 있겠어? 허나 의미 없는 살생은 부질없으나 의미가 있는 살생은 어쩔 도리가 없음이다."

"의미 있는 살생은 그 어디에도 없습니다."

"나는 천궁을 지키는 몸. 천궁의 누군가를 해하려고 하면 나는 어떤 것을 감수하고서라도 그들을 지켜내야 한다. 그러니 그것이 의미 있는 살생이 아니고 무엇이겠는가?"

령은 무결의 말에 그 어떤 반박도 하지 못하고 입을 다물었다. 그의 말이 일리가 있었음에도 그 대답이 썩 자신의 것과 같지 않았기 때문에 동의를 할 수가 없었다. 다만 반박도 할 수 없는 것이 그녀 역시 어떻게 자신의 마음을 조리 있게 설명할 수 있는지 그 방법을 모르기 때문이었다.

잠시 어색한 기류가 둘 사이를 맴돌았다.

"그 이야기는 잠시 접어두도록 하지. 이러려고 이곳에 온 게 아니질 않아?"

"네."

령이 순순히 대답을 하고 무결과 깊은 숲 속을 거닐었다. 그녀가 좋아하는 참나무와 상수리나무가 그득한 이곳은 령에게 안성맞춤이었다.

숲 속에 정자가 하나 오도카니 있었다. 이렇게 깊은 숲 속에 외딴 정자라니, 아무리 생각해도 귀신에 홀린 것 같은 일이었으나 령은 손을 내미는 무결을 따라 걸음을 옮겼다.

해가 저물기 시작하였다. 우거진 나뭇잎 사이로 보이는 하늘이 점점 색을 짙게 하였다. 별이 하나둘 뜨고, 낮달과도 같은 흐릿한 달이 두둥실 떴다. 그런 하늘 아래 무결과 령은 있었다.

"희한합니다."

"무엇이?"

"아무것도 없을 것 같은 곳에 이런 정자가 있다니요. 게다가 찻물은 뜨겁습니다."

"아아, 목목의 짓일 거야."

무결이 대수롭지 않게 정자에 앉아 찻잔을 기울였다. 막 물을 끓인 것같이 찻잔 밖으로 김이 모락모락 나고 있었다.

무결은 찻잔으로 얼굴을 가린 채 령의 기색을 살폈다.

"무슨 할 말이라도 있으십니까?"

령이 찻잔을 내려놓고 묻자 무결이 무슨 뜻이냐는 듯 눈을 동그랗게 떴다. 그러자 령은 작게 웃으며 입을 열었다.

"참 이상한 일인 게요, 제게는 원래 이런 능력이 없었거든요? 그런데 무결 님과 마음이 통하고 나서부터는 이상하게도 무결 님과 같은 능력이 생긴 것만 같아요."

"나와 같은 능력?"

"무결 님이 생각을 하도 많이 하시니까 저에게까지 전달이 되지 않아요? 제게 뭘 주시고 싶은 건데요?"

령이 키득키득 웃으며 묻자 무결이 난감하다는 얼굴로 끄응, 신음을 내뱉었다.

아까 전부터 기회를 엿보고 있던 무결에게서 흘러나오는 상념을 눈치채고 있던 령이었다.

─이걸 언제 주면 좋을까? 주면 좋아하긴 할까?

령의 반짝이는 눈망울에 무결은 항복을 선언하고는 순순히 물건을 꺼내었다. 령이 언젠가 만들었던 바둑알 상자보다 훨씬 작은 상자였으나 세공이 섬세하고도 아름다워 령의 마음에 쏙 들어버렸다. 네모난 상자를 꺼내 령의 앞으로 밀어준 무결이 뚜껑을 살포시 열었다.

"와아!"

령의 입술 사이로 탄성이 터져 나왔다. 상자 안에는 두 쌍의 금가락지가 놓여 있었다.

"어때, 마음에 들어?"

"제게 주시는 선물입니까?"

"너와 내가 하나씩 나누어 끼는 것이다. 우리 둘을 위한 선물이지."

그렇게 말한 무결은 상자 안에서 가락지를 꺼내 령의 약지에 끼워주었다. 가락지는 령의 손에 꼭 맞았다.

"그대도, 내게 끼워주겠어?"

무결의 말에 령은 떨리는 손으로 자신의 것보다 큰 가락지를 들어 그의 약지에 끼워주었다. 손가락에 완벽하게 들어맞는 가락지를 보고 있자니 이제 진짜 부부가 된 것만 같았다.

"이것도 인간들이 하는 의식인가요?"

"내 너무 인간들을 따라하는 것 같으냐?"

"아니요. 토속신앙 같기도 하고, 전혀 모르는 것들이니 재미있습니다."

"약지가 심장에 연결이 되어 있다고 하더구나."

"인간들이 그러던가요?"

"그래. 그래서 심장과 가장 가까운 곳에 가락지를 나누어 끼어 영원한 사랑을 맹세한다고들 한다."

무결의 대답에 령은 고개를 주억거리며 가락지를 유심히 살펴보았다. 무결의 것과 꼭 같은, 섬세한 세공의 가락지가 달빛을 받고 반짝거렸다.

둘 사이의 기류가 너무나도 좋았다. 은은한 달빛 아래 오로지 두 요괴뿐이라.

령은 무결을 바라보며 눈을 반짝거렸다. 이대로 그에게 안기고 싶다는 마음이 담뿍 부풀어 올랐다. 그건 무결도 마찬가지일 것이라 생각했다. 마주친 눈빛으로도 그의 속내를 알아챌 수 있었기에 령은 그에게 홀린 것처럼 다가갔다. 그런데 그 순간.

"이제 일어날까? 쌀쌀해지는군. 감모에 걸리겠어."

무결이 자리를 박차고 일어났다. 그 모습에 놀란 령이 이해하지 못하겠다는 얼굴로 연신 눈만 깜빡였다.

뭐지? 마음이 통한 것 아니었나?

내심 서운하면서도 안타까운 마음이 들었으나 령은 순순히 무결이 하자는 대로 자리에서 일어났다.

문제는 그뿐만이 아니었다. 무결이 다음으로 데리고 간 곳은 기암절벽 밑의 온천이었다. 보름달이 뜨는 밤, 무결은 령과 함께 온천에 몸을 담갔다.

"아아!"

"물이 참 좋지?"

"몸이 노곤노곤해집니다. 이것이 무슨 물입니까? 뽀얀 것이 꼭 소젖 같습니다."

"그래서 여길 일컬어 우천(牛川)이라 한단다. 요기로 충만한 순수한 곳이야."

"물이 너무 좋습니다."

"네가 딱 좋아할 거라 생각했지."

무결은 자신만만한 얼굴로 령을 바라봤다. 하지만 그녀의 마음까지는 다 알아채지 못한 얼굴이었다.

령은 사실 난감하면서도 부끄러웠다. 저고리를 벗고, 치마를 푸르고, 속에 드러난 속저고리, 속치마 바람으로 온천에 몸을 담그고 나니 기분이 영 이상하기만 하였다. 옷이 치덕치덕 살갗에 달라붙는 것도 그랬고, 뽀얀 속살이 옷을 통과해 보이는 것도 그랬다. 자꾸 야릇한 감각이 솟아오르니 절로 다리가 꼬이고, 얼굴은 홍조로 만연한데 정작 무결만은 담담하니 야릇한 서운함과 수치심이 번갈아 밀려왔다.

"저기, 무결 님."

"음?"

눈을 감고 그 분위기를 음미하는 무결은 손을 대기 어려울 정도로 고고했다. 평소와는 다르게 령에게 손 하나 까딱하지 않는 그가 이상하면서도 동시에 스스로가 너무 밝히는 것이 아닌가, 자책을 하게 되었다.

"아무것도 아니옵니다."

"싱겁기는."

무결은 예상대로 피식 웃으며 넘어갔지만 그렇다고 곁에 와서 안아주거나, 쓰다듬어 주지는 않았다. 그저 등을 기대고 앉아 눈을 감은 채로 뜨거운 온천물에 몸을 담그고 있을 뿐이었다.

뭔가 이상해.

대체 무슨 속셈이신 거지?

령은 눈을 데굴데굴 굴려가며 무결의 기색을 살피다가는 이내 끝이 나지 않겠다 싶어 그에게 솔직하게 물었다.

"무결 님, 어째서 오늘 제게 손을 대지 않으시는 건가요?"

령의 질문에 나른하게 감겨 있던 무결의 눈꺼풀이 스르륵 올라 갔다. 드러난 그의 눈빛은 평온한 그의 태도와 다르게 이글이글 불타오르고 있었다.

"어째서 내게 그런 질문을 하는 것인가?"

"네? 그야……."

령이 마땅한 대답을 찾느라 눈을 데구루루 굴렸다.

"평소의 무결 님과 영 달라서요. 그, 그렇다고 제가 그걸 원한다는 말은 아니고요. 그러니까 그게……."

"원하지 않는다면 된 것 아니냐?"

"네? 네. 그렇죠. 되었죠."

단호하게 선을 긋는 무결의 말에 령이 이해를 하지 못하고 연신 고개를 갸웃거렸다.

내가 원하는 것인가, 원하지 않는 것인가?

원하지 않는다면 무결 님의 말씀대로 된 것인데 마음은 또 그렇게 된 것은 아니니 결국엔 내가 원하는 것인가?

"그러니까 오늘은……."

"오늘만큼은 그대를 안지 않을 생각이다."

령이 궁금해하는 점을 단번에 알아챈 듯 무결이 한발 빠르게 대답했다. 그 대답에 령은 심장을 그에게 잡힌 것처럼 저릿한 기분을 느꼈다. 가락지도 주시고, 여행도 하며 평소와 다르게 가까이 계시는 것 같다고 여겼는데 어째서인지 안지 않겠다는 그 말 한마디에 모든 것이 다 사라지는 기분이었다.

'곁을 주실 것처럼 주시지 않는 연유가 대체 무엇이야?'

령은 부루퉁한 얼굴을 하고 무결을 지그시 바라보았다.

온천욕을 끝낸 뒤 그들은 목목이 준비해 둔 침소로 향했다. 깨끗한 기운이 감도는 깊은 동굴 안에는 꽤 많은 것들이 준비되어 있었다.

안을 밝히는 초와 주안상은 둘째 치고 바닥에 넉넉하게 깔린 참나무 잎과 그 위를 덮고 있는 푹신한 이부자리는 령의 취향을 제대로 저격하고 있었다. 하지만 령은 그 광경에 대놓고 기뻐할 수만은 없었다.

'왜 나를 안지 않겠다고 하시는 거지?'

아까부터 계속 한 가지 생각이 머릿속에 생선 가시처럼 박혀 있었기 때문이었다.

동굴 안의 모습을 보고도 영 기뻐하는 내색이 없자 무결이 의아한 얼굴로 그녀에게 다가왔다.

"아까부터 무엇이 그리도 불만이기에 표정이 그러하지?"

"제 표정이 어때서요?"

"어딘가 심통이 난 얼굴이지 않아?"

"제가요? 설마요."

"별로 안 기쁜가? 좋아할 줄 알았는데."

좋아하는 것이 당연했다. 일단 령은 참나무에 관한 모든 것을 무척이나 좋아했고, 더군다나 지금 이 동굴은 두 사람이 진심으로 마음을 나누었을 때의 동굴과 흡사해 기분까지 묘해졌다.

"기분이 그리 좋지만은 않습니다."

"어째서?"

"그러게요. 어째서 그럴까요?"

무결과의 신혼여행도, 그에게서 받은 가락지도, 몸을 노곤노곤하게 만든 온천욕이며 산림욕도, 게다가 앞에 펼쳐진 멋진 이부자리까지. 모든 것이 호화스럽고, 그래서 행복해야 했는데 령은 내내 부루퉁한 얼굴로 일관했다.

"많이 피곤하였나 보구나."

무결이 령을 이해한다는 듯 그녀의 손을 잡아 이부자리로 이끌었다.

'피곤하다고, 내가?'

아니다. 피곤한 것과는 좀 다른 느낌이다.

령은 무결의 손에 이끌려 이부자리 위에 앉았다. 그러자 무결이 손수 주안상을 들고 령의 앞으로 가져왔다.

"술이라도 한잔하면 기분이 좋아질 것이야."

술로 바닥을 치는 이 기분이 나아질까요?

령은 시무룩한 얼굴로 주안상을 흘깃 바라봤다. 솔직히 지금은 술을 마시고픈 생각도 들지 않았다. 다 서운하고, 다 귀찮고, 그래서 그냥 잠을 자고 싶었다.

'갑자기 왜 이러는 거야, 령? 너답지 않아.'

답지 않은 것은 자신도 잘 안다. 하지만 무결이 '안지 않겠다'는 말을 한 직후부터 들기 시작한 온갖 상상은 령의 발목을 붙잡아 깊은 수렁으로 끌어당겼다.

'안지 않겠다는 말씀은 대체 무슨 뜻이야?'

'이제 나를 안을 가치가 없다는 뜻이야?'

'나한테 질리신 건가?'

'이제 령은 무결 님께 더 이상 사랑받지 못하는 거야?'

령이 서러운 얼굴을 하고 무결을 바라보았다. 이렇게 고민하는 자신과 다르게 멀쩡하고 담담한 표정에 약이 올랐다.

"잠깐 기다리고 있거라."

무결이 자리를 떴다. 주안상 앞을 지키고 앉아 혼자만의 생각에 골똘히 잠겨 있던 령이 속셈 가득한 눈으로 무결의 술잔을 바라봤다.

령은 언젠가 염이 혼례 선물로 주고 간 목걸이를 만지작거리고 있었다.

"청량은 영원을 선사했으니 나는 열정을 선사하겠네. 사그라지지 않는 무한한 열정으로 서로를 은애하여 번성하시길."

염이 령에게 선물한 열정. 오늘이 그것을 사용할 적절한 시기였다.

"사랑의 묘약이라고나 할까? 권태로울 적에 사용하시길."

솔직히 말해 령은 이 약을 쓰게 되면 어떤 일이 일어날지 몰랐다. 하지만 한 가지 확실한 것은 무결이 자신에게 느끼는 권태로움이 싹 사라질 터라는 것.

"권태를 없애주셔요, 염 님."

령이 목걸이에 달린 조그만 병의 뚜껑을 열고 술잔에 기울였다. 그러다 퐁옹—!

"앗, 어떡해!"

손에서 미끄러진 병이 술잔 안으로 몽당 빠지고 말았다. 급하게 건져 내긴 했어도 병 안의 액체는 절반가량 사라지고 난 다음이었다.

"흠흠."

무결이 동굴 안으로 들어오는 소리가 들리자 령은 재빨리 병의 뚜껑을 닫고 다시 목걸이에 연결했다. 그리고 아무 일도 없었다는 듯 무결을 보며 어색하게 웃었다.

"오, 오셨어요?"

"잠깐 사이에 무슨 일이 있었나?"

"무, 무슨 일은요."

속내를 감추지 못하는 성정의 령이 입꼬리를 씰룩거리며 기괴하게 웃었다. 뭔가 있는 것 같은데, 혼자 생각하면서도 무결은 그게 중요한 게 아니라는 투로 그녀의 앞에 한쪽 무릎을 꿇었다.

그는 등 뒤에 숨겨놓았던 상수리나무 다발을 령에게 내밀었다.

"뭐, 뭐 하시는 겁니까?"

"령."

"무결 님, 어서 일어나셔요! 어찌 무결 님께서 무릎을 꿇으시는 건가요?"

"인간들은 청혼이라는 걸 한다더군. 청혼을 할 때는 이렇게 무릎을 꿇는 것이 관례이고."

"청혼은 뭐고, 관례는 또 뭐랍니까? 그만두셔요."

"이렇게 한쪽 무릎을 꿇고, 그대에게 맹세를 하는 것이오. 온 마음을 다해서."

"매, 맹세요?"

무결은 가락지가 끼워진 령의 왼손을 가만히 붙잡고 그녀의 손등에 입을 맞추었다. 그리고는 지그시 그녀와 눈을 맞추었다.

바람이 멈추었다. 이 밤도 멈추었다. 무결의 투명하고 진심 가득한 눈동자를 마주 본 순간, 령은 그에게로 빨려 들어갈 것만 같았다.

"나는 그대의 의지와 상관없이 천화로 살게 하였다."

"원래 천화로 태어난 것을요."

"천화로 태어났다고 억지로 그 테두리 안에서 살아가게 만들었어. 애초에 내 마음은 그대에게 줄 생각이 없었고, 그래서 허수아비로 살아가게 하려고 하였다."

무결은 령의 손을 꼭 붙잡은 채로 조심조심 예전의 일들을 말하였다.

"······오래전, 나는 범의 반려를 죽였다."

"범 님의 반려라면······."

"범은 여인임에도 불구하고 야차의 조각으로 태어났어. 허나 범에게 봉인된 기운은 자기 자신까지 해할 수 있는 독이었지. 그래서 범이 힘을 다스리기 전까지 그녀의 몸을 보호하기 위해 장로들은 허수아비를 내세웠어. 범의 힘을 대신 맡아줄 액받이. 그가 바로 범의 반려다."

무결은 차분히, 아주 진중한 목소리로 말을 이었다.

"사실 범의 곁에 붙여둔 사내에 불과했는데 함께 지내며 정이 생긴 모양인지 범은 그 사내를 반려로 맞이했지. 허나 액받이의 용도였던 그 사내는 서서히 범의 독에 중독이 되었어. 그러다 결국 미쳐 날뛰는 사태로 번지고 말았어. 광기에 사로잡혀 모든 것을 부수고, 살생을 하였다. 그 힘은 우리 천궁에까지 미쳐 나는······."

무결은 이때의 일을 떠올리는 것만으로도 고통스럽다는 듯 주먹을 쥐었다.

"우리 식구들을 지키기 위해 결단을 할 수밖에 없었어. 어쩔 수 없는 선택이었어. 세 봉요 모두와 각 장로들의 회의를 거쳐 결정된 일이기도 했고."

"아······."

"그래서······ 범의 반려를 죽였다. 범의 반려는 죽음으로, 범은 궁에 유폐되는 것으로 책임을 지기로 하였다. 어찌 됐든 그 계기로 인해 범은 야차로서의 자신을 각성했다."

무결은 아직도 그날을 기억하고 있었다. 피바다 속에서 숨이 끊어진 반려를 끌어안은 채 범은 저주를 내렸다.

"똑같은 방법으로 그대를 고통의 나락에 빠지게 하리라."

언령으로 범 자신과 무결을 단단히 옭아맨 것이다. 범이 죽거나, 무결이 똑같은 방법으로 반려를 잃지 않는 이상 깨어지지 않을 정도로 강력한 언령이었다.

'그렇겠지. 반려의 죽음을 대가로 한 언령이니까.'

솔직히 무결은 처음에는 범의 그 말이 두렵지 않았다. 잃을 것도, 지킬 것도 없는 긴 명줄을 누군가 잘라준다면 담담히 받아들일 수 있을 것 같다고 생각했다. 하지만…….

"하지만…… 그대를 만났어. 그대가 내게로 왔다. 처음에는 운명이니, 인연이니 하는 말들이 덧없게 느껴졌는데 그대를 만나고 난 뒤로 나는 계속…… 하루하루 살아가는 것이 즐거워졌어."

그의 말에 령의 커다란 눈에 눈물이 고였다.

"나는 그대를 잃고 싶지가 않다."

무결의 나직한 음성과 함께 령의 눈에서 투명한 액체가 뺨을 타고 흘러내렸다.

"나는 그대와 함께 살아가고 싶어."

무결의 목소리는 그 어느 때보다도 진지했다.

"누군가를 죽여놓고 나만 행복하자는 건 말도 안 되는 일이라 스스로 행복과 멀어지려고 하였거늘 그대가…… 나를 자꾸 욕심 부리게 만드는구나."

령, 그대와 함께라면 사천 년은 족히 넘게 더 살아봐도 좋을 것 같다. 그대와 함께하는 시간이라면 죽을 정도로 지루해서 감내하고 인내하는 것이 아닐 거야. 하루하루가 화살처럼 빠르게 지나갈 것만 같아.

"그대를…… 은애한다."

"무결 님……."

"진심으로, 그대를 아낀다."

무결의 고백에 령의 눈에서 눈물이 투둑투둑 떨어져 내렸다. 무결은 허리를 꼿꼿하게 펴고 령의 뺨을 타고 흐르는 눈물을 하나씩 받아 마셨다. 뜨거운 입술이, 그의 혀가 령의 눈물을 남김없이 훔쳐 갔다.

"나의 안해가 되어주어."

"전 이미…… 무결 님의 안해인걸요."

"맞아. 그렇지."

령의 대답에 무결이 활짝 웃으며 그녀를 끌어안았다.

"그대를 제대로 내 안해로 맞지 않고, 누군가의 뜻에 의해 안해로 맞이한 것 같아 내내 마음이 걸렸어. 운명이라는 게 정말 있어서 그 운명에 내가 휘둘릴 뿐이라면 그것을 다 거부하겠다고 마음먹었지만 결국에는 이리되었지. 그러니까 이건 운명이라고 하지 않을 거야. 내가, 내 의지로, 내 마음이 그대를 은애하는 것이야. 운명 때문이 아니라, 그대가 천화여서가 아니라."

"무결 님……."

저는 그런 줄도 모르고…….

그 깊은 마음도 헤아리지 못하고…….

령은 기쁨과 자신의 어리석음으로 뒤섞인 눈물을 흘리며 무결을 애틋하게 바라보았다.

존경해 마지않는 무결 님을, 헤아리지 못할 깊은 속내의 지아비를.

무결은 술잔을 집어 들었다.

"축배를 들자꾸나."

령이 무결을 따라 술잔을 집어 들었다. 그리고는 그와 잔을 마주치고 단숨에 술잔을 기울였다. 그러다 문득.

"앗!"

무결의 술에 섞인 염의 열정이 떠올랐다.

이 얼마나 어리석은 여인인가.

령은 자신의 멍청함에 혀를 내두르며 신속히 무결을 향해 손을 뻗었다.

"드, 드시지 마셔요!"

하지만 이미 때는 늦었다.

챙그랑—

무결의 손에서 떨어진 빈 술잔이 바닥에 나뒹굴었다.

第十五章

"오신다, 오셔! 어서 두 분을 맞이하자!"

하늘을 가리는 커다란 짐승의 등장에 천궁 본궁이 떠들썩해졌다. 목목의 착륙을 돕는 이들과 목목의 등에 탄 주인 내외를 맞이하는 이들이 분주하게 움직였다.

"외출은 즐거우셨나이까?"

시종 하나가 득달같이 달려와 목목의 옆구리에 발판을 내려놓았다. 그러자 목목의 등에서 무결이 령을 안고 내려왔다.

"내가 없는 동안 아무 일도 없었겠지?"

"물론이옵니다. 그런데 그쪽에서 무슨 일이 있으셨던 겁니까? 혹 적의 습격이라도 받으신 것이옵니까?"

"아니다."

"아닌 것이 아닌 것 같사옵니다. 그도 그럴 것이 주인님의 안색이며 천화 님의 상태 또한 너무나…….”

시종의 말에 무결이 피식 웃었다. 목목은 그새 사람의 형상으로 되돌아와 장포를 몇 번 쓸어내리고는 물러가라며 손짓을 했다.

“되었다. 그만 물러가라. 내가 무결 님을 모실 것이야.”

목목이 시종을 물리고 내실로 앞장서 걸었다. 걷는 내내 목목은 한숨을 푹 내쉬며 고개를 저었다.

“부쩍 철이 드셨다 했습니다.”

“천화 말이냐?”

“그럼 누구겠습니까? 어휴, 그런 일을 벌이시다니.”

“귀엽지 않느냐?”

“염 님의 비약은 조심해서 사용해야 하는 것이옵니다. 안 그래도 기가 넘치시는 무결 님께 그걸 사용하다니. 천화 님은 생기를 몽당 빼앗기지 않은 것만으로도 다행으로 아셔야 합니다.”

목목이 내내 투덜거리며 길을 안내하자 무결은 목목의 하얀 뒤통수를 찌릿 노려보았다. 제아무리 총애하는 목목이라도 자신의 반려에 대한 흉을 보는 것만큼은 용납할 수 없었기 때문이었다.

“이게 다 목목 때문이 아니더냐?”

“제 탓이라니요?”

무결의 말에 놀란 목목이 동그래진 눈을 하고 고개를 홱 꺾었다. 부엉이답게 180도 꺾어 무결을 바라보자 그는 제법 엄하게 목목을 바라보았다.

“억울하옵니다!”

“나도 억울하다! 오죽 답답했으면 천화가 염의 비약을 사용했겠느냐?”

"무, 무슨 말씀이시옵니까?"

"네가 준 로만서 말이다! 다 그것 때문에 일을 그르친 것이 아니더냐?"

"로, 로만서요? 그게 잘못될 리가 없는데. 로만서는 연애의 기초이자 진리이옵니다."

잘못을 추궁받자 목목이 커다란 눈을 데굴데굴 굴렸다. 무결의 품 안에는 밤새도록 그에게 시달린 령이 죽은 듯이 안겨 있었다. 핏기 하나 없는 천화의 얼굴을 보자니 아무래도 자신이 불리한 듯해 목목은 최대한 고개를 빳빳하게 들었다.

"저는 추천을 해드렸을 뿐입니다. 무, 물론 신혼여행이나 가락지 청혼은 제의드렸습니다. 하지만 그 외의 다른 것은 모르옵니다. 대체 무결 님께서 어찌하셨기에 아기씨께서 그런 강수를 두신 것이옵니까?"

목목의 질문에 무결은 입을 다물고 품 안에서 기진맥진 늘어져 있는 령을 내려다보았다.

"드, 드시지 마시어요!"

어젯밤, 그녀는 경악한 얼굴로 무결의 손에 들린 잔을 내려쳤다. 하지만 이미 때는 늦었으니 무결은 잔 속의 액체를 모조리 들이켠 뒤였다. 빈 잔이 바닥에 굴렀고, 무결은 영문을 모르겠다는 투로 령을 바라봤으며, 령은 세상을 다 산 얼굴로 말을 잇지 못했다.

"그러게 왜 갑자기 저를 지켜주신다 하셨습니까? 이미 안으시고는 갑자기 지켜주신다 하는 것은 지아비의 도리가 아닙니다아."

"뭐라? 그게 무슨 말이야?"

"다 무결 님 탓이어요. 제가 염 님의 미약을 써버린 것은 다 무결 님 탓이어요. 열정적으로 안으실 땐 언제고 갑자기 저를 멀리하시니 불안한 마음에 그리하고 말았잖아요."

령은 눈물을 뚝뚝 흘려가며 무결의 가슴팍을 톡톡 내려치었다. 그때를 기억해 낸 무결은 큰 깨달음을 얻었다는 듯 진지한 얼굴로 고개를 끄덕였다.

"네가 잘 몰라서 그러는데 말이다, 목목. 여인들은 때로는 지켜주는 것보다도 표현하는 것을 더 좋아한다."

그래서 무결은 어젯밤 마음껏 표현을 하였다. 널 은애하고, 또 은애한다고 몸으로 말해주었다.

어둠 속에서 무결은 령과 함께 몇 번이고 스러졌고, 까무러쳤다. 실로 아름다운 밤이었다.

령이 깊은 잠에서 깨어난 것은 하루가 꼬박 지난 다음이었다. 소녀일 적 무작정 무결의 몸을 받아들였던 때와는 좀 달라져 있기에 금방 기력을 되찾았다.

"령 님, 괜찮으세요?"

"으음."

말라붙은 령의 입술에 젖은 수건을 가져다 대주던 율은 령의 속눈썹이 파르르 떨리자 반가움에 눈물을 글썽거렸다.

"율아."

"어휴, 제가 얼마나 걱정했는 줄 아셔요? 어쩌 그렇게 매번 몸이 상해서 돌아오셔요?"

율은 누워 있던 령의 몸을 일으켜 자리에 앉게 했다.

"대체 어쩐 일이세요? 무결 님께 여쭤봐도 웃기만 하시고, 목목 님께 여쭤보면 혀만 끌끌 차시고, 령 님은 계속 누워 계시고. 혼자 속이 타 죽는 줄 알았어요."

"다 내 실수야."

령은 지난밤 있었던 일을 기억해 내며 볼을 붉혔다. 그 어느 때보다도 열렬했고, 서로만 탐했던 날의 기억은 무척이나 끈적끈적하고 농도가 짙었다.

"미약을 탔다고?"

"죄송해요, 죄송해요. 다 제 실수여요."

"나는 괜찮다. 허나 너는 괜찮겠느냐?"

"저요?"

"내일 아침에 염의 기방에 잠시 들르려던 참이다. 그런데 네가 진정 술잔에 미약을 탔다면 그건 힘들겠구나."

"아닙니다. 아니어요! 갈 수 있어요!"

지난밤 무결과의 대화를 기억해 낸 령은 다시 깊은 한숨을 내쉬었다.

가만히나 있을 것을 괜한 짓을 벌여서.

결국 기방에 가지도 못하고 옅은 몸살까지 나고 말았다.

"무결 님은?"

"장로 회의가 있으시다고 나가셨지요."

"그렇구나. 아무도 없는 김에 만들다 만 바둑돌 상자나 만들어야겠다. 하나만 만들면 되는 줄 알았더니 예전에 만든 것을 잃어버리고 말았지 뭐니?"

"공구함 여기 있습니다."

"나무는 이 정도면 됐고, 꽃을 둔 화분 좀 가져다주겠니?"

"화분! 아! 네, 그럴게요."

령의 말에 율을 무언가 생각이 났다는 듯 환히 웃으며 종종걸음으로 밖으로 나갔다. 나갔던 율이 들고 온 것은 범이 혼례 선물로 준 산화엽이었다.

"이건……."

"기억이 나셔요? 혼례 선물로 받으신 것 아니옵니까?"

"그렇지. 그런데 이게 왜 여기에 있니? 이건 분명 무결 님께서 깨트리지 않으셨니?"

"제가 얼른 다른 화분에 옮겨 심었지요."

"그랬구나."

율이 내미는 산화엽을 보는 령의 표정이 썩 좋지 않았다. 처음에야 혼례 선물을 바닥에 내팽개친 무결이 밉기도 하였고, 서럽기도 하였으나 무결의 성품을 아는 지금은 그럴 만한 이유가 있었으리라 생각하기 때문이었다. 게다가 무결에게 범에 대한 일도 들어버렸다.

"……오래전, 나는 범의 반려를 죽였다."

가슴을 절절하게 만드는 그의 고백까지 들어버렸다.

"나는 그대를 잃고 싶지가 않다. 나는 그대와 함께 살아가고 싶어."

잃고 싶지 않다, 그리 말씀하신 것은 분명 위험 요소가 많다는 것이겠지.

반려를 잃은 범과 그 반려를 죽인 무결. 그 관계를 알아버린 지금, 령은 범이 어떤 수를 써서든 무결을 아프게 만들 것임을 직감했다.

옹기종기 맺힌 산화엽 꽃을 매만지는 령의 얼굴에 수심이 가득했다.

"꽃이 죄는 아니지만."

앙심을 가진 이가 선사한 꽃이었다. 무결이 던져 내친 꽃이기도 했고.

"불안 요소가 많은 꽃이야."

꽃을 보니 정신이 아찔하고 혼탁해지는 것만 같아 령은 꽃을 물렸다.

"가져다 버리거라."

"네? 이 예쁜 꽃을요?"

"버리도록 해."

풍국에 꽃이 없는 이유를 이제는 안다. 무결이 서운할 법한 행동을 한 것도 이제는 다 안다. 그러니 령에게는 산화엽을 곁에 둘 이유가 없었다.

"아얏!"

율이 반신반의하며 꽃을 물리려던 그때였다. 령이 작은 신음을 내며 자신의 손가락을 바라보았다. 희고 고운 살결에 붉은 피가 솟아나고 있었다.

"령 님!"

"아, 괜찮아. 무엇에 찔린 모양이다."

"찔리다니요? 여기에는 뾰족한 것이 무엇 하나 없는데."

율이 놀란 눈으로 주변을 살피다가 이내 자신의 손에 들린 화분을 확인했다. 새하얗고 앙증맞은 꽃잎 위에 핏방울이 맺혀 있었다. 꽃잎 끝 부분이 톱날처럼 날이 서 있었는데 이내 꽃잎은 핏방울을 흡수해 버렸다.

"이게 무슨."

"별일 아니야. 살짝 베인 것뿐. 소란 떨지 말아라."

"하지만 기이한 일이 아니지 않습니까? 어떻게 꽃잎에 손을 베인단 말입니까?"

율이 번뜩이는 눈빛으로 화분을 쏘아보았다. 율은 자리에서 벌떡 일어나 화분을 가지고 밖으로 나갔다. 요망한 것이라면, 아주 흔적도 없이 태워 버리고 말 것이라고 중얼거리며.

율이 나간 뒤, 령은 입에 물고 있던 검지를 슬며시 뺐다. 지혈은 됐지만 찢긴 상처만큼은 그대로였다. 희한한 것이 찢긴 부분에서 배어 나오기 시작한 핏방울이 점차 손가락에 이상한 문양을 만들어냈다는 것이었다.

산화엽과 똑같은 꽃무늬는 피의 얼룩으로 령의 손끝에 자리 잡았다. 그것이 무얼 의미하는지 알아보기도 전, 령은 몸에서 천천히 힘이 빠져나가는 것을 느껴야만 했다.

"이게 대체 무슨……!"

생기가 모조리 빨려 나가는 것만 같았다. 무결의 몸을 받아들이는 것으로 피로가 몸에 쌓일 적과는 차원이 다른 느낌이었다. 그랬기에 령은 불안해진 눈으로 자신의 손끝을 내려다보았다.

몸에서 시작되는 변화가 두렵기만 했다.

"율아, 율아……!"

아무리 불러도 율은 대답이 없었다.

분명 내실을 벗어나 멀리 떨어진 곳에서 산화엽을 태우려 하고 있을 테다.

"엇!"

령은 자신의 손이 순간 투명하게 변하는 것을 목격했다.

"이게 무슨 일이란 말이야? 분명 원인은 그 산화엽이렷다?"

비에 맞으면 투명해지는 꽃, 산화엽.

범의 기운을 잔뜩 머금어 이상한 능력을 지니게 된 그 꽃은 령의 기운을 머금고 조금씩 조금씩 피어나기 시작했다. 꽃잎 한 장까지 태워 버리고 돌아선 율의 뒤에서 산화엽은 다시 처음의 모양을 갖춰가기 시작했고, 얼마 지나지 않아 흠집조차 없는 어여쁜 꽃이 되어버렸다.

그것을 알아차리지 못한 율은 가뿐해진 마음으로 내실로 돌아왔고, 그다음에는 내실의 주인이 감쪽같이 사라져 버렸다는 것을 깨닫고 비명을 지르고 말았다.

"꺄아아아악! 령 님, 령니임! 대체 어딜 가신 거여요?"

령은 내내 그 자리에 있었다. 모르는 것은 주변 사람들뿐.

령은 일단 차분해야 한다며 만들던 바둑돌 상자를 조각했다. 넣을 꽃이 마땅히 떠오르지 않아 고민을 하고 있던 중이었다.

"율아, 나 여기 있지 않니?"

"령 님! 또 무슨 일이 생기신 건가? 얘야, 령 님이 어디로 나가셨니?"

율은 희한하게도 령이 하는 말을 듣지 못하는 듯했다. 율은 사색이 된 얼굴로 방문을 지키고 있던 시종 아이에게 연거푸 령의 행방을 확인했다. 하지만 되돌아오는 것이라고는 개미 한 마리 나가는 것을 보지 못했다는 대답뿐.

"이걸 어찌하나? 바로 무결 님께 알려 드려야 할 것인데. 아이고, 령 님!"

참 기묘한 일이 아닐 수가 없다.

령은 발을 동동 구르는 령을 가만히 지켜보며 한지를 펼치고 붓을 들었다.

나 여기 있어.

하지만 글씨를 읽지 못하는 율이 이해할 리는 만무했다.

"끼야아아아악! 이것이 이야기로만 듣던 그 혼령인가 보다."

자신은 요괴인 주제에 귀신은 또 무서워하는 모양이다. 붓이 제멋대로 움직이고 있는 기괴한 모습에 율은 겁을 집어먹었다가 이내 고개를 갸웃거리며 조심스럽게 물었다.

"혹시…… 아가씨세요?"

율의 질문에 령은 되레 대답하기가 편해졌다.

○

령이 아주 커다란 동그라미를 그리자 율이 안도했다는 듯 자리
에 털썩 주저앉았다.

"대체 어디 계신 거예요? 저는 아가씨가 보이지 않아요."

?

율의 말에 대답할 수가 없는 령이 그릴 수 있는 것이라고는 이
것이 전부였다.

무결이 내실에 돌아온 것을 그로부터 반 시진이 흐른 뒤였다.

급전(急傳)에 놀라 빠르게 회의를 종결시키고 내실로 돌아온 무
결은 하루아침에 사라져 버린 령의 모습에 무릎을 꿇고 말았다.
그것은 무결의 뒤를 따라온 목목도 마찬가지였다.

"이게 대체 어찌 된……!"

율의 보고로 어느 정도 사건의 전말을 알고 있는 무결은 믿기지
않는다는 듯 텅 빈 내실을 보았다.

"그러니까 여기에…… 령이 있다는 말이지?"

무결의 질문에 종이에는 또다시 커다란 동그라미가 새겨졌다.
그 모습에 목목이 낮은 한숨을 내쉬며 고개를 저었다.

"아무래도 저희가 범 님을 얕잡아 본 듯합니다."

"그래. 아마 혼례일부터 계속 감시를 해왔겠지."

"대체 어떻게 감시를 했던 걸까요?"

목목의 질문에 잠시 생각에 잠겨 있던 무결이 율을 바라보았다.

"너, 혹시 그때 내가 깨트린 산화엽 화분을 다시 손질해 두었더냐?"

"그, 그것이……."

율이 겁에 질린 눈으로 무결을 바라보자 목목이 자신의 이마를 내려쳤다.

"그것이…… 제가 이 아이에게 명했습니다. 화분을 어서 정리하라고."

"제대로 없애라고 하지도 않고?"

"없애라고 확실히 전달을 못했습니다. 제 불찰이옵니다."

목목의 대답에 무결은 손으로 핏기 하나 없는 얼굴을 짚었다.

"역시…… 그 때문이겠지요? 범 님이 자유자재로 다룰 수 있는 것은 산화엽이니 말입니다. 소문에는 산화엽 꽃술인지 꽃잎인지에 찔리면 몸이 투명하게 변한다고 하질 않았습니까? 그것이 사실인 모양입니다."

"필시 그렇겠지. 문제는 령의 기력이 점점 쇠해가고 있다는 점인데."

"산화엽은 생기를 빨아먹고 자라는 꽃이니까요."

무결은 손으로 허공을 더듬거리며 령을 찾았다.

"이리, 내 곁으로 오너라. 네가 옆에 없으니 내 한시도 진정이 되질 않는구나."

무결의 말에 어디서 얕은 기척이 났다. 그러더니 이내 손에서 따뜻한 기운이 느껴졌다. 투명하게 변하긴 했어도 령의 살갗이었고, 그녀의 온도였다.

"아아, 령아."

무결이 그녀의 피부를 몇 번 쓸어내렸다. 그러자 기이한 일이 벌어졌다. 허공에 푸른 빛깔의 결정이 나타난 것이다.

"이것은?"

둥둥 떠 있는 결정 모양, 그것을 기억해 내는 데에는 오랜 시간이 걸리지 않았다.

"청천!"

무결은 자신의 손등을 확인했다. 혼례날 청에게 받은 선물은 그의 손등에도 녹아 있었다.

"내가 두 분을 위해 준비한 선물은 바로 이걸세."

"신랑 신부에게 영원한 축복을."

무결의 손등 위과 령의 목덜미 위에 새겨진 결정 모양의 문신. 푸른 빛깔로 반짝거린 그것은 천천히 몸에서 녹아 사라져 버렸었다.

"때가 되면 알게 될 걸세. 언젠가는 두 분에게 도움이 되겠지."

서로가 어디에 있든 헤어지지 못하도록 영원의 약속을 나눈 것이다. 그리고 그 증거로 두 사람의 몸에는 서로를 향해 빛나는 푸른 빛깔의 문신이 있었다. 청에게 받은 축복의 증표였다.

"이제야 마음이 좀 놓이는군. 그대가 어디에 있는지 알 수 있으니 말이야."

무결은 팔을 뻗어 령의 가느다란 어깨를 감싸 안고, 그녀의 뺨에 입을 맞추었다.

허나 령의 위치를 알 수 있다고 안심할 것은 아니었다.

"빨리 대책을 강구하셔야 하옵니다. 아가씨의 기력이 모두 빼앗기면 필시……."

상황을 심각하게 지켜보는 목목의 말에 무결의 얼굴이 어두워졌다.

"일단 이 일을 아무에게도 알리지 말거라. 그리고, 율."

"네, 네!"

"그때의 산화엽은 어디 있지?"

"벼랑 끝으로 가져가 태워 버렸습니다만."

"그걸 다시 가지고 오너라."

"네? 이미 다 태워 버렸는데요?"

"태워 버렸어도 아직 죽지 않았을 게다. 그 꽃이 없어졌다면 령의 몸도 제대로 돌아왔겠지. 꽃이 없다면 흙이라도 가지고 오거라."

무결의 명에 율은 알았다며 머리를 조아리고는 재빨리 내실 밖으로 뛰쳐나갔다. 율이 사라진 것을 바라보며 무결은 힘주어 령을 끌어안았다. 손바닥 아래로 느껴지는 령의 체온이 자꾸만 떨어지고 있었다.

"……큰일이군."

"일단 병력 대기시켜 놓겠습니다."

"일단 기다려 보게. 그보다, 령. 버틸 만해? 괜찮은가?"

물어보나 마나였다. 무결의 품 안의 령은 체온이 자꾸만 떨어지고, 크기도 점차 작아지는 중이었다. 점점 퇴행하다 이대로 사라지고 말 것만 같아 무결은 두려워졌다.

그대를 사랑한다 말한 것이 바로 엊그제인데.

잃기 싫다 말만 할 것이 아니라 제대로 된 대책을 강구해 놓았어야 했다. 무결은 자신이 해이해져 있었다는 사실을 인정할 수밖에 없었다.

─너무 큰 걱정 마세요.

어디선가 들려오는 령의 목소리에 무결의 눈이 커졌다.

아아, 너는 어느새 이 능력까지 배운 것인가.

─령아, 괜찮으냐?

─괜찮아요. 너무 심려치 마셔요.

─조금만 버티고 있어. 곧 방법을 찾을 것이야. 말은 하지 말아. 기력이 자꾸 떨어지니까.

무결은 절박한 얼굴로 령을 끌어안았다. 몇 번이고 그녀의 살갗을 문지르고, 품 안으로 끌어안으며 온기를 전해주고자 했다. 자신의 생기를 불어넣고자 했다.

"가, 가져왔습니다!"

멀리서 기척이 들린다 싶더니 율이 안으로 뛰어들어 오다시피 하였다. 율의 손에는 화분이 들려 있었다.

"참 이상한 일이었습니다. 분명 제가 다 태워 버렸는데, 잿더미까지 다 밟아 마지막 불씨까지 꺼트렸는데…… 산화엽이 멀쩡히 살아 있었어요."

"이리 주거라. 그리고 넌 나가 있어."

율이 나가기 무섭게 무결은 산화엽 꽃봉오리를 톡 건드렸다.

"범, 듣고 있는 것 다 안다."

—……이게 누구신가? 천궁의 고귀한 무결 님이 아니신가?

나직한 목소리에 무결이 으드득 이를 갈았다. 당장이라도 저 꽃
봉오리를 밟아 으스러트리고 싶었지만 그럴 수가 없었다. 밟히면
더욱 기차게 령의 생기를 흡수할 것임을 알았기 때문이었다.

"이런 장난은 재미없어. 그대가 원하는 건 내가 아니던가? 나에
게 벌하라."

—벌? 무슨 말인지 나는 전혀 모르겠는데.

"범! 애꿎은 천화를 우리의 싸움에 끌어들이지 말라는 말이다!"

무결이 참다못해 고함을 내질렀다. 순간 내실이 조용해졌고, 산
화엽 너머의 범 역시 숨소리 하나 내지 않았다. 뒤이어 범의 끊어
질 듯한 웃음소리가 들린다 싶더니 이내 더없이 낮고 험악한 범의
음성이 내실을 가득 채웠다.

—감정 드러내지 않기로 유명한 무결이 이토록 흥분을 하다니 참
재미있구려. 그 모습을 보아하니 내가 복수할 상대를 제대로 고른
모양이외다.

범은 느릿하고 잔인한 목소리로 중얼거렸다.

—내가 경고하지 않았소? 난 그대의 반려를 똑같은 방식으로 빼
앗아갈 것이라고. 내 말에 그대는 자만했지. 마음을 모두 줄 반려는
평생 나타나지 않을 것이라고. 그런데 이 일을 어쩌나? 이미 반려
에게 마음을 모두 내어준 모양인데.

킬킬 웃어대는 범의 목소리는 이미 광기에 사로잡혀 있는 듯했다. 대화로는 해결이 될 것 같지 않았으나 그래도 최대한 구슬려서 령을 원래대로 되돌려 놓아야 했다.

"범, 나는⋯⋯."

─융통성 없는 양반 같으니. 그리도 천화를 지키고 싶었으면 그대의 마음을 좀 영악하게 숨겨보지 그랬소? 삼천 년 넘게 살면 뭐하나? 고지식하고 무식하게 힘만 센 어리석은 사내 같으니.

"그대가 원하는 것이 무엇인가? 나에게 말하라. 령만 원래대로 되돌려 준다면 내 무엇이든 하겠어."

─그렇다면⋯⋯.

범의 목소리에 산화엽 꽃잎이 푸르르 떨렸다.

─⋯⋯내 반려를 돌려주시오.

범은 아직도 그때의 지옥에서 벗어나질 못하고 있었다.

"그건⋯⋯ 불가능하질 않은가?"

─역시, 불가능하겠지?

무결의 말을 따라 중얼거린 범이 킬킬 웃었다. 그녀의 웃음이 어딘지 슬프게 들렸기에 곁에 있던 목목은 눈살을 찌푸렸다. 그건 무결도 마찬가지였다. 이제는 범의 마음을 이해한다. 이해하지만⋯⋯.

"자네도 알지 않은가? 그이는, 원래대로라면 그대의 반려로 살아가지 못하는 몸이야. 그대의 야차를 담을 그릇조차 되지 못한다고. 그것이 최선의 결말이었다."

─내 낭군을 죽이는 것이 최선의 결말이었다? 참으로 잔인한 대답이군, 무결. 그래, 내 상황은 이해를 하도록 하지. 그릇이 작은 사

내였다고, 내 낭군은. 허나 자네는 어땠는가? 내가 두 눈 시퍼렇게 뜨고 있는 자리에서 내 반려의 목을 쳤다. 난도질을 한 것으로도 모자라 내 낭군의 시신을 수습하지도 못하게 빼앗아갔지. 그건 어찌 설명할 텐가?

"그건……."

—또 그만한 이유가 있었겠지. 듣고 싶지 않다.

범은 단칼에 무결의 말을 끊어버리고는 냉랭해진 목소리로 말했다.

—그대의 반려는 내가 받아가마.

범의 말이 끝남과 동시에 무결의 팔에서 령이 스르륵 빠져나갔다. 무결은 허공으로 튀어 오르는 푸른 결정 문신을 향해 몸을 던지며 고함을 질렀다.

"안 돼! 령은 안 돼! 범, 범! 제발, 부디, 아량을 베풀게. 나를 데려가. 내 생기를 모두 주겠네. 빌라면 빌고, 죽으라면 죽겠어. 허나 령만은……."

무결이 간신히 령을 품에 붙잡은 채로 구걸하였다. 범의 주술을 푸는 방법을 모르는 지금, 그리고 령의 숨이 꺼질 듯한 지금. 무결이 할 수 있는 것은 구걸하는 것이 전부였다.

—내가 원하는 것은 단 하나. 허나 그대가 아니다.

범은 냉정했다. 애초에 정이나 연민이 없는 여인이었다. 있었다 해도 반려의 죽음과 함께 사멸(死滅)하고 말았다.

—나를 원망하지 말게. 이건 자네와 내가 나눈 오래전의 약속이니까.

딱!

범이 손가락을 튕긴 순간, 무결의 품 안에 있던 령이 사라졌다. 그녀가 있던 자리에는 문양 없는 바둑알 상자가 뒹굴고 있었다.

"안 돼애애애애애!"

령이 사라진 뒤 바둑알 상자 측면에는 산화엽으로 가득한 정원의 문양이 생겨났지만 그것을 알아차린 이는 아무도 없었다.

第十六章

"드디어 새장에 작은 새가 들어왔다."

키득키득 웃는 소리에 토궁 안의 공기가 요동쳤다. 범의 곁을 지키고 있던 사내가 한숨을 내쉬었다. 곰방대에서 피어오르는 담배 향과 정원에서 피어오르는 꽃향기가 뒤섞여 머릿속이 노곤노곤해지는 것만 같았다.

독(毒), 그 자체.

범은 눈을 가늘게 뜬 채로 넋이 나간 것처럼 키득키득 웃었다.

"지하 감옥으로 가서 확인해 봐."

범의 눈동자에 웃음기가 없다는 것을 깨달은 사내는 황급히 고개를 숙였다.

"확인…… 해서 어쩌시려고요? 지금 지하 감옥에 갇혀 있는 분은 천궁의 안주인……."

"령."

그를 부르는 범의 목소리가 싸늘했다. 금방이라도 그의 숨통을 끊어놓을 것처럼 냉랭했다.

"언제부터 네가 내가 하는 일에 개입을 했지?"

"그것이 아니오라……."

"때가 됐어."

"때라 하시면……."

"어떻게든 천궁과 담판을 지을 때."

그렇게 말하는 범의 눈빛은 사뭇 진지했다. 범은 혼자만의 생각에 빠진 채로 무섭게 눈을 빛냈다.

"넌 그냥 내가 시키는 대로 움직이면 돼. 네가 할 일은 내 옆에서 그 고운 목소리로 노래를 부르는 거다."

"전……."

"네가 천궁의 안주인을 보고 천화 대접을 받고 싶은 모양이구나. 어울리지 않게 내 말에 토를 다는 걸 보니."

범이 피식 웃으며 사내 령을 바라보자 그가 고개를 푹 숙였다. 요즘 들어 범이 그녀답지 않게 분위기가 좋았던 탓에 저도 모르게 앞서 나간 것 같았다.

'그렇지. 나는 그냥 대신일 뿐인데.'

사내 령은 어두운 얼굴로 눈을 감았다.

"오라버니, 오라버니! 저 어떡하면 좋아요?"

"무슨 일이냐, 연아."

"저, 토궁으로 가게 되었어요. 토궁의 천화로요. 괜찮을 거라고 다독

이고 있었는데 그래도 무서워요. 오라버니도 아시지요? 토궁의 범 님
에 대한 소문을 말이어요."

령의 누이, 연. 그녀가 두려워하는 '범'이라는 이는 여인이나
사내, 어리거나 나이가 많거나, 가리지 않고 닥치는 대로 취한다
고 하였다. 그뿐인가. 취향도 독특하고 버릇도 나쁜데다가 변덕도
심하다고 하였다. 허나 어마어마하게 매력적이고 아름다운 이라
포로로 잡힌 이들은 몸을 빼앗기고 난 다음, 마음까지 빼앗긴다고
하였다. 그래서 자신을 바라보는 눈빛에 진심이 담겨 있는 것을
들키면 그대로 버림을 당한다 하였다.

"어쩌면 좋을까요, 오라버니? 전 이제 죽은 목숨이어요."
"연아."
"사, 사실은…… 옆집 국 오라버니와 영원을 약속했어요. 평생 함께
하자고 했는데……."

하나밖에 없는 누이를 이대로 그냥 둘 수는 없는 노릇이었다.
몸과 마음이 모두 약한 그녀를 토궁으로 보낸다면 보름도 지나기
전에 산산이 부서진 채로 돌아올 게 분명했다.

"분명 사내든, 여인이든 괘념치 않는 이라 하였지? 그렇다면 내가
가마."
"오, 오라버니."
"우린 쌍둥이가 아니더냐? 천화라는 역할만 제대로 수행한다면 둘

중 어떤 이든 상관없을 게다."

누이를 위해 희생하겠다 하였다. 영원토록, 범이 내치지 않는 한 평생 곁에서 노래를 부르겠다 하였다. 그랬는데…….

"전 당신이 안타깝습니다."

사내 령의 말에 범이 눈썹을 들어 올렸다.

"뭐?"

"당신께서 일부러 스스로를 망가트리려 하시는 것이 가슴 아픕니다."

"……건방지게."

"기억해 주시면 좋겠습니다. 제가 당신 곁에 있다는 것을."

령은 고개를 꾸벅 숙이고 물러났다. 그의 말에 범은 화가 잔뜩 난 얼굴로, 또 조금은 미묘하게 일그러진 얼굴로 그의 뒷모습을 바라봤다.

어딘가에서 이름을 알 수 없는 바람이 부는 듯하였다.

"으으음."

신음이 절로 새어 나왔다. 머리가 지끈거리며 아파왔고, 숨통은 턱 막혀왔다. 령은 습한 곰팡이 냄새에 슬며시 눈을 떴다. 주변은 어두웠고, 어딘가에서 짙은 꽃향기가 풍겨왔다.

령은 냄새만으로도 이곳이 천궁이 아니라는 것을 알 수 있었다.

"여긴…… 어디지? 대체 무슨 일이 일어난 거야?"

령은 이마에 손을 얹은 채로 자리에서 일어나 앉았다. 산화엽 꽃잎에 손을 찔리고, 그래서 몸이 투명해지고, 그러다 결국 의식이 몽롱해지는 것을 느꼈다.

"그랬는데……."

령이 눈을 살포시 찌푸렸다.

"몸이 어딘가로 빨려드는 것 같다는 느낌이 들었는데……."

"아마도 꽃이 있는 곳이었을 겁니다."

상황을 파악하기 위해 애를 쓰고 있는데 어둠 속에서 낯선 남자의 목소리가 들려왔다. 그 소리에 흠칫 놀라 주변을 두리번거리자 어딘가에서 옅은 불꽃이 피어오른다 싶더니 단정한 이목구비의 사내가 나타났다.

"누, 누구십니까?"

"방법이 험악해서 죄송합니다. 천궁에서 오신 귀한 손님이신데."

"절…… 아십니까?"

"여긴 토궁. 전 범 님의 천화, 령이라고 합니다."

자신을 령이라고 소개한 사내가 고개를 꾸벅 숙였다.

"이름이……."

놀란 령이 사내를 바라보자 그는 이해한다는 듯 옅게 웃었다. 령은 잠시 입을 다물고 생각을 하는가 싶더니 고개를 끄덕였다.

"범 님의 궁이라고요?"

"예. 아마 주변에 범 님의 상징인 산화엽이 있었을 겁니다. 산화엽이 있는 곳이나 흙이 있는 곳이면 범 님은 어디든 가실 수 있거든요."

"산화엽……."

"그 외에도 토궁으로 오는 통로가 될 수 있는 것은 많습니다. 조건이 맞아야겠지만."

"……제가 이곳에 오게 된 연유는 무엇이지요?"

"그건……."

령의 질문에 사내의 눈빛이 깊어졌다.

"당신은 인질입니다."

"인질…… 이요?"

"천궁의 무결 님을 이곳으로 부를 수 있는 것은 천화 님뿐이지요. 허나 범 님은 다른 것을 생각하고 계십니다."

"다른 것이라 함은……."

"무결 님을 해하지 않는 조건으로 천화께서 평생 이 지하 감옥에 계실 것."

사내의 대답에 령의 얼굴이 하얗게 질렸다.

평생? 평생이라면 영원히 무결 님을 볼 수 없다는 말이지?

천궁에도 다시 돌아갈 수 없다는 말이지?

목목이나 율도 다시는 만날 수 없다는 거지?

염에게서 버림받았다고 생각되었던 그때가 떠올라 온몸의 피가 식어버리는 기분이 들었다. 하지만 그보다 더 무서운 것은 사내가 말한 조건 때문이었다.

"……오래전, 나는 범의 반려를 죽였다."

무결이 했던 말이 자꾸만 머릿속을 맴돌았다.

그렇다면 분명 범 님께서는 무결 님께 복수를 하고자 하시겠지? 그건 어쩌면 당연한 걸지도 몰라. 하지만…….

하지만 나는 무결 님을 지키고 싶다.

그 생각에 령의 흐릿했던 눈빛이 또렷해지자 사내 령이 말을 걸었다.

"이곳의 창살에는 산화엽 문양이 새겨져 있습니다. 모두 범 님의 손아귀 안에 있다는 뜻이지요."

"아……."

도망칠 생각은 하지 말라는 뜻인가?

령이 침을 꼴깍 삼키자 사내는 잠시 생각에 잠겨 있는 듯하더니 이내 소매에서 작은 유리병 하나를 꺼내 창살 사이로 밀어 넣었다.

"최대한 빨리 이곳에서 나가셔야 합니다. 범 님을 위해서도, 무결 님을 위해서도, 그리고 천화 님을 위해서도."

"절…… 도와주시는 건가요?"

"글쎄요. 천화 님보다도 범 님을 도와드리고 싶은 건지도 모릅니다, 전."

령은 이해할 수 없다는 얼굴을 하고 눈을 깜빡였다. 사내는 묘한 표정으로 그녀를 바라보더니 이내 주변을 다급하게 살폈다.

"어디선가 범 님의 기척이 느껴집니다."

"기척이요?"

"봉요들은 '눈'을 자기의 구역 어디로든 날려 보낼 수 있거든요. 무슨 일이 벌어지는지 감시하는 겁니다. 일단 그 약병을 넣어 두세요. 그건 아주 잠시 숨이 끊어지는 약입니다. 두 시진 후에 드시면 시간에 맞춰서 약효가 나타날 겁니다. 그럼 의원에게 데려간다고 말씀드린 뒤 제가 천화 님을 모시고 나올 겁니다. 잠시만 주무시고 계시면 눈을 뜨셨을 때 천궁에 계실 겁니다."

"하지만……."

"절 믿고 안 믿고는 천화 님의 몫입니다. 시간이 없어서 저는 이만……."

사내는 령에게 고개를 꾸벅 숙이고 황급히 사라졌다. 령은 꿈을 꾼 것처럼 흔적조차 없이 사라진 사내를 떠올리며 소맷자락에 숨긴 약병을 매만졌다.

'믿고 안 믿고는 내 몫이라.'

약병 안에 든 것이 진짜 잠시만 숨을 끊어놓는 것인지, 아니면 영원히 숨을 끊어놓는 것인지 알 수는 없었지만 방금 전 사내의 눈빛만큼은 진실했기에 령은 머뭇거릴 수밖에 도리가 없었다.

'이제 어찌한담? 무결 님이 내 부재를 알아차리시기 전에 천궁으로 돌아가는 편이 좋을 텐데.'

령은 눈을 꼭 감으며 낮은 한숨을 내쉬었다. 사방이 벽으로 막힌 이곳에서 자력으로 탈출할 수 있는 방법을 찾기란 쉬운 일이 아니었다.

같은 시각.

무결은 단 한 번도 본 적 없는 무시무시한 얼굴을 하고 바둑알 상자를 지켜보고 있었다. 산화엽이 새겨진 바둑알 상자를 보는 눈빛이 당장에라도 베어버릴 것처럼 매서워서 모두들 한마디 말도 꺼내지 못하고 있는 상황이었다.

"주, 주인님."

목목이 용기를 내어 무결을 불렀지만 그는 꼼짝도 하지 않았다. 그저 자신의 연인을 꿀꺽 삼켜 버린 바둑알 상자를 움켜쥔 손이 그의 기분을 설명해 주고 있었다.

"처, 천화께서는……."

"토궁이다. 토궁으로 끌려갔어."

목목은 떨리고 있는 무결의 주먹을 흘깃 바라보고는 입을 꾹 다물었다. 지금 이 순간 가장 생각이 많을 이는 무결이라는 것을 잠시 잊어버리고 있던 탓이었다.

"하아."

무결이 깊은 한숨을 내쉬었다. 사실 그가 취해야 하는 행동은 정해져 있었다. 다만 눈앞에서 령이 사라진 순간, 다리에 힘이 풀리고 정신이 아득해지는 탓에 제대로 된 사고를 하기가 힘들었을 뿐이었다.

무결은 다시 힘주어 주먹을 쥐었다. 손톱이 손바닥을 아프게 파고드는 순간, 그제야 조금 정신이 되돌아왔다.

한시가 급하다. 이러는 지금에도 령이 어떤 고초를 당하고 있을지 몰라.

무결은 결심한 얼굴로 목목을 향해 명령했다.

"군대를 집결시켜라."

"주, 주인님. 그게 무슨 말씀이십니까?"

"못 들었나? 부족원들을 집결시키라 했다. 곧장 토궁을 칠 것이야."

"주인님! 상대는 토궁입니다. 같은 봉요시란 말입니다. 지금 이 결정은 사요 간의 협정을 깨는 것과 같고, 또한 전쟁을 선포하는 일임을 어찌 모르……."

"모르는 것 같으냐?"

날 선 신경질적인 목소리가 내실을 갈랐다. 목목은 단 한 번도 들어본 적 없는 주인의 목소리에 하던 말을 멈추고 그를 바라보았다. 핏발 선 두 눈과 끓어오르는 분노를 참을 수 없다는 듯한 고함은 필시 목목이 단 한 번도 본 적 없던 주군의 흐트러진 모습이었다.

"이 내가 아둔하여 그것도 모르고 이런 결정을 내리는 것이라 생각하느냐?"

무결의 목소리가 급격하게 낮아졌다. 그의 몸에서 피어오르는 기운은 약한 요물들은 거품을 물고 쓰러질 것처럼 어둡고 날카로웠다.

"토궁 쪽에서 먼저 령을 건드렸다. 다른 누구도 아니고 천궁의 안주인에게 해를 가하고, 납치를 하였다 이 말이다! 이것이 정녕 천궁을 상대로 싸움을 거는 일이 아니고 무엇이냐?"

"허나……."

무결은 목목이 하는 다른 말은 듣고 싶지 않다는 듯 고개를 돌렸다.

"정예요원들만 추려 부대를 만들라. 토궁과 전쟁을 할 생각은 없지만 범과는 내 직접 마주할 것이다."

"주인님……."

"령을 되찾아올 것이다."

"적진 한가운데로 뛰어드시는 것은 너무나도 위험합니다."

위험 따위는 무결의 머릿속에 들어 있지 않았다. 지금까지 모두를 위해 평화 협정을 깨지 않고 지켜왔지만 이번 일만큼은 그가 나서지 않으면 안 되었다.

령의 것과 똑같은 푸른 결정의 문신이 자꾸만 색이 바란다. 령의 신변에 위험이 생겼다는 징조일 것이 분명했다. 그걸 확인할 때마다 무결은 입이 바짝바짝 말랐다.

이 문신이 나를 령이 있는 곳으로 끌어당기고 있다.

"령의 지아비는 나 하나뿐이다. 내 반려가 위험에 처했는데 내가 구하러 가지 않으면 대체 누가 천화를 구할 것인가?"

무결은 내실을 벗어나며 손가락을 한 번 튕겼다. 그는 온몸을 갑옷으로 무장한 뒤 휘파람을 커다랗게 불었다. 그림자처럼 그를 따르고 있는 몇몇의 정예요원들과 멀리 떨어져 있던 요원들이 커다란 날갯짓을 하며 그가 있는 곳으로 날아왔다.

무결은 감정이 담기지 않은 눈으로 목목을 바라보고는 땅을 박차고 하늘로 날아올랐다.

상대는 적의 천화였다. 령은 그 사실을 잊지 않으려 노력하며 한 시진 정도 꼼짝도 하지 않고 생각에 잠겼다.

'어떻게 하는 것이 좋을까?'

령은 손으로 차가운 창살을 쓸어보았다. 산화엽 문양이 촘촘하게 박힌 창살은 범의 요력이 담겨 있어 쉽게 망가트릴 수가 없었다.

'여기서 평생 이렇게 살아가게 되는 건가? 무결 님도 뵙지 못하고?'

령은 두 눈을 질끈 감았다. 무결과 영원히 만날 수 없다는 사실만으로도 심장이 터져 버릴 것처럼 아려왔다. 게다가 령을 잃고 방황을 할 무결을 떠올리면 금방이라도 숨이 멎을 것처럼 속이 뜨끈해져 왔다.

'평생토록 곁에 있겠다고 맹세했는데.'

아직도 눈만 감으면 미소 짓던 무결의 얼굴이 생생했다. 꽤 뜨거운 편이었던 그의 온도도, 고된 훈련으로 울퉁불퉁하지만 섬세했던 그의 손길도, 지긋한 눈빛이나 목소리의 높낮이, 잠을 청할 때마다 그녀의 머리카락을 간질이던 습관이나 입맞춤 버릇 같은 것도 모두가 선명했다.

'그런데 평생을 못 보고 살라고?'

말도 안 되는 일이다! 불가능한 일이다.

"여기서 탈출 해야겠어."

령이 두 주먹을 꼭 쥔 그 순간, 어디선가 목소리가 들려왔다.

—네가 여기서 탈출을 한다고? 무슨 힘으로? 천화께서는 얌전히 감옥에 계시지요. 풍의 매가 그대를 구하러 적진 한가운데로 뛰어들 때까지.

"무슨……! 범 님? 범 님이시지요? 제발 절 여기서 꺼내주셔요."

—마음 편히 계세요. 어차피 누구 하나 죽어야 끝나는 싸움. 내가 죽으면 그대가 풀려날 것이고, 무결이 죽으면 그대는 영원히 지하 감옥에 있어야 할 거요.

죽어? 누가? 무결 님이?

나 때문에?

─그대에게 무결의 시신을 선물하오리다.

범은 잔인한 말을 던진 뒤 침묵했다. 하지만 그 말은 령의 전부를 흔들 만큼의 위력을 지니고 있었다. 심장이 소리를 내며 뛰기 시작했다. 온갖 불안한 상상이 머릿속을 차고 드는 탓에 이성적으로 생각할 수가 없었다. 그래도 령은 무결은 그렇게 쉽게 당할 분이 아니라고 되뇌었다.

"선택은 당신의 몫입니다."

이곳에서 빠져나가느냐, 아니면 평생을 갇혀 있느냐.

빠져나가 무결을 지킬 것이냐, 아니면 영원토록 그를 보지 못하고 갇혀 있느냐.

"범 님! 범 님!"

─……

"듣고 계시지요? 제가 지하 감옥에 평생 갇혀 있겠습니다. 범 님이 시키는 일은 모두 하겠습니다. 그러니 제발 무결 님만큼은 건드리지 말아주십시오."

─평생 갇혀 있겠다…….

잠시 생각하는 듯한 범의 목소리에 심장이 거침없이 뛰어댔다. 만일 범이 그러겠다고 대답한다면 지금 손에 쥐고 있는 약병은 쓸모가 없어진다.

─무결을 건드리지 않을 수는 없다. 그대가 여기 갇혀 있는 걸 아니 몇 번이고 이곳을 공격해 오지 않겠느냐? 그러니 숨통을 끊어버리는 수밖에.

아아!

령은 허탈함에 자리에 주저앉고 말았다.

'무결 님, 제발 이곳으로 오지 마세요. 절 구하려고 하지 마세요. 스스로를 위험한 곳 한가운데에 내다 버리지 마세요!'

령은 만지작거리고 있던 약병을 들어 그 안에 있던 액체를 모조리 마셔 버렸다. 마시는 순간, 몸이 나른해지고 기운이 없어졌다. 생기가 서서히 빨려 나가는 듯한 느낌에 령은 숨을 할딱거렸다.

"시간이 남아 일찍 와봤는데 선택을 하셨군요."

어둠 어딘가에서 사내의 목소리가 들려왔다. 약병을 건네준, 범의 천화였다.

"으⋯⋯."

"이제 몸이 마비가 될 겁니다. 약효가 지속되는 시간은 한 시진. 그 안에 서둘러 당신을 이곳에서 내보내 드리지요."

"약속⋯⋯."

약속하셔야 합니다. 만일 제가 당신을 믿은 것이 바보 같은 일이라면, 그래서 이대로 숨이 끊어지고 만다면⋯⋯.

"무결 님께⋯⋯ 은애⋯⋯."

무결 님께 내가 당신을 무척 사모했다고, 그 마음만은 알아달라고 말을 전해주세요.

령은 마지막 말을 채 끝마치지 못하고 그대로 목이 꺾였다. 혈기가 돌던 피부가 새하얗게 변하고, 붉던 입술이 새파랗게 질렸다. 간헐적으로 내뿜던 가느다란 숨결이 멎은 순간, 힘차게 뛰어대던 령의 심장도 멈췄다.

토궁의 공기가 차가웠다. 폭풍 전야처럼 고요하고, 차분해서 되레 가슴이 심란하게 뛰어대는 날씨였다. 범은 얼어버린 산화엽 정원 한가운데에 서서 하늘을 올려다보았다.

"많이 노한 모양이군. 바람이 살갗을 찢을 정도로 사나운 것을 보니."

범은 광기에 서린 얼굴로 키득키득 웃으며 먹구름이 가득한 하늘을 올려다보았다. 바람이 천천히 분다 싶더니 이내 강풍이 몰아쳤고, 저 멀리서 풍의 매가 이끄는 전투부대가 몰려오는 것이 보였다. 새까만 것은 먹구름이 아니라 무결이 이끄는 부대였다.

"전력을 다하시겠다?"

범이 피식 웃으며 입술을 비틀었다. 정원에는 오로지 범, 하나만 있었을 뿐이었다. 범은 공격을 하는 대신 천천히 손을 올려 하늘에 하얀 가루를 흩뿌렸다.

이윽고 하늘에서 전투원들이 하나둘 추락하기 시작했다. 바람에 실린 가루를 호흡한 탓이었다. 기력을 잃고 떨어지는 새를 무심한 눈길로 바라보던 범은 중앙에 있을 무결을 향해 말했다.

"잠시 잠재웠을 뿐이오. 수적으로 내가 불리하지 않소?"

범이 키득키득 웃으며 대답하자 무리에서 커다란 매 한 마리가 이탈해 나왔다. 그리고는 혼자 유유히 범의 정원에 착지했다.

"생각보다 일찍 오셨소."

"……령은 어디 있지?"

"쯧쯧. 소중한 이는 평생 없을 거라고 장담했던 사람 맞소이까? 사랑에 빠져 뵈는 것이 없는 모양이오. 이래서 살아봐야 한다니까. 키킥. 요괴가 변하는 것이 어디 쉬운 일이오? 내 살다 살다 요괴가 변하는 모습도 보고. 참 잘 견뎠다 싶소. 하하핫."

범이 빈정대며 무결을 비꼬자 그가 상당히 거친 동작으로 범의 멱살을 잡아 올렸다.

"령은 어디 있냐고 물었다."

"그 대답은 날 죽이고 난 다음에 알게 될 것이오."

"범!"

그녀의 멱살을 쥔 무결의 주먹에 힘이 들어갔다. 마주친 두 쌍의 눈동자가 시퍼런 불꽃을 튀기며 부딪친 그때. 한 사내가 여인을 안고 밖으로 나왔다.

"령?"

"령!"

범과 무결이 동시에 고함을 질렀다. 범은 여인을 안고 나온 사내를, 무결은 사내에게 안겨 축 늘어진 여인을 바라보고 있었다.

"범 님!"

사내가 범과 무결을 발견하고 잠시 걸음을 멈추었다. 무결은 사내가 자신에게 잡힌 범을 보고 경악한 얼굴을 한 틈을 타 범을 내팽개치고 사내에게로 달려갔다. 그리고 사내에게서 령을 빼앗아 안았다.

"령! 령! 나다, 무결. 내가 왔다!"

무결이 새하얗게 질린 얼굴로 령을 흔들었다. 하지만 물 먹은 인형처럼 축 늘어진 령은 좀체 정신을 차릴 기미를 보이지 않았다. 그 모습에 불안하게 심장이 뛰었다.

안 돼…….

떨리는 손을 들어 령의 뺨을 감쌌다. 핏기 없는 차가운 피부가 손바닥 전체로 느껴졌다. 미동조차 없는 눈꺼풀, 자그맣지만 오뚝한 코, 파랗게 질린 입술을 매만진 그의 손이 부들부들 떨렸다.

숨을 쉬지 않아.

그녀의 코끝에서 숨결이 느껴지지 않는다. 파랗게 질린 얼굴을 한 무결이 그녀의 가슴을 풀어 헤쳤다. 그리고는 젖가슴 사이에 뺨을 가져다 댔다. 빚어놓은 도자기 인형처럼 느껴지는 그녀의 몸에서는 그 어떤 박동도 느껴지지 않았다.

어째서?

령, 어째서?

그대가 말했잖아? 평생 함께하겠다고. 내 곁에 있겠다고!

무결이 천천히 고개를 돌려 범과 그녀의 곁에 있는 사내를 바라보았다. 사내는 바닥에 널브러진 범을 일으켜 세우고 그녀를 보듬어 안고 있었다.

"놀랐습니다. 범 님께서 어떻게 되시는 줄 알고."

"……령. 이게 무슨 일이지? 난 네게 이런 짓을 지시하진 않았는데?"

"그것이……."

"멋대로 천화를 데리고 밖으로 나왔다는 것은 나와 등을 지겠다는 말이렷다?"

"범 님, 그게 아닙니다. 제 말 좀……."

사내가 다급히 범에게 해명을 하려는 순간, 바람이 세차게 불었다. 모든 것을 집어삼킬 것 같은 회오리바람에 산화엽이나 근처에 피어 있던 꽃들이 모조리 부서졌다.

바람에 여린 피부가 찢겨져 나갔다. 가시덩굴로 만들어진 것 같은 바람은 사나웠고, 포악했다. 그 바람의 중심에 무결이 있었다.

"무결."

"령을…… 돌려내라."

무결은 숨을 쉬지 않는 연인을 품에 안은 채 미쳐 가고 있었다. 자제력으로 응집되었다고 생각했던 그의 두 눈이 짐승의 것처럼 형형하게 빛났고, 붉게 달아오른 얼굴에 예리하게 자란 송곳니는 흡사 야차가 환생했다고 생각할 정도였다.

"잠시만요. 오해입니다. 천화 님은 지금 그저……."

"으아아아아아아아아악!"

이미 때는 늦었다.

연인의 죽음으로 모든 것을 손에서 놓아버린 무결은 자신의 안에 봉인되어 있던 야차를 스스로 깨웠다. 바람이 방향을 잃고 제멋대로 춤을 추기 시작했고, 어떤 때에도 평정심을 잃지 않기로 유명했던 무결은 머리를 헝클어트리고 야차의 얼굴을 하고 있었다. 그에게는 그저 살기만이 느껴졌다.

"범……. 범!"

오로지 범의 숨통을 끊어놓고 말겠다는 집념.

범은 피식 웃고는 요기를 손끝으로 모은 뒤 손을 휘저었다. 그녀의 손아귀 아래에서 장검이 나타났다. 무결이 쥔 것은 활이었다. 좀 떨어진 곳에서까지 몸이 찌릿찌릿할 정도라 무결의 요기가 어느 정도인지 쉽게 가늠할 수 없었다.

"죽여 버릴 것이다. 내 손으로 직접 죽여주겠어!"

무결의 고함과 함께 검과 활이 부딪쳤다.

終章

날뛰기 시작했다.

봉인된 야차의 성정을 자유롭게 해준 순간, 무결은 오직 본능에만 의존했다.

"으아아아악!"

무결이 괴성을 지를 때마다 대지가 갈리고, 조각난 그것이 하늘 위로 솟구쳤다. 세차게 부는 바람에 짓이겨진 꽃잎들이 휘몰아치기 시작하니 그것은 진정 꽃의 폭풍이었다.

해방된 야차를 진정시킬 방도는 없었다. 스스로 자아를 되찾거나 죽음을 맞이하기 이전에는.

그리고 같은 봉요라고 해도 해방된 그를 막을 만한 힘은 범에게 없었다. 할 수 있는 것이라고는 고작 흙을 견고하게 쌓아 태풍으로부터 몸을 보호하는 방어벽을 치는 것뿐.

"다짜고짜 야차가 해방될 줄이야."

"범 님?"

사내 령이 외쳤다.

범은 정신이 나간 것처럼 낄낄대며 웃기 시작했다. 광기 어린 그녀의 웃음소리에 대지가 흔들리고, 하늘이 갈라졌다. 고막을 터트릴 것처럼 찢어지는 그녀의 음성은 무결을 더욱 거칠게 날뛰도록 자극했다.

"그래. 날뛰어라! 더욱더 미쳐 보거라!"

"범 님!"

범은 자신의 천화의 부름도 들리지 않는지 괴기스럽게 웃으며 고함을 질렀다.

"고통에 울부짖어라! 아직 멀었다! 내가 받은 고통에 비하면 너의 것은 아직도 멀었어!"

범은 검을 휘두르며 무결이 날려 보내는 바람을 찢고 갈랐다. 그의 냉정하고 아름다웠던 두 눈이 붉은 핏빛으로 물들었다. 두 눈이 어지러운 혼란을 틈타 범을 찾아낸 순간, 그는 아무 생각 없이 움직였다.

"범……!"

용서하지 않을 것이다. 죽어도 이 일을 용서하지 않을 것이다!

령이 사라진 순간부터 무결의 목숨은 있어도 없는 것이다. 차라리 이 지긋지긋하게 긴 생명줄을 누군가 끊어주었으면 하고 바랄 지경이다.

그래서 이제는 긴 안식을 얻도록, 령과 함께 눈감을 수 있도록.

"허나 그리 쉽게 보낼 수는 없지."

챙, 챙챙—!

범은 날렵한 몸짓으로 무결에게 달려들었다. 활과 검이 맞부딪치며 내는 소리가 지금 상황에 어울리지 않게 청명하였다.

"범 님, 제발……."

사내 령은 흙으로 만들어진 사슬에 몸을 포박당한 채로 그 광경을 지켜보는 수밖에 도리가 없었다. 범이 흙으로 만든 방패 위로 뛰어오르기 직전, 사내에게 주술을 걸었던 까닭이었다.

"꼼짝하지 말고 있으라. 어떤 결과가 나오는지 두 눈으로 똑똑히 보아라."

범의 주술을 풀기 위해서는 자신의 양팔이 뜯겨져 나가거나, 범이 죽던가. 둘 중에 한 가지 방법밖에 없었다.

"윽!"

사내는 범의 주술에서 벗어나기 위해 몸부림을 쳤다. 험하게 말씀하셨다 뿐이지 범은 지금 사내의 안위를 걱정하고 있었다. 사내는 그 사실을 알고 있었다.

'싸움에 도움이 되지 않을 몸이니 방해는 되고 싶지 않습니다. 하지만 범 님! 당신이 다치기라도 하신다면 전……!'

사내 령은 눈살을 찌푸린 채로 한바탕 전쟁을 치르고 있는 두 봉요를 바라보았다. 이런 싸움은 아니다, 이렇게 끝나서는 안 된다 생각하면서도 범이 밀릴 때마다 그가 이겼으면 하고 바라고 만다.

무결이 날개를 퍼덕거리며 범에게 매섭게 달려들었다. 평소에는 강한 자제심으로 자신을 억누르지만 전장에서는 그 누구보다도 살생을 즐기는 야수가 바로 그였다.

"마지막이다!"

무결이 새하얗게 번쩍거리는 활을 하늘로 높이 치켜들었다.

바람을 응축시켜 매개체로 만든 활. 활도, 화살도 모두 대기로 이루어진 것.

무결이 활시위를 잡아당기자 주변의 공기가 요동쳤다.

그래, 오거라!

범은 마지막 찰나에 온몸에서 힘을 풀고 자신을 놓아버렸다. 모든 것을 다 받아들이기라도 할 것 같은 태도에 그것을 지켜보고 있던 사내 령이 주박에 묶인 팔을 비틀었다.

"안 돼, 안 돼!"

우두둑—

뼈가 뒤틀리고, 신경이 틀어지고, 근육이 찢어졌다. 양팔이 찢겨져 나가는 것이 느껴졌지만 사내에게 중요한 것은 자신이 느끼는 고통이 아니었다.

무결의 손이 활시위를 떠났다. 화살은 회오리치는 예리한 바람이 되어 허공을 가르고, 범에게로 날아들었다. 그리고 사내 령은 때맞춰 범을 감싸 안았다.

퍼어억—!

"크윽!"

화살에 맞은 것은 범이 아니라 사내 령이었다.

"어떻게 네가……."

"범 님…… 무사하십니까?"

"내 주술은 네 힘으로는 절대 풀 수 없는 것인데 어찌하여 네가……!"

범이 흔들리는 눈으로 어깨가 날아간 사내를 바라보았다. 단정하고 아름답기만 했던 사내가 피로 얼룩져 있었다. 한쪽 팔이 떨어져 나갈 것처럼 달랑달랑 붙어 있는 것이 보였지만 범은 손가락 하나 까딱할 수가 없었다.

"무사하시지요? 다행입니다."

이번 공격은 운이 좋아 넘겼지만 다음 공격까지 막아낼 수 있을 거라는 보장은 없다. 분명 저 화살은 봉요가 원하는 대로 범의 심장 한가운데를 꿰뚫고 말 것이리라.

사내는 한 팔로 범을 끌어안은 뒤 다음 공격에 들어가는 무결을 향해 외쳤다.

"천화는 죽지 않았습니다!"

사내의 외침에 활에 화살을 끼우던 무결의 손이 멈칫했다. 그 머뭇거림을 포착한 사내는 마지막 힘을 쥐어짜서 무결에게 전하였다.

"천화 님은 그저 의식을 잃고 계실 뿐입니다. 살아 계십니다, 확실히! 이제 조금만 있으면 깨어나실……."

사내는 마지막 말을 끝마치지 못하고 고개를 떨구었다.

거짓말이다. 날 교란시키려는 속셈이다.

무결은 흔들리는 눈으로 꼼짝도 하지 않고 누워 있는 령을 바라보았다.

그리고 그때 범은 자신의 품 안에서 죽은 듯이 늘어지는 사내의 몸을 끌어안은 채 부들부들 떨었다.

"감히……."

그의 몸이 점점 식어가는 것이 고스란히 느껴졌다.

"감히…… 허락도 없이 내 곁을 떠나는 거냐? 안 된다. 허하지 않았다. 내가 명령하기 전까지는 살아야 한다!"

범은 사내를 끌어안은 채 온몸으로 자신의 요기를 진해주었다. 허나 상처가 깊고, 또 그 상처를 낸 상대가 봉요이다 보니 몸을 회복시키는 것이 꽤나 힘들었다.

"젠장! 무결 네놈은 대체 얼마만큼 나에게서 빼앗아가야 성이 풀리는 것이냐?"

범이 이성을 잃고 고함을 쳤다. 그녀를 휘감는 어둠의 장막이 점점 거칠어진다 싶을 즈음, 범은 내부의 야차를 일깨웠다.

모든 것이 끝이다.

야차가 둘이나 깨어난 이상 파멸(破滅)뿐이다.

세상의 종말이라도 찾아온 것처럼 하늘이 어두워지고, 벼락이 내리꽂혔다. 대지가 불타올랐고, 순식간에 주변은 잿더미로 변해버렸다. 남은 것은 서로를 바라보며 서 있는 악귀(惡鬼).

이제 진짜 마지막이구나.

서로의 이글거리는 눈이 작별을 고하고 있었다. 그리고 둘은 서로 작정이라도 한 것마냥 온 힘을 다해 달려들었다.

그때였다.

"안 돼앳!"

무결에게 휘두른 범의 요기가 그의 심장에 박히지 않고 멎었다. 마지막 순간, 모든 것을 놓아버리고자 힘을 빼고 순순히 죽음을 받아들이려던 무결의 두 눈이 눈앞의 상황을 보고 어마어마하게 커졌다. 바로 눈앞에 령이 있었다. 그를 끌어안은 채로. 피를 토하며.

범이 꿰뚫은 것은 령의 가슴이었다.

"어찌하여…… 네가……!"

나는 너를 따라가려 하였다. 내 스스로 목숨을 끊을 수도 없는 기구한 몸. 범에게 죽임을 당한다면 너의 곁으로 온전히 갈 수 있으리라 믿었다. 이것이 그녀의 반려를 죽인 것에 대한 진정한 속죄의 방법이라고도 생각했다. 너를 만나고 나는…… 반려의 의미를 알았으니까. 목숨보다 더 소중한 이를 잃는다는 것이 어떤 느낌인지 비로소 알았으니까.

"그런데 어째서……."

방금 전까지 죽었다고 생각한 네가 어떻게?

분명 몸의 문신이 그리 말하고 있었다. 서로 마주하면 공명해야 할 푸른 결정의 문신은 아무 반응도 하지 않았었다.

그런데 어떻게?

지금은 문신이 서로를 향해 푸르게 빛나고 있었다. 령도 맑은 눈을 빛내며 그를 바라보았고, 하얗게 질렸던 피부도 불그스름하게 변해 있었다.

"령, 그대가 진정……."

무결이 놀라 떨리는 손으로 령의 뺨을 만지려는 그 순간, 령이 마른기침을 토해냈다. 목구멍 안에서는 핏덩어리가 꿀렁거리며 나오고 있었다.

"안 돼! 령!"

무결이 그녀의 어깨를 잡았다. 그제야 령의 가슴에 박힌 범의 검이 보였다. 그녀의 가슴을 통과해 무결의 가슴까지 찌른 예리한 칼날에 령의 몸이 스러졌다. 반짝이던 눈빛도 흐려졌다.

"무결 님, 나의 무결 님."

령이 식어가는 손을 들어 무결의 뺨을 매만졌다. 피로 얼룩진 그의 모습이 죽어가는 와중에도 눈에 밟힌다. 아프기만 하다.

"제발 스스로 상처내지 마셔요. 질책하지도 마시고, 후회하지도 마시고, 그 자리에 굳건히 계셔주세요. 무결 님, 저 령은 무결 님을 만나 행복했습니다. 분에 넘치는 사랑을 주셔서 내내 기뻤습…… 니…… 다."

은애합니다, 무결 님.

그 말을 끝으로 령의 손이 바닥으로 툭 떨어졌다. 그녀가 상할까 고이고이 품에 안았던 무결은 눈앞에서 령의 생명이 꺼져 가는 것을 보고는 비명을 내질렀다.

크아아아아아아아악!

야수의 포효였다. 그리고 그 순간, 범과 무결의 곁으로 붉은 끈이 떠올랐다. 두 사람을 잇는 것처럼 보이는 끈은 하늘로 두둥실 떠오르더니 이내 요란한 소리를 내며 깨졌다.

실이 깨지는 순간 목소리가 들렸다.

"분한가? 억울한가? 아니면 날 죽이고 싶은가? 언젠가 그대가 나에게 복수를 하겠다고 한다면 내 기꺼이 받아주지."

"똑같은 방법으로 그대를 고통의 나락에 빠지게 하리라."

"똑같은 방법이라. 그게 과연 될까? 내 평생 반려는 허수아비나 다름없을 텐데."

와장창창—

둘을 묶어놓았던 말의 계약이 끝나 버렸다. 계약의 끈은 산산이 부서져 바람에 흩날렸고, 끈이 부서진 순간 두 요괴는 지금까지의 증오와 분노가 사라지는 것을 느꼈다. 마지막에 남은 것은 허무, 그것뿐이다.

"아아, 알고 있었어. 어째서 그대가 나의 반려를 죽일 수밖에 없었는지."

범은 천화를 끌어안고 눈을 감았다. 감긴 눈에 경련이 일었고, 이윽고 반려가 죽은 뒤로 단 한 번도 흘리지 않았던 눈물이 쏟아져 내렸다.

"내가 성장하기 전까지 내세운 그릇이 내 반려였지. 그릇은 내 요기를 감당하지 못하고 내내 광기 어린 상태로 있었다."

그 그릇이 천궁으로 시선을 돌렸던 것은 보름달이 아름다웠던 다과회의 밤.

낭랑한 목소리로 노래를 부르던 황화(黃花 : 카나리아) 소녀에게 반해 그 아이를 갖겠다고 패악을 부릴 때부터 모든 것이 어그러졌다.

"연이라고 하였는가? 오늘 밤 내 시중을 들라. 내 여인이 되거라."

아아, 아직도 머릿속에 선명한 것은 사랑을 속삭이던 애잔한 목소리가 아니라 연을 탐내던 폭군의 잔인함이었다.

범은 사내 령을 끌어안은 채로 부들부들 떨었다. 잃어봐야 진정한 가치를 깨닫듯 범은 새롭게 피어나는 꽃송이에 희망을 얻었다. 새까맣게 그을린 정원 밑에도 아직 죽지 않은 산화엽은 살아 꽃피 우고 있었다.

❖

한바탕 폭풍이 지나간 다음은 고요했고, 또 평화로웠다.

범의 궁에 그대로 머물 수도 없고, 천궁으로 돌아가기에는 체력적인 소모가 너무 컸던 령과 무결은 느지막이 도착한 청의 궁으로 옮겨졌다. 청은 의식이 없는 령을 끌어안고 꼼짝 않는 무결을 위해 둘만이 있을 수 있도록 방을 내어주었다.

방 안은 고요했다. 고요하고 고요하여 모든 것이 죽은 듯 멈춘 것만 같았다. 마치 깨어나지 않는 령처럼.

그렇게 몇 날 며칠이 지났다. 무결은 내내 방에 틀어박혀 있었다.

깨끗한 흰 천에 감싸인 령은 평온한 얼굴로 침상 위에 누워 있었다. 모든 미련을 끊어낸 듯한 표정에 무결은 무릎을 꿇었다.

"윽!"

무결은 다시금 감정이 끓어오르는지 령의 손을 붙잡은 채로 신음을 삼켰다.

그때, 누군가 무결의 머리를 부채로 내려쳤다. 무결이 반사적으로 뒤를 돌아보자 말끔한 차림의 청이 서 있었다.

"그 자리에서 대체 몇 날 며칠을 있을 생각인가?"

"청랑."

"내 말하지 않았는가? 천화는 휴식을 취하고 나면 멀쩡히 살아날 거라니까. 살아 있다는데도 반송장 같은 그 얼굴은 대체 무어지?"

"황송합니다."

무결은 청을 향해 고개를 꾸벅 숙이고는 아직 핏기가 돌아오지 않은 령의 뺨을 살짝 쓰다듬었다.

사실 그 싸움으로 령이 꼼짝없이 죽는 줄로만 알았다. 하지만 뒷수습을 위해 찾아온 청과 염의 도움으로 싸움은 중단되었고, 각자의 천화 역시 치료를 위해 옮겨졌다.

"자칫 잘못했으면 큰일 날 뻔했어."

"다 청랑 덕택입니다."

무결은 진심을 다해 청의 앞에 고개를 조아렸다. 령의 숨이 끊어졌다고 생각했을 무렵, 그녀의 문양이 빛나기 시작했다. 동시에 무결의 문양 역시 빛났었다.

그 빛이 무엇인지는 모른다. 빛 덕택에 령이 살아났다는 것을 알 뿐이다. 빛은 령을 살리고 난 뒤 흔적도 없이 사라졌고, 몸에 새겨져 있던 푸른 결정의 문신 역시 없어지고 말았다.

"내가 말하지 않았는가. 영원히 축복하겠다고."

청은 키득키득 웃으며 무결의 어깨를 툭툭 두드렸다.

"가서 씻고, 옷도 갈아입고, 식사도 좀 하게. 천화가 눈을 떴을 때 그대의 그런 모습을 보면 천년의 사랑도 식고 말 것이야."

한자리에 몇 날 며칠 동안 붙박여 있던 무결이 굳어버린 다리를 이끌고 자리에서 일어났다. 그는 고이 잠들어 있는 령의 이마에 짧게 입맞춤을 한 뒤 방을 빠져나왔다.

시간이 흘렀다. 낮이 되었다가 까무룩 밤이 되고, 또다시 아침이 찾아왔거늘 령은 미동조차 하지 않았다. 그사이 무결은 령을 데리고 청의 궁에서 빠져나와 천궁으로 거처를 옮겼다. 그녀가 좋아하는 나무 향을 잔뜩 맡으면 금방 기력을 회복하지 않을까 싶어서였다.

"시간이 너무나 더디군."

무결은 령의 곁을 지키고 앉아 최소한의 식사만 하며 버티고 앉아 있었다. 보다 못한 목목이 그를 끌어내려 했지만 그는 언제나 그랬듯 령의 일에 관련만 되면 이성을 잃고, 고집이 세졌다. 결국 포기한 것은 목목이었다.

그로부터 또 수일의 시간이 흘렀다. 고요한 침묵 속에 무결은 날로 초조해졌다. 내일이면, 내일이면 하던 것이 어느덧 한 달을 훌쩍 넘겼다는 것을 깨닫자 마음속이 절망으로 가득 찼다.

사실 그대는 영영 내 곁으로 돌아오지 못하는 것이 아닐까?

내가 지금 헛된 꿈을 꾸고 있는 것인가?

령, 제발……. 제발 눈을 뜨거라. 그대가 눈만 뜰 수 있다면 난 악귀(惡鬼)에게 영혼을 팔지도 모른다. 령!

—그런 무서운 말씀 마셔요.

머릿속에서 령의 나직한 목소리가 들려왔다. 깜빡거리는 약한 촛불과도 같았으나 짙은 어둠 속에서도 자신의 존재를 알리기에는 충분한 빛이었다.

"……령?"

무결이 감고 있던 눈을 뜨고 고개를 들었다. 그는 그 와중에도 령의 손을 꼭 잡고 있었다.

─꼼짝없이 죽는 줄로만 알았어요. 무결 님을 더 이상 못 보게 될까 봐 얼마나 무서웠는지 몰라요.

이 목소리는 령의 것이 분명했다. 령이 되살아나고 있다는 것을 깨달은 뒤부터 무결의 손과 다리가 가늘게 경련했다. 꼴사납다 할지라도 얼굴 근육의 경련과 눈물은 숨길 수가 없었다.

"나도…… 그랬다. 널 못 보게 되는 줄 알고 처음으로 공포를 느꼈어."

무결은 그녀의 손등에 몇 번이고 입을 맞추며 고개를 숙였다.

"살아줘서 고맙다."

무결은 뜨거운 눈물을 흘리며 령의 이마를 쓸어 넘겼다. 그는 메마른 입술로 그녀의 손등, 야윈 뺨, 눈두덩이, 콧날에 차례로 입을 맞추었다. 그건 일종의 성스러운 의식과도 같았다.

"잘 버텨줘서…… 고맙다."

무결이 고개를 숙여 령의 입에 입을 맞추었다. 입술을 타고 무결의 체온이 령에게로 전해진 순간, 그녀의 온몸에 뜨거운 열기가 돌았고 마침내 령은 눈을 떴다.

"무결…… 님!"

그녀의 작은 입술에서 탄성이 터져 나왔다.

아, 이 순간을 얼마나 기다려 왔던가!

무결은 령을 소중히 품에 안았다. 더는 깨지지 않도록, 다시는 놓치지 않도록.

무결에 품에 안겨 침상에 앉아 있은 지도 어언 반 시진이 지났다. 령은 천천히 시간을 들여 몸의 감각을 깨워냈다. 시야가 트이고, 말문이 열린 뒤에야 온몸의 근육들이 아프게 움직였다.

'아, 진짜 무결 님의 곁이구나.'

무결에게서 나는 향긋한 바람 냄새가 령의 오감을 깨웠다.

"몸은 건강하다고 하는데 의식이 돌아오지 않아 얼마나 걱정을 했는지 모른다."

"제가 오래 잠들어 있었지요?"

"너무 길었다. 기다리는 것이 이토록 힘들 줄은 몰랐어."

무결은 령의 정수리에 몇 번이고 입을 맞추며 그녀를 꼭 끌어안았다. 조금이라도 떨어지게 되면 영영 떨어지고 말 것 같아 두려운 모습이었다.

꼭 어린아이 같아.

령은 피식 웃으며 그의 가슴에 등을 기대었다. 그가 이토록 자신에게 매달리는 것이 영 싫은 것은 아니었다. 그녀는 정신이 말짱하게 돌아오고 나자 무결을 향해 돌아앉았다.

"무결 님은 괜찮으신 겁니까?"

"네가 지켜주질 않았더냐."

그렇게 대답하는 무결은 어딘지 기운이 없어 보였다. 령은 손끝으로 무결의 얼굴 곳곳과 어깨, 팔을 쓰다듬었다. 그러다 문득 그의 왼쪽 팔 부근이 허전하다는 것을 깨달았다.

"왜……."

늘 강하게 그녀를 끌어안아 주던 그의 팔 한쪽이 없었다. 빈 옷자락만 펄럭이는 까닭에 무결을 올려다보는 령의 두 눈이 불안하게 흔들렸다.

"어째서……. 무결 님……!"

"걱정하지 말아라. 고작 팔 한쪽 없는 것뿐이야."

"고작이라니요. 고작이라니요!"

령이 무결의 옷깃을 부여잡은 채로 부들부들 떨었다. 눈에 금세 눈물이 차올랐고, 그녀는 붉어진 얼굴을 한 채로 눈물을 뚝뚝 흘렸다.

내, 네가 이럴까 봐 차마 말을 하지 못했는데.

무결은 안타까움이 가득한 눈으로 령의 뺨을 쓸어주었다.

"봉요는 다른 봉요를, 천화를 공격해도 안 되고 살생할 수도 없다. 그것이 규칙이야."

"그렇다면……."

"내가 범의 천화를 공격했기 때문에 팔을 잃은 것이야. 그것뿐이다. 범 역시 그대를 공격했으니 필시 그에 따른 대가를 치렀을 거야."

무결은 령을 품에 끌어안고 그녀가 울음을 멈추기를 기다렸다. 그는 다정한 목소리로 그녀를 다독였다.

"난 네가 살아 있어줘서 그걸로 족하다. 팔이든, 다리든, 목숨이든 너만 살 수 있다면 뭐든 내어줄 참이었으니."

"무결 님, 그런 말씀 마세요."

령은 훌쩍거리며 무결의 얼굴을 끌어안았다. 무결은 맞닿아오는 그녀의 동그란 가슴을 느끼며 천천히 눈을 감았다. 비로소 느껴지는 평화에 가슴이 멨다.

"전 무결 님이 다치셔서 무척이나 가슴이 아픕니다. 저 때문에 팔을 잃으셨다는 사실에 더욱이요. 제가 할 수 있는 것이라고는 무결 님 대신 울어드리는 것밖에 없어서 더 무력합니다."

"누가 누구더러 무력하다는 것이야? 그대는 나에게만큼은 전지전능하다."

무결의 과장된 말에야 비로소 령이 살포시 웃었다. 웃음으로 가슴이 자잘하게 떨리자 무결은 안심이 된다는 듯 빙그레 미소를 지었다.

"그래, 그렇게 웃어라. 내가 원하는 건 그것뿐이었어."

"무결 님의 곁에서 말이지요?"

"내 곁에서."

"평생이요?"

"평생이지, 암."

무결이 그렇게 말하며 점차 깊은 잠에 빠져들었다. 령이 깨어나는 순간을 기대하며 내내 밤잠 못 자고 곁을 지켰기 때문이라는 것을, 나중에 온 목목에게서 전해 들었다.

령은 시종들의 도움을 받아 그를 침상 위에 눕히고, 그를 따라 곁에 오롯이 누웠다. 두 요괴를 감싸는 것은 언제나처럼 평화로운 정적이었다.

짧은 후일담

천궁 안은 활기가 넘쳤다. 이 모든 것이 천궁의 안주인, 령이 돌아왔기 때문이라고 모두가 입을 모아 이야기했다.

전쟁 이후 무결은 때때로 집무 중에 달려와 령의 안위를 확인하곤 했고, 가끔씩 사라져 버린 왼쪽 팔에서 고통이 느껴지는지 밤중에도 끙끙 신음을 흘리곤 했다. 그것만 다를 뿐, 딱히 달라진 것은 없었다.

령이 일상생활을 시작하자마자 한 일은 만들던 바둑돌 상자를 모두 태워 버리는 것이었다.

"아이고, 아까워라."

율이 발을 동동 구르며 안타까워했지만 령은 미련 없이 상자를 불태웠다. 령의 손때가 묻은 소중한 물건이었지만 측면에 산화엽이 새겨져 있는 것도, 령이 바둑돌 상자 속으로 잡혀 들어가 연결

된 토궁으로 끌려갔다는 것도 이젠 잊고 싶었다.

목공예도 웬만하면 하지 않을 작정이었다. 아무래도 령이 가진 힘은 자신이 만든 공예품에 특별한 능력을 부여하는 것인 모양이었기 때문이다. 다른 세계로 갈 수 있는 문을 만드는 능력. 령은 그걸 쓰고 싶지 않았다.

"여기 놓치셨어요."

율은 령이 한 땀 한 땀 두는 자수를 한곳을 가리켰다. 령은 지금 무결에게 주지 못했던 비단 속곳을 만드느라 정신이 없었다.

"갑자기 무슨 바람이 불어서 이렇게 열심히 자수를 하신대요? 죽어서도 하기 싫은 일이 자수 두는 거라고 입버릇처럼 말씀하지 않으셨어요?"

"그랬지. 그랬는데."

령이 집중하느라 몰린 눈으로 자수틀을 노려보며 바늘 쥔 손을 부들부들 떨었다.

"그랬는데요?"

"한 번 죽을 고비를 넘기고 나니 죽는 것 이외에 못할 것이 어디 있겠나 싶더라. 게다가 무결 님도 안주인의 비단 속곳 한번 받아보지 못하시면 어쩌니? 안해 된 도리를 해야지."

령은 마지막 한 땀을 짓고 나서야 환한 얼굴로 자수틀을 내려놓았다. 오랜 시간 집중한 까닭에 침침해진 눈을 깜빡거린 뒤, 차를 한 모금 마신 그녀는 회심의 미소를 지었다.

"게다가……."

그녀가 납작한 배를 살며시 감싸 쥐었다. 곁에 있던 율이 고개를 갸웃거리자 령이 율에게 작게 속삭였다.

"이제 곧 태어날 아이에게도 좋은 어미, 또 안해의 모습을 보여
주고 싶구나."

"네에에?"

"너에게만 미리 말해주는 비밀이다?"

령은 율의 두 눈이 왕방울만 하게 커진 것을 바라보며 작게 키
득키득 웃었다.

그로부터 반 시진 뒤.

"령! 려엉? 방울아!"

밀린 집무가 많다고 늦게 들어올 것 같다던 무결의 목소리가 멀
리서부터 쩌렁쩌렁 울렸다. 령은 내실과 이어진 정원에 물을 주고
있었다.

"어휴, 율이 요거. 언제 가서 일러바친 거야?"

령이 손에서 물기를 털어내고 행주에 손을 닦는 순간, 내실 문
이 벌컥 열리더니 무결이 나타났다. 그는 씨근덕거리며 숨을 몰아
쉬고 있었는데 얼굴에 나타난 흥분은 감출 수가 없었다.

"령!"

"어쩐 일이세요, 서방님?"

"어, 어쩐 일이냐니? 나야……."

"오늘은 귀가가 늦으신다고 하시질 않으셨어요?"

령이 생글거리며 다정하게 말을 건네자 대청마루 위에 올라서
있던 무결이 옷매무새를 가다듬으며 숨을 골랐다.

"오미자차라도 내어올까요? 날이 좀 덥지요?"

"아니, 되었다."

"따로 할 말이라도 있으신가요?"

령이 아무것도 모른다는 순진한 얼굴로 되묻자 무결은 더 이상은 참을 수 없다는 듯 마루에서 성큼 밑으로 내려왔다.

"어머! 신도 신지 않으시고."

"그게 뭔 대수냐?"

"무결 님!"

무결이 령을 가볍게 안아 올리고 다시 내실로 들어갔다. 무결은 그녀를 침상에 내려놓은 뒤 장지문을 꼼꼼히 닫아버리고 곁으로 다가왔다.

"앙큼한 것. 내가 왜 이렇게 달려왔는지 알면서 시치미를 떼?"

"네? 무슨 말씀이세요?"

"율이에게 들었다."

"아!"

령이 대수롭지 않은 듯이 눈을 깜빡이며 고개를 끄덕이자 무결이 그녀의 손을 덥석 잡았다.

"사실이더냐?"

"네?"

"회임을 했다는 것이 사실이냔 말이다."

무결의 재촉에 령은 뜸을 들이다 방긋 웃었다. 그녀는 무결의 손을 잡아 자신의 배 위를 감싸게 만든 뒤 앙큼하기 짝이 없는 목소리로 물었다.

"우리 아가가 생기는 것이 기쁘지 않으십니까?"

아아, 요부가 다 되었구나.

무결은 나날이 아름다워지고 똑똑해지는 부인을 사랑스러운 눈빛으로 바라보았다. 전쟁 이후 령은 보다 부지런히 무결을 보좌했다. 사라진 왼팔 대신 자신이 앞서 도와주고 싶었는지도 모른다. 무결은 그런 그녀가 안쓰러우면서도 고맙고, 또 그 마음이 참으로 기뻤다.

그것만으로도 충분하다 여겼는데…….

"기쁘지 않을 수가!"

무결은 령을 품에 꼭 끌어안고 그녀의 어깨에 얼굴을 묻었다. 숨길 수 없는 미소가 자꾸 새어 나왔고, 커다란 웃음소리가 뱃속에서부터 꿈틀거렸다.

"령아! 부인!"

"네에, 서방님."

"진짜 맞는 것이야? 이 안에 우리 아이가 있는 것이야?"

"의원님 모셔놓고 확인했답니다."

"의원을 불렀다? 그랬는데 어찌 나에게 일언반구 하질 않고!"

"불안하니까요. 일단 아이가 안정기에 접어들 때까지는 지켜보자 하셨어요."

무결은 믿기지가 않는지 자리에서 벌떡 일어나 불안하게 방을 서성거리다 다시 침상 위에 앉았다. 그는 령의 손을 꼭 붙든 채 진지하게 말했다.

"현이라고 하자."

"네?"

"이름 말이다. 태어날 우리 아이의 이름은 현(呟)이다. 바람[風]에 흔들리는 방울[鈴]의 소리. 어떠냐?"

"아, 참으로 예쁜 이름이옵니다."

"우리 둘의 아이에게 딱이지?"

그렇게 말한 무결이 미소를 지으며 령에게 다가갔다. 그는 손을 들어 아내의 보드라운 뺨을 쓰다듬고, 그녀의 입술에 입을 맞추었다. 매일 밤 마시는 입술이건만 언제나처럼 사랑스럽고, 매번 색다른 감각을 전해준다.

"음……."

무결이 령의 입술을 깊숙이 파고들었다. 그녀가 숨을 쉬기 힘들 정도로 두툼한 혀를 목구멍 속으로 찔러 넣었고, 이내 그녀의 혀를 잡아 자신의 입안으로 초대하였다. 그리고는 혀뿌리가 뽑힐 것처럼 아프게 그녀를 빨아 당겼다.

"하웃."

무결의 커다란 손이 령의 옷깃을 헤쳤다. 어렵지 않게 풍만한 가슴을 손에 쥔 그는 그녀의 가슴을 밖으로 꺼내었다. 허리띠가 느슨하게 풀어지고, 그 사이로 그녀의 맨 허벅지가 드러났다. 무결은 욕망으로 어두워진 눈을 하고 령의 젖꼭지를 입에 물었다.

"아웃! 무결…… 님! 아직 한낮…… 하앗!"

타액으로 젖은 살결이 혀에 부딪쳐 색정적인 소리가 방 안을 가득 채웠다. 무결은 령의 몸을 탐하며 한 손으로 그녀의 허벅지 사이로 손을 미끄러뜨렸다.

"아니 되느냐?"

"아아……."

"네 몸은 다른 말을 하고 있는데?"

"무결……."

"벌써 이리도 젖었구나. 날 가지고 싶은 것이 아니더냐?"

무결은 그녀의 샘 안으로 불쑥 꽂아 넣었던 손가락을 들어 올렸다. 짧은 시간에 그녀의 안쪽을 긁어내리고, 들쑤셨던 검지와 중지가 벌어지자 끈기 있는 점성이 보였다.

그걸 보는 순간 령의 얼굴이 붉게 달아올랐다. 이미 사내를 알고, 쾌락을 아는 여인은 무결의 움직임 하나하나에 동요했고, 몸이 달아올랐다.

"안정기이고 하니 괜찮을지도 모르겠습니다."

"그럼 우리 아이에게 양해를 먼저 구해야겠군."

무결이 그녀의 납작한 배 위에 자잘하게 입맞춤을 흩뿌렸다. 그리고는 그녀의 허벅지를 벌리고 그 안에서 흘러나오는 꿀물을 맛보기 시작했다. 그의 혀가 게걸스럽게 움직였다. 그녀의 속으로 들어가지 못해 꿈틀거리는 혀의 움직임에 령의 허리가 가늘게 휘었고, 엉덩이가 들썩거렸다. 령은 무결이 주는 감각을 모조리 갖기 위해 양다리를 넓게 벌렸다.

"아윽, 아아! 무결 님! 서방니임!"

령의 교성이 높아지자 무결이 고개를 들어 그녀의 입술을 삼켜버렸다. 그와 동시에 해방된 그의 중심이 령의 속살을 밀어내며 안으로 들어왔다. 거칠기 짝이 없었던 입맞춤과 다르게 그의 움직임은 사뭇 조심스러웠고, 느릿했다.

그가 허리를 움직이기 시작했다. 평소보다 느릿한 그의 움직임에 령은 입안이 바짝바짝 마르는 것을 느꼈다. 령은 자신이 더욱 적극적으로 엉덩이를 비벼대며 그에게 달라붙었다. 양다리를 벌려 그의 허리에 휘감고 움직이다 안 되겠다는 듯 자세를 바꿔 그의 위에 올라탔다.

"어째서 그리 몸을 사리시는 것이에요?"

"그야 우리 아이가……."

"아이가 걱정되시면 아예 제게 손을 대지 마셨어야지요."

령은 위에서 아래로 내려앉으며 무결의 양물을 품에 안았다. 몸을 찌르고 들어오는 생생한 느낌과 더불어 보다 깊숙이 들어오는 감각에 령은 몸을 떨었다.

아이를 가져서 그런 것인지 모르겠지만 몸이 평소보다 더 예민한 것 같았다. 평소보다 더 흥분했는지도 모르겠다. 령은 속살을 잔뜩 조여대며 무결을 쥐어짰다.

"크윽!"

견디다 못한 무결이 미간을 찡그리며 몸을 비틀었다. 무결이 신음하는 것은 령이 제일로 좋아하는 모습이었다. 령은 엉덩이를 흔들어대며 신나게 말을 몰았다. 그녀가 엉덩이를 들썩일 때마다 무결의 중심이 더욱 단단히 부풀어 오르며 그녀의 여린 살을 들쑤셔 댔다.

"아…… 아아!"

무결이 더는 버티지 않고 령의 안에 뜨거운 정액을 토해낸 순간, 령은 그와 함께 하늘로 날아올랐다.

무결은 령을 품에 안은 채로 물었다.

"아아, 회임 선물로 무엇이 좋으냐?"

"선물을 해주시려고요?"

"그래. 계속 미뤄왔던 곳에 가볼까?"

"네?"

"염의 기방에 다녀오자꾸나. 이번에야말로 기필코."

"저, 정말이요?"

"아버지와 같은 이가 염이라고 하질 않았니? 이렇게 경사스러운 소식을 전해주지 않으면 곤란하지. 연회를 열자꾸나."

열기가 채 가시지 않은 그녀의 벗은 몸을 희롱하던 무결이 혼잣말을 중얼거렸다.

"아, 어쩌면 염은 이미 알고 있을지도 모르겠군."

"그게 무슨 말씀이세요?"

"아무것도 아니다."

무결은 말을 아끼며 작게 웃었다. 그는 내실 어딘가에 있을 빗접을 떠올리며 고개를 절레절레 저었다.

빗접에 새겨진 수풀 너머에는 언젠가 령이 만든 여우 조각과 똑 닮은 여우가 새겨져 있었다. 여우는 꼬리를 한번 살랑거린 뒤 눈을 반짝 빛냈다.

―클클클. 영원히 행복하시기를.

정체를 알 수 없는 여우는 혼잣말을 중얼거리고는 빗접에 새겨진 수풀 사이로 몸을 감추었다.

―終―

작가 후기

평범한 요괴물로 생각하셨다면 정답입니다. 이 글은 '야차의 꽃' 시리즈를 구상한 뒤 처음으로 내놓는 1편 격 이야기입니다. 사방신에 관한 이야기로 착각하시는 분들이 가끔 계셨기에 말씀드립니다만 사방신에 관한 이야기는 아닙니다.

어렵고 복잡하고 치밀하고 섬세한 이야기 역시 아닙니다. 처음 이글을 구상했을 때의 목표는 단순한 플롯에 19금이 추가된 신비로운 요괴 이야기였기 때문입니다. 완결을 낸 지금 제가 목적을 이루었나 다시 돌아보게 됩니다만 감상은 모두 독자분들의 것이라고 생각하기에 말을 아끼겠습니다.

이 글의 설정은 단순합니다. '포악하게 날뛰는 야차를 잡아 그의 성정 네 가지를 바람, 물, 흙, 불에 봉인시킨다. 봉인된 힘은 점차 요기를 가지게 되어 봉요(봉인된 요괴)로 성장한다. 봉요들은 자신의 성질을 다스리기 위해 이종의 여인을 신부로 맞이하게 되는데 그 신부를 부르는 명칭이 천화다.' 라는 설정입니다. 물론 각기 다른 궁의 천화가 주인을 찾아가는 것은 사랑의 작대기처럼 어지럽게 얽혀 있지만요.

이런 설정을 토대로 제가 처음으로 선택한 이야기는 '바람'에 관한 것이었습니다. 사사로운 감정에 매이지 않는 풍의 매가 어떤 식으로 변화하는지, 어리고 세상 물정 모르는 령이 그를 만나 어떤 식으로 변화하는지 보여 드리고 싶었습니다. 물론 운명으로 짝지어진 사랑이 진부하다고 느껴질 수도 있지만 운명론자인 저로서는 운명의 사랑은 언제나 달콤하게 느껴집니다.

어른들을 위한 동화쯤으로 여겨주신다면 기쁠 것 같습니다. 앞으로 나올 이야기가 세 가지 더 있습니다. 다음 이야기로 인사를 드릴 날을 기약하며 저는 이쯤에서 인사를 드리겠습니다.

예쁜 책으로 묶어주신 예원북스와 유경화 팀장님께 감사의 인사를 드립니다. 더불어 언제나 절 환영해 주시는 로망띠끄 회원님들, 읽어주신 독자님들께 감사의 인사를 전합니다. 언제나 내 편이 되어주는 남편, 부모님들, 그리고 친구들에게도 에둘러 사랑의 인사를 전하며 저는 더 발전된 모습으로 인사드리겠습니다.

언제나 행복하세요.

2015. 08.
여름의 막바지에
이경하 드림.